Guardianes de Sangre I
REDENCIÓN
STEFANIA GIL
romance paranormal

Redención
Serie Guardianes de Sangre I
Copyright © 2018 Stefania Gil
**

www.stefaniagil.com

All rights reserved.

En esta novela de romance paranormal los personajes, lugares y eventos descritos son ficticios. Cualquier similitud con lugares, situaciones y/o personas reales, vivas o muertas, es coincidencia.

Fotografía Portada: AdobeStock.com
Diseño de Portada: ASC Studio Design
Maquetación: Stefania Gil

Todos los derechos reservados. Esta publicación no puede ser reproducida, ni en todo ni en parte, ni registrada en, o transmitida por un sistema de recuperación de información, en ninguna forma y por ningún medio, mecánico, fotoquímico, electrónico, magnético, electroóptico, por fotocopia o cualquier otro, sin el permiso previo por escrito del autor.

Etelka Bárány de Ecsed

Hungría, siglo XVI

Etelka Bárány de Ecsed nació en el seno de una familia adinerada y antigua. Una familia que tenía mucha popularidad. Los Bárány eran reconocidos por ser crueles, lujuriosos, valientes y lunáticos.

Fue criada con poca atención y cultura. Su vanidad necesitaba alimento a diario. A pesar de saber que era hermosa, le gustaba que sus sirvientas se lo dijeran a menudo.

Tenía el sueño típico de cualquier niña de la época que, con once años, lo que más deseaba en el mundo era tener vestidos bonitos, asistir a fiestas y convertirse en el centro de atención de la Corte de Viena.

Su apariencia de niña buena, educada y bondadosa le servía muy bien para tapar su verdadero carácter; el que le hacía enfadarse por cualquier tontería.

Etelka llevaba la semilla del mal en su interior desde su nacimiento, era más que evidente.

Nada más ver la clase de bromas que le hacía a familiares y criados, para saber que algo no iba bien en ella; aunque la niña siempre justificaba su cruel y despiadado comportamiento con que solo se trataba de una broma que quería hacer y que se le había ido de las manos.

Más tarde, con la aparición de las jaquecas en su vida, todo su temperamento, empeoró.

Empezó a tener especial atracción por lo oculto. Los criados se sentían aterrados cuando ella presentaba los dolores de cabeza porque los gritos que salían de su boca, representaban una amenaza directa para alguno de ellos; sobre todo las criadas con más carne en el cuerpo que eran las enviadas a la habitación de la niña para que esta se abrazara con fuerza a la mujer y pudiera clavarle los dientes en los hombros, con tanta fuerza, que les arrancaba el trozo de carne; admitiendo que, masticar aquello, le sanaba milagrosamente mientras que la atacada se retorcía del dolor frente a la niña.

Más tarde, adquirió la costumbre de aliviar sus males pidiendo que le colocaran un pichón vivo en la frente y que le abrieran las entrañas allí, sobre ella; la niña aseguraba que si no sentía el calor de las entrañas sobre ella, no veía mejoría alguna en su malestar.

Se fue haciendo cada vez más adicta a talismanes, conjuros, pócimas con mandrágoras y belladona; hierbas que producían alucinaciones y que, por aquellos tiempos, las usaban como sedante para calmar el dolor en las mujeres que estaban en trabajo de parto; así como también era usada en heridos de guerra.

Tal como lo establecían las costumbres de aquellos tiempos, Etelka fue prometida a su primo el Conde Pál Sólyom cuando tenía tan solo once años de edad y a los doce, pasó a residir en el castillo de Sárvar, residencia del Conde para que fuese educada como buena esposa; teniendo que convivir con una suegra con la que jamás se llevó bien.

Orsolya, madre de Pál, sometió a Etelka a una fuerte disciplina cultural e intentó transmitirle el espíritu familiar que rodeaba su propio hogar.

Los padres de Pál se adoraban, demostrándose un amor puro y tierno que los llevaba a escribirse cartas a diario cuando el hombre se encontraba atendiendo asuntos fuera del castillo, cosa que no era común entre los matrimonios concertados de esa época.

Etelka estaba acostumbrada a hacer lo que se le antojaba y no aceptaba que se le dieran órdenes; además, dejó en completo horror a su suegra cuando tuvo que presenciar su primera jaqueca en el seno de la familia Sólyom.

Orsolya intentó, por todos los medios, corregir aquella conducta de la chica; pero nunca lo consiguió. A cambio, consiguió que su futura nuera se hartara pronto de su situación remilgada dentro del castillo en el que debía hacer caso a todo cuanto su suegra ordenaba.

Asegurando que no podía seguir aguantando esa situación, le escribió una carta a sus padres suplicándoles que la sacaran de allí; sin embargo, y como era de esperarse en esa época, sus padres le explicaron que tuviera paciencia, que una vez pasara la boda, todo cambiaría.

La situación cambió un poco cuando Orsolya le enseñó a leer y escribir; y después, a hablar tres idiomas más. En medio de las lecciones, se dio cuenta de que la chica era muy vanidosa; entonces, mientras la instruía para que ser una buena esposa y ama de casa; también le enseñó el arte del baile, a lavarse a menudo, perfumarse, vestir con elegancia, blanquear su piel y teñir su cabello de rubio.

Técnicas que dieron sus frutos, convirtiendo a Etelka en una joven que destacaba en todos los círculos sociales y fiestas.

Finalmente, con quince años, contrajo matrimonio con Pál.

Aunque aquel arreglado matrimonio estuvo a punto de no llevarse a cabo.

Antes del matrimonio, Etelka le pidió permiso a su suegra para ir a despedirse de su madre. Orsolya aceptó y la envió a su antigua casa acompañada de una única damisela.

Una vez llegó a destino, su madre se dio cuenta del horror que envolvía a su hija ya que estaba embarazada. Esta, le confesó, sin remordimiento alguno, que se estuvo divirtiendo con un campesino porque le mataba el aburrimiento dentro del castillo.

Anna, la madre de Etelka, que era una mujer muy sagaz, la llevó a un castillo lejano en Transilvania e hizo correr la voz de que la jovencita había caído en cama con una enfermedad contagiosa.

La damisela que acompañaba a Etelka estuvo de acuerdo en quedarse con el bebé cuando este naciera; junto con una jugosa renta, por supuesto, que le hizo desaparecer del mapa y jurar que guardaría para siempre el secreto.

Un tiempo después del parto, Anna y Etelka regresaron a Varannó donde se llevó a cabo la boda sin inconveniente alguno.

La majestuosa ceremonia se celebró en el castillo con miles de invitados.

Un día en el que Etelka lucía más hermosa y pomposa que nunca.

Adornada con perlas y un pesado traje nupcial; llevaba, en secreto, cocido en el interior del vestido, talismanes para ser siempre amada, fecundada y que su belleza perdurara como la de aquel magnífico día.

***

Toda la familia Bárány estuvo siempre ligada a actitudes hostiles, lujuriosas y hasta macabras.

Por ello no era de extrañar que Etelka, en más de una ocasión, dejara a una sirvienta atada a un árbol y bañada en miel para que los insectos se subieran a ella y picaran a la pobre infeliz que su único pecado fue robar una fruta del mismo árbol.

A Pál no le interesaba que su mujer le hablara sobre los oficios de la casa y la servidumbre. Además, él consideraba que al servicio se le debía tratar con mano dura para que siempre cumplieran su trabajo.

Mientras Etelka era despiadada con el servicio; con su marido era buena, comprensiva y amorosa. Eso no quería decir que le fuera fiel, aunque él tampoco lo era y ambos sabían de las infidelidades del otro, que en cierto modo, justificaban por la separación constante que sufrían a causa de la presencia de su marido en los campos de batalla.

Tardaron mucho tiempo en tener hijos. Diez años pasaron antes de que Aletta, la primera hija del matrimonio, llegara al mundo seguida por Orsolya, Katlin y Pál.

Su marido, a quien llamaban: «El caballero negro de Hungría», murió de una enfermedad rara y súbita dejando a Etelka viuda a los 44 años.

Un tiempo después de la muerte de su esposo, una mañana cualquiera, mientras la condesa era asistida por sus sirvientas; una de las jovencitas, sin quererlo, le tiró del cabello mientras la peinaba y aquello, representó motivo suficiente para asestarle una bofetada a la niña que le rompió la boca; lo más grave surgió cuando Etelka se sintió tan bien infligiendo dolor que decidió ensañarse un poco más obligándola a levantarse del suelo mientras la cogía por un puñado de cabellos. La chica lloraba del dolor y ella reía con malicia mientras le daba dos bofetadas más y la insultaba como si se tratase de una escoria humana.

Las manos de la condesa quedaron manchadas de sangre y tras limpiarse, le pareció que su piel obtuvo un cambio que ella consideró «rejuvenecedor».

Así empezaron sus experimentos con varias jóvenes del servicio.

Un tiempo después, allá a donde iba la condesa, en cada propiedad que pernoctaba, la noche se convertía en algo terrorífico.

El aire arrastraba el grito desgarrador de mujeres; dejándole saber a los que estaban en las cercanías, que algo muy malo ocurría en presencia de la condesa.

Brujería y asesinatos.

Pronto, la guardia de Tolvaj tomó el castillo de Csejthe para realizar una investigación.

Y nunca se imaginaron que encontrarían una escena tan dantesca en el interior de aquel frío y espeluznante lugar.

Para entonces, Etelka ya había pactado con Sejmet; logrando así, obtener la belleza infinita que tanto había deseado.

Capítulo 1

Nueva York, en la actualidad.

Felicity recorría el trayecto a casa con ansías. Esa noche, todo le estaba saliendo al revés. No era que las cosas siempre le salieran como las planeaba; pero lo que estaba viviendo aquellos días, en especial ese último, rayaba en lo absurdo.

Un año.

Uno año llevaba viendo a Lorcan cada noche. No para tener sexo. No.

La dinámica entre ellos funcionaba igual desde la primera vez que se presentó en su oficina. Él le servía un trago, conversaban de muchas cosas; y luego, la dejaba en casa.

Al principio, le pareció que era un golpe de suerte.

No tenía dos días en el negocio; y a pesar de haber logrado salir de las calles para ahora ofrecer sus servicios como dama de compañía a ejecutivos a través de una empresa que tenía gran peso en el medio, seguía siendo una prostituta que tenía un trabajo que cumplir.

Sexo.

Dar placer.

Y algunas veces, obtenerlo ella también. Sobre todo cuando el cliente así lo exigía porque, para ella, aquello del placer, no existía.

Sin embargo, llegó a pensar que con Lorcan, podía ser diferente.

Hasta esa noche, claro.

Quizá el sentimiento que ella tenía le dejaría sentir placer si él hubiese estado dispuesto a dárselo alguna vez.

La mirada dominante y a la vez protectora que él le ofreció la primera noche que lo vio, la envolvió en una extraña magia que desconocía. Nunca sintió nada igual por alguien.

Nunca se sintió querida por un hombre. Pero su sentido del querer difería en gran escala del que Lorcan le ofrecía.

Empezó muy temprano en la prostitución; tras morir su pequeña hermana por la falta de cuidados de su propia madre que siempre estaba borracha.

Cuando Odette murió en sus brazos por una infección pulmonar, Felicity no se lo pensó dos veces en dejar a su madre a su suerte e ir a buscar la propia sin plantearse los peligros que encontraría en el camino.

Pensaba que nada podía ser peor que lo que ya había pasado.

A muy temprana edad le tocó aprender que las cosas siempre, siempre, podían ser peor de lo que ya eran.

Hacía frío; como ese mismo día que caminaba en automático hacia su casa.

No tenía refugio, comida y era muy joven.

Cayó en las manos equivocadas y fue entonces cuando conoció lo que era vender su cuerpo por un poco de dinero.

Hacía muchos años de eso.

Muchas marcas tenía tanto físicas como mentales, con las que luchaba día a día para poder olvidarlas por completo.

Cuando obtuvo la mayoría de edad consiguió librarse de su proxeneta y encontró otros trabajos que le permitieron mantenerse alejada de esa vida que tanto odiaba.

Pensó, en aquel momento, que todo sería más sencillo cuando dejara la mala vida.

Pero no.

Aunque las cosas no empeoraron tampoco mejoraron y su sueldo no le permitía estudiar una carrera universitaria que le diera un mayor sustento en el futuro.

De su madre no supo nunca más y tampoco tenía curiosidad por saber qué fue de ella.

No sentía ni un ápice de remordimiento o amor hacia esa mujer.

En cambio, a Odette, la extrañaba cada día de su vida.

En el fondo agradecía que todo hubiese pasado tal como ocurrió. A veces se imaginaba que los papeles pudieron haber sido intercambiados, ocupando ella el lugar de su hermanita dejándola sola en el mundo.

Se le erizaba el vello de solo pensar en que su pequeña hubiese tenido que pasar por todas las cosas que ella había pasado.

Chasqueó la lengua al tiempo que admitía también que no todo era malo.

Tenía a Heather en su vida que representaba una hermana mayor.

Llegó en un momento muy malo para ella, cuando retomó la prostitución callejera antes de entrar en la compañía para la que trabajaba en la actualidad.

Un hombre, que la eligió de entre tantas en el medio de la calle, le dio una golpiza —porque eso le excitaba— y luego la dejó tirada en el hospital.

Heather estaba de turno, en esa época estaba haciendo las

pasantías de enfermería y fue quien se encargó de su cuidado durante los siguientes días. La otra enfermera también fue muy amable, pero con Heather tuvo algo en común desde el inicio.

Una hermana muerta.

La de Heather falleció en un accidente de tránsito unos meses antes de ellas dos conocerse.

Una chica con adicción a las drogas y a la vida errante.

Desde entonces, Heather la protegió y Felicity se sintió a gusto con esa protección desde el principio.

Pasaron a formar una familia porque los padres de Heather le habían acogido como a una hija más.

Y todo parecía ir bien hasta que les llegó una amenaza al apartamento que ambas compartían. Una amenaza que, de no cumplirla, alguna de las dos —o las dos— acabaría muerta.

Al parecer, la hermana fallecida de Heather le debía una inmensa cantidad de dinero al jefe de una red de drogas importante de la ciudad.

Ni Heather ni su familia estaban en la posición de ganar esa cantidad de dinero.

Fue entonces cuando Felicity no se lo pensó dos veces en contactar con la compañía para la que ahora trabajaba a tiempo completo para ganar mucho dinero con el cual pudiesen llegar a un acuerdo de pago.

No habría vuelto a prostituirse, pero Heather se había convertido en su familia; y como tal, temió perderla. Como tal, se sintió obligada a cuidarla. Y lo hizo, sin importarle nada. Incluso daría su vida si se lo pedían con tal de salvar a Heather o a sus padres.

Heather no le dirigió la palabra durante un par de semanas de lo enfurecida que estaba por haber tomado la estúpida decisión de volver a aquella vida que solo le traería desgracias.

A ella no le importó. Nada podría hacerle retroceder porque se trataba de su familia y haría cualquier cosa por ellos. Aunque eso implicara que Heather y ella no se hablaran nunca más.

Heather solía exigirle que abandonara ese trabajo porque estaba convencida de que saldrían adelante. Buscaba la manera de hacerla entrar en razón era lo que hacían las hermanas mayores y Felicity agradecía que Heather la cuidara.

Pero no cedía; aun cuando se lo suplicaba y la situación se volvía un drama entre ellas.

Felicity no iba a ceder.

Sabía que Heather se hacía la fuerte con ella para protegerla. Lo mismo que ella estaba haciendo; cada una lo ejecutaba a su manera.

Felicity era realista y sabía que no había otra forma de conseguir ese dinero.

Además, estaba acostumbrada a esa vida y por ello no le importaba venderse. Pero Heather, por las noches, quebraba su fortaleza. Dejaba de fingir lo bien que saldrían de todo y se pasaba toda la noche en vela, agitada en su habitación, llorando y suplicando por una solución.

No era justo con ella.

Era una buena chica y la adoraba. No podía dejar que viviera entre tanto miedo.

Ella sabía muy bien lo que era eso.

Sin retroceder en su decisión, finalmente consiguieron un acuerdo con el hombre que les amenazó teniendo que cumplir con pagos mensuales hasta que la gran deuda quedara saldada.

Con lo que ganaba siendo dama de compañía les daba para cubrir aquella cuota mensual sin problemas.

La compañía le pagaba muy bien. Y le daban un buen trato.

Clientes seguros, que debían hacerse chequeos médicos; al igual que los empleados. También debían ofrecer datos certificados de contacto; y exigían ciertas pruebas para poder formar parte de la lista de clientes.

Protegían a las chicas y se sentía más cómoda trabajando con gente que, de algún modo, le hacía aquel trabajo un poco menos infernal de lo que ya era.

Entonces todo empezó a encaminarse y marchar bien para ellas.

Pero la vida volvió a enredarle las cosas cuando Lorcan apareció en su camino.

Bufó pensando en eso y le dio una patada a una piedra con la punta del zapato.

Porque la realidad era que ella llegó, por su cuenta, a la vida de Lorcan.

Se abrazó con fuerza. Recordando lo ocurrido entre ellos esa misma noche y lo incómoda que fue toda la situación.

Sería imposible seguir trabajando con él; lo único que esperaba era que, cuando pidiera cambio de chica, no diera quejas de ella.

Negó con la cabeza reprochándose a sí misma pensar mal de ese hombre que lo único que le había traído a su vida eran buenos ratos e ilusiones.

Un hombre que, finalmente, la trataba como si fuera una dama.

Como si ella fuera lo más importante del universo.

Como si ella solo le importara de un modo.

Pero no.

Y ese fue el punto de quiebre entre ellos esa noche.

Ella le confesó su amor por él y luego de hacerlo, al verle la cara de contrariedad y de máxima incomodidad por hacerle despertar a ella ese profundo y maravilloso sentimiento, entendió que había sido un gran error.

Que ella sola se imaginó toda una historia de romances entre el hombre rico y la prostituta al mejor estilo de las películas de Hollywood.

Sintió las lágrimas correr por sus mejillas.

¡Qué estúpida había sido!

Confundió cada palabra, cada sonrisa, cada buena intención hacia ella. Incluso confundió que la hubiese tratado como a una dama durante todo un año.

No hubo intimidad entre ellos nunca. La respetaba, como solo los caballeros hacían.

Y ella, confundió todo.

Se había enamorado como una verdadera idiota.

Se secó las lágrimas.

Le dolía el pecho con intensidad. Era un dolor profundo que la taladraba dejándole una extraña sensación.

Supuso que tal vez era el mismo dolor que sentía alguien cuando era apuñalado o cuando se recibía un disparo en el pecho.

Ardía.

Dolía.

Se dedicaría a atormentarse esa noche todo lo que pudiese porque al día siguiente debía continuar con su vida.

Vio a ambos lados antes de cruzar la calle.

Estaba desierta.

Era tarde y el mal clima no ayudaba.

Lorcan.

Sintió de nuevo la quemadura en el pecho.

«¿Cómo me olvido de él?», se preguntó.

Estaba tan sumergida en sus propios pensamientos que no fue capaz de darse cuenta de que desde hacía rato, un Bentley negro con las ventanas tan negras como el coche la seguía a lo lejos; a una velocidad que habría sido sospechoso para cualquiera.

Pero claro, a esa hora y con ese clima, ni los indigentes estaban en las calles.

Fue muy tarde cuando Felicity se detuvo en seco en el medio del paso peatonal al ver que el Bentley aceleraba para bloquearle el paso; permitiéndoles a dos hombres enormes bajarse de la parte trasera para meterla a la fuerza en el auto.

Intentó defenderse sin éxito alguno.

Su corazón se aceleró en cuanto le taparon la cabeza con una bolsa de tela negra. Presentía que aquella noche iba a ponerse mucho peor de lo que ella creía.

Como siempre ocurría en su vida, que las cosas siempre iban a peor.

Capítulo 2

Lorcan llegó muy temprano a la oficina. Tuvo una noche intensa de pesadillas y deseos que le urgía saciar aunque aún no encontraba a la candidata indicada.

Además, aunque la encontrara, debía ir con cuidado porque con las últimas dos chicas que eligió en la calle estuvo a punto de perder el control y matarlas.

Frunció el entrecejo recordando eso. No le gustaba en lo absoluto perder el control y menos de la manera que puede dejarlos expuestos a una sociedad de humanos que no serían muy receptivos de tenerlos como vecinos, maestros, jefes, padres, madres.

Porque los verían como monstruos.

Aunque bien sabía él que un ser de su especie, sería un Santo al lado de los humanos.

Lorcan llevaba cientos de años siendo testigo —algunas veces— y sintiendo en carne propia —en otras ocasiones—, la maldad y morbosidad que se escondía en el corazón de los humanos. Todos lo tenían, en mayor o menor escala.

Y aquellos que se decían puros y ciervos de un Dios que ellos mismos inventaron, eran los peores. Gracias a ellos, él se convirtió en lo que era. Un ser letal, de cuidado, desconfiado, lleno de amargura. Gracias a todas las atrocidades que le hicieron vivir, aun no conseguía obtener paz si no era sodomizando a alguien.

Se sentó en la silla de cuero que estaba detrás de su imponente escritorio de madera maciza y echó la cabeza para atrás.

No había un maldito día de su vida que no pensara y reviviera cada momento de tortura que vivió o cada momento de tortura que le obligaron a dar a otra persona.

Todavía recordaba las palabras de su tío Pál cuando las cosas se salieron de control en aquella aldea en la que vivían en Europa.

Él ya había alcanzado la madurez y su tío le pidió que le acompañara a hacerle una visita a la Emperatriz Christine de Austria ya que corrían rumores de que existía una gran mortandad infantil que la misma Emperatriz estaba mandando a investigar.

Pál tenía el ligero presentimiento de que aquello se trataba de la maldición que los perseguía a ellos desde que la condesa pactara con Sejmet.

Fue Pál quien intentó, por todos los medios, mantener unidos a todos los descendientes de la condesa sangrienta pero no todos querían asumir con responsabilidad su maldición, ni tampoco deseaban estar en contacto con el resto.

Muchos partieron sin dejar rastros.

De algunos volvía a saberse algo; y entonces Pál intentaba un nuevo acercamiento que, en algunas ocasiones, le salía bien. En otras, al menos lograba instruirles para el nacimiento de nuevas generaciones porque algunos se negaban a aceptar transmitir esta información a la generación que les seguía ya que era la que la maldición no alcanzaba; y tenían la estúpida creencia de que si no se hablaba del tema, la maldición desaparecería.

Así que, en algún punto de la historia, la Emperatriz de Austria decidió hacer una investigación y para ello, contrató a un médico que le gustaba indagar en profundidad y hacer análisis científicos y racionales de casos religiosos o de gran misterio como era el caso que la Emperatriz quería aclarar.

Ella era gran devota de la iglesia, aunque no permitía que metieran las narices en su reinado.

Gerard Van Laar consiguió que Christine expidiese un decreto que hacía obligatoria las autopsias para todas las muertes ocurridas en Graz; aquella noticia, causó gran revuelo.

Pál tenía que tomar cartas en el asunto porque Van Laar no encontraría una lógica explicación —de esas que tanto le gustaban— para la muerte de estos recién nacidos.

La lógica no existía ahí.

O consumían sangre y psique recién salidos del vientre materno o morían.

Los descendientes de la condesa sangrienta ya eran muchos, más de los que Pál podía llevar registrado en un árbol genealógico que decidió hacer cuando el segundo hijo de su hermana, el más pequeño, decidió marcharse a recorrer mundo.

Mantuvo correspondencia con su madre indicándole que se casó y que, en el alumbramiento de su primer y único hijo, tanto su mujer como el niño murieron.

Tres de sus bisnietos también decidieron marcharse. Y de uno de ellos no se supo nada nunca más.

No era de extrañar que la Emperatriz mandara a investigar. Cualquiera de los investigados podía ser un pariente de Pál.

Lorcan era su pupilo. Fue el primero en nacer de la descendencia con la maldición por la rama de su hermana Etelka; Pál lo instruyó como era debido.

Tal como acordó con Veronika muchos años antes en el Nuevo Mundo.

Era la persona en la que más confiaba en el mundo. Y le quería como a un hijo.

Lorcan todavía recordaba el momento en el que estuvieron frente a la Emperatriz y su tío, con la tranquilidad que lo caracterizaba, le explicaba a la mujer toda la verdad sobre su especie.

La Emperatriz lo veía con una mezcla de miedo y fascinación.

No lograba entender cómo pudo sobrevivir tantos años entre humanos sin levantar sospechas.

Todo parecía marchar bien con la conversación entre la mujer, Van Laar y su tío.

Un tiempo después, solicitaron otra reunión con Pál; tras la cual, la Emperatriz murió de una muerte que, el médico, declaró natural y de la que Pál evitaba hablar a toda costa.

Lorcan intuía lo que ocurrió a puerta cerrada en la habitación de la Emperatriz, aunque nunca hablara de ello. Era capaz de sentir lo que los demás sentían a su alrededor y la tristeza profunda, sumada al sentimiento de culpa que le transmitía Pál cuando se tocaba aquel tema, le daba a entender que él fue el que causó la «muerte natural» de la Emperatriz.

Mantuvieron el contacto con Van Laar y así fue como se enteraron de que la Santa Sede estaba investigando más de lo debido en el tema de la muerte de la Emperatriz.

No sabían por qué.

Un tiempo después, pudieron aclararlo todo.

Una de las doncellas de la Emperatriz escuchó las conversaciones previas entre esta, Van Laar y Pál en la que se organizaba su muerte. En esa época, la mujer estaba sumergida en un gran cuadro depresivo por la pérdida de su esposo. No deseaba vivir sin su compañía y le pidió a Pál que la matara.

Y Lorcan suponía que Van Laar quiso presenciar cómo ocurría la absorción de sangre y psique entre uno de su especie y los humanos.

Nada era un secreto entonces porque la servidumbre siempre estaba dispuesta a enterarse de los detalles de la vida de los señores.

Pál le dejó órdenes estrictas a Lorcan de la forma en la que debía proceder si llegaban a herirle de muerte o raptarle aquellos que trabajaban para la Santa Sede.

Tarde o temprano llegarían a ellos.

Pero Lorcan no iba a permitir que lastimaran a su familia. A ninguno de ellos. No eran monstruos ahora, tampoco lo fueron antes.

Y un buen día desapareció; dejando una carta a su tío en la que le explicaba que se encargaría él mismo de ese asunto y lo solucionaría todo.

Lo hizo.

Aunque el precio que tuvo que pagar fue muy alto.

Estaba perturbado psicológicamente y tenía su poder de empatía bloqueado.

Había dejado de sentir lo que sentían otros. Tuvo que hacerlo a modo de supervivencia; aun podía escuchar, en su cabeza, los gritos y la fuerza del dolor que salía del pecho de una de las víctimas que lastimó de maneras inimaginables.

La súplica que veía en los ojos de cada una de esas personas que pasaron por sus manos, era un grito silencioso que salía de los poros de la víctima implorando la muerte de una vez para no sufrir más.

Mientras por el día era un perfecto verdugo, por las noches

se convertía en víctima de sus propias pesadillas.

Que le seguían atormentando a través de los años. Como la primera vez.

Encendió su móvil.

Esperó unos segundos antes de que el teléfono encendiera con normalidad y pusiera en completo funcionamiento su sistema operativo.

Emitió varios pitidos que Lorcan identificó de inmediato con mails que estaban cayendo en su bandeja de entrada en ese momento.

También entró un mensaje de texto.

Revisó el mensaje recordando que, la noche anterior, le envió uno a Felicity para indicarle que cuando llegara a casa le avisara.

¡Cómo se había torcido la noche entre ellos!

Desconocía qué pasaría de ahí en adelante entre él y la chica, intentaría que ella siguiera visitándole.

Felicity era la única mujer, después de Mary Sue, con la que Lorcan consiguió abrirse un poco más a nivel sentimental y además, calmaba sus ansiedades. No todas, y no en su totalidad de esas pocas, pero al menos algo se calmaba en su interior cuando estaba con ella.

Mary Sue.

Abrió el cajón y encontró una foto de papel grueso y deteriorado, pero que aún se veía la imagen blanco y negro de una mujer vestida con un elegante traje sonriendo con vergüenza como si estuviese observando al infinito.

En realidad lo veía a él cuando le hacía la foto a la chica que se adueñó de sus sentidos en aquella época y logró hacerle despertar el cariño hacia una mujer.

Lo mismo que le ocurrió cuando conoció a Felicity.

Con la diferencia de que Mary Sue acabó aceptando sus

extrañas prácticas sexuales y lo disfrutaba, haciendo la experiencia más placentera para Lorcan.

Mary Sue también fue prostituta.

Y aunque se parecían mucho, a Felicity la quería de otra manera.

La veía como a una hermana pequeña. Desde que la chica cruzó la puerta de su oficina por primera vez, vistiendo con seguridad y elegancia para ocultar las inseguridades que llevaba en su interior, decidió que sería incapaz de meterla en sus artes sexuales.

Era una chica que necesitaba amor, cariño, amistad y él también buscaba algo así aunque nunca llegaba a experimentar por completo aquellas emociones.

En ese primer encuentro le explicó que pagaría para que ella estuviera exclusivamente con él. Tuvo la necesidad de librarla de todo el mal que había vivido.

Su pasado y el de él se parecían. Pudo sentir el tormento de ella al entrar y verle a los ojos; también, sintió el alivió y la gratitud cuando él mencionó que ordenaría que fuera exclusiva para él.

No le conocía de nada; sin embargo, ella se sentía segura a su lado.

Lorcan no fallaría a esa sensación que él mismo, de manera inconsciente, le transmitió nada más verla.

Ella creía que él no podía llegar a imaginar las cosas terribles por las que una mujer podía pasar en la vida, pero nadie mejor que él para saberlo.

Había sido un verdugo. Llevaba una maldición encima.

La que no tenía ni idea de las cosas que él sabía era ella. Lorcan prefirió ocultarle su verdadera naturaleza cuando decidió que no la metería en su cama.

Si no había sexo, no había alimento y la psique podía tomarla de Felicity sin que esta notara algo más que un repentino cansancio que siempre atribuía a los días agitados que la chica solía tener entre los dos trabajos que tenía.

Para Lorcan, ella se convirtió en una gran amiga; necesitaba cada noche de su compañía. A veces le invitaba a comer, la llevó al cine en un par de ocasiones y también decidió llevarla con él a la fiesta anual de la sociedad en Europa.

Estaba harto de presentarse solo o con la prostituta de turno. Era momento de ir con alguien con quien quisiera estar.

Felicity era esa persona y la fiesta sería toda una experiencia para ella porque Venecia era una ciudad encantadora y Miklos, su hermano pequeño, organizaba las mejores fiestas desde tiempos remotos.

La sociedad de los guardianes de sangre estaba conformada por la descendencia de la condesa, y con el pasar del tiempo, se fueron sumando otras comunidades. Brujas que eran descendientes directas de Veronika; y otras que no eran descendencia pero que compartían espiritualidad con ella por ser brujas blancas y custodias del bien; y algunas sociedades de los humanos tuvieron que ser incluidas para guardar secretos de manera mutua y sobrevivir al paso del tiempo llevando una vida normal.

Así que la fiesta era un sitio de reunión informal de toda la sociedad para saber cuánta gente había involucrada, sin saber exactamente quién era quien en la vida cotidiana gracias al uso de máscaras y disfraces de época.

Esto permitía que las fiestas acabaran de manera inapropiada en algunas ocasiones. Inapropiadas para algunos, sin duda, pero todos podían sentirse seguros de que nadie les juzgaría por lo que hicieran allí porque nadie era capaz de reconocerles.

Aunque ellos, a quienes llamaban «vampiros» siempre se

reconocían sin importar cuanto maquillaje, peluquines o vestimenta llevaran encima. Era el llamado de la sangre lo que les hacía reconocerse sin desvelar la identidad de cada uno.

Así como también eran capaces de percibir ciertos aromas que identificaban a algunas personas.

La última fiesta a la que asistió con Felicity la pasó tan bien, que pensó en repetir la experiencia el próximo año. Podía decir que llegó a olvidar quién era en realidad y a disfrutar del momento en compañía de una mujer estupenda.

Admiraba la fortaleza de esa chica. Pasó por cosas muy duras en la vida y siempre había conseguido avanzar y salir adelante. Incluso ahora que volvía a prostituirse para obtener dinero y saldar la deuda con el maldito de Alex J. Un camello de una red de drogas de mucho peso en New Jersey.

Intentó hablar con él imbécil y este se negó a escucharle y Lorcan habría estado encantado de partirle la cara y después el cuello; sin embargo, eso habría sido un problema porque el cuerpo tenía que desaparecer sin dejar rastros y podría traerle mayores inconvenientes a Felicity y la amiga a quién intentaba proteger.

Y a él, si Pál llegaba a enterarse.

Le ofreció el dinero a Felicity para que se le diera a ese criminal. La chica, como era de esperar, se negó a aceptarlo.

Él se negaba a aceptar que esa situación siguiera creando una preocupación en la vida de Felicity.

No podía quedarse como un simple observador. Por ello, seguía buscando una salida definitiva que le diera la oportunidad, a Felicity, de estudiar en la universidad que quisiera. Él también estaba dispuesto a pagarle eso.

Se lo merecía.

Era una buena persona y era hora de que alguien hiciera algo bueno por ella.

Además, era hora de que le empezaran a pasar cosas buenas.

Vio el móvil de nuevo.

El mensaje no era de ella. Era de su hermano Garret recordándole la cita de esa noche.

Le respondió con un escueto «Ok» y decidió clavar la mirada en el sitio aproximado en el que vivía Felicity.

La panorámica de su oficina le permitía tener la ciudad a sus pies.

¿Habría llegado bien?

Le preocupaba que la chica no le enviara nada.

Las cosas entre ellos estaban peor de lo que pensaba.

La recordó sentada en el sofá de su loft, recostando la cabeza en su pecho mientras él besaba con suavidad su melena castaña que siempre tenía esa agradable fragancia a flores silvestres.

Le dijo que lo amaba.

No pudo disimular la expresión de desconcierto en su rostro.

Lo que la afectó, ya que pensaba que él también sentía lo mismo por ella.

Dios.

¿Cómo pudo dejar que ella se enamorara de él de esa manera?

Felicity se sintió avergonzada, pensando en que había cometido un error que podría costarle el trabajo y sus nervios la dominaron dejándole sentir a Lorcan una fragancia avinagrada que salía del cuerpo de ella; producto de la vergüenza que la embargaba.

Ella se separó de él y recogió sus cosas para marcharse.

Lorcan quiso detenerla para conversar, pero ella no era capaz de hablar.

Le pidió que la dejara marchar y eso fue lo que hizo. Sabía por experiencia que lo mejor, a veces, era dejar pasar el tiempo para que la mente encontrara la claridad necesaria.

No quería perderla y quería cuidar de ella.

Esperaría un día y si la chica no aparecía, la buscaría para aclarar todo y pedirle que no le abandone.

Aunque él fuese tan idiota de no poder corresponder a su amor.

Capítulo 3

Heather despertó con la boca seca y los ojos hinchados. Tenía dos días sin poder dormir bien porque no sabía nada de Felicity.
Dos días.
El corazón le palpitó con pesadez y tristeza.
Se le hizo el nudo en la garganta que tan bien conocía.
Tenía años sin rezar. Esa noche en la que Felicity no regresó a casa como solía hacer desde que vivían juntas, rezó hasta muy entrada la noche; hasta que el cansancio la venció y la obligó a cerrar los párpados en los que solo podía ver la imagen de Felicity sonriendo.
Encontraba consuelo en esa imagen. Un consuelo que duraba muy poco cuando la angustia y la zozobra se hacían presentes en ella, de nuevo, para advertirle que a su hermana de vida le había ocurrido algo.
El estómago se le encogió.
Agradecía que estuviera de vacaciones. De hecho, debía estar haciendo las maletas para irse unos días a Miami con

unas compañeras de trabajo, pero había cancelado todo después de ver que eran más de 24 horas y ella aun no aparecía. No podía moverse de casa hasta no saber en dónde diablos estaba Felicity.

Temía lo peor. Y no se lo perdonaría jamás a sí misma porque fue ella la que la llevó a retomar aquella vida que tanto sufrimiento y peligro le daba.

Sí, ella. Ella y su hermana Ellen que nunca tuvo la cabeza para darse cuenta de que cuando se drogaba no solo se arrastraba a ella misma a un abismo sino que, además, arrastraba con ella a todos lo que estaban a su alrededor.

Incluso después de muerta les seguía arrastrando.

Cuando la vida le puso a Felicity en su camino, no pudo sentirse más agradecida de tener una segunda oportunidad para hacer las cosas bien y cuidar de esa chica como no pudo hacerlo con Ellen porque estaba demasiado enfadada con ella para poder cuidarla.

Ellen solo sabía escupir veneno y resentimiento de su boca. Argumentando que la niña consentida por los padres de ambas era ella, Heather; el genio, la artista, la responsable, la divertida, la seria cuando debía serlo, la educada; dejando a Ellen rezagada siempre a las sobras.

Por supuesto, aquello no era cierto. Bien sabía que sus padres trabajaron duro para darles a ambas una vida buena, llena de atenciones y cariños.

Quizá ese fue el problema con Ellen. Mucho consentimiento por ser la más pequeña, la que podía hacer con su padre lo que le viniera en gana consiguiendo cada uno de sus caprichos y dejándole pasar cada uno de sus berrinches.

Fue muy tarde cuando quisieron poner las cosas en orden en la vida de Ellen.

Para entonces, ya la chica era adicta, de las que se escapaba a la primera oportunidad de los centros de recuperación y se iba, dejándoles con el corazón en la boca y la incertidumbre de si estaría bien o no.

Viva o no.

Protegida o no.

Volvía a casa cuando algo malo le pasaba.

Prometía no recaer; prometía luchar contra su adicción; prometía tantas cosas.

Al principio le creían y la esperanza reinaba de nuevo. Su madre volvía a resplandecer con esa luz propia que la hacía una mujer dulce y serena; mientras que, su padre, recuperaba el semblante, las ganas de vivir, la determinación de no sentirse culpable por haber dejado que su pequeño ángel llegara tan lejos.

La fantasía duraba muy poco.

La historia se repetía, una y otra, y otra vez.

Hasta que decidieron dejar que las sombras cubrieran para siempre a la familia y la resignación los abrazó con fuerza preparándoles para el futuro. Que sabía muy bien cómo sería.

La muerte de Ellen dolió. Dolió ese día y aún seguía doliendo; pero en cierto modo, les dio paz.

La paz necesaria de saber que ellos no tenían por qué angustiarse. Sabían en dónde se encontraba y se encontraría Ellen para siempre.

Era mejor saber que estaba en el cielo, que drogándose debajo de un puente, rodeada de indigentes que quien sabe que cosas asquerosas y horrendas podían llegar a hacerle.

El accidente de tránsito le dio una muerte súbita. Lamentablemente, también mató al conductor contra el que se estrelló en la autopista.

Era un buen hombre, sexagenario, con una esposa a la que Heather aun llamaba para saludarle porque se sentía responsable por haber arruinado la vida de esa mujer.

Y entonces apareció Felicity, unos meses después de que aquella tormenta en su vida la convirtiera en una mujer apagada y triste.

Se hicieron muy amigas y Heather se juró a sí misma cuidarla como no lo hizo con su hermana.

Fallaba de nuevo y se le revolvía el estómago nada más de pensar que podía perderla como perdió a Ellen.

Apretó con fuerza el rosario que tenía en las manos.

Todavía no llamaba a sus padres para darles la noticia porque no quería angustiarles a ellos también.

Tampoco llamaría a la policía; en principio, porque le habrían dicho que debía esperar 48 horas antes de poder reportar un desaparecido de manera oficial; y en segundo lugar, porque Alex J. podía estar detrás de todo eso y sería peor si involucraba a la policía.

Alex J. era el camello de su hermana. Al que le debía una suma de dinero que era inalcanzable para Heather siendo enfermera.

Felicity y ella ya vivían juntas cuando les llegó una nota a casa en la que explicaban que si Ellen no pagaba la suma que debía, la matarían.

Por supuesto, Heather mantuvo en secreto aquel papel, lo rompió y lo tiró a la basura esperando que no ocurriera nada.

Sin embargo, unas semanas después y cuando creía que nada pasaría, recibió otra notificación en la que le explicaban que sabían de la muerte de Ellen; pero que aquello no interfería en el pago de la deuda que la muerta debía al camello. Así que amenazó a la familia incluyendo a Felicity, lo cual indicaba que las mantenían vigiladas.

Fueron unos días de angustias interminables y de darle mil vueltas a las cosas para evitar la solución que le dio su nueva hermana. Volver a la prostitución para recibir la suma de dinero que necesitaban al mes hasta saldar la deuda.

Sus padres no sabían nada y prefería que no se enteraran a menos de que fuera estrictamente necesario. Como podría ser el caso, porque sospechaba que era él quien se cansó de recibir el dinero en pequeñas cuotas como acordaron en una reunión que tuvieron y le hizo algo a Felicity para acelerar los pagos o aumentar las cantidades.

Dios.

La angustia la iba a matar.

No sabía en dónde empezar a buscar porque ni siquiera tenía la dirección de la compañía para la cual trabajaba Felicity y no le apetecía hacerle una visita sola al camello. Era un hombre peligroso.

Se levantó y se aseó con rapidez.

Se vistió con ropa deportiva térmica y salió.

Necesitaba empezar la búsqueda por algún lado sin importar qué tan peligroso pudiera llegar a ser esa búsqueda.

Se suponía que debía cuidar de Felicity.

Caminó a paso acelerado hasta llegar a la estación del metro.

Se sumergió en sus pensamientos recordando cosas buenas vividas con su nueva hermana.

La pasada Navidad, cuando Felicity le regaló el reloj por el que Heather soñaba. Su mayor regalo habría sido ganarse la lotería para pagarle al maldito camello y sacar a Felicity de aquella vida que odiaba.

La chica le aseguraba que ahora todo iba mejor. Que el simple hecho de no estar en la calle suponía más seguridad para ella y que la compañía para la que trabaja las cuidaba y las trataba con amabilidad.

¡Era venta de mujeres! ¡Eran unos malditos miserables

todos los que estaban involucrados! Se aprovechaban de las debilidades de estas mujeres para ganar dinero vendiéndolas. Eso no tenía perdón de Dios.

Cuando llegó al corazón de Manhattan, caminó hasta el edificio en el que sabía que encontraría a Alex J.

El guardia de seguridad de la puerta le hizo las preguntas correspondientes antes de dejarle pasar. También avisó a Alex quien autorizó la entrada de la mujer al recinto.

En el ascensor, sintió que el aire empezaba a faltarle. No podía dejarse vencer.

No en ese momento. Una vez que saliera de ese edificio y estuviese lejos, quizá. Pero no cerca de ese criminal.

Las puertas del ascensor se abrieron de nuevo dejándole ver un pasillo largo y decorado con elegancia.

Se respiraba la opulencia en el sitio. Sin embargo, siempre dudó de que gente buena viviera allí.

Es decir, ella no querría vivir en el mismo edificio en el que dos hombres del tamaño de un refrigerador industrial custodiaban la puerta de uno de esos apartamentos.

Los hombres, nada más de verlos, ya podían aterrorizarte; ni hablar si cruzabas la mirada con alguno de ellos que siempre estaban con el ceño fruncido y ganas de darle puñetazos a algo, o a alguien.

Evitó la mirada de ambos y no fue necesario decirles nada porque en cuanto se acercó a ellos, le abrieron la puerta para que entrara.

Cuando pasó y escuchó que la puerta se cerraba quiso salir corriendo de porque sentía que se estaba metiendo —por voluntad propia— en las malditas fauces de un lobo hambriento; sin siquiera dejar una nota en casa diciendo que si desaparecía, podían empezar buscándole allí.

¿En qué diablos estaba pensando?

—El Sr. Alex ya le puede recibir —la chica delgada y sin expresión que le atendió la vez pasada, estaba ante ella anunciándole la entrada a la oficina del camello.

Las piernas le temblaron, tenía las manos heladas.

Entró.

Otra puerta que escuchó cerrarse tras ella.

Alex J. era un hombre que, si lo encontrabas en la calle, podías pensar que era un modelo; empresario importante, un hombre de negocios. De esos de los que hablan en *Forbes* o en *GQ* como el actor sexy del momento.

No un maldito camello.

La vio con una sonrisa irónica.

—¿Qué te trae por aquí, hermana de Ellen?

—Heather.

—Sí, ya lo sé, te llamas Heather y si viniste a decirme que no puedes pagarme este mes, mejor es que te vayas por donde viniste porque sabes muy bien lo que va a ocurrir si no lo haces.

Heather sintió de nuevo el nudo en la garganta y apretó con fuerza el rosario que llevaba en el bolsillo de su jersey. No recordaba haberlo metido allí, pero agradeció su prudencia.

—No hemos dejado de pagarte en todo este tiempo. No vayas a hacerle daño, por favor.

Alex J. frunció el entrecejo y la vio con duda.

—¿A quién se supone que no debo lastimar?

Heather estaba enfadada y la angustia la superaba. No fue hasta que su voz empezó a sonar aguda que se dio cuenta de que lloraba a cántaros; trataba de hablar y las palabras no podían entenderse.

El camello se levantó con prisa y la tomó por los hombros con delicadeza.

Parecía sincero.

—¿Qué ocurre?
—¡Te llevaste a Felicity!
Alex J. frunció el ceño otra vez.
—No, no lo hice.
Heather ladeó la cabeza.
Lo analizaba.
Buscaba en su mirada una señal de mentira, pero el hombre le mantuvo la mirada serena y limpia.
Decía la verdad.
A Heather le fallaron las piernas.
Algo muy malo le ocurrió a Felicity y no tenía manera de salvarla.
Tampoco a ella podría salvarla.

***

Heather despertó aturdida.
¿En dónde se encontraba?
Las imágenes fueron llegando a su mente poco a poco.
¡Ah! Sí, había ido a donde Alex J. para preguntarle por Felicity y él no…
No…
Se llevó una mano a la frente incorporándose de un brinco.
Sentada en la cama, vio a su alrededor.
Debía salir de allí cuanto antes.
Se levantó, se puso los zapatos que estaban perfectamente ubicados a un lado de la cama y cuando iba a salir de la habitación, la chica desgarbada entró.
—No te vayas. No estás bien.
—No puedo quedarme, aquí. Ese hombre…
—Alex no es un mal hombre —la chica la vio con sinceridad—. Es solo que escogió el camino fácil para hacer dinero.

—¿Te parece que amenazarnos o haberle dado drogas a mi hermana que la estaban matando lo hacen un buen hombre solo que en el camino equivocado?

Heather resopló.

—Son negocios, Heather. Y Ellen escogió esa vida. Alex le ofreció otra. Le dio una salida y ella no quiso tomarla. Lo engañó.

Heather la vio con duda y se llevó una mano al estómago. ¿De qué diablos le hablaba esa mujer?

La chica suspiró y se sentó junto a ella.

—Alex amaba a Ellen. Ella pudo haber estado aquí, en vez de estar en la calle.

—Estaba dispuesto a dejarlo todo por ella —la voz de Alex retumbó en la habitación. Era un hombre imponente de mirada severa, a excepción de cuando había observado a Heather antes de que esta perdiera el conocimiento—. La amaba —hizo una pausa profunda—. Creo que no voy a poder olvidarla nunca y la razón por la que te cobro el dinero que ella me llegó a deber, es porque me carcome la rabia día a día por no haber hecho más para sacarla de ahí y porque no quiero dejarla ir. Esa deuda me mantiene atado a ella de alguna manera.

Heather lo vio con compasión por primera vez.

—Podemos abrir un club si te parece para darnos latigazos por no haber cuidado de ella lo suficiente.

Alex la vio con ironía.

—Este mundo me castiga lo suficiente, no te preocupes.

Hubo otra pausa.

El hombre la vio directo a los ojos.

—¿Qué es lo que te ocurre? ¿Qué le ocurrió a la otra chica que vive contigo?

Heather sintió ganas de llorar de nuevo.

¿Era correcto pedirle ayuda a él?

Bueno, teniendo en cuenta que no podía ir con la policía ni podía pedirle ayuda a nadie más...

—No he sabido nada de ella en dos días.

El hombre la vio con preocupación.

—Es prostituta. Puede estar en cualquier lado.

Heather lo vio con odio profundo y sintió tanta ira en su interior, que le pareció adecuado levantarse sin decir ni una palabra y llegar a estar frente a frente con el idiota que hablaba con ella para asestarle un puño que, en el acto, le dejó una fisura en un nudillo. Lo sabía por el dolor que empezó a dominar en su mano.

—¡Maldito imbécil! ¡Es prostituta por tu culpa! ¡Tú nos amenazaste y ella salió a buscar una suma de dinero que pudiera pagar mensualmente tu maldita porquería! —Heather gritaba histérica. Un guardia se acercó a la habitación y la chica desgarbada le hizo una seña de «alto», indicándole después, con otra seña, que se marchara—. ¿Qué podías esperar? Volvió a esa mierda de vida porque tú, maldito idiota, la obligaste. ¿Creías que mi empleo iba a alcanzar para pagarte lo que nos pides al mes? ¿O que ella con el trabajo en la tienda por departamentos podría sacarnos de esto? ¡¿Qué querías?! —intentó pegarle una vez más, pero esta vez, los reflejos de Alex respondieron a tiempo y le detuvo el golpe en el aire.

—Para. Y cálmate. Nada de esto es mi culpa —Le hizo señas a Jeanette para que llamara al médico de confianza de inmediato porque Heather se quejaba del dolor.

—¡Ja! ¡Claro! Como no es culpa de nadie que Ellen esté tres metros bajo tierra y que haya arrastrado una vida con ella.

La mirada de Alex se llenó de ira y vio con odio a Heather.

—La verdad es que no es culpa de nadie que ella esté muerta. Todos hicimos lo que pudimos aunque queramos creer que haciendo más, la hubiésemos salvado. No es de tu hermana de quien hablamos. Y no, Heather, no es mi culpa que tu amiga haya vuelto a la prostitución. Sé que no les estoy haciendo las cosas fáciles con lo del dinero; ella tampoco se esforzó en buscar algo más para no tener que prostituirse otra vez.

Eso era cierto. Felicity lo sugirió desde el primer momento. No iba a hablar de eso con ese hombre.

—¿Cuándo la viste por última vez?

—Hace dos días, te dije.

—¿Vas a contarme algo más para que te ayude o irás a la policía para que ellos te ayuden?

Cada vez odiaba más a ese tipo.

—Salió temprano como cada día. Fue al trabajo que mantiene en la tienda por departamentos. Regresó a casa como de costumbre, sobre las 6:00 p. m; y volvió a salir, como cada noche desde hace un año, a las 8:00 p.m. Un coche negro viene a buscarla a casa cada noche y, a veces, la trae de regreso antes de medianoche; a veces, después.

—¿Por qué no estás en el trabajo?

—Porque estoy de vacaciones imbécil y ¿qué relevancia tiene mi trabajo en esto?

«Ninguna» pensó Alex. Solo quería asegurarse de que Heather conservaba su trabajo en el hospital. Ya se sentía muy miserable por darle un empujón a Felicity para volver a la prostitución.

El médico llegó y Alex hizo las presentaciones adecuadas; luego, el hombre examinó la mano de Heather y la inmovilizó momentáneamente porque necesitaba hacerle radiografías para saber qué tipo de fractura tenía.

Alex se quedó allí supervisando que ella le hiciera caso al

médico, no iba a dejarla marcharse en mal estado. Estaba seguro de que tenía más de un día sin comer y sin dormir bien.

—Voy a mi despacho, haré algunas llamadas y te mantendré informada.

—No pienso quedarme aquí.

—Te vas a quedar porque vas a comer lo que Jeanette va a traerte; y luego, podrás irte a donde te dé la gana.

—Tú no me das órdenes.

—No, pero no vas a salir de aquí hasta que comas. ¿Quedó claro? —Heather lo vio con odio—. ¿Quedó claro, Heather? —Alex repitió la pregunta.

—Sí.

A regañadientes, Heather comió un poco del caldo casero de pollo que la chica desgarbada le llevó y también se comió la mitad del pan de especies que acompañaba al caldo. Un poco de la manzana y agradeció la taza de té verde endulzado con un toque de miel que agregaron a la bandeja.

Ya casi cuando iba a terminar de ingerir todo el contenido de la taza, Alex entró con una carpeta en las manos.

—Estos son los archivos que tengo de ustedes —suspiró—. Escúchame bien, Heather —la vio a los ojos y esta notó cuando los de él se enrojecieron y brillaron más de lo normal—; no quiero olvidar a Ellen, pero tampoco quiero tener más cargas en mi espalda. No es mi culpa que tu amiga se haya metido en esto de nuevo; entiendo que no quiere que te ocurra nada y se sacrifica por ti, veo que lo aprecias y solo por eso y porque quiero encontrar paz de alguna manera, dejaré saldada nuestra deuda. Con la única condición de que puedas enviarme algo de Ellen que no me permita olvidarla jamás.

Heather rompió a llorar de nuevo.

Alex se acercó a ella y la abrazó con cuidado. No sabía si la chica respondería bien a ese contacto.

Heather le agradeció haberlo hecho. Lo necesitaba. Eran demasiadas emociones para un solo día y una preocupación que seguía oprimiéndole el pecho.

—Gracias por todo esto, aunque te juro que si a Felicity le pasa algo te voy a joder la vida entera.

—Y me lo tendré muy merecido.

Ella asintió con lentitud, limpiándose los ojos.

—Cuando todo esto pase, prometo darte algo de ella.

—Sé que lo harás —le sonrió por primera vez con sinceridad. Era hermoso. Unas facciones perfectas—. Felicity trabaja en una compañía que no se encuentra a simple vista. La conozco porque mi socio es asiduo a ella y bueno —admitió avergonzado—, yo he hecho uso de ella algunas veces. Les llamé y solo porque usé cartas fuertes que tengo bajo la manga y porque tengo de socio a un hombre muy importante, me dijeron el nombre del hombre al que Felicity visitaba cada noche. ¿Sabías que la contrató de manera indefinida y exclusiva?

Heather negó con la cabeza.

—Felicity no me hablaba de su trabajo.

—Entiendo. Tuvo que haber firmado un contrato muy estricto para poder estar dentro. Aquí sirven sexo a gente muy exclusiva e importante que lo menos que quieren es que se expongan sus intimidades —Alex recordó al hombre que una vez entró allí amenazándole con levantar la deuda de la chica y él se negó.

Parecía un magnate de esos que solo querían dar órdenes.

Y él ya estaba grandecito para cumplir órdenes de alguien que no tenía nada que ver ni con él ni con el negocio. Así que le pidió, amablemente, que se marchara. El hombre lo hizo, sin dejar de hacerle ver su descontento en la mirada.

Aquel día pensó que la cosa no acabaría bien. Pero se equivocó.

Hubo un silencio entre ellos.

—No diré que fuiste tú quien me dio esta información. Es más, rompe estos expedientes. Con una dirección y un nombre me conformaré.

Alex tomó un papel cuadrado que descansaba en una torre de iguales a este dentro de una caja transparente de acetato, en uno de los cajones del moderno escritorio frente a la ventana.

Sacó su *Montblanc* del bolsillo interno de su traje y escribió en el papel una dirección junto a un nombre y un apellido.

Heather iría de inmediato al sitio.

El tal Lorcan iba a tener que entregarle a Felicity así ella tuviese que amenazarlo de muerte.

Capítulo 4

Pál y Lorcan se encontraban en la oficina de este último estudiando algunas proyecciones del negocio que ambos manejaban.

En ese momento, se dedicaban a la construcción de propiedades de lujo al rededor del mundo. Desde casas hasta cadenas hoteleras. Claro, ellos solo tomaban las decisiones; otros daban la cara por ellos.

El paso de los años les obligaba a tener actividades que no tuvieran que dejarles ver en público más de lo que era estrictamente necesario. Y era un negocio que podía mantenerse de manera «familiar» para no levantar sospechas.

Su condición de «vampiros», como les empezaron a llamar después de lo ocurrido con la Emperatriz Christine de Austria; y también por algunas leyendas originarias de Hungría por la época en la que la condesa sangrienta cometía sus crímenes; les obligaba a cambiar de lugar de residencia cada cierto tiempo porque se volvía muy sospechoso que los demás envejecieran y ellos no.

La mayoría de ellos aprendió a permanecer en las sombras,

mientras menos exposición a la humanidad tuvieran, más podían permanecer en un mismo lugar.

Algunos miembros de la familia no eran tan inteligentes y se dejaban ver más de la cuenta como fue el caso de Luk, hermano menor de Lorcan; al que él mismo se vio en la obligación de decapitar. No solo por el pánico que estaba sembrando en la ciudad en la vivían en ese momento si no que así lo estipulaban las normas de la sociedad de los Guardianes de Sangre.

Era una historia de la que Lorcan prefería no hablar ni recordar.

Le dolía haber matado a su propio hermano, pero así era la vida.

Alguien debía mantener el orden y la disciplina cuando alguien más rompía con las reglas.

Existieron otros de la familia que, en el período de adolescencia, no pudieron controlar sus propios instintos y la maldad que llevaba la maldición consigo.

También fueron eliminados antes de que convirtieran a alguien.

Sí. Ellos no solo nacían, también convertían; Marian lo dejó escrito en su diario.

Pero solo convertían cuando la sangre de un vampiro y un humano se mezclaban. No por la mordedura como contaba la ficción.

Aquello fue lo que salvó a Lorcan de la prisión en la que estuvo muchos años.

Tuvo una pelea a muerte con alguien muy importante de la Santa Sede y la sangre que brotaba de las heridas que ambos se produjeron, se mezclaron; haciendo al enemigo, esclavo de la maldición.

Lorcan habría evitado a toda costa darle a uno de ellos ese

poder que otorgaba la maldición de una vida casi eterna. Pero fue inevitable; cuestión de supervivencia.

Dentro de todo, salió bien porque fue lo que lo liberó de ser prisionero de la Santa Sede. Convirtió a un clérigo de gran peso dentro de la «Sagrada institución» y desde entonces, no les quedó más que ser una especie de aliados con los Farkas.

Porque si se decidían por darles caza como ocurrió con todas las mujeres que acusaron de brujas, la Santa sede también se vería afectada.

Lorcan estaba convencido de que esos seres iban a convertir a mas de ellos porque la tentación de vivir para siempre con el poder que tenían se les hacía irresistible.

Algunos de los descendientes de Pál también acabaron enterrados, condenados a una sequía eterna por intentar agredir a uno de su misma especie.

A esos los consideraban traidores.

—Anoche la reunión mensual salió muy bien —comentó Pál refiriéndose a la cita que tenían algunos miembros de la Sociedad. Después bebió de su taza de café.

—¿Y cómo no? Si no estaban ni la abuela ni Gabor. Sin ellos, todo sale perfecto.

Pál, que desde que alcanzó la adultez poco había cambiado, lo vio con mirada reprobatoria.

—Es tu familia.

—Claro, una familia que quiere desatar un caos y que no nos dan descanso.

—No seas exagerado. Y entiéndelos, tu abuela nunca quiso la maldición —Pál pensó en su hermana Etelka, cuando eran pequeños, antes de que Marian les visitara. Su hermana odiaba ser quien era y desde que tenía uso de razón, mantuvo contacto con todas las brujas del mundo que pudieran controlar demonios con el fin de encontrar a Sejmet y pedirle que la liberara de aquello. Por supuesto, eso no iba a ocurrir porque Sejmet, al mezclar su sangre con la de la condesa Etelka las hizo convertirse en una. Sejmet vivía dentro de la condesa y mientras esta estuviese en sequía, Sejmet estaría presa.

—¿Y quién quiere ser prisionero de esta condición que tenemos, Pál? —Lorcan frunció el ceño. ¡Con un demonio! Tenía ganas de matar a alguien.

Era el segundo día que no sabía nada de Felicity y estaba empezando a preocuparse.

Vio una vez más el móvil.

Nada.

Pál lo analizaba con esa forma tan característica que tenía para hacerlo.

Sus ojos grises midieron todas las acciones de Lorcan. Lo conocía muy bien y sabía que algo grave le sucedía.

—Por qué no llamas a una de las chicas de la compañía para que liberes la tensión que tienes encima.

Lorcan lo vio con mirada asesina.

—No se trata de sexo.

Pál empezó a preocuparse. Su sobrino nieto era un hombre complejo y lleno de tormentos.

Cuando no podía drenar sus molestias con sexo, alguien podía acabar muerto.

—¿De qué se trata, Lorcan?

En ese momento, cuando Lorcan se disponía a contarle todo lo ocurrido con Felicity porque era la única persona en el mundo en quien confiaba ciegamente, la puerta de la oficina se abrió de golpe.

Lorcan no tuvo tiempo de reacción.

Su hermano lo tomó desprevenido, lanzándose sobre él con la mirada iracunda y el puño listo para estamparlo en la cara de Lorcan.

Garret estaba furioso.

Debía ser muy intensa su emoción para que traspasara el bloqueo que el mismo Lorcan se impuso a las emociones ajenas.

El puño de Garret se estrelló en el pómulo izquierdo de Lorcan hinchándolo de inmediato.

Garret era famoso por sus ganchos de pelea.

Así como Lorcan era famoso por anticipar los golpes del enemigo; aunque en ese momento, no había anticipado nada. Nada.

Pál intervino justo cuando los dos machos tomaban posiciones de batalla que él mismo les enseñó en el pasado.

—¡¿Qué coño te pasa?! —gritó enfurecido Pál a Garret que no le sacaba los ojos de encima a Lorcan.

Estaba actuando dominado por sus peores instintos asesinos.

Aquello que ocurría, era muy grave. Garret era el más pacífico de los tres.

—¿Qué le hiciste a Felicity? —Garret formuló la pregunta apretando los dientes. Los ojos se le oscurecieron y Pál sabía que aquello no iba a terminar bien.

Lorcan se sintió confundido.

¿Qué le pasaba a Garret y por qué le preguntaba por Felicity?

Entonces vio a una mujer detrás de su hermano que, también, lo observaba enfurecida.

¿Qué le pasaba a todo el mundo ese día?

—¡Responde! —exigió Garret listo dar pelea una vez más.

—¡Nada! ¡Maldita sea! ¿Qué ocurre?.—La voz grave y ronca de Lorcan retumbaba en la estancia—. Sería incapaz de hacerle algo a Felicity —vio a su hermano a los ojos; este apretó aún más los puños.

—Entonces, ¿por qué no regreso a casa? —la mujer lo veía con fuego en la mirada.

Los machos estuvieron en posición de ataque un par de minutos más, desafiándose con la mirada.

Lorcan ya tenía todos los sentidos puestos en su atacante y estaba listo para devolver el ataque que este le diera; le importaba un pepino que fuera su hermano.

Tampoco sería la primera vez que luchaban.

Garret lo veía con una furia que Lorcan creyó reconocer. Eso lo desestabilizó un poco.

Su hermano solo lo había visto así hacía años, cuando decidió poner sus ojos en una bruja a la que la Santa Sede capturó en nombre de la Inquisición.

Y Lorcan era el verdugo estrella de esos miserables.

Garret tardó mucho en perdonarle aquello a Lorcan.

No comprendía que no tenía la culpa de nada. No sabía quién era la chica.

Se enteró un tiempo después cuando dejó aquel asqueroso trabajo de verdugo para volver a casa y, en una conversación entre hermanos, acabaron atando cabos que les llevó a estrellarse contra el ventanal de la mansión, cayendo enzarzados en una pelea que llegó a su fin solo cuando los dos quedaron debilitados encima del césped y llenos de heridas que para alguien «normal», habrían sido mortales.

Esa particular ira que Garret dejó ver en el pasado y ahora en el presente, llevó a Lorcan a encajar las piezas del rompecabezas que le plantaron en frente.

Le gustaba Felicity.

Dios.

—¡¿Alguien va a responderme o es que están todos sordos?! —La mujer, que iba vestida en ropa deportiva, le sacó de sus pensamientos.

Tenía mal semblante.

Lorcan pudo sentir la preocupación; no, angustia, desesperación, tristeza que traía consigo la chica.

Pudo sentir lo que ella sentía.

¿Qué ocurría ese día?

Su hermano suavizó la mirada y relajó la mandíbula. La furia menguaba.

Ambos inspiraron con fuerza y al hacerlo, Lorcan pudo sentir un cosquilleo en la nariz producido por los aromas que venían de la mujer.

Ámbar, jazmín, algún toque cítrico.

El vampiro abrió los ojos y se acercó a ella.

La veía con fascinación mientras ella lo veía con más rabia.

Y sintió en su pecho las emociones de ella.

El estómago se le encogió. Sentía que se ahogaba.

La angustia que ella emanaba era abrumadora.

Lorcan se empezaba a preocupar. ¿De dónde había salido aquella mujer?

—Lorcan —intervino Garret más calmado—. ¿En dónde está Felicity?

—¿Cómo voy a saberlo? —Lorcan no quería perder de vista a aquella mujer que lo retaba con la mirada.

—¿Te vas a hacer el estúpido? —preguntó ella—. ¿No se supone que eres tú el que paga por los servicios de ella?

—Yo no pago por los servicios de nadie.

—¿Ah, no? —La mujer levantó las cejas—. Eso no fue lo que le dijeron a Alex J.

Lorcan apretó los puños.

—¡Ese maldito camello, lo voy a matar! —La rabia desmedida en las palabras de Lorcan aterrorizaron a la chica.

Pudo sentirlo.

El miedo se apoderó de ella.

—Nadie va a matar a nadie, Lorcan —acotó Pál que de seguro pudo percibir las sensaciones de ella.

—¿Quiero saber en dónde está Felicity? —Agregó ella viendo a Pál con angustia—. Me dijeron que tú podrías tenerla —exhaló con preocupación y Lorcan sintió una fuerte presión en el pecho—. Si no la tienes tú y no la tiene Alex J. ¿Quién diablos la tiene? —Los veía desesperada—. ¿En dónde está mi amiga?

La chica se quebró frente a los tres hombres.

Pál meditaba la situación esperando que los involucrados reaccionaran.

Garret no podía sentir mayor angustia en ese momento. Desde la primera vez que vio a Felicity atravesar las puertas de la oficina, desde ese día, la chica se adueñó de su corazón.

Y Lorcan, no podía coordinar sus pensamientos.

No entendía qué demonios pasaba con él.

¿Cómo era que la barrera que él mismo levantó hacía años para no sentir las emociones ajenas, se derribaba ante esa mujer?

¿Cómo era que Felicity estaba desaparecida?

Dios. Si le pasaba algo no se lo iba a perdonar jamás.

La culpa lo invadió y se dejó llevar por las emociones de ella.

Eran intensas, penetrantes, atrayentes.

Como una maldita droga.

Necesitaba calmarse.

Pero el llanto de ella empeoraba las cosas.

Cerró los ojos e hizo una fuerte inspiración.

«Felicity»

El llanto de la chica.

La rabia de Garret.

El desconcierto de Pál.

La presión en su pecho.
Otra inhalación.
Pál se le acercó.

—Muchacho, ¿estás bien? —Lorcan se puso pálido en un segundo y Heather sintió que el mundo se tambaleaba ante ella.

Lorcan inspiró con fuerza por tercera vez cuando sintió la debilidad de la mujer.

¿Le estaba absorbiendo energía?

Pudo sentir todos los olores que provenían de ella.

Y la corriente de sangre atravesarle el cuerpo.

¿Qué era lo que le ocurría?

Observó cuando Pál recostó a la chica en el sofá de la oficina. Y regresó con él.

No entendía nada de lo que pasaba a su al rededor.

—Es momento de que pares, Lorcan. ¿Cuánto tiempo tienes que no te alimentas?

Felicity estaba desaparecida.

La intensidad de la absorción se intensificó y empezó a sentir cosas extrañas en su cuerpo.

Era como tener un torrente de energía extra que le exigía ponerse en movimiento.

Todas sus emociones se intensificaron.

Felicity estaba desaparecida.

Y de pronto, un golpe intenso en la boca del estómago lo despegó de aquella conexión que había creado con la extraña mujer sin darse cuenta.

Se dobló a causa del dolor.

—¿Qué diablos estás haciendo? —Pál lo veía con preocupación . Su hermano estaba frente a él abriendo y cerrando la mano.

Lo tomó desprevenido de nuevo.

—No lo sé —pronunció, a medias, el afectado. Le faltaba la respiración.

La chica despertó tosiendo; Garret fue en su ayuda.

Sirvió un vaso con agua y se lo dio.

Heather vio a su alrededor, no entendía nada de lo que le ocurría ese día y se echó a llorar suplicándoles que le devolvieran a Felicity.

Lorcan sintió que el alma se le iba del cuerpo.

¿En dónde estaba su querida Felicity?

Cuando se recuperó, vio a Pál para darle la tranquilidad de que ya se encontraba en su pleno juicio y que no le haría nada a la chica.

Se sentó junto a ella.

Y ella se alejó al extremo opuesto del sofá.

—No voy a lastimarte. Necesito que me digas qué es lo que ocurre con Felicity.

—Que nosss digas. Nosss —acotó Garret arrastrando las «S» y Pál volvió los ojos al cielo.

No tenía muy claro que ocurría entre los gallitos de pelea y la chica que estaba desaparecida.

¿No se suponía que Garret había hecho votos de castidad después de la muerte de su único amor?

¿Ahora los dos tenían los ojos sobre la misma mujer?

—Garret —Lorcan lo veía con seriedad—. No es lo que crees con ella. Así-que-para-ya.

Garret frunció el ceño.

—No ha vuelto a casa desde hace dos días —dijo entre sollozos la chica.

¿Quién era esa mujer que le estaba haciendo perder el control de esa manera? Se preguntaba Lorcan observándola con profunda curiosidad.

Estaba abrumado, confundido, no solo por la noticia de

lo que ocurría con Felicity sino además por lo que él mismo estaba despertando en su interior.

Pál se acercó a ella y vio a Lorcan.

—¿Sabes algo, Lorcan?

Lorcan respiró con profundidad. Le parecía que no había suficiente aire para respirar en aquella habitación.

—Te juro que no sé en dónde está.

Pál dejó salir el aire.

Le preocupaba que Lorcan hubiera hecho alguna estupidez de esas que hizo en el pasado y tuviera prisionera a la chica para que esta no lo delatara.

—¿Es de la compañía? —preguntó Pál.

—Si se refiere a la compañía de prostitutas finas; sí, lo es —respondió la mujer—. ¿Usted es el dueño? ¿Cómo puede dirigir un negocio así? ¿No le da remordimiento de consciencia? —Heather era una máquina de hacer preguntas que lo único que conseguía era aturdir más a Lorcan—. ¿Quiénes son ustedes?

Pál la vio sin responderle. Pero la observaba con compasión.

Sabía lo que era no tener noticias de los seres que uno llega a amar en la vida. Y para ella no estaría siendo nada fácil ir a un lugar que no conoce a pedirle respuestas a unos extraños que parecen de la mafia como ella estaba pensando.

Debían solucionar una cosa a la vez.

No podían estar involucrados en desapariciones de manera pública.

Así que sería prudente resolver eso cuanto antes.

—¿Cuál es tu nombre, querida? —preguntó a la mujer.

—Heather —esta sollozaba—. Y siguen sin decirme quienes son ustedes.

—Tienes razón, Heather, te lo diremos; primero, me gustaría que me dieras detalle de todo lo que sabes, ¿te parece bien? —La chica lo veía con duda—. Nuestra urgencia y creo que también es la tuya, es traer a tu amiga sana y salva a casa ¿cierto? —ella asintió—. Entonces cuéntamelo todo, yo mismo voy a ayudarte a encontrar a Felicity.

Ella empezó a hablar con desespero.

Pál se sintió más tranquilo cuando se enteró de que la policía no estaba involucrada y le pidió a la mujer que mantuviera a las fuerzas policiales al margen de lo ocurrido.

—Si le pasó algo malo yo...

Se echó a llorar de nuevo.

—Lorcan, por favor, ¿Cuándo fue la última vez que la viste?

—Hace dos noches.

—¿Y? —Pál necesitaba que fuera más específico, su sobrino sabía muy bien de lo que le hablaba.

—¡Y nada, Pál! ¡Nada! Hubo un malentendido entre nosotros y ella se marchó sola a casa. No quiso que yo la llevara como cada noche.

Garret lo vio furioso de nuevo. Lorcan entendió de inmediato su reacción.

De seguro estaba pensando que, al no poder tener control absoluto sobre Felicity, la tenía en algún lugar o peor aún, la había lastimado.

Le dolía que aun su propia familia lo viera como el ser malvado que una vez fue.

Si era muy cierto que varias veces, en los últimos años, estuvo a punto de salirse de control y esa bondad que intentaba regenerar en él se lo había impedido.

Y mientras Felicity estuvo a su lado todo mejoró.

—No le hice nada, Garret —lo vio con tristeza; le dejó ver cómo se sentía gracias a sus dudas—; te lo juro por la tumba de papá y mamá.

Pál entendió lo mal que se encontraba Lorcan, lo conocía bien. Sabía que no era un santo, pero admitía que se esforzaba cada día por apagar esa maldad que se instaló en su interior tras el sacrificio que hizo que lo trastornó para siempre.

Se frotó la cara con las manos. Heather acentuó su llanto. Lorcan sentía que enloquecía con todas las emociones que ella le estaba transmitiendo.

Se desabrochó la corbata.

Pál reaccionó con rapidez, Lorcan necesitaba estar a solas pronto.

—Garret, lleva a la señorita a tu oficina. Atiéndela como lo merece. Lorcan y yo nos encargaremos del resto.

Nadie contradecía a Pál.

Garret solo asintió y ayudó a Heather a levantarse del sofá.

—No me iré de aquí hasta que me digan en dónde está —amenazó ella.

—Yo haría lo mismo en su lugar, Heather. Le daré noticias, se lo prometo.

Capítulo 5

Pál entró a su oficina con la calma que lo caracterizaba. Se quedó unos minutos de pie, junto a la ventana; que, cada día, le obsequiaba la vista de una ciudad que se le hizo seductora desde la primera vez que la pisó.
Nueva York era desenfrenada y auténtica.
Cruzó los brazos sobre el pecho manteniendo la espalda recta y el porte impecable de un aristócrata.
Lo era. Y sus buenos modales se mantuvieron con el paso de los años.
Intentaba entender qué estaba ocurriendo en ese momento fuera de su oficina.
Sus sobrinos se acababan de enfrentar por una mujer.
Lorcan y Garret enfrentados por una mujer.
Como en el pasado.
Aunque, en el pasado, Lorcan no estaba interesado en el amor de la mujer que era la dueña del corazón de Garret. Por ello la pelea que dejó muchos daños materiales y una sirvienta al borde de un colapso nervioso de ver a esas dos bestias lastimándose.
La sirvienta acabó perdiendo la memoria casi por comple-

to, era humana y no podían dejarla ir así como así. El Coven de brujas aliadas le ayudó a que la mujer no recordara nada de lo que había vivido en toda su vida antes del fin de aquella pelea épica, convirtiéndola en una especie de jarrón vacío que perdía la capacidad de hilar una conversación o de mantener recuerdos del presente.

Razón principal por la que evitaban hacer uso de ese poder del olvido. A los humanos les afectaba más de lo que realmente necesitaban.

Por eso se cuidaban tanto de no levantar ni siquiera miradas ahí por donde pasaban.

Cosa que era un poco difícil; físicamente, no eran del tipo que pasaran desapercibidos. Otra razón para no dejarse ver en público más de lo que era necesario.

Entrecerró los ojos, clavando la vista en algún punto del pulmón de la ciudad que se encontraba teñido de marrón debido al paso del invierno.

Tenía que pensar muy bien cuál sería su próximo movimiento.

Era algo que caracterizaba a Pál. No tomaba decisiones a la ligera.

No después de la vez que mató a Marian mientras ella le otorgaba su psique para alimentarlo por completo.

No después de que se dejó convencer por Christine de Austria para acabar con su vida y haber sido tan descuidado de no darse cuenta de que estaban siendo vigilados por la Santa Sede.

Aquello lo consideraba el peor error de toda su existencia.

Más allá de las vidas que se había cobrado con el paso de los años; las inocentes y las que simplemente merecían tener un fin. Aquel error con la emperatriz fue lo que llevó a Lorcan a ser quien era hoy en día. Y todo fue su responsabilidad.

Su culpa.

Dejó escapar el aire con nervios.

Se sentía muy inquieto con el asunto de la chica desaparecida.

No estaba bien tener a un humano husmeando entre ellos.

Pensó en Lorcan y en todo lo que ocurrió desde que entró en su oficina esa mañana.

El hombre parecía estar en otro sitio. Chequeaba su móvil cada pocos minutos como si estuviera a la espera de alguna noticia.

Suspiró de nuevo.

La última vez que vio a Lorcan así había hecho algo muy grave y tuvieron que trabajar en conjunto para hacer desaparecer las evidencias.

Claro, en aquella época todo era mucho más sencillo.

No existía tanta tecnología que pudiera incriminarle directamente; ahora, todo cambiaba.

Sentía tanta compasión por su sobrino.

Se sacrificó por él, por toda su familia ante la Santa Sede para que no arremetieran contra ellos.

Para que pudiera existir un lugar para todos en el mundo.

Aun no sabía si tuvo suerte o fue una desgracia mayor que Lorcan convirtiera a uno de esos malditos sin quererlo.

Lo liberaron, sin duda; pero a su vez, los ataron a todos a no poder tocarse entre ellos porque estarían quebrantando las reglas que el mismo Pál había impuesto dentro de la sociedad de los Guardianes.

Así que, en la Santa Sede les hicieron un espacio a ellos, a los vampiros, como la querida emperatriz les empezó a llamar.

Aunque aquel apodo se remontaba a la época en la que su propia abuela hizo el pacto con Sejmet.

Negó con la cabeza.

No le gustaba ser lo que era y no le quedó más remedio que adaptarse o morir.

Sus ganas de vivir siempre superaban al rechazo que sentía por aquello que era.

¿Qué ocurría con Lorcan ahora?

¿Por qué Garret decidió romper sus votos? Le parecieron una completa locura desde el principio. Pero así eran ellos. Su naturaleza siempre les obligaba a arrastrar algo turbio con ellos. Algo macabro que podía representar una parte oscura de la personalidad de cada uno o solo representaba una parte del pasado que no querían dejar ir.

Que no querían olvidar.

Y esa chica que ahora estaba con Garret, ¿qué influencia podía tener en Lorcan? ¿Sería una bruja y no se dieron cuenta?

¡Dios santo!

Se dio la vuelta y se sentó en su escritorio.

No sabía por dónde empezar a resolver aquella maraña de preguntas que tenía en su cabeza y que, inevitablemente, le traían malos recuerdos.

Levantó el teléfono. Marcó el número de Klaudia.

—Pál, espero que sea realmente importante. Estoy en medio de una meditación guiada en un templo con mi perfecto maestro de Yoga.

—Es importante —afirmó Pál en un tono tan profundo que Klaudia dejó todo lo que estaba haciendo para poner su atención al entero en la conversación.

—¿Qué ocurre?

—Hay una chica desaparecida.

—Y yo… ¿qué puedo hacer?

—Es de las tuyas, Klaudia. De la compañía.

—¡Oh! —Klaudia mantuvo el silencio. Y luego preguntó—: ¿Lorcan? —Muchos sabían lo atormentado que estaba

Lorcan y las cosas que hacía para satisfacer su apetito sexual que, a su vez, calmaba la ira y las ganas de matar en él.

En la familia sabían que Lorcan eran como una bomba de tiempo; que era peligroso. Y solo Pál sabía cuán peligroso podía llegar a ser.

—Asegura que no le ha tocado un pelo a la mujer, pero nadie sabe de ella desde hace dos días y el último que la vio fue Lorcan.

Otro silencio.

Klaudia entendió lo que podía significar.

—Y al parecer —continuó Pál—, esta chica era muy especial porque estaba pagando por ella una exclusividad.

—Tú, ¿qué crees?

Pál suspiró profundo.

—Que no tiene nada que ver. Su angustia es genuina. Le tiene aprecio a la chica. Me aseguró que no ha tenido sexo con ella en un año y que es muy importante para él.

Otro silencio.

—Te llamaré en un momento, pediré que abran los expedientes de confidencialidad para mí.

Colgaron.

Pál se sumergió de nuevo en sus pensamientos.

Recordó cuando creó la sociedad de los Guardianes de Sangre.

Veronika se lo había pedido, necesitaban custodios, guardianes que cuidaran de un balance perfecto entre humanos, brujas y vampiros.

El principal objetivo era mantener en sequía eterna a la condesa sangrienta en su escondite de la cueva en las profundidades de un bosque al norte de Inglaterra; pero también debía cuidar de que las nuevas generaciones que portaran la maldición fueran criados dentro de las normas establecidas por la sociedad, sabiendo muy bien quienes eran, cómo debían alimentarse; y, sobre todo, que no podían crear el pánico entre los humanos.

Debían siempre pasar desapercibidos.

Quienes rompían las normas tenían castigos.

Como ocurrió con Luk. ¡Cuánto lamento su pérdida porque era un chico gracioso y muy inteligente! Dejó que el poder de la maldición lo absorbiera por completo obligando a Lorcan a matarle.

Chasqueó la lengua sintiendo frustración; por donde lo viera, Lorcan nunca tuvo las cosas fáciles.

El teléfono sonó y Pál lo tomó de inmediato.

—Pues Lorcan dice la verdad —Klaudia empezó a hablar—: la chica, Felicity, estaba contratada de forma indefinida por Lorcan y lo curioso es que no es de las chicas que nos sirven como fuente de alimento.

—Entonces, desconoce nuestra naturaleza.

—Exacto, bueno, lo desconoce por el lado de la compañía. No quiero ser alarmante, Pál. Pero si Lorcan no ha estado en contacto con las chicas que tengo en el equipo especial, sabes lo que quiere decir eso, ¿no?

Pál se quedó en silencio un segundo. Cerró los ojos recostándose de su silla.

¡Claro que sabía lo que significaba!

Acababa de presenciar la poca alimentación que había tenido su sobrino en los últimos meses. Lo cual, era muy grave.

—¿Cómo es que no te habías dado cuenta? —Klaudia rompió el silencio que se hizo entre ellos.

—Porque de alguien más ha estado alimentándose y...

—¿Podría ser que la chica sabe quiénes somos y ha mantenido el secreto?

—No lo creo, Klaudia. Aquí está ocurriendo algo muy

raro. Te mantendré al tanto. Gracias por la información.

—Vigila a Lorcan, Pál. No queremos perderlo.

—No. No queremos. —Pál sintió el estómago revolvérsele.

No podía imaginarse perder a Lorcan.

Si se salía de control nuevamente, esta vez no podrían proceder como en el pasado.

No podrían mantener el secreto entre ellos dos; y Lorcan, tendría que morir.

La condesa sangrienta

Hungría, siglo XVI

Etelka encontró una nueva actividad tan pronto descubrió que la sangre tibia, la rejuvenecía. Empezó a desangrar mujeres porque necesitaba la sangre para aplicarse en el rostro y resto del cuerpo y así, obtener una mejoría súbita en la piel.

Lozanía. Hasta le parecía que las arrugas empezaban a borrarse.

Dio la orden de que le colocaran un espejo grande en la habitación y frente a este una silla, porque su deseo era pasarse el día entero observando lo hermosa que era.

Lo joven que se veía gracias a su descubrimiento.

Sí, estaba obsesionada.

Pronto le atacó el aburrimiento por solo desangrar a las chicas y necesitó subir el nivel de tortura para disfrutarlo más; así, también, rejuvenecería su alma, pensaba.

Las torturas se volvieron cada vez más crueles; convirtiendo cada lugar en el que se hallara la condesa, en un baño sangriento que acababa con la vida de decenas de chicas para darle la ansiada juventud a ella.

En uno de sus viajes de regreso al castillo Csejthe, en el que vivió gran parte de su vida, se percató de que una sombra la observaba desde lejos.

Siguió viendo esta mística aparición varias semanas más.

Noches de luna llena que hacían ver el bosque tenebroso.

Un lugar en el que podían esconderse criaturas peligrosas, oscuras.

Una noche, ya estando en el castillo de Csejthe, vio la sombra a orillas del bosque.

Nunca antes la vio tan cerca.

Era una mujer.

Podía ver como el cabello, negro y largo, ondeaba en mechones que se escapaban de la gruesa capucha que protegía la cabeza de la mujer.

La luna le daba un brillo magnífico a esa melena; y de pronto, la mujer fijó la vista en Etelka, dejándola sin aliento.

Aquellos ojos ambarinos y seductores los llevaría impresos en la memoria para siempre.

Salió de sus aposentos al encuentro de la figura misteriosa.

Ibolya, su fiel sirvienta, la siguió advirtiéndole que hacía frío afuera y que no llevaba abrigo; pero la condesa no le hizo mayor caso. Solo quería saber quién era esa mujer.

Cuando llegó al sitio, no encontró nada.

Estuvo inspeccionando la zona hasta que, por la baja temperatura, los temblores del cuerpo le dificultaban los movimientos naturales en piernas y brazos.

Agradeció que Ibolya la siguiera con otro de sus fieles sirvientes. La arroparon y la llevaron directo al castillo en donde pasó en cama, con fiebre alta y dolores intensos del cuerpo los siguientes tres días; en los cuales, algunas veces, deliró por la alta temperatura.

O eso creía ella.

Ibolya sabía que algo no iba bien con la condesa porque no había enfermado de esa manera y además, no se comportaba de la forma habitual cuando algo le dolía.

Parecía que estaba dominada por algo más.

Ibolya se preguntaba qué tendría su señora.

La admiraba y anhelaba poder llegar a estar a su altura alguna vez aunque en su interior sabía que aquello era solo una fantasía.

Jamás podría llegar a ser una Condesa, no cumplía con los requisitos y eso le hacía sentir obligada a acceder a cada capricho de su señora para que esta, en el futuro, le diera algo que la acercara un poco a la nobleza de la época.

Etelka, entre tanto delirio, vio de nuevo a la mujer misteriosa.

Esta vez, estaba con ella en su habitación.

—Puedo darte la belleza eterna a cambio de tus hijos y de que crees una nueva especie para mí —le dijo esta figura que le parecía tan hermosa, que hasta sentía que le dolían los ojos al ver tanta belleza. La delicadeza de la mujer parecía irreal.

La observó sentarse en la cama, hacerse un corte en la muñeca con una especie de garra metálica que llevaba engarzada en el pulgar de la mano contraria, como si fuera un anillo.

Luego, tomó la mano de la condesa y le hizo un corte igual.

Etelka se sobresaltó cuando la uña metálica desagarró su piel.

La aparición juntó ambos cortes pronunciando unas palabras en un lenguaje que la condesa a pesar de no reconocerlo, lo entendió perfectamente.

«Tu sangre y la de tu descendencia se unen a la mía. Cada dos generaciones de los tuyos, nacerán especiales de los míos. Serán la nueva raza. Superiores a los humanos en muchas cosas».

Los ojos de Etelka centellearon.

La mujer le sonrió con ironía.

«Tu nueva vida no será fácil, otros han hecho este mismo pacto y no han sobrevivido. Sé inteligente y usa tu instinto. No me defraudes».

Entonces, la mujer chasqueó los dedos desapareciendo en el acto y Etelka sintió la vida correr en ella.

Una corriente recorrió sus venas, bombeó en el corazón con fuerza dejándole sentir cómo la enfermedad se iba de su cuerpo para dejarle completamente sana y con la energía de una jovencita de quince años.

***

Ibolya consiguió a Etelka desnuda en el calabozo, azotando con violencia a dos sirvientas.

Las mujeres, ya inconscientes, estaban bañadas en sangre. Un gran charco se formaba debajo de estas; de las muñecas de Etelka, también goteaba la sangre.

—Señora, no sabía que ya se sentía mejor.

—Mejor que nunca, Ibolya.

La fiel servidora sintió curiosidad. Su señora lucía veinte años más joven y los ojos le brillaban como si hubiese encontrado un tesoro inmenso.

En cierto modo, así era según lo apreciaba Etelka.

En cuanto despertó de la fiebre, sintió la necesidad expresa de ir al sótano tomar a dos de las prisioneras y divertirse un poco con ellas.

Más tarde tuvo que dejar de jugar y ocuparse de los asuntos serios; entonces, las azotó para que brotara la sangre de las heridas.

Fue cuando empezó a sentir cosas extrañas.

Si aguzaba el oído podía escuchar el débil pulso de las mujeres.

Su nariz percibía tantos aromas; sobre todo, de la sangre que salía del cuerpo de las mujeres.

Cuando Ibolya entró, pudo percibir el ligero brillo en su frente a causa del sudor; y también, sintió un olor en el ambiente que no supo distinguir hasta que notó la mirada lujuriosa que la fiel sirvienta les dedicó a ella y a las mujeres.

Estaba excitada y esos aromas que reinaban en el ambiente, penetrantes y picantes, salían de su sexo.

Sonrió con malicia.

Su empleada era una caja de sorpresas.

Tan parecida a ella.

Se le resecó la garganta.

—Trae vino.

La muchacha asintió y salió de la habitación.

Etelka necesitaba permanecer en el lugar hasta cerciorarse de que estaba haciendo las cosas de la manera adecuada.

Su instinto le indicaba cómo actuar más no sabía si lo hacía bien.

Carraspeó la garganta.

La sed la estaba enloqueciendo.

Fue cuando sus ojos se posaron en una gota de sangre que salía de una de las heridas que tenía en la sien la mujer que aún balbuceaba algunas cosas. Los ojos de Etelka hicieron el recorrido que hacía la gota.

Diminuta, pero tentadora; salió de la herida con una perfecta redondez y Etelka la siguió como en cámara lenta cuando descendió por la mejilla de la chica y luego la vio perderse debajo de la mandíbula para reaparecer en el cuello.

Allí, en donde sabía que había una vena que si la seccionaba, sus víctimas se desangraban en segundos.

Se conocía la anatomía del cuerpo gracias a todas las torturas que profirió a las desdichadas mujeres que pasaron por sus manos.

Se relamió los labios cuando vio, así, sin esfuerzo alguno, cómo la vena del cuello bombeó la sangre de la mujer con pasmosa lentitud.

Se le estaba apagando la vida.

Y ella moría de sed.

Se acercó a la chica y sintió una punzada aguda en las encías.

Una punzada que, de repente, se transformó en un dolor insoportable.

Gritó y en su costumbre de morder a la gente cuando sufría de algún dolor incontrolable, le hincó los dientes en el cuello a la chica haciéndola reaccionar al dolor y obligándola a gritar de terror.

Etelka sintió la carne de la mujer romperse bajo su mordedura, no como en los mordiscos que dio en años anteriores por culpa de sus dolores de cabeza.

No.

El sabor de la carne y la sangre tampoco era igual y solo quería saciar su sed con el líquido tibio y de sabor dulzón que ahora invadía el interior de su boca.

Sus papilas reaccionaron a la sangre de forma tan precisa, que Etelka pensó que hasta entonces, sus papilas habían estado muertas y las sangre, tibia, dulce y maravillosa, las hizo revivir permitiéndole experimentar una explosión de sabores en su boca.

Una explosión de emociones en su interior.

Sintió humedad en su sexo.

Y no se lo pensó dos veces antes de tocar el punto exacto que le daba gran placer en soledad.

Mientras frotaba su sexo con intensidad, succionaba con ahínco la sangre de su víctima hasta que le alcanzó el clímax y la vida de la chica, se apagó.

***

Etelka era insaciable.

Su sed de sangre no se calmaba con nada y las sirvientas empezaban a hacerse escasas en las cercanías.

Debido a esto y a todos los ruidos abominables que salían del castillo por las noches, los rumores en su contra también empezaron a hacerse cada vez más fuertes.

Ibolya sirvió diversos tipos de jovencitas, según las exigencias de su señora. Y aunque su energía y lozanía parecía ser cada vez mejor, sobre todo por las noches, no conseguía que la condesa se mantuviera un poco más controlada con el fin de no levantar más rumores en el poblado.

La gente hablaba de monstruos nocturnos que se alimentaban de la sangre del ganado y se robaban a las vírgenes para tener sexo con ellas y luego dejarlas abandonadas a su suerte.

Algunas de esas jovencitas, la misma Ibolya dio la orden de dejarlas en el bosque por orden expresa de la señora. No entendía por qué unas las enviaba al bosque y otras a la fosa común que hicieron en un lugar que nadie frecuentaba dentro del castillo.

Ibolya recordó la noche febril de la señora, cuando en agonía, y sin explicación alguna, la sangre brotó de su muñeca.

¿Quién visitó a la condesa en medio de la noche?

¿Quién le dio ese poder que intentaba ocultarle después de que la viera azotando a unas infelices hacía unas semanas?

Desde entonces, no la dejaba participar en las torturas como lo hizo antes y la verdad era que Ibolya se sentía desplazada.

Quería gozar de lo que la señora gozaba. Estaba convencida de que se lo merecía por servirle con tanta fidelidad.

Con todos esos cambios, estaba convencida de que la condesa había vendido su alma al diablo.

Por su parte, la condesa, no podía sentirse mejor.

Estaba en su mejor momento.

Experimentaba con las jovencitas que su adorada Ibolya le llevaba.

Era una delicia poder succionar la sangre a borbotones que salía de la vena del cuello.

Con solo pensarlo, se le hacía la boca agua y necesitaba más sangre.

Ibolya le advirtió que debía parar, pero no podía hacerlo. Era un hambre insaciable que ni la comida ni la sangre lograba calmar.

Hasta que no descubriera cómo quedar saciada, debía seguir experimentando.

¿Cómo iba a conseguir una nueva especie si no experimentaba?

Después de todo, esa mujer que le dio la nueva vida no le explicó muchas cosas. Solo hizo exigencias sin dar al menos una pista de cómo conseguir cumplir con ellas.

No estaba segura de que obtuviera resultados de la descendencia tal como esa mujer le dijo; o tal vez, la descendencia de Aletta no era digna para ser una nueva especie.

Había recibido una carta en la que Aletta le contaba lo triste que se encontraba por su pequeña Katlin; que, con un mes de nacida, murió sin explicación alguna.

Etelka lo lamentó por su hija. Ella sabía en carne propia lo que era perder un hijo.

Recordó al pequeño bastardo que dio en adopción a la

mujer de compañía que le impuso su suegra para poder hacer el viaje a su antigua casa y ver a su madre antes de convertirse en la esposa de Pál.

«¿Qué habrá sido de ese niño?», se preguntó. Si vivía, ¿su descendencia también quedaría marcada con el pacto que hizo con la mujer misteriosa?

¡Cuántas preguntas!

Poco sabía de su nueva condición.

Y le llevó tiempo aprender cosas como que el sabor de la sangre no era universal; y odiaba que Ibolya le llevara al castillo vírgenes porque aquella sangre además de saber asquerosamente mal, le sentaba fatal.

Llegó a preguntarse también si mezclar su sangre con la que salía del cuerpo de las sirvientas, las convertiría en lo mismo que ella. Tal como hizo la mujer misteriosa con ella misma la noche de la fiebre intensa.

Puso a prueba a varias.

Las pocas que sobrevivían, las mandaba a llevar al bosque; pero luego no sabía nada más.

Rumores existían, y muchos. Sobre ella y las bestias que atacaban al ganado y otros animales por la noche.

Sin embargo, nadie aseguraba haber visto nada.

También se dio cuenta de que las heridas que se hacía para mezclar su sangre con la de las chicas que elegía, cerraban pronto sin dejar cicatrices.

Entonces empezó a hacer pruebas que, cada vez, eran más peligrosas y mortales. Para un humano normal, obviamente, porque ella ya había dejado de serlo; lo dejó demostrado el día que se enterró la daga de plata en el pecho y solo estuvo inconsciente por unas horas.

Al volver en sí, no quedaban rastros de la herida y se sentía como si nada le hubiese ocurrido a su cuerpo.

Mantenía a Ibolya al margen de su cambio. Porque sentía que perdía el control sobre sus emociones cada vez que drenaba la vena de alguna mujer.

Era como si se convirtiese en alguna clase de animal salvaje, sediento de sangre.

Y no quería exponer a su adorada Ibolya a ese peligro.

Sería terrible perderla.

Por supuesto, cuando —por fin— lograra entender todo sobre su nueva condición, buscaría la forma de convertir a Ibolya en una aliada de su misma especie.

Sonrió pensando en eso mientras Ibolya la peinaba con delicadeza y amor; ella solo se concentraba en observar su belleza en el espejo tal como lo hacía cada día cuando no estaba en el calabozo entretenida matando a alguien.

—¿Qué te hace feliz, mi señora?

—Algún día te lo diré.

—¿No confías en mí? —Ibolya se arrodilló ante ella y le besó el dorso de la mano—. ¿Qué he hecho para ganarme tu indiferencia en los últimos días?

Etelka la vio con compasión, le acarició el rostro.

—Eres como una hija para mí. ¿Cómo puedes pensar que te trato con indiferencia? —la condesa podía olfatear la angustia real de la chica.

Pobre.

Debía ser honesta con ella y pedirle paciencia.

Pero cuando se disponía a hacerlo, un sirviente entró agitado en la habitación de la condesa, sin previo aviso.

En cuanto entró, y el olor nauseabundo que reinaba en el espacio se apoderó de sus fosas nasales, lamentó no poder evitar devolver lo poco que tenía en estómago.

Los escasos sirvientes que quedaban en el castillo no se daban abasto para limpiar los regueros de sangre que dejaba la condesa a su paso.

Y por más ceniza que tiraran para secar la sangre, el olor a muerte y descomposición era inaguantable.

—¡¿Cómo te atreves a entrar así?! —Ibolya le espetó al muchacho que se limpiaba los restos de vómito de la boca con el dorso de la mano.

No lo dejó explicarse, lo azotó de inmediato con la fusta que siempre llevaba encima para hacer entrar en razón a los criados que tenía a su cargo.

La condesa, sonrió complacida.

El joven se quejó de dolor. Sin embargo, se recompuso rápidamente porque sabía que imperaba advertir a la señora para luego correr por su vida ya que no estaba dispuesto a que le acusaran de ser cómplice de esa mujer.

Lo era, no le quedó más remedio que serlo cuando la condesa lo amenazó con un cuchillo en sus testículos y lo hizo retorcerse del dolor apretando de los mismos sin misericordia mientras lo tuvo atado en el sótano como castigo por haber intentado huir en algún momento de sensatez que tuvo.

Habría preferido que lo mataran, pero como no lo hicieron, no quería correr riesgos de caer de nuevo en el calabozo de la «Condesa sangrienta» como solían llamarla, a escondidas, los sirvientes.

La hoguera tampoco era una opción y bien se sabía que si te hacían prisionero los guardias de Tolvaj tú vida sería un verdadero infierno.

—¡Vienen por la señora! —gritó enloquecido el chico esquivando los azotes de Ibolya; y salió corriendo como si el mismo diablo lo estuviese persiguiendo.

Bueno, en cierto modo, se estaba librando del diablo.

En efecto, sus palabras fueron ciertas.

Jorge Tolvaj estaba accediendo al castillo para constatar,

con su ejército, que las acusaciones en contra de Etelka eran ciertas; y una vez dentro, hasta le parecieron inocentes dichas acusaciones en comparación a lo que él mismo veía con sus ojos.

***

Ibolya corría como una gacela que es perseguida por un feroz depredador.

Lloraba sin consuelo porque sabía lo que le esperaba a la señora.

Aunque ella misma le aseguró que no la dejaría en el castillo, que intentaría sacarla en algún momento, Ibolya intuía que su señora iría directo a la hoguera.

Corrió hasta que no pudo más; había entrado la noche, los animales salvajes empezaban a asomarse en el bosque y ella, temblaba de miedo.

Nunca antes se sintió tan desamparada.

Tenía la respiración entrecortada y aunque se sentía sin fuerzas, sabía que debía continuar hasta encontrar un buen escondite.

También tenía hambre y frío.

¿Por qué le tocaba ese destino tan cruel si ella no hizo nada malo? Nació para servirle a la señora y eso fue lo que hizo.

Se recostó de un árbol y puso todos los sentidos en alerta; pero estaba tan cansada que, segundos después, perdió el conocimiento, viajando a un lugar en el que descubrió lo que había pasado la noche en que la mujer misteriosa visitó a su señora.

***

Etelka veía cómo los carceleros empezaban a sellar con ladrillos todos los accesos a sus aposentos.

Ventanas, puertas, entradas de aire.

Todo.

Cuando Tolvaj descubrió el horror dentro del castillo, de inmediato mandó a encarcelar a la condesa, quien asumió con total normalidad su responsabilidad.

Nada podía ocurrirle, así que no había que temer.

Planificarían quemarla en la hoguera, ahogarla en el río o quizá la horca; nada podía matarla.

Fingiría su muerte y después retomaría sus planes.

Cuando Tolvaj le dijo que pudo conseguir que el tribunal se apiadara de ella por pertenecer a la nobleza y que se salvara de la pena de muerte, Etelka no se sintió tan afortunada.

Menos, cuando vio las condiciones en las que tendría que vivir en la eternidad.

La encerraron en su habitación; dejando solo un orificio por el que, algunas veces, le pasaban alimento.

Y ratas, para aterrorizarla.

Ella agradeció el gesto de los imbéciles porque, al principio, pensaba que con la sangre de las ratas podría sobrevivir, pero parecía que la vida eterna tenía algunos fallos en ella.

La sangre de las ratas era tóxica para ella. La drogaban, haciéndole olvidar algunas cosas importantes al despertar.

Dejó de consumir de esa sangre tan pronto como se dio cuenta de que debía mantenerse cuerda y con los recuerdos intactos en caso de que Ibolya llegara a rescatarla tal como se lo pidió.

Los días fueron pasando. Etelka fue perdiendo la noción del tiempo.

Se dejó vencer por el hambre implacable y el dolor severo que tenía en las encías a causa del hambre. Cada rata, cada murciélago, cada bicho que entraba por aquel orificio, ella lo cazaba y lo devoraba.

Su habitación terminó siendo un lugar terrorífico; oscuro todo el tiempo, sin buena ventilación, lleno de heces y orina en el suelo; y muchos animales en descomposición.

Un lugar en el que nadie habría querido estar; pero en el cual Etelka sobrevivió cuatro años antes de empezar a sentir una debilidad que la consumió rápidamente y le indicó que, tal vez, las ratas no eran suficiente alimento para mantenerla viva.

Entonces, su peor temor se hizo presente.

Envejecería y moriría.

Capítulo 6

Nueva York, en la actualidad.

Garret se movía inquieto en su oficina. Heather lo observaba con recelo. No la culpaba, nadie le había dado una explicación lógica a todo lo que presenció minutos antes en la oficina de Lorcan.

Todo empezó cuando él estaba allí, en su espacio de trabajo, decidido a concluir lo que tenía pendiente desde hacía unos días.

El tono de voz femenino y elevado le llegó desde la recepción, con un aroma a angustia que se le hizo inquietante.

Su oficina era la más cercana al área de recepción y cuando salió a ver qué diablos ocurría, se encontró con la empleada encargada del área intentando calmar a una mujer que hablaba de forma histérica y que tenía todo el recinto perfumado con: ansiedad, angustia, dolor, indignación; y algo que él conocía muy bien: culpa.

Sintió tanta pena por ella que decidió intervenir y tratar de entender qué hacía una humana en la recepción de su compañía con tantas emociones negativas en su interior.

Fue entonces cuando se enteró de todo lo que ocurría con

Felicity y, en ese momento, lo único que deseó —con todas sus fuerzas— fue arrancarle la cabeza a su hermano.

A quien adoraba; y con quien, casualmente, tuvo una pelea muy fuerte en un pasado muy lejano por Diana.

Su querida Diana, que murió en manos del peor verdugo de la historia de la Santa Sede.

Su hermano Lorcan.

Se culparía toda la vida por no actuar con rapidez. No se llevó a Diana el día acordado por miedo a que los capturasen mientras huían en el bosque. Quería planificar mejor toda la huida y necesitaba un par de días más que fueron mortales para Diana.

Y ahora Felicity.

En ese momento se dio cuenta de que lo que venía sintiendo por esa chica no eran alucinaciones ni confusiones.

Estaba muy interesado en ella.

Tenía sentimientos que no estaban definidos y, en su interior, podía sentir cómo iban calando y creciendo

Nada más pensar que Lorcan la tenía cautiva le hizo sacar la peor versión de él mismo. Por ello entró como una fiera en su oficina y lo golpeó sin previo aviso.

Le habría golpeado hasta herirlo y sacarle la información que necesitaba. Por fortuna estaba Pál allí, si no, las cosas habrían salido muy mal. Lo que sentía en su interior era difícil de controlar.

Se frotó los ojos con desespero.

Garret manejaba la empresa de construcción y bienes raíces junto a Lorcan y Pál.

Tomaba las decisiones importantes junto a su tío abuelo y su hermano mayor, pero a su vez, era quien más se mantenía en contacto con el área humana de la compañía.

A Garret no le molestaba tener que cambiar de residencia

y estilo de vida cada cierto tiempo.

Lo necesitaba, de hecho.

Aquello era lo único que le ayudaba a olvidar el pasado. Lo que, en cierto modo, le ayudaba a dejar a un lado la pérdida de Diana.

Empezar una vida de cero le permitía mantenerse tan ocupado que se le hacía casi imposible pensar en ella y en el dolor que aun sentía cuando recordaba que la había perdido.

Seguiría viviendo como un errante de no ser por su sentido de lealtad y responsabilidad hacia su familia. El llamado de la sangre era algo que no podía obviar. O no quería. Porque, sin duda, existían muchos que sí que obviaron ese llamado y les admiraba por poder hacerlo.

Garret nunca lo consiguió. Aun sumido en su tristeza y en su agonía por la pérdida de Diana, no dejaba de pensar en cómo irían las cosas por casa. ¿Cómo estaría Pál? ¿Qué tal andaría Luk? ¿Miklos? ¿Sus primos, abuela? ¿Habría novedades de Lorcan?

Emociones encontradas que lo llevaban a extrañarles estando lejos; y a odiarles cuando estaba con ellos y le veían con lástima pensando que había sido un gran error lo que hizo tras la perdida de Diana.

Suspiró pensando en esa acción.

Después de que la Santa Inquisición se llevara al amor de su vida, decidió tomar votos de castidad porque sentía que no podría ser capaz de encontrar a otra mujer que le hiciera sentir todo lo que Diana despertó en su interior.

Hasta que vio a Felicity por primera vez entrando en la empresa y dirigiéndose a la oficina de Lorcan.

Ese día empezó su calvario.

Diana se hacía cada vez más efímera; y Felicity, más real.

No podía apartarla de su mente aunque quería mantenerse

fiel a su palabra de no volver a estar con ninguna otra mujer.

Felicity, con su sonrisa y su tono de voz dulce que lo envolvía de la manera más insólita, derrumbaba cualquier barrera que él intentaba poner entre ellos para que, su sola presencia, no le afectara.

Era imposible.

Y no hacía más que frustrarse y enfadarse de no poder concentrarse únicamente en Diana.

Cada vez que la veía perderse dentro de la oficina de su hermano, le hervía la sangre. No era para menos, conociendo lo atormentado que vivía Lorcan y lo poco común de su vida sexual.

El imbécil parecía ser su dueño. Se ponía de mal humor si alguno de ellos le preguntaba sobre la chica y cómo estaba llevando sus «juegos» sexuales. Nunca lo había visto tan susceptible antes con una mujer.

Recapacitó, en realidad sí sabía. La época en la que Lorcan consiguió una compañera fiel que, por voluntad propia, lo complacía en todo y lo ayudaba a superar sus crisis.

¿Felicity podía ser igual que Mary Sue?

Estaba consciente de que era una chica que venía de la compañía de Klaudia, era su trabajo tratar con tipos como Lorcan; eso no le hacía más llevadero el asunto a Garret.

Lo que emanaba de Felicity no le decía a él que ella estaba feliz con la vida que tenía aunque siempre llegaba allí de muy buen humor y con gran cantidad de confianza.

Todo era tan confuso cuando se trataba de algo relacionado a Lorcan.

Desde hacía un tiempo, pensaba en sacar a Felicity de esa vida.

Demostrarle que podía tener una vida mil veces mejor junto a un hombre que tuviera sentimientos por ella y no solo deseo.

Enfrentarse a su hermano y luchar por ella.

Sin embargo, el recuerdo de Diana se hacía presente y la maldita culpa alejaba a Felicity de él.

El pecho le quemaba en ese momento.

Lorcan aseguraba que no la tenía y que nunca la tocó; entonces, ¿qué hacía con ella?

¿En dónde estaba la mujer que le perturbaba la vida?

Si Lorcan estaba mintiendo y lastimaba a Felicity, lo iba a pagar muy caro.

Esa vez no acabarían envueltos en una gran pelea.

No.

Esa vez, Garret estaba dispuesto acabar con la vida de su hermano y luego, con la propia; porque estaba harto de sufrir.

De cargar con la culpa. De sentir temor a amar.

De llevar la maldición.

No más.

Vio a Heather y pensó que era buen momento de abrir la boca.

—Yo soy Garret, Heather. Disculpa que no me haya presentado antes —Ella asintió con gran carga de duda en la mirada—. ¿Te apetece un café?

—Estaría bien, gracias.

—¿Te apetece comer algo? —Garret revisó la hora. Era más de media tarde y la chica no lucía bien.

Recordó que Lorcan consumió de su energía sin control.

Algo muy extraño estaba ocurriendo con su hermano. Era cierto que estaba atormentado por sus acciones del pasado y que podía llegar a perder el control si no liberaba la presión de sus recuerdos y el sufrimiento que causó a gente inocente. Gente como Diana. Pero no había tenido un episodio como el de esa tarde en tanto tiempo que ni Garret podía recordar cuándo fue la última vez que Lorcan se vio afectado de esa forma. Él se veía más desconcertado que Garret y Pál.

Le sonrió compasivamente a Heather. Su expresión denotaba espera de una respuesta; a una pregunta que él, no escuchó.

Tenía que esforzarse por concentrarse un poco más.

—Lo siento, no te estaba prestando atención.

Ella mantuvo la expresión fría y seria. Era una chica hermosa. No del tipo de belleza áurea. No, pero su rostro redondo, con las mejillas ligeramente rosadas; y ese tono de color de ojos que le recordaba los campos de olivos de las tierras españolas en las que vivió muchos años; la hacía hermosa.

«Concéntrate, Garret».

Sacudió la cabeza, ella se desinfló.

—Escucha —le dijo un tanto molesta—, se nota que esto te tiene afectado y no sé la razón —suspiró—; creo que no quiero saberlo. Ya que me va a costar entender cómo es que pagas por sexo —Garret la observó confundido y ella soltó un bufido de incredulidad—. Ahora, resulta que ninguno de ustedes pagó por sexo aunque todos conocen a Felicity y la compañía para la que trabaja. ¿La contrataban como asesora de imagen o como compañía para tomar el té por la tarde? No soy estúpida y no crean que van a lavarse las manos así tan fácil.

Garret le sonrió con sinceridad. Le gustaba ver que Felicity tenía gente a su alrededor que se preocupaba por ella.

No sabía por dónde empezar a contar sin exponerlos.

Pero alguna explicación le debía a la chica mientras Pál se encargaba de investigar sobre el paradero de Felicity.

El estómago se le revolvió de nuevo.

—Heather, no es necesario que te alteres. No somos malos.

—Eso no fue lo que le dijiste al tal Lorcan.

Garret desvió su mirada al suelo sonriendo con ironía.

—No, tienes razón. Hablaré por mí, entonces. No soy malo y no, no he contratado a ninguna chica ni de la compañía ni de la calle para proveerme un servicio que no necesito.

Ella lo vio con curiosidad.

Él entendió que ella quería saber más.

—Digamos que no viene al caso, que ahora lo importante es concentrarnos en Felicity y que mi vida privada podría quedar a un lado hasta nuevo aviso.

—No, no lo creo —ella se cruzó de brazos—. Me gustaría escuchar tu historia y qué tienes con ella, con mi amiga; porque ningún hombre se pone como una fiera por una mujer como lo hiciste tú, sin tener un sentimiento hacia ella. Y todavía espero ese café que me ofreciste. Y no, no tengo hambre; es que estoy convencida de que, antes, no me escuchaste.

Él sonrió con ironía de nuevo. Esa mujer se las traía.

Llamó a su asistente que de inmediato se apareció con café para ambos.

Garret disfrutaba de la bebida.

Se sentó junto a Heather en el sillón de su oficina y la vio a los ojos.

Esa mujer le transmitía tanta confianza que quería contarle toda su historia. Desde el mismo momento de su nacimiento, pero sabía que sería una gran imprudencia por su parte.

—Verás, Heather, mi historia es muy larga —hizo una pausa y se recordó que debía cuidar lo que decía—. Tan aburrida como larga; y triste también. Así que iré directo al grano. Cuando era muy joven, decidí entrar a un seminario y tomar votos de castidad. Desde ese momento, no me he involucrado con nadie. Es un asunto muy privado del cual no me gusta hablar y menos con desconocidos. Espero puedas entenderme.

—Intento. ¿Qué relación tienes con Felicity?
—Ninguna. Algún saludo cordial que hemos tenido el uno hacia el otro cuando la he visto de paso hacia la oficina de mi hermano. Nada más. Sin embargo, Felicity ha hecho que mi intención de mantener mis votos intactos hasta el día de mi muerte se empiece a derrumbar.
Ella tomó un sorbo de su café; lo observó con interés.
—Continúa.
—Me gusta Felicity.
—Un gusto no saca lo peor de nosotros; y la forma en la que te enfrentaste a Lorcan, dice mucho de los sentimientos que tienes por ella.
—¿Y cuáles crees que son?
—No lo sé, no me gusta especular. ¿Por qué no me lo dices tú?
—Me gustaría decírtelo, pero ni yo mismo aun lo descubro —hizo una pausa. No podía engañar a la chica en cuanto a Felicity—.Creo, tanto como tú, que son sentimientos intensos y reales.
Ella asintió.
—¿Qué pasa con Lorcan? ¿Por qué tú y el otro hombre lo veían como si fuese un ser despiadado? —Garret prefirió no responder a eso porque no quería mentirle; pero tampoco podía traicionar a su hermano que aseguraba que no le había hecho nada a Felicity—. No vas a responderme.
Él negó con la cabeza.
Ella formó una línea delgada con los labios.
—¿Crees que él dice la verdad sobre Felicity?
Garret asintió viéndola a los ojos; aunque podía tener alguna duda, quería confiar en la palabra de su hermano. Además, no sería capaz de jurar en vano sobre la tumba de sus padres.
Ella le mantuvo la mirada.

—No lo conozco de nada y no me inspira confianza; sin embargo, debo darle el beneficio de la duda porque me pareció sincero cuando aseguró que no le había hecho nada. ¿Cómo pudieron complicarse las cosas entre ellos si él asegura no haberla tocado nunca?

Garret tampoco podía entenderlo.

Pál entró en la oficina después de llamar un par de veces a la puerta con los nudillos.

—Siento mucho interrumpirles —vio a su alrededor. Garret entendió de inmediato la expresión de alarma en su rostro. Buscaba a Lorcan. Garret sintió que la furia se apoderaba de nuevo de él. ¿Lorcan estaba mintiéndoles? ¿En dónde estaba? Pál de inmediato lo vio a los ojos—: Sí, Lorcan desapareció. Pero no es lo que crees. Tienes que calmarte, Garret. Lorcan decía la verdad, Klaudia me lo aseguró.

—¿Quién es Klaudia? —Heather lo vio a los ojos.

—Es la jefa de Felicity. Digamos que somos muy amigos.

—¿Sabe ella en dónde está?

Pál negó con la cabeza viendo a Garret con preocupación.

—No, Heather, lo lamento. No sabemos nada de la desaparición de Felicity, pero te prometo que vamos a encontrarla.

Capítulo 7

Lorcan se encontraba en su refugio intentando entender qué demonios pasaba a su alrededor. Tenía una propiedad en las afueras de la ciudad en la que descargaba su ira y frustraciones cuando era necesario. Allí llevaba a las chicas de la calle con las que jugaba para poder excitarse y liberar, a través del sexo, toda la tensión que se acumulaba en su interior por la culpa que lo atormentaba desde hacía muchas décadas.

También era la manera de alimentarse. Para Lorcan, el sexo era sinónimo de alimento.

Su tío y su hermano tenían mucha razón en dudar de él.

No era de fiar.

Era una bestia maldita que podía perder el control en cualquier momento con tal de sentir placer.

Se sirvió otro trago de *whisky* en un vaso y se lo bebió como si de agua se tratase.

Necesitaba pensar con claridad y no podía alcanzar ese punto de paz que le permitía ver las cosas desde otro ángulo.

¿En dónde diablos estaba Felicity?

Sintió una presión en el pecho tan intensa que, por un momento, creyó que se ahogaba.

Otro trago, y después de consumirlo, estrelló el vaso contra la pared oscura de la habitación en la que se encontraba.

Aquel sitio lúgubre y misterioso tenía varias funciones. La más importante, era que le servía para encontrar el equilibrio de nuevo y enfrentarse al mundo sin representar una amenaza para los humanos.

Las chicas que estaban con él creían que era amante del sadomasoquismo.

Pero se trataba de algo peor.

Lorcan vivió tanto dolor y se sintió tan miserable en aquel tiempo que sirvió como Verdugo a los caprichos de hombres que sí eran unos malditos monstruos, que apagó toda su humanidad y, prácticamente, se convirtió en uno de ellos.

Su humanidad y poder de empatía se apagaron como castigo, convirtiéndole en un ser cruel que disfrutaba de esa crueldad.

Las torturas, los gritos, la sangre; todo representaba un pasado abominable pero excitante. Había dejado que la maldición lo abrazara en su lado más oscuro y le llevó mucho tiempo volver junto a la luz.

De no haber sido por Pál y la paciencia que tuvo en ayudarle, jamás lo habría logrado.

Le debía mucho.

Cuando en el pasado, volvió a la calle, tras librarse de su esclavitud con la Santa Sede, no encontraba paz consigo mismo porque, cada noche, las pesadillas lo atormentaban; y así mismo, lo excitaban.

Sintió sed de sangre, hambre insaciable y una ansiedad sexual que no fue capaz de controlar convirtiéndole en un ser siniestro que cazaba mujeres de la calle; las torturaba como si aún estuviera gobernado por los de la Santa Sede y luego, las usaba como un medio para liberar su tensión sexual, su hambre de psique y su sed de sangre.

Así estuvo un buen tiempo.

Hasta que una mañana despertó bañado en sangre, sin la consciencia de lo hecho la noche anterior y con una escena que no podría olvidar jamás.

Fue como si, esa mañana, por fin hubiese recobrado la cordura y se hubiese dado cuenta de las atrocidades que cometió.

Pál le encontró a tiempo en aquel momento. Le ayudó a deshacerse de los cuerpos. Le ayudó a empezar una nueva vida, alejado de tanta crueldad que él mismo inició.

Le ayudó a ser un nuevo Lorcan.

En el fondo, muy en el fondo, muchas cosas no se podían cambiar y parecía que un ápice de la oscuridad perteneciente a la maldición se quedó con él para siempre haciéndole un ser de cuidado; una bomba de tiempo que puede estallar en cualquier momento siendo capaz de matar, torturar y lo que era peor, disfrutar cada una de esas atrocidades que hacía.

La habitación en la que se encontraba en ese momento recreaba un poco el calabozo en el que estuvo cada noche en que la Santa Sede lo tuvo cautivo hasta que lo doblegaron convirtiéndole en verdugo.

Solo dos cosas le diferenciaban de la real: la primera, era que los olores de la habitación real no podían ser recreados de ninguna manera.

Necesitaría animales, heces humanas, la humedad de las cuevas, los olores que emana un cuerpo humano que no es lavado apropiadamente; y también, faltaban los sonidos que hacían dolorosa su estadía en esa prisión.

Los gritos de los torturados, heridos, enfermos; lamentos

de la gente muriendo. Los hacinados, los que enloquecían a causa del encierro, los que morían por falta de alimento. Muerte y dolor.

Solo existía una manera de recrear eso y, el Lorcan de la actualidad, era incapaz de hacer algo así.

No.

Recordó a las dos chicas con las que estuvo a punto de perder la cordura que luchaba por mantener día a día.

Al no poder tocar a Felicity por decisión propia, necesitaba buscar otra forma de liberar la tensión que se acumulaba en sus testículos y que le llevaba a tener pensamientos cada vez más impropios y sangrientos.

Además, necesitaba alimentarse con frecuencia.

En ese año que transcurrió en el que Felicity fue su compañera, su mejor amiga; varias veces recurrió a mujeres de la calle que llevó a ese refugio en el que se encontraba, pero a la habitación que a algunas llenaba de miedo y a otras de curiosidad. Era la forma de mantener su instinto asesino a raya.

De mantener el control.

Al ser chicas de la calle y no de la compañía, era un tanto más complejo llevarlas al refugio, jugar con ellas, alimentarse de ellas y luego sacarlas de allí sin que recordaran nada.

Esos barridos de memoria podían ser un arma de doble filo.

A veces olvidaban todo para siempre, aunque existía la posibilidad de que recordaran escenas aisladas que las llevaran a él y al extraño hecho de que se alimentaba de su sangre.

Se valía de un hechizo les enseñaron en el pasado para que pudieran alimentarse sin levantar una ola de pánico entre los humanos. No todo fue siempre como en la actualidad.

Y controlar la sed de sangre, conseguir fuentes de alimento con frecuencia y alimentarse de ellas de la forma natural, en el pasado, representó un gran reto para su especie.

Si se dejaban guiar por su naturaleza, simplemente mordían, clavando toda la dentadura en cuello o la ingle de la víctima. Era contraproducente porque era una herida muy dolorosa y podía infectarse con facilidad; si llegaba a cicatrizar de forma satisfactoria, entonces dejaba una gran marca.

Gracias a Klaudia y su búsqueda por hacer el proceso de alimentación más viable para todos y con riesgos menores, todo era más sencillo.

Creo diversas herramientas para que puedan extraer la sangre sin dejar de ceder a parte de la naturaleza depredadora que habitaba en ellos; y además, fundó la compañía que les proporcionaba a las personas que serían sus fuentes de alimento con tan solo levantar el teléfono.

Una mujer brillante y que no desaprovechaba una oportunidad. Vio muy pronto que podía hacer grandes cantidades de dinero a través del sexo. Formó un grupo especial de hombres y mujeres que, en su mayoría, eran rescatados de la calle; investigados, para asegurarse de que no tuviesen familia que pudiese reclamarlos. Estas personas eran entrenadas para asistir a la especie con un poco de ayuda de las brujas del sur.

Klaudia era libertina, pero no permitía que sus clientes se aprovecharan del negocio de manera descontrolada. Cuidaba de sus empleados sin importar si servían a humanos o vampiros.

Tenía reglas que hasta él debía cumplir.

Era cierto que gracias a ella no tenía que salir a buscar nada en la calle; sin embargo, al haber pagado exclusividad por Felicity, la compañía no le facilitaría a nadie más hasta que dejara la exclusividad con la chica.

Pero si él quería mantenerse bajo control, tenía que soltar a Felicity y eso, no era una opción; por ello sus encuentros con las mujeres de la calle.

Y pensar que a Felicity le llegó la ficha de cliente equivocado y apareció ante Lorcan cuando él esperaba pacientemente por una fuente de alimento segura.

Ella no estaba en el grupo de fuentes de alimento. Ella estaba para servir a los humanos de alto nivel que Klaudia tenía como clientes.

Las mierdas de maniobras del destino, suponía; que, como siempre, enredaba la vida de cualquiera.

Felicity llegó a él por equivocación y él, se sintió tan a gusto con ella que no pensaba dejarla ir.

Ahora, estaba desaparecida; Garret tenía emociones por ella y…

Frunció el ceño pensando en la chica que ese día apareció ante ellos reclamando la ausencia de Felicity.

Sintió de nuevo la presión en el pecho y el desconcierto que esa mujer le produjo.

También, recordó la expresión de su hermano cuando lo vio a los ojos preguntándole por ella.

Vio en sus ojos la claridad de sus sentimientos recordando haber visto lo mismo en el pasado cuando Garret le habló de Diana.

La pobre Diana. Una de sus miles de víctimas.

Tomó la botella y bebió directamente de ella.

Sintió que las lágrimas se le resbalaron por las mejillas.

¿Estaba llorando? Tenía muchos años sin hacerlo. Desde que él mismo bloqueara su empatía.

Y ahora, parecía que aquella presión en el pecho se debía al llanto.

No era capaz de recordar sus propias emociones; lo que se sentía estar feliz o triste, como ese día.

Solo sabía de revivir tormentos, angustias y maldad.

Ese día estaba siendo tan extraño en su vida que aún no entendía cómo la mujer que acompañaba a Garret y que dijo ser amiga de Felicity, pudo transmitirle sus emociones.

Lo desestabilizó tanto aquel hecho, que absorbió psique de la chica sin estar consciente y de no haber sido por su hermano y el golpe que le dio directo en la boca del estómago, habría tenido graves consecuencias aquel acto por su parte.

Necesitaba poner en orden todo.

¡Maldición! Estaba perdiendo el control y no podía permitírselo con Felicity desaparecida.

Debía mantenerse controlado para ayudar a Felicity. Llamaría a Klaudia para que le enviara a alguien.

Luego recapacitó porque, para ese momento, Pál y Klaudia ya habrían conversado; y esta última, por mucho que le quisiera como a un hermano menor y por mucho que estuviera dispuesta a ayudarle de alguna manera, no le soltaría a otra chica hasta asegurarse de que Felicity estuviese bien.

Negó con la cabeza, no soportaría ver que otro miembro de su familia no confía en él.

No, iría a la calle y allí la buscaría.

Sí, eso haría.

***

Heather se debatía entre ir a la estación de policía o ir a las zonas de la ciudad que podían resultar ser peligrosas, pero en las que sabía que encontraría respuestas.

El ir a la oficina del tal Lorcan y sus familiares le dejaba casi sin esperanzas; con cierta seguridad que le indicaba que ellos le estaban diciendo la verdad.

Pál, quien le pareció un hombre mucho mayor de lo que aparentaba su físico, le aseguró que encontraría a Felicity y aunque le pidió que no fuera a la policía porque él tenía mejores contactos, ella no dejaba de lado la posibilidad de que todos se involucraran en la búsqueda de su amiga.

A fin de cuentas, mientras más gente, mejor.

Lo sabía por experiencia, cuando tuvo que salir en la búsqueda de su hermana en el pasado.

Una parte de ella seguía rezando para encontrar pronto a Felicity.

Hacía frío y no quería ni imaginar que la chica estuviese herida en algún lado de la ciudad; o peor aún, cautiva en un lugar en el que las bajas temperaturas pudiesen afectar su salud.

Tenía que encontrarla cuanto antes.

Sintió tanta ansiedad como en la época en la que Ellen desaparecía.

Estaba reviviendo la angustia, la incertidumbre.

Intentaría preguntar en una zona de Brooklyn que recorrió con frecuencia en el pasado buscando a su hermana. En aquella zona, hacía muchos años, era común ver prostitutas en la calle.

Aun se veían, pero no tantas.

La lucha de los vecinos por conseguir vivir en un mejor vecindario que no confundiera a sus habitantes femeninas con prostitutas, obligó a las mujeres que se dedicaban a esta antigua profesión a instalarse dentro de los bares o Clubs de Striptease para no afectar al vecindario.

Pero siempre se veía alguna caminando por las aceras, esperando un cliente que le diera algunos centavos para comer a cambio de sexo.

Heather sintió una punzada en el pecho de solo pensar en esa vida para Felicity.

No quería más eso para ella y agradeció que Alex J. se comportara de manera sensata y las liberara de la deuda.

Necesitaba un poco de normalidad y aburrimiento en su vida.

Sacó su móvil buscando la foto más reciente que tuviese de su amiga y empezó a preguntar a cuanta persona veía en la calle si conocían a la chica que veían en la foto.

Nadie la reconocía.

Heather empezaba a cansarse y a considerar regresar a casa porque no estaba pensando con claridad. El simple hecho de estar metida en esa zona, a esa hora, la hacía un blanco perfecto para alguien que viniera con malas intenciones.

Sabía defenderse, aunque no era muy efectiva en eso.

Se sintió tentada a entrar en un último bar, pero fue más fuerte su sentido de la seguridad y decidió regresar a casa.

Al darse la vuelta, se tropezó con un hombre que salía de uno de los bares y que traía una gran cantidad de alcohol en su organismo.

El hombre la vio y le sonrió de lado.

Pensaría que estaba haciendo una pose de modelo de revista; la verdad era que la imagen era completamente repugnante.

Heather decidió echarse a un lado para continuar su camino y esquivar al hombre; pero este la interceptó de nuevo; y así, un par de veces más, hasta que esta lo vio a los ojos.

El hombre aun le sonreía.

—Vamos a divertirnos, preciosa —se acercó a ella y le rozó la cara con sus asquerosas manos.

Ella le dio un manotón para sacárselo de encima. Dio un paso hacia atrás.

El hombre bufó divertido.

—No me lo pongas difícil que igual vas a acabar gritando de placer. Ustedes, son todas iguales.

Heather empezaba a temer por lo que podía ocurrir, la

calle parecía desierta y dudaba que en aquella zona alguien saliera en su ayuda.

Divisó a unas mujeres a lo lejos y le dieron la espalda haciéndole entender que no intervendrían en nada.

El corazón de Heather empezó a palpitar con fuerza.

El hombre se acercó un poco más y ella lo empujó. La mano que tenía vendada debido a la fisura que se hizo ese mismo día, le recordó que era una idiota por no haber ido al médico a tiempo.

El dolor fue intenso, sin embargo, no podía detenerse a lamentarse en ese momento.

Su vida estaba en riesgo.

El hombre, en vez de caer al suelo, se aferró a ella agarrándola por las muñecas, causándole más dolor en la mano afectada y aprovechándose de eso, en un movimiento rápido que Heather no vio venir, la sujetó del cabello con tanta fuerza que la chica pensó que le arrancaría el cuero cabelludo de un tajo.

La arrastró al callejón que estaba justo detrás de ellos.

Cuando estuvieron detrás de un contenedor de basura, el hombre la zarandeó del cabello causándole gran dolor y haciéndola gritar.

La soltó; ella cayó de un costado en el suelo.

Justo en el momento en el que el hombre se le venía encima intentando abrirse el pantalón y ella buscaba la manera de recomponerse para defenderse, algo chocó contra el borracho que quería lastimarla haciéndolo volar y estrellarse contra una malla que estaba a unos metros de ellos.

Heather tenía la respiración tan agitada y estaba tan aterrada que lo único que quería era salir corriendo y huir, pero no era capaz de mantenerse en pie.

Había debido golpearse contra algo la cabeza, no recordaba.

¿Qué diablos estaba pasando? Gateando, en el suelo, se fijó en un hombre fuerte que se iba encima del maldito que trató de hacerle daño a ella y empezó a golpearlo de tal manera que la chica se aterró más.

No podía quedarse allí esperando a ver qué ocurría después, tenía que huir rápido.

Intentó colocarse de pie y después de dar dos pasos, tropezó y cayó.

La cabeza le martillaba de manera descontrolada; no tenía fuerzas.

Entonces, levantó la vista y lo vio frente a ella con los nudillos hinchados y llenos de sangre.

«¿Lorcan?», se preguntó mareada y confusa.

—Estarás bien, voy a llevarte a casa —le dijo Lorcan antes de que ella perdiera el conocimiento por completo.

Capítulo 8

Lorcan necesitaba drenar la ira que se le instaló en el pecho. Había pasado de ser «un posible problema» o «futuro problema» a «un problema seguro» en el presente.

No tenía duda de eso.

Cuando salió de su refugio dispuesto a conseguir a una chica para tener sexo y alimentarse de ella, no pensaba que iba a encontrarse con una escena que lo iba a enfurecer como un león.

No recordaba haberse puesto así jamás.

No entendía qué diablos pasaba con él ese día. Lo único que quería era que todo acabara de una vez y pudiera volver a la normalidad.

Aparcó en coche en en la calle que frecuentaba cuando salía en busca de una mujer que le ayudara con sus tormentos.

Observó el movimiento de la calle.

Solía quedarse en ese rincón, alejado de los focos de luz, para analizar a las chicas que veía y elegir a la candidata ideal.

Mientras observaba una calle vacía y esperaba con ansiedad, se fijó en una mujer que recorría la calle entrando saliendo de los bares locales y que se detenía a interrogar a todo el que encontraba en su camino.

Les mostraba el móvil, hacía una pregunta y cuando los demás negaban con la cabeza, esta seguía.

Le llevó un rato reconocerla.

En cuanto se dio cuenta de quién se trataba, maldijo por lo bajo; intuyendo que la noche traería problemas consigo.

La amiga de Felicity estaba ahí, de seguro en una misión suicida para encontrar a su amiga.

¿Qué demonios hacía esa mujer allí? ¿Es que acaso no sabía que esa zona era peligrosa?

Suspiró profundo y se dijo, mil veces, que no era su problema.

No.

No lo era.

Así que se concentró en su propia misión antes de acabar convirtiéndose en alguien buscado por todas las agencias de inteligencia del país; del mundo, y temido por toda la humanidad.

Las prostitutas ese día no se dejaban ver. Pero divisó a dos chicas muy cerca de él que le parecieron perfectas para lo que necesitaba esa noche y si tomaba una de ellas pronto, saldría disparado de allí con su carga valiosa, iría a su refugio, calmaría sus ansiedades y evitaría tener a las agencias de inteligencia y a los cuerpos de seguridad pisándole los talones.

Era perfecto y parecía súper fácil.

¿No?

Cuando encendió el coche y lo iba a poner en marcha para acercarse a las mujeres, se dio cuenta de que la amiga de Felicity estaba siendo molestada por un asqueroso hombre que salía de uno de los bares.

Su instinto le dijo que no debía involucrarse, pero...

¡Maldición! Era la amiga de Felicity y no podía permitir que le pasara nada porque, por su estúpida culpa, Felicity no estaba en su casa con su amiga; y esta, lejos de esa peligrosa calle de la ciudad.

Si le ocurría algo a esa chica, también quedaría en su consciencia por no haber sido precavido con Felicity y asegurarse de que llegara a salvo a casa la última noche que estuvo con ella.

El hombre tomó a la chica por un puñado de cabellos, la arrastró al fondo de un callejón y temió lo peor.

En cuanto abrió la puerta del auto para correr al callejón percibió el aroma del terror de la chica y aquello encendió su ira; al punto de que su lado oscuro se activó de una manera muy peligrosa.

El ambiente estaba minado de olores que tenían los sentidos de Lorcan revolucionados.

Podía escuchar la respiración de ella, cómo la adrenalina incrementaba su frecuencia cardiaca; sintió sus propios vasos sanguíneos contraerse como lo hacían los de ella; y sintió, en pleno, todas sus emociones que, al mezclarse con las propias, causaron una explosión en el interior de Lorcan despertando sus peores instintos.

Los más oscuros.

Empujó al hombre, lanzándolo unos metros hacia el frente y sin dejarlo reponerse, se le fue encima.

Se sentó a horcajadas en él y le dio severos golpes en el rostro, quería acabar con él, salivaba al ver la sangre y ver como brotaba cálida y espesa de las heridas.

Sus encías amenazaron con agudizar el dolor si no actuaba pronto; sin embargo, todo pareció quedar en el olvido cuando se sintió mareado, casi sin aire y estuvo a punto de perder el conocimiento.

Le vino la imagen a la mente del momento en su oficina en el que se alimentó de la psique de la chica casi absorbiéndola al completo y se sintió de la misma manera que lo hacía ahora. Nunca antes le pasó algo así.

El alimento de psique no les perjudicaba a ellos de ninguna manera.

Dejó de golpear al hombre que tenía el rostro deformado y sangriento; el dolor de las encías desapareció de pronto y solo pudo pensar en ella y en que debía ponerla a salvo.

Lo primero era cortar con la absorción de psique y aunque puso todo su empeño para alcanzar el corte total, no lo consiguió.

¿Qué diablos ocurría?

Por primera vez entendió a Pál cuando le contaba la historia de la primera muerte que llevaba en sus manos.

Marian, la bruja que le permitió absorber psique de ella y, sin quererlo, él la debilitó sin control acabando con su vida.

Usualmente percibían la energía de la persona; la tomaban y cuando se sentían satisfechos, solo se imaginaban que la soltaban y se separaban de la absorción haciendo que esta finalizara.

Pero con esta mujer algo extraño le ocurría.

Lo hacía sin consciencia.

Y eso no era bueno. Representaba un peligro para ella.

Estaba muy débil, lo supo en cuanto la chica intentó ponerse de pie y se cayó al suelo.

Corrió hacia ella y llegó a tiempo para decirle que ya estaba protegida y que la llevaría a casa antes de que ella perdiera el conocimiento.

Cuando alguien, en el pasado, perdía el conocimiento junto a Lorcan, este dejaba de sentir emociones provenientes de la persona. Sin embargo, con ella volvía a ser diferente. Parecía estar unido a ella por algo, pero no era posible porque nunca antes la había visto en su vida.

Tenía que darse prisa en llevarla a casa antes de que despertara y empezara a hacer preguntas que él no sabía cómo responder.

La chica estaba agotada y necesitaba reponer energías. No le fue difícil cargar con ella hasta el coche; tenían más fuerza que un humano común. Así como los sentidos más desarrollados y los reflejos más alerta.

La llevó a casa. La bajó del coche con cuidado, vigilando que nadie mal interpretara la situación.

Así llegó ante la puerta del apartamento en el que vivían ella y Felicity, uso a llave que ella llevaba en uno de los bolsillos de la chaqueta.

Siguió su aroma hacía una de las habitaciones y empezó a angustiarse de estar allí.

El olor de ella y el de Felicity empezaban a abrumarlo. Volvió a sentir las emociones que provenían de ella a pesar de seguir inconsciente.

¿Cómo era posible aquello?

La acostó en la cama con delicadeza, le sacó los zapatos, le echó una manta encima y se fijó en lo sucias que tenía las manos y la cara.

Se vio sus propias manos, ya no tenían heridas aunque seguían manchadas de sangre.

Sangre. Se relamió los labios fijando la vista en una herida que tenía ella y de la cual no se percató hasta ese momento.

Respiró profundo y se contuvo el tiempo suficiente para limpiar con rapidez la cara de ella y la herida más profunda; que desinfectó con alcohol que encontró detrás del espejo del baño.

Tuvo que dejar la herida expuesta porque no encontró gasas o tiritas para protegerla.

Se preocupó por el brazo vendado de ella. La mano estaba hinchada, estaba seguro de que tenía una buena fractura. Parecía en los nudillos.

¿Por qué no fue a un hospital para hacerse ver eso? ¿Debía llevarla él?

Se sintió tentado; sin embargo, decidió que sería mejor no hacerlo. Le dejó muy cerca el teléfono para que llamara al 911 y pidiera ayuda porque sabía que el dolor no la dejaría razonar en unas horas. Ahora no sentía nada por la debilidad que él mismo le produjo.

La chica respiró profundo cuando él estaba terminando de limpiarla y experimentó la paz que provenía de ella.

Estaba durmiendo en profundidad.

Le vendría bien.

La observó entre las sombras de la habitación, no había querido encender la luz para no interrumpir el proceso que ella tanto necesitaba.

Era hermosa, no podía negarlo. Recordó a forma en la que intentó defenderse del hombre que la atacó.

Siempre le había parecido atractiva una mujer que se resistiera.

Tentador.

—¡Maldición! —pronunció en voz baja, no podía tener esos pensamientos ante ella, no era bueno para nadie.

Respiró profundo para intentar calmarse; pero aquello lo que hizo fue empeorarlo todo.

El olor de la herida de ella mezclado con esa fragancia que destilaba su piel, le hicieron sentir una punzada de dolor tan aguda en las encías que estuvo a punto de pensar que perdería el poco juicio que tenía y saltaría encima de ella devorándola como un animal salvaje.

Se levantó a toda prisa, se aseguró de dejar la calefacción a una temperatura agradable para ella y salió de allí aterrado.

Necesitaba más que nunca liberar su tensión y beber sangre, de ser posible, de una fuente inagotable porque sospechaba que lo cualquier cosa que hiciera aquella noche para calmarse, no sería suficiente.

***

Lorcan llegó a su casa con la respiración agitada.

Estaba teniendo los peores deseos de su vida.

Tomó el teléfono con manos temblorosas y fue cuando vio que Pál le había llamado unas diez veces, al igual que Garret.

Él necesitaba hablar con Klaudia, era la única que podía ayudarlo en ese momento.

Marcó el número y ella contestó de inmediato.

—¿En dónde demonios estás?

—En mi casa.

—Lorcan, nos tenías muy preocupado —Klaudia dejó la frase sin finalizar, dándole la oportunidad a él de responder.

—Klaudia, necesito ayuda. Solo tú puedes ayudarme.

La mujer sintió la voz de Lorcan y se preocupó.

—Yo misma te llevaré a una chica y como intentes algo, yo misma te quitaré la cabeza. ¿Lo entiendes?

—Es lo que espero. Dile a Pál que venga contigo. No sé qué pasa conmigo y tengo miedo de…

No podía culminar la frase, no sin delatarse por lo que hizo en el pasado y delatar a Pál por ayudarle. Los ponía en riesgo a ambos.

—Estaré allí en una hora; Pál llegará antes.

Colgaron. Lorcan fue a su habitación, estaba inquieto y no

hacía más que pensar en ella.

En la sed que tenía. Respiró profundo y los aromas de ella invadieron sus fosas nasales.

Necesitaba limpiarse de todo antes de que la bestia y la oscuridad salieran a flote y ella…

Paró sus pensamientos porque no hacía más que incrementar su ansiedad. Se desvistió y se metió en la ducha. Necesitaba sacarse de encima todos los olores de ella que se le quedaron pegados.

El agua caliente le ayudaba a relajarse, pero no ese día. Nada más cerrar los ojos apareció ella, entrando furiosa y preocupada a su oficina.

Ella, en esa calle sombría y peligrosa. Ella, a punto de ser marcada de por vida con una tragedia.

Volvió a sentir cada una de las emociones y sensaciones que sintió estando junto a ella. ¿Cómo diablos se llamaba la chica?

—Heather —dijo en voz alta abriendo los ojos, sintiendo las punzadas agudas en las encías.

Sonó el timbre. ¿Cuánto tiempo llevaba allí en la ducha?

Se apresuró a salir de ahí, secarse y vestirse con lo primero que encontró en el armario.

Abrió la puerta de su casa en el momento en el que Pál se disponía a llamar al timbre de nuevo.

En cuanto este lo vio, temió lo peor.

—No he hecho nada, Pál. Te lo aseguro, pero temo por lo que pueda hacer de aquí en adelante. Algo malo pasa conmigo y no sé cómo demonios controlarlo.

Pál le dio unas palmaditas en una mejilla y lo miró con compasión.

—Ya superamos esto una vez. Lo haremos de nuevo. Todo saldrá bien.

Capítulo 9

Heather se sorprendió al abrir la puerta y ver ante ella a Lorcan. No esperaba que fuera él. Tampoco supo qué sentir en el momento; quería sentir esperanza de que ese hombre le trajera buenas noticias de Felicity. Pero también tenía miedo de que fuera lo contrario.

Malas noticias.

La expresión de él no ayudaba.

—Hola.

Ella asintió con la cabeza.

—¿Se sabe algo de Felicity? — preguntó con lentitud. Se sentía adormecida. Los calmantes para el dolor del brazo empezaban a hacer su efecto.

Lorcan negó con seriedad y frustración.

Cuando despertó esa mañana, con un dolor martirizante en el brazo entero, recordó que tenía una fractura en la mano que no podía dejar pasar.

Abrió los ojos con pesadez y tomó su móvil que lo tenía junto a ella en la cama.

Todavía tenía una laguna en su cerebro sobre la forma en

la que llegó allí; no recordaba parte de la noche anterior.

Recordaba estar buscando a su amiga, así como cuando buscaba a Ellen.

En la calle peligrosa en donde no debía estar porque podía correr un gran peligro como el que estuvo a punto de correr y luego… después del ataque del hombre, de que lo viera ponerse sobre ella, todo se volvía confuso.

De seguro sus pensamientos estaban bloqueados con el dolor.

Pero estaba segura de que recordaría todo.

Al despertar, marcó el 911 y pidió asistencia, indicando que un hombre intentó asaltarla y que después de darle un puñetazo en el rostro al sujeto, sintió un fuerte dolor; pero que no prestó mayor atención hasta la mañana en la que ya no lo soportaba más.

No le parecía nada prudente contar la verdad de su fractura ni de lo que había vivido la noche anterior cuando buscaba a Felicity.

Mientras esperaba en el hospital para ser atendida, su mente empezó a aclararse.

Sintió escalofríos recorrerle la columna vertebral cuando pensó en lo que pudo haberle hecho el hombre que la arrinconó en el callejón y que, gracias a Lorcan, no le hizo nada.

Iba recordando todo poco a poco.

¿Cómo llegó él allí?

¿La estaba siguiendo?

En el hospital le hicieron algunas preguntas más de rutina y revisaron el resto de sus heridas que, según le dijo la doctora que la atendió, se las había limpiado bien y por ello no corrían riesgo de infección; ella no recordaba haberlo hecho.

Entonces, ¿cómo era que las tenía limpias?

¿Lorcan la llevó a su casa? ¿Estuvo dentro con ella?

¡Cuántas preguntas, Dios!

No podía obviar que era demasiada casualidad que su amiga estuviese desaparecida y que el último hombre que la había visto estuviese en el mismo lugar peligroso que ella.

¿Estaría buscándola?

Lo veía fijamente a los ojos y él mantenía la mirada.

Aquellos ojos color ámbar parecían más los de un felino que los de un humano.

Además, resultaban ser atrayentes, de esos que no puedes parar de ver.

O de admirar, mejor dicho, debido a su rareza.

—¿Cómo te sientes del brazo? —Lorcan la vio con compasión.

—Bien, aunque necesito descansar. Los calmantes están ayudando —Lorcan asintió de nuevo y ella frunció el entrecejo porque no entendía qué hacía él ahí si no venía a darle noticias de Felicity. Le pareció oportuno darle las gracias por salvarla—. Gracias por salvarme anoche.

—Fue una estupidez por tu parte estar ahí, sola.

—Sé defenderme.

Él sonrió con malicia.

—Te falta un poco de práctica.

—¿A qué viniste si no traes noticias de Felicity?

—Solo quería saber cómo estabas y si necesitabas algo.

Ella lo vio a los ojos de nuevo. Los calmantes estaban acelerando la pesadez.

Quería dormir y también quería hacerle muchas preguntas a él.

—¿Te gustaría pasar y tomar un café? —ofreció ella con la intención de hacerle las preguntas que necesitaba en la privacidad de su casa.

—Necesitas descansar, volveré luego.

—Estoy bien.

Él bufó con ironía.

—No estás ni cerca de estar bien, Heather; por favor, ve a descansar y volveré luego. Entiendo que hay preguntas que quieres hacerme y estoy dispuesto a responderlas para que puedas sentirte tranquila.

—Necesito respuestas. Ahora.

Lorcan volvió los ojos al cielo.

Esa mujer empezaba a sacarlo de sus casillas con gran facilidad y en muy poco tiempo.

Ella se hizo a un lado para dejarle entrar; cuando lo hizo, Lorcan pudo sentir esa delicada fragancia que salía de su piel haciendo que sus sentidos enloquecieran.

Cerró los ojos e intentó encontrar paz y tranquilidad en su interior como hacía la mayoría de las veces.

Le funcionó, no como todas las veces; pero en algo sirvió.

Se quitó el abrigo y ella hizo el gesto de tomarlo para guardarlo en el armario, él no se lo permitió.

La vio con resistencia.

—Lo dejaré aquí, mientras menos te esfuerces, mejor.

Ella bufó como una chiquilla a la que le dicen que es incapaz de hacer algo, pero decidió no seguir por ese camino. No iba a ponerse a pelear con ese hombre por si era capaz o no de colocar un abrigo en una percha dentro del armario teniendo un brazo enyesado.

Por supuesto que podría hacerlo, aunque le dolería.

«Sí que podría», pensó segura de sus capacidades mientras caminaba hacia la cocina.

Heather bostezó mientras servía el café que preparó después de llegar del hospital.

Batallaba con el sueño que le producían las pastillas. Él la observaba desde la puerta de la cocina.

La chica sirvió el café en dos tazas, le dio una a él y se sentaron en los sillones del salón.

Uno frente al otro.

A Heather le gustaba la forma honesta en la que la veía Lorcan; aunque presentía que escondía algo. Algo gordo y que nada tenía que ver con Felicity.

¿Qué podía ser?

—¿Qué hacías anoche en ese lugar?

Lorcan la vio con una seriedad que le heló la piel a ella.

—Pasaba de casualidad por allí.

—¿Ibas a buscar una chica?

Él asintió con la cabeza frunciendo el ceño.

Heather recordó cuando su tío y su hermano le preguntaron con insistencia si había lastimado a Felicity. No se sintió cómoda preguntándole porqué su propia familia le preguntó eso con tanta insistencia.

¿Qué clase de hombre era?

Esperaría para esa pregunta. Era muy pronto aun.

Tomó un sorbo de su café.

Lorcan imitó su gesto.

—Tú no has debido ir allí —anunció en ese tono de voz vibrante y ronco que lo hacía más varonil de lo que ya era.

—Pero fui, así como pienso ir luego a la policía; tu familia no está buscando a Felicity como debería y es obvio que yo puedo correr peligro si me sigo metiendo en sitios que no debo.

Observó la tensión aparecer en el rostro de él apenas nombró a la policía.

¿Tendría alguna deuda con la justicia?

Entrecerró los ojos para observarlo, él ni se inmutó.

Era un hombre extraño.

Le causaba gran curiosidad.

Muy diferente a su hermano Garret; e incluso, muy diferente al que la rescató del hombre que…

Se le hizo un nudo en la garganta; estaban siendo demasiadas emociones para tan pocos días y ella y su fortaleza, estaban a punto de quebrarse por completo.

—Necesitas descansar, Heather —¿Cómo podía cambiar de humor tan pronto ese ser humano que estaba frente a ella? Hacía unos segundos la observaba con rudeza, como si quisiera estar muy alejado de ella; y ahora, esa mirada ambarina la veía con una súplica total—. Escucha —se removió en su asiento sin dejar de verla a los ojos—, descansa. Mi tío prometió que encontraría a Felicity y yo mismo estoy poniendo mis esfuerzos en esto, soy el culpable de que no aparezca —Heather percibió la culpa genuina en sus palabras—. No la traté como lo merecía y ahora temo que pueda pasarle algo. No me lo perdonaría jamás.

—¿Qué le hiciste?

Lorcan resopló como un toro embravecido. Heather sintió temor de aquella reacción.

La chica recordó a la mole que chocó en contra de su agresor la noche anterior. Le pareció escuchar de nuevo los golpes secos que le dio al borracho; recordó la imagen clara y nítida de las manos de Lorcan hinchadas y llenas de sangre.

Los nervios afloraron en ella pensando que, ese Lorcan, parecía un completo salvaje.

Sintió curiosidad por saber qué ocurrió con el hombre que pretendía lastimarla; sin embargo, prefirió dejarlo también para más tarde.

Felicity era su mayor preocupación y nada más importaba.

—No le hice nada —declaró finalmente Lorcan con la mandíbula apretada.

—Entonces, ¿por qué insistes en decir que tú eres el culpable? Que ella está desaparecida por lo que le hiciste. ¿Qué le hiciste?

Lorcan bajó la cabeza, incapaz de ver a los ojos a Heather por unos minutos, en los cuales, esta se preguntaba si corría peligro con ese hombre ahí dentro de su casa.

Ese pensamiento y el palpitar acelerado de su corazón, coincidieron con que Lorcan clavara la vista de nuevo en ella y le dijera:

—No me temas, por favor —Heather frunció el ceño. Cómo podía saber qué ocurría en su interior. Se removió en su asiento con claro nerviosismo aunque intentaba parecer segura y confiada—. No soy mala persona, Heather, te lo juro. Y lo último que podría hacer es lastimar a Felicity. Es especial para mí. Aunque no del modo que ella habría querido, ¿me entiendes? Por eso huyó de mí esa noche.

Heather intentaba entender.

—¿Tiene sentimientos hacia ti?

Lorcan la vio con arrepentimiento. Asintió.

—Merece a alguien mejor que yo.

Heather mantuvo el silencio, ella estaba de acuerdo con ese pensamiento de él. Un hombre que compraba placer y promovía la prostitución en mujeres buenas como Felicity, no merecía nada.

Lorcan apoyó la taza en la mesa de apoyo frente a él y se puso de pie.

Heather lo observaba con detalle.

Era un hombre grande, fuerte y elegante. Tenía un porte que parecía hasta aristocrático y sus movimientos dejaban en evidencia la buena educación que había recibido.

Su traje gris oscuro estaba hecho a medida; de seguro, era de esos que costaban una fortuna.

Su barba descuidada de algunos días le confería un aire

más natural, contrastando con la elegancia y formalidad que siempre le acompañaba.

Luego estaban esos ojos enigmáticos que atrapaban la mirada de Heather y; más allá del color impresionante que tenían sus iris, los ojos de Lorcan hablaban por sí solos. Heather conseguía entender lo que ocurría en el interior de él, cuando era presa de sus miradas.

Nunca antes le había pasado con otra persona y eso era lo único que la mantenía con un pie sumergida en la duda y con el otro en la razón.

Sentía temor de él, pero podía ver la sinceridad en su mirada; y eso, aplacaba su desconfianza hasta que recordaba que su amiga, seguía afuera, extraviada, quién sabía en qué condiciones y el hombre frente a ella era sospechoso hasta que se demostrara lo contrario.

Estaba exhausta; las pastillas no ayudaban mucho.

Bostezó.

Lorcan la vio, le sonrió con dulzura.

Una sonrisa que removió algo en el interior de Heather sin saber qué o porqué.

De pronto, un mareo invadió a Heather haciéndole cerrar los ojos y respirar profundo.

La pesadez la invadió por completo y no se sintió con fuerzas para seguir hablando, pensando o sintiendo. Estaba muy agotada, sin energía; lo único que ansiaba en ese momento era acostarse.

Su cabeza se tambaleó una vez porque estaba siendo presa de un sueño imposible de dominar, los párpados apenas conseguía mantenerlos abiertos un par de segundos.

Lorcan se acercó a ella y le tomó la mano que tenía sana.

—Heather, ve a tu habitación y duerme, por favor. Te acompaño y me quedaré hasta que despiertes. Te prometo que, luego, responderé a todo lo que quieras saber de mi relación con Felicity y te acompañaré a la comisaria si es necesario.

Ella intentó abrir los ojos, no pudo y se tropezó con sus propios pies. De no haber sido por Lorcan que la contuvo a tiempo, se habría caído.

Se sintió volar de repente.

Protegida.

Suspiró y encontró un sonido pausado que le sirvió como la melodía perfecta para sumergirla en el sueño más profundo de su vida.

Volvió a suspirar y pensó en ese aroma a madera combinada con el olor de la hierba que ahora invadía sus fosas nasales.

Se imaginó en un campo con el día más soleado que había visto en su vida y decidió tumbarse en la hierba, siendo feliz, pensando que, quizá, en ese refugio podría encontrar la paz que tanto necesitaba en esos días.

Sonrió, sintiendo la hierba suave y fresca debajo de ella mientras su rostro y el resto de su cuerpo era acariciado por los rayos de ese sol brillante y maravilloso que le prometía que, al despertar, todo estaría mejor.

***

Lorcan observó a Heather suspirar y sonreír.

Haberla tomado en brazos después de que casi se cayera fue una buena idea para ella. No sufriría otro accidente; aunque, para él, no fue tan «buena idea».

En cuanto la cargó, la chica se arrebujó en su pecho. Sintió también cuando ella, llena de satisfacción, se relajó casi al completo.

La calidez de su rostro pegado a su pecho lo llenó de un sentimiento que desconocía porque lo hacía sentirse cómodo.

Seguro.

Tranquilo.

Más sorprendido estuvo de la capacidad de control que tuvo al absorber la psique de ella para que se entregara al descanso de una buena vez. No soportaba ver cómo se debatía entre su presencia sumado a la oportunidad que tenía de interrogarlo y el sueño que la invadía por los calmantes para el dolor.

Quizá al estar en un entorno tranquilo para ambos, le hacían retomar el control de sus habilidades para alimentarse.

Estaba siguiendo los consejos de Pál de que no se dejara dominar por la inestabilidad cuando estuviera frente a ella. Tal como ocurrió en el primer encuentro en la oficina o la noche anterior, cuando la salvo de la tragedia.

En ambos momentos, las barreras de Lorcan desaparecieron y no se vio capaz de controlar sus poderes. Pál aseguró que se debía a lo incierto de toda la situación que los rodeaba. Empezando por la falta de noticias de Felicity.

Agradeció poder tener control de la absorción otra vez; aunque no conseguía controlar la empatía en presencia de ella.

Podía sentir la reacción de cada fibra de esa mujer sin importar cuan pequeña fuese su emoción o su tristeza.

Los cambios en ella, los absorbía como propios.

Es por eso que era una condenada montaña rusa de altibajos cuando estaba frente a Heather.

Ahora comprendía mejor.

No conseguía mantenerse estable, tendría que esforzarse más.

Siguió junto a ella, observándola con atención mientras analizaba otras cosas que ahora percibía con mayor claridad.

Y aunque los percibía, no los comprendía por completo. Era todo tan extraño. Tan ajeno a lo de siempre. Tan ambiguo. Porque se daba cuenta de que aunque no se sentía en peligro experimentando las emociones de ella; sabía que, de igual manera, con él, no había nada asegurado si se habría a la empatía y a las emociones ajenas.

Sí, todo era tan extraño como fascinante porque se suponía que había sido capaz de mantener, durante siglos, una barrera impenetrable por las emociones de otros dejando de sentir a los demás y enfocándose únicamente en esa ira y ansiedad sexual permanente que lo acompañaba.

Pero notaba que ese día, junto a ella, nada de eso existía.

Sonrió con duda.

Se sentía tan bien poder estar relajado frente a una mujer sin temer que esta despertara deseos oscuros en su interior. De esos que lo convertían en un maldito animal.

En un monstruo.

Un depredador.

Recordó lo ocurrido la noche anterior y la manera en la que Pál y Klaudia tuvieron que separarlo de la chica que Klaudia le llevó para alimentarse.

Estaba asustado en su interior mientras ocurrió todo; en su exterior, la bestia siseó sobre el cuerpo de la mujer.

Con mirada llena de lujuria y sedienta de sangre en cuanto Klaudia pinchó la muñeca de la chica y la puso frente a Lorcan. Su lado más oscuro se activó deseando tener a la mujer inmovilizada para darle placer hasta que esta no pudiera razonar más y entonces, él podría despertar su excitación entre gritos, súplicas; y así liberar esa tensión que llevaba acumulada.

Se pegó a la vena de la chica y esta empezó a jadear porque sentía la absorción de la sangre en sus venas. Mary Sue le había confesado una vez, que cuando consumía sangre de su sangre, ella sentía un cosquilleo en todo el cuerpo. «Es un cosquilleo que excita. Es como la anticipación al orgasmo».

Con la chica jadeante, la sangre en su boca y todo lo que le había ocurrido en los últimos días, Lorcan empezaba a notar que la bestia se removía inquieta en su interior exigiendo más.

Su oscuridad le pedía el paquete completo. Sin límites. Pero Klaudia no iba a permitírselo.

No, teniendo tanto tiempo sin alimentarse de sangre y psique de manera simultánea.

Los oídos le zumbaban y la sangre de ella recorriéndole el cuerpo lo llenaba de vitalidad y de poder. Quería poseerla de todas las formas posibles; y para eso, debía existir violencia, si no, su miembro no iba a reaccionar.

Se pegó más a la chica, haciéndole dudar de que estuviera cómoda con cómo él la estaba sujetando y aquello era más apetecible para él.

El miedo despertaba a la bestia.

Ella ser removió, intentando parar la succión y librarse del agarre de Lorcan.

Ese gesto era todo lo que Lorcan necesitaba para activar su excitación; que endureció su miembro al punto que sentía que estallaría en cualquier momento.

Podía oler el miedo salir de ella.

¡Ah! ¡Qué momento más placentero para Lorcan!

Las encías le ardieron por la necesidad de hundirse en la carne y lo hizo.

La mordió sin contemplaciones haciéndola gritar de manera aterradora.

Su miembro palpitó de nuevo y batalló por salir de la prisión de los pantalones en la que se hallaba.

Sintió unos golpes en su espalda, pero no hizo mayor caso. Deseaba penetrarla en ese mismo instante. Estaba desesperado por la excitación.

Quiso liberar a todos sus demonios y saciar todos sus deseos con esa chica.

Siguió sintiendo golpes en el costado y escuchaba a lo lejos que alguien hablaba, no tenía intenciones de parar; quería más de lo que estaba teniendo y lo conseguiría sin importar el costo.

Mordisqueó con agresividad la herida del cuello y la chica soltó un jadeo, su expresión era de vacío, se quedaba sin sangre, sin fuerzas para luchar.

La chica se sintió tan ligera que los brazos cayeron en ambos costados.

Él tenía tanta vitalidad que quería pasar a la siguiente etapa. Se llevaría a la chica al refugio y jugaría con ella. Lo necesitaba.

El Lorcan que se encontraba en el interior de la bestia en ese momento, el verdadero, luchaba para que el animal parara el ataque.

Sentía que intentaban frenarlo, mas nada estaba resultando y temía por la chica. Podía escuchar los gruñidos de la bestia y sentir el éxtasis que ese Lorcan experimentaba en ese momento.

De pronto, un torrente de electricidad le atravesó el cuello dejándolo paralizado; sumergiéndolo en un letargo que duró el resto de la noche.

Cuando despertó, Pál lo veía con preocupación.

Klaudia ya no estaba y él seguía en el suelo, con las manos y la boca llena de sangre.

Algunas manchas de sangre estaban también sobre el suelo de madera clara.

Las escenas de lo ocurrido iban y venían como solía ocurrirle cuando dejaba que la bestia dominara todo su ser.

Se sintió mal; tanto, que sintió náuseas y ganas de vomitar pero no tenía nada en el estómago para poder satisfacer esa necesidad.

Pál le contó que fue Klaudia la que le neutralizó con un *paralyzer* especial para ellos. Dejándole inconsciente por varias horas.

Era el arma de la compañía para las todos los humanos que le servían a la especie. La seguridad de ellos prioridad para Klaudia.

Pál la contuvo de usar el arma cuanto pudo. Como primera opción, él mismo intentó sacar a Lorcan de encima de la chica a puñetazo limpio.

Lorcan, en ese instante en el que gruñía como animal salvaje, estaba siendo más peligroso de lo que creía que podía llegar a ser; Klaudia, después de ver que de las maneras tradicionales no conseguían despegar a Lorcan de la chica, decidió darle una buena descarga eléctrica.

Menos mal, porque si no, habría acabado con la vida de la chica en un abrir y cerrar de ojos.

Klaudia se fue de ahí con la chica, la cuidaría, le haría sanar y olvidar con la ayuda de sus brujas. Le advirtió a Pál que no le daría más chicas a Lorcan a menos de que empezara a controlarse de verdad y a alimentarse de manera regular para no llegar a esos extremos.

«Nunca antes te había visto así, Lorcan. Ni siquiera en tu peor época».

Esas palabras retumbaron en el interior del hombre haciéndole sentir miserable y abominable.

Lo era.

Tendría que poner todo su empeño por controlar toda su

maldita vida de nuevo; para que los suyos se sintieran tranquilos y no desconfiaran otra vez de él.

Le contó a Pál todo lo ocurrido con Heather. Y entonces, este entendió también por qué esa noche, fue la peor aparición de la bestia que presenciara en su vida.

Demasiadas emociones; ira, angustia y una mujer que lo descontrolaba.

«Tienes que investigar qué es lo que te ocurre con ella».

Le sugirió su tío y Lorcan sabía que debía hacerlo porque desde que desapareció Felicity de su vida y apareció Heather, todo se había vuelto confuso y extraño para él.

Es por eso que al finalizar el día, alentado por Pál, fue a casa de Heather para saber cómo estaba. Solo quería cerciorarse de que estuviera bien.

Luego se marcharía.

No quería más problemas. Aunque sabía que la bestia salvaje de la noche anterior estaría dormida por un buen tiempo; era mejor no asumir riesgos.

Sin embargo, en cuanto Heather le abrió la puerta y la vio ahí, con su perfecta melena rubia, en pijama, tan natural, tan adorable, no pudo alejarse de ella.

Tampoco sabía cómo actuar.

Parecía un maldito estúpido frente a ella porque no sabía qué diablos decir o hacer.

Empezó a darse cuenta de que se preocupaba por la chica más de lo que debía cuando fue testigo de su lucha contra el cansancio.

Una mujer necia.

Y hermosa.

Salió de la habitación y caminó por la vivienda.

Suspiró al detenerse en el umbral de la puerta de la habitación de Felicity.

Un nudo apareció en su estómago pensando en ella.

«¿En dónde estás?» le preguntó mentalmente deseando que ella le respondiera.

Hizo una inspiración fuerte y entró. Se sentó en en una esquina de la cama.

La mezcla de emociones en ese espacio de la casa era contradictoria, pero estaba convencido que debían de ser de ella aun cuando él nunca se permitió sentirlas estando frente a frente.

Tristeza y optimismo. Resignación. Sacrificio por amor. Ilusión.

Sintió la furia crecer en su interior.

Cerró los ojos y respiró profundo.

El olor de Felicity aún permanecía en su habitación.

Se permitió recrear en su mente el momento que tanto deseaban todos: encontrarla; abrazarla y cerciorarse de que estuviese bien.

Ella estaría sonriente, como siempre; prometiéndole que estaba bien.

Dejó salir el aire e hizo otra inspiración.

El olor de Heather lo alcanzó, aguzó el oído y la escuchó moverse con pesadez en la cama.

«Todavía necesitas descansar», pensó y luego, absorbió un poco más de psique de ella.

Se sentía tan bien ese flujo de energía dentro de él.

Era diferente, parecía saciarlo más.

Los pájaros empezaron a piar en el exterior, en la borde de la ventana.

Lorcan sonrió.

¿Cuánto tiempo hacía que no se sentía tan bien?

Frunció el entrecejo porque no tenía memoria de haberse sentido así en toda su vida.

Aguzó de nuevo el oído al sentir que Heather se removía con nerviosismo y balbuceaba.

Estaba teniendo malos sueños.

Se acercó a la habitación y le puso las manos a ambos lados de la cabeza.

«Solo un poco», se dijo, nervioso. Temiendo no poder controlar nada y lastimarla.

Cuando absorbió psique y entró en la mente de ella, vio los sueños que tenía y sintió tantas ganas de matar al maldito hombre que quiso lastimarla.

Se arrepintió de dejarlo vivo.

La absorción hizo el efecto esperado y la sumergió en un sueño profundo en el que ella y otra niña jugaban en la nieve mientras una dulce mujer las observaba desde la ventana de la cocina.

«Su familia», pensó.

«Suficiente, Lorcan, despégate».

Lo hizo y fue tanta la inquietud que sintió por saber más de Heather y de su pasado, que necesitó ocuparse en algo productivo para no pensar tanto.

Ya llegaría el momento de hacerle preguntas a ella.

Por lo pronto, llamaría a Pál para decirle cómo prosperaba su comportamiento y consultarle acerca de las intenciones de ella de ir a la policía para denunciar la desaparición de Felicity.

Capítulo 10

A Klaudia no le hizo ninguna gracia saber que ella y su compañía estarían bajo investigación policial porque Felicity estaba desaparecida.

Pero nadie le discutía nada a Pál, ni siquiera ella; a menos de que la situación se le saliera de las manos a este.

Ella estaba en igual de condiciones que su primo dentro de la Sociedad, con la diferencia de que él fue el elegido para fundarla y llevar las riendas de la misma. Una condición que Klaudia no quería tener.

Klaudia poco se dejaba ver en las reuniones de la sociedad o en cualquier otro lado.

Tenía muchos años pasando desapercibida, como un fantasma entre los humanos.

Se dejaba ver muy poco y todos sus empleados eran de la especie, a los que rotaba con continuidad para no levantar sospechas o comentarios.

Estaba sentada detrás del escritorio de madera maciza que comprara hacía unos cientos de años y que cuidaba como un gran tesoro; era amante del arte, la belleza. Lo estético.

La perfección.

Pensaba en la noche en la que acudió con una fuente de alimento a casa de Lorcan y este se salió de control.

Sabía que Lorcan tuvo un pasado que no le deseaba a nadie. Haber causado tortura, dolor y muerte a tantos humanos no podía ser soportado sin caer en la locura.

Pero no por eso iba a justificar que casi matara a una de sus chicas. Estuvo conversando con Pál y le exigió que hasta que Lorcan no encontrara el centro de nuevo, no iba a enviarle más alimento.

Pál lo tomó con descontento porque eso haría que Lorcan fuese a la calle a buscar a chicas y que el peligro podría ser igual o peor para ellas.

Y todo eso pondría en riesgo a la familia y a la Sociedad.

Lo dejaba en manos de Pál mientras nada de eso afectara a su compañía que ya bastante tenían con la desaparición de Felicity.

A la compañía le iba bien desde el inicio; tanto en el mercado de los humanos como en el de los vampiros. La fundó pensando, pero pronto encontró una buena oportunidad para hacer negocios también con los humanos; y, ni tonta que fuera, la tomó.

La idea de fundar algo semejante empezó en el mismo momento en el que ella deseaba encontrar una forma segura de extraer la sangre de la vena sin causar pánico colectivo. Mientras más oculta pudiera estar la especie, más segura sería la convivencia entre humanos.

En la antigüedad, los mordiscos para sacar la sangre eran una completa salvajada. Y aunque formaban parte de su naturaleza salvaje y sus instintos; no era seguro para nadie.

Nada podía compararse con la sensación que daba atravesar la carne de una víctima aterrada, ellos eran depredadores, estaban hechos para cazar y matar; pero aquello haría que los humanos entraran en pánico y se inventaran cualquier artefacto para darles una muerte verdadera; eso, en el mejor de los casos, porque también podían dejarlos en sequía dentro de fosas comunes y aquello a Klaudia le ponía los pelos de punta.

Le hizo un favor a la especie inventando cosas que les ayudaran a alimentarse sin levantar revuelo.

Al principio pensó en cortes que funcionaban muy bien, pero siempre era un engorro llevar con una navaja encima para cuando se presentara la ocasión; pero tenía sus fallos. Por ejemplo, que el humano de turno empezara a gritar aterrado al ver el cuchillo.

Así que después de varias ideas, mucho estudiar y garabatear, inventó un punzón que causaba un corte que, dependiendo de la zona en la que cortaran, obtendrían más o menos sangre.

La parte en contra que tuvo con esto fue que algunos no tenían idea de cómo usarlo y algunos humanos acabaron desangrándose por cortes imprudentes.

Pero era una buena idea que fue perfeccionando con el paso del tiempo; dando como resultado lo que tenían en el presente que consistía en prendas metálicas especiales para la especie a fin de siempre pudieran llevar uno de estos encima en caso de que la comida saltara a la vista.

Los más actuales permitían pinchaban en profundidad y rasgaban un poco la piel sin llegar a ser mortales.

Klaudia cerró los ojos.

A pesar de estar molesta con todo lo que ocurría y que afectaba a la compañía directamente; con lo molesta que estaba con lo Lorcan, lo admiraba.

Con todo lo que había pasado en su vida y aun luchaba por mantenerse cuerdo.

Lo que vivió con la Santa Sede, el sacrificio que hizo por Pál; el hecho de tener que hacer cumplir las normas de la Sociedad con su propia sangre.

Negó con la cabeza. Klaudia siempre se sintió inferior a su hermana Veronika, y en cierto modo, la envidiada; pero también la adoraba. Y no habría sido capaz de matarla para hacer cumplir las normas de la Sociedad.

Lorcan sí le quitó la vida a su hermano más pequeño porque estaba causando un caos en otras comunidades y aquello, le hacía sentir un profundo respeto por Lorcan aun cuando ese mismo día quería volver a electrocutarlo a ver si así ella conseguía un poco de paz por todo lo que se le vendría encima.

La verdad es que era muy fácil comprender que Lorcan tuviera tanto odio e ira en su interior.

Ella sabía que, en el pasado, después de todo su asunto de la liberación, estaba tan perdido y perturbado hizo algunas cosas que no ha debido hacer; pero desconocía los detalles de esa historia porque Pál se negaba a hablar de eso.

Y ella había aprendido a lo largo de los años junto a Pál, que si él no daba señales de alarma, entonces no había de qué preocuparse.

Cuando se disparaban las alarmas con Pál, era porque ya no había nada más por hacer y la ley se debía cumplir para no enviar mensajes equivocados dentro de la especie.

De alguna manera los protegía. Cada uno de ellos cargaba sus propios demonios.

Cada guardián arrastraba un pasado que lo lastimaba.

El de ella, seguía vivo.

Era ella misma.

Su hermana tuvo todas las bendiciones: nació bruja, vivió una vida feliz, era adorada por la tía Marian, logró conseguir un buen hombre que la adoró hasta sus últimos días y con el que formó una familia maravillosa. Su esposo la aceptó tal cual era; incluso aceptó el gen de la maldición que sabía que le tocaría a sus nietos.

Pero lo que siempre la carcomió en lo más profundo de su corazón era la habilidad de Veronika de hablar con la madre de ambas. Que murió cuando ellas nacieron; y Klaudia se sentía culpable de eso.

Nunca nadie la culpó; pero su madre había muerto por alimentarla a ella y eso era algo que la consumía desde pequeña.

Para sobrevivir tuvo que alimentarse de la sangre de su madre y de la psique de su padre. Su madre, debilitada por el parto de mellizas, no tuvo la fuerza física suficiente para soportar su alimentación.

¿Cómo no podía sentirse responsable de haberles quitado la oportunidad, a ambas, de crecer junto a su madre?

Y le habría gustado poder verla como lo hacía su hermana para pedirle perdón por arrebatarle la vida y también poder contarle cosas que solo podría hablar con su madre.

La extrañaba sin haberla conocido.

Y daría lo que fuera por estar con ella.

Sintió un nudo en la garganta y que los ojos le escocían justo cuando la secretaria le indicó que la policía estaba entrando en el edificio.

«Demasiado tardaron», pensó Klaudia; que llevaba varios días sentándose en esa misma silla a la misma hora y cumpliendo con un horario para atender personalmente al detective que llevaba el caso de Felicity.

Abrió el cajón que estaba en la parte central de la mesa y sacó una carpeta que contenía el expediente de Felicity, como hacían con cualquier otro de los empleados de la compañía.

La puerta de su oficina se abrió y entró el detective que

era todo lo opuesto a lo que ella se habría imaginado de un detective.

No era que no había visto uno en su vida, por supuesto que sí; teniendo o no algo que ver en los casos que investigaban. Pero este hombre que ahora la veía con total seriedad era... diferente.

Sonrió en su interior haciéndose la aclaratoria de que el hombre no la estaba viendo con seriedad porque había aprendido muchas cosas a lo largo de su vida; una de esos aprendizajes era que los detectives y policías en general no ven, si no que más bien «estudian» a quien tienen que interrogar, y eran cosas muy diferentes.

Sí que lo eran.

Por su parte, Ronan Byrne analizaba a la mujer detrás del escritorio.

«Empresaria» fue lo primero que pensó.

«Sexy», lo segundo.

«Concéntrate», lo tercero que se dijo a sí mismo antes de acabar enredado en las piernas de la mujer.

Las mujeres eran una gran debilidad en su vida.

Ella le extendió la mano como correspondía y notó la forma atrevida en la que la vio una vez que tuvo la mano de ella entre la suya.

A Klaudia, todos los hombres humanos le parecían lo mismo.

Eran básicos. Viscerales. No podían estar ante un par de piernas bien definidas o senos prominentes porque perdían el norte y solo pensaban en sexo.

Volvió los ojos al cielo en señal de hastío.

—¿En qué puedo ayudarle, detective? —le preguntó después de que él se presentara. Era irlandés. Tenía el acento a pesar de que se esforzaba para que no se notara.

—Estoy investigando la desaparición de Felicity Smith.

—¿Y en qué puedo ayudarle yo?

—Trabajaba aquí, ¿no?

—En mi compañía, quiere usted decir; porque las chicas no pisan estas oficinas. No hay necesidad de hacerlo.

Él la vio con ironía.

—¿Le avergüenza que se sepa que usted es la dueña de esta compañía de prostitutas finas?

Ella bufó y lo vio directo a los ojos.

—Es usted bastante directo, detective —le hizo señas para que se sentara en las sillas frente al escritorio, al tiempo que la secretaria entraba con una bandeja en la que había té y café para que él eligiera. Como Klaudia suponía, se decantó por una taza de *English Breakfast Tea* con leche, por supuesto—. Y no, nada me avergüenza. Vendo sexo. No es muy diferente de lo que hacen otras empresas del entretenimiento moderno. La diferencia es que yo tengo un exclusivo grupo de gente educada y preparada para dar placer a otro grupo, muy exclusivo, de personas al rededor del mundo. No obligo a nada; e incluso, protejo. Mis reglas son bastante estrictas tanto para el personal, como para los clientes.

El detective la vio con sorna.

Con esos ojos negros enigmáticos y la melena del mismo color cayéndole sobre los hombros, Ronan no pudo pensar en «delicadeza» aunque lucía como la más delicada y elegante de las damas de alta sociedad.

Algo en ella que le hacía pensar que le quedaría mejor un arma en las manos que un bolso de firma.

—Entonces, detective, ¿Cuáles son sus preguntas en cuanto al caso de Felicity?

—¿No le sorprende que esté desaparecida?

—¿Por qué habría de hacerlo?

—¿Había desaparecido anteriormente?

—No. Y no soy niñera de nadie para lamentarme por el extravío de alguien de mi personal —Klaudia respiró profundo y clavó sus ojos en los de él que le recordaron las campiñas irlandesas en primavera. Bañadas de verde intenso. Salpicadas de flores silvestres que, en sus ojos, podrían ser los brillos repentinos con los que la observaba—. Contrato a gente adulta, no es la primera chica que desaparece por voluntad propia y vuelve a aparecer un tiempo después. Ofrezco buenos tratos y mucho dinero para que se sientan seguros trabajando aquí y abandonen cualquier vicio que puedan tener con la calle. Pero no todos quieren abandonar.

—¿Piensa que está usted haciendo caridad?

Klaudia curvó los labios hacia abajo y ladeó su cabeza levantando los hombros.

Pensando que sí, podía ser considerado caridad.

—¿Y qué hay de los contratos? —volvió a preguntar él.

—¿Qué pasa con ellos?

El detective sonrió con ironía.

—Busco respuestas, señora Sas. No preguntas. Si sigue jugando ese juego tendré que regresar con una orden y el posible cierre temporal de su compañía.

Ella volvió los ojos al cielo.

—No temo a la justicia, detective, porque no le debo nada. Y, por favor, no vuelva a llamarme Señora.

Él la vio con divertida vergüenza.

—Pensé que podría existir un Señor Sas.

—Pues no lo hay y le pido que por favor deje de coquetear conmigo.

El hombre se sintió cautivado por esa mujer tan directa y atrevida.

—Los contratos son muy específicos —respondió Klaudia—. Tienen una permanencia exclusiva dentro de la compañía y son catalogados según sus preferencias sexuales. Así podemos cruzar gustos con los clientes y hacer que ambos tengan la mejor experiencia. No estaría bien enviar a una chica que le gusta el sexo tranquilo a casa de un hombre o de una mujer que se decanta por algo más agresivo.

—¿Qué tan agresivo?

—Nada que pueda lastimar la integridad física o moral de mis empleados, detective.

—¿Cómo lo sabe?

—Por qué lo sé —Klaudia no iba a darle ese detalle. Investigaba a fondo en la vida de sus clientes. El único que podía llegar a representar un peligro era Lorcan y él no tenía nada que ver con la desaparición de la chica.

El hombre observó a su alrededor mientras bebía el té.

Ella le puso la carpeta enfrente.

—Ese es el expediente de ella. Ahí está todo lo que necesita saber —El hombre la vio a los ojos con suspicacia—. ¿No era eso lo que quería?

—Aun no.

Klaudia se desinfló en su silla, empezaba a cansarse del juego del detective.

Su sonrisa, y esa mirada socarrona, también empezaban a estorbarle.

—Estoy muy ocupada, detective. Ya haga las preguntas que tenga que hacer y márchese a su lugar de trabajo para que me deje tranquila haciendo el mío.

—¿Sabía que vendríamos? La noto muy preparada.

—Me enteré de que la chica estaba desaparecida. Ayudé a la otra chica que la buscaba —se quedó pensativa—, no recuerdo el nombre de la otra; pero el caso es que la ayudé investigando cuál había sido su último cliente la noche que no volvió a casa.

—¿Y? —él la interrumpió. Era un hombre impaciente.

—¿No habló ya usted con esa persona? —Klaudia empezaba exasperarse en serio.

—Usted, ¿cómo lo sabe?

—Me envió un correo esta mañana indicándome de que en un acto de buena fe, decidió acompañar a la chica; esta que no recuerdo el nombre; a la estación de policía para explicar que él no tiene nada que ver con la desaparición de Felicity y nosotros tampoco —lo vio con tenacidad—. Así es como supuse que, tarde o temprano, llegarían aquí.

Él asintió.

—¿Cuánto tiempo tiene el Sr. Farkas solicitando sus servicios?

—Años. Ahí tiene la información, detective —le dijo señalando la carpeta—. Mire, tengo clientes de todos los tipos y nunca he recibido quejas de ninguno. El Sr. Farkas es de los más generosos con las chicas. Y Felicity se había ganado su completa confianza porque estaba pagando la cuota de exclusividad. Lo que quiere decir que solo podía verse con el Sr. Farkas.

—Un poco dominante, me parece.

—¿Usted cree? Quizá es porque no ha tenido —lo vio de arriba a abajo con burla—, ni tendrá, la oportunidad de pagar un servicio de mis chicas porque su sueldo no se lo permitiría. De poder hacerlo, se daría cuenta de que es mejor tener a alguien asegurado que ya lo conoce a uno al completo, a tener una callejera diferente cada noche con quien sabe qué enfermedades o problemas encima. Mis empleados no solo ofrecen sexo. También compañía; y el Sr. Farkas, en su última encuesta, expresó que estaba cómodo con Felicity porque la chica tiene buena presencia y sabe expresarse en público. Lo que quiere decir que lo acompañaba a cenas, actos públicos, etc. —El policía ya no sonreía tanto y ella supo que tenía todo el control, tal como le pidió Pál que hiciera—. Si ya estaban a ese nivel de confianza, detective Byrne, no era por dominio, ni por obsesión; era por la simplicidad de sentirse acompañados.

El detective frunció el ceño.

Y ella se sintió victoriosa.

—Estoy haciendo mi trabajo —dijo él en protesta.

—Y yo no estoy impidiéndoselo. Lo que no me gusta es que se vea a mi empresa como un criadero de putas de mala muerte y de clientes sin escrúpulos. Comprar sexo consentido es Tabú, ¿pero no lo es revolcarse cada noche en un bar diferente con el primero que se encuentra? ¿No es eso lo que hacen las personas hoy en día? Se conocen en alguna red social, se citan, se emborrachan y se revuelcan; hoy con uno, mañana con otro. Lo mío da seguridad a ambas partes, como ya le dije; y en todos los aspectos.

Se levantó de su asiento y se dirigió a la puerta.

La abrió y lo vio de nuevo a los ojos.

—Si necesita algo más, mi secretaria le ayudará. Ahora, le voy a pedir que me deje a solas porque tengo mucho por hacer.

El hombre asintió en silencio.

Se levantó y antes de salir, se detuvo frente a ella.

Ahí estaba esa mirada irlandesa verde brillante observándola como si fuera un ser extraño.

Tenía unas pecas graciosas en los pómulos y la nariz.

Y Klaudia observó que, su cabello, a pesar de que era oscuro, tenía un delicado tono rojizo cuando lo tocaba la luz. Quizá era porque lo llevaba muy corto y se le veía más oscuro de lo que realmente era.

Lo vio con ironía y arqueó una de sus cejas para apresurarlo a salir.

—No hablaré con su secretaria. Vendré a hablar con usted si necesito algo más.

—Que tenga buen día, detective.

El hombre salió y Klaudia cerró la puerta, desabotonándose el botón de su chaqueta hecha a medida.

Ese hombre le puso los nervios de punta.

Y nunca antes un policía o una investigación le habían hecho sentir así. Ni siquiera cuando le insultaban de manera descarada como proxeneta; que ya de eso tenía muchas historias.

No tenía dos días en el negocio.

La forma en la que este insolente la veía y le hablaba, le hacía perder los estribos.

Se sentó de nuevo en su silla.

Tomó su móvil. Le envió un mensaje a Pál para indicarle que todo había ido bien con el policía.

Respiró profundo y fue cuando, por fin, pudo sentir la fragancia del hombre.

Seguridad.

—Pffff —resopló Klaudia removiéndose inquieta en su silla.

Le sobraba seguridad al imbécil.

AfterShave fue lo segundo que sintió en el ambiente.

Old Spice.

«Un hombre de tradiciones» pensó Klaudia calmándose un poco.

Lo tercero que pudo sentir fue un olor dulce que no reconoció en el momento y que, al aspirar con mayor fuerza, le produjo picor en la garganta.

Estaba segura de que no era un olor desconocido para ella.

Era un ser de más de 400 años, no había olor que no hubiera conocido ya. Pero no conseguía reconocer qué diablos era.

Frunció el ceño cuando los ojos del hombre la asaltaron en sus pensamientos.

Daba igual lo que fuera el aroma que sentía, en la capeta que se llevó tenía toda la información que necesitaba, así que estaba segura de que no volvería a verlo de nuevo.

Capítulo 11

El timbre sonó y Heather fue a ver quién era. Empezaba a tomarlo con más calma que hacía unos días; sin embargo, no dejaba de rogar que cada sonido de la puerta o del teléfono fueran buenas noticias sobre Felicity.

Las esperanzas las mantenía y también temía que poco a poco podría empezar a perderlas si no tenía ninguna actualización del caso por parte de la policía o de Lorcan.

Abrió la puerta y lo vio a él.

Con su imponente e impecable presencia y el delicioso aroma de su perfume invadiendo el espacio entre ellos.

Le sonrió con vergüenza.

—Pasaba por aquí y me pregunté cómo estarías.

Ella le sonrió con amplitud. Levantó el brazo con la escayola.

—Igual —ambos rieron divertidos—; al menos ya no me duele. No tanto.

—Genial.

—¿Quieres pasar? —Heather lo vio con complicidad. La

verdad era que Lorcan se le hacía muy atractivo, no había que ser un genio para darse cuenta de eso y le agradecía todo el apoyo que le había dado desde el ataque frustrado del hombre en el callejón.

Todavía tenía algunas preguntas que hacerle y aprovecharía su visita.

—¿Sabes algo de ella? —le preguntó.

Lorcan negó con la cabeza viéndola directo a los ojos con una mirada que encogió el corazón de Heather.

—Estaba a punto de batir un bizcocho. El frío y la angustia por ella, me abren el apetito.

—Me di cuenta la otra mañana —comentó él divertido y ella sintió que los colores se le subían al rostro—. ¿Puedo ayudarte?

—Claro, vamos a la cocina.

Heather no esperaba esa pregunta aunque había quedado claro que Lorcan tenía buenas aptitudes en la cocina.

La mañana que despertó después de que le colocaran el yeso en el brazo, Lorcan tenía todo un banquete para el desayuno. Huevos revueltos, tostadas de pan, beicon y unos muffins de chocolate que fueron los favoritos de Heather.

Lorcan se sacó el abrigo y lo colgó en el armario que estaba junto a la entrada de la vivienda. Luego se quitó la chaqueta del traje y la dejó en el mismo lugar.

Heather estudiaba cada una de sus acciones. Metódicas, pausadas, tranquilas.

El rostro sereno, con la atención puesta en lo que hacía; pero también en ella, porque la veía de tanto en tanto con tal seriedad que Heather empezaba a inquietarse.

Se sacó los gemelos de metal que mantenían los puños de su camisa en el lugar adecuado y con la elegancia que requería; y luego, se remangó los puños en el antebrazo para no manchar esa pieza de tela que, a leguas, se veía de altísima calidad y que cubría el torso fibroso del hombre.

Entonces, Heather prestó más atención en los movimientos; al cuerpo del hombre que tenía frente a ella.

Alto, fuerte, varonil.

Lucía como los guerreros que muestran en la TV para seducir a la audiencia femenina.

Ella se sentía seducida.

Sacudió la cabeza y él la vio con interés.

Su mirada brillaba mientras la clavaba en la de ella y a Heather, le pareció ver una ligera sonrisa aparecer en su boca.

Que desapareció tan pronto se la imaginó.

Lorcan apoyó las manos en las caderas y ahora sí, sonrió divertido.

—Vamos a preparar el bizcocho o nos quedamos aquí viéndonos el resto del día.

Ella se sintió morir de la vergüenza.

—Sí, claro —se dio la vuelta y caminó hacia la cocina. No quería que él viera la cara de idiota que estaba poniendo en ese incómodo momento.

Juntó los ingredientes mientras él le ayudaba a ponerse el delantal que estaba colgado en la pared.

Después, Lorcan tomó el otro y se lo colocó, promoviendo un momento gracioso entre los dos.

Ella y Felicity eran las únicas que vivían en ese apartamento, así que reinaba el rosa, el lila, el turquesa, los vuelos, los puntos y los lazos; como en el caso del delantal que llevaba puesto Lorcan y lo que hacía ver muy gracioso.

Era un modelo moderno y divertido; turquesa con bolas de color lila intenso combinado con algunos detalles en blanco y un lazo del mismo color lila en el centro del único bolsillo que tenía la prenda.

Además, sobre el pecho de Lorcan parecía apenas un pañuelo de lo pequeño se veía.

—Debería comprarme uno como este, porque me va genial el lazo —comentó con divertida ironía.

—Y el color —ambos rieron—. Deberías cambiar la talla.

—Eso sí. Porque dudo que esto pueda protegerme de algo; ya hice el ridículo poniéndomelo así que creo que podré soportarlo.

Rieron de nuevo y Heather apreció unas pequeñas arrugas que se le formaban a Lorcan muy cerca de los ojos cuando reía con sinceridad. Se le cerraban los ojos en una línea y sus labios, bien marcados, dejaban ver una sonrisa que nublaba los sentidos de Heather.

—¿Bates la mantequilla con el azúcar primero? —le preguntó el hombre, sacándola de su ensoñación.

—Sí —Lorcan accionó la batidora, que era del mismo turquesa que su delantal.

—¿Te ha llamado el policía?

—Detective.

Él volvió los ojos al cielo.

—El hombre de las fuerzas de seguridad del estado —aclaró Lorcan con sarcasmo—. ¿Te ha llamado?

—No —ella se desinfló—. He querido hacerlo yo, pero supongo que si no me ha llamado es porque no tiene nada.

—Es probable que sea eso. De todas maneras, ha estado investigando. Estuve conversando con la dueña de la compañía para la que Felicity trabaja y sé que ya estuvieron investigando allí.

—¿Y?

—Y nada, Heather. Es lo mismo que ya te habíamos dicho nosotros. Nadie sabe nada de ella.

Heather sintió la presión en el pecho que la ahogaba y él

clavó su mirada en la de ella de inmediato.

—¿Cómo podía estar ese hombre tan sincronizado con sus cambios de emoción? Se acercó a ella y, con delicadeza, le apoyó la mano en su brazo, acariciándole luego con ternura.

—Va a aparecer, Heather, confía en mí.

—Intento confiar en todos sin dejar de estar alerta porque la realidad es que hasta que ella no aparezca, no dejaré de pensar que tú puedes estar involucrado —le colocó la mano sobre la de él—; aunque me hayas salvado la vida el otro día, cosa por lo que siempre te estaré agradecida.

—Yo haría lo mismo de estar en tu lugar.

Ella vio la mano de él de nuevo.

—El otro día no te pregunté por tus heridas de las manos.

—¿Heridas? —Lorcan no entendió la pregunta.

—Sí, el día que me salvaste, antes de que me desmayara, te vi las manos, estaban rotas en los nudillos y llenas de sangre —hubo un incómodo silencio entre ellos en el que Heather se envalentonó para hacer la siguiente pregunta que le tenía preparada a él desde hacía unos días—: ¿Qué ocurrió con el hombre?

Lorcan le vio a los ojos con tal intensidad y furia que Heather sintió miedo. Del real. Del que te eriza el vello de la nuca.

Y se sintió mareada. Se sujetó de él con fuerza; Lorcan reaccionó en un parpadeo haciendo que todo volviera a la normalidad.

Heather lo observó con gran confusión.

—¿Qué me pasa con estos mareos?

—Tal vez es debilidad, no has estado comiendo bien —Lorcan se concentró para no robar la psique de ella sin control alguno como empezó a hacerlo. No se esperaba esa pregunta por su parte. Pensaba que ella no recordaría nada o casi nada de ese momento.

Heather lo observó divertida mientras se sentaba en una silla de la cocina.

—¡Por dios! Estoy comiendo como si el mundo fuera a acabar mañana —Él sonrió y ella lo vio con reprobación—. No me cambies la conversación, Lorcan.

—No lo hago —Ella alzó una ceja—. No lo hago, Heather. Con el hombre pasó lo que tenía que pasar. Le di un buen merecido y por eso, me lastimé. Luego te evité una segunda caída, porque ya estabas muy lastimada —Lorcan empezó a moverse por la cocina uniendo ingredientes mientras la batidora seguía en funcionamiento—. Y cuando pude pensar con claridad, ya estaba dejándote aquí, era tarde para llamar a la policía. No te preocupes. Estoy seguro que con la paliza que le di, no volverá a repetir lo que intentó hacer contigo.

Heather soltó la respiración y Lorcan apretó los puños con fuerza, había debido matarlo.

Ella lo vio con suspicacia sintiendo una curiosidad inmensa por saber en qué pensaba.

—He debido matarlo, si es lo que quieres saber.

Se quedó en el sitio.

Y regresó el miedo con la mirada de Lorcan que estaba cargada de rabia y odio.

—No digo que no se lo mereciera —comentó ella con mucha cautela—. Es solo que no me habría perdonado jamás que hicieras algo tan terrible por mí.

Él asintió con el ceño fruncido y se siguió moviendo por la cocina.

—¿En dónde aprendiste a pelear así? —Él levantó la vista hacia ella y se preguntó cuánto más recordaba—. El sonido de los golpes y la forma en la que se quejaba el hombre no se me va a olvidar jamás.

—Mi tío. Defensa personal lo llama él. Nos enseñó desde muy pequeños a mí, mis hermanos y a mis primos. ¿Cómo se conocieron Felicity y tú?

Lorcan le cambiaba la conversación y ella empezaba darse cuenta de que lo hacía con más frecuencia de lo que le gustaba; sobre todo cuando ella hacía preguntas de la familia de él. Lo dejaría pasar, tenía la sospecha de que si le presionaba, alejaría a Lorcan de ella y no quería hacerlo porque ese hombre era una conexión con Felicity que no podía perder en ese momento tan importante.

Cuando ella apareciera, ya se vería; al pensar en eso, una idea se asomó por su cabeza y sintió incomodidad al notar que, cuando Felicity volviera a casa, ella y Lorcan no se verían nunca más.

***

Lorcan estaba abrumado de experimentar, bajo su propia piel, las emociones de Heather.

Se negaba a marcharse porque su compañía se le estaba haciendo necesaria.

Después de que vigilara sus sueños la otra noche y pasara casi todo el día siguiente con ella haciendo las diligencias necesarias para declarar desaparecida a Felicity ante las autoridades humanas, Lorcan llegó a casa sintiéndose tan extraño que necesitaba seguir junto a ella para poder descifrar qué poder ejercía ella en él.

Saltaba sus barreras de empatía, removía sus propias emociones creando un caos en su interior que, mientras estaba con ella, era un caos controlado; pero que cuando la dejaba, se sentía terrible.

Heather parecía ser su pausa ante el mundo. La que le ayudaba a permanecer suspendido, alejado, como en un burbuja en la que no ocurría nada a su alrededor.

Y la psique de ella era como una maldita droga porque lo hacía sentir saciado al completo, renovado, feliz.

Sí, Lorcan empezaba a sentir una felicidad que se le hacía tan ajena que dudaba de ella.

Eran cientos de años que no la sentía. Se había olvidado de que existía.

Y eso lo lograba solo ella, estando con ella; alimentándose de la psique de ella.

¿Cómo lo hacía?

Eso era lo que Pál le dijo que investigara.

Y era intentaba hacer.

Pero claro, en vez de aclarar las cosas, lo que hacía era enredarlo todo más porque ella con su gracia al hablar, su sinceridad mordaz, lo mucho que aun dudaba de él en cuanto a Felicity, no hacía más que hundirlo en el enredo en el que se hallaba.

Necesitaba demostrarle que él era inocente. Necesitaba hacerle ver que a Felicity, estando con él, jamás le habría pasado nada malo.

Y eso solo lo lograría pasando tiempo con ella.

Se beneficiaba por cualquier lado con eso. Demostraba su inocencia, ganaba su confianza, aclaraba sus dudas respecto a ella y además, le hacía compañía porque la chica lo suplicaba en silencio.

Ya se sabía la historia de cómo Heather y Felicity se conocieron. Conocía las desgracias que a cada una le tocó vivir y lo bien que hizo la vida al cruzar sus caminos para hallar, la una en la otra, a esas hermanas que ambas perdieron en circunstancias terribles.

Pensó en Luk.

Su hermano, al que jamás olvidaría.

Recordó el momento fatal en el que tuvo que acabar con su vida y lo mal que estuvo después por eso. Agradeció encontrar enemigos de los que tenían que librarse para poder descargar la ira con ellos.

A Heather le hizo bien hablar de las cosas positivas que encontró junto a Felicity; lo notaba en su mirada, en el aire que respiraba. El aroma de ella se endulzó y sus sentimientos se llenaron de esperanza.

Seguían en la cocina. El bizcocho aún no se enfriaba por completo; pero ellos, de igual manera, sacaron dos pedazos para acompañar el café que bebían.

Estaba delicioso. Suave, esponjoso, ligeramente dulce; con ese toque a naranja que lo hacía sublime.

—Parece que he hablado demasiado —comentó ella cuando el silencio entre ambos se volvió necesario.

—No —él le sonrió. También notó que, estando con ella, sonreía más de lo que lo había hecho en su vida. Y lo hacía con sinceridad—. La verdad es que me gustó escuchar la historia una vez más, desde otro punto de vista.

Ella lo observó con duda. Él sonrió de nuevo y sintió el cambio de emoción de ella.

—Felicity, ¿te lo contó? —Lorcan asintió con la cabeza—. ¿Y por qué querías escucharlo de mí?

—Porque creo que a veces es necesario pensar en las cosas positivas que nos unieron a los que amamos para no sentirnos mal por no tenerles y no haberles dicho todo lo que queríamos; solemos creer que tendremos todo el tiempo del mundo para hacerlo.

—Hablas como si hubieses perdido a alguien también tú —Lorcan bufó. ¿A alguien? ¡A muchos! Más de los que ella podría imaginar.

En ese momento, solo pensaba en Luk.

—Lo perdí. Hace muchos años. Mi hermano menor. Luk.

—Lo siento.

«No más que yo», pensó recordando todo de nuevo y odiándose por lo que hizo aunque era la manera adecuada de actuar en esos casos de rebeldía.

—Gracias.

—Entonces, eran tres hermanos.

—No. Éramos cuatro. Ahora solo somos tres.

—Y tú eres el mayor —Lorcan asintió—. Todo el peso de la responsabilidad siempre cae sobre el mayor.

—Es así, más en nuestra familia.

Despertó la curiosidad absoluta en ella y se arrepintió por haber dicho eso. Ahora ella, quería saber más.

—¿De qué murió Luk?

—Un accidente —era lo que siempre le respondía a alguien ajeno a su especie.

—¿De dónde es tu tío?

—Ha vivido en muchos países del mundo por trabajo. Pero nuestras raíces son húngaras.

Otro silencio.

Lorcan decidió explicarle un poco más de la familia ficticia a Heather para calmar su curiosidad.

Habló de los negocios familiares, de lo bien que la pasaban de niños viajando por Europa. Le contó que, en realidad, Pál era su tío abuelo y que su abuela, era todo un personaje digo de un drama. La realidad era que Etelka era una mujer de armas tomar y a la que no se le debía subestimar.

Le dijo que perdió a sus padres a temprana edad y que luego él se hizo cargo de la familia; cosa que despertó la lástima y la compasión en ella al imaginarse lo terrible que ha debido ser perder a sus progenitores siendo tan joven.

Aquello no era cierto, por supuesto. Sus padres murieron cuando así la naturaleza lo dispuso y todos ellos ya estaban bien creciditos como para que el peso de la responsabilidad familiar cayera sobre alguno; aunque, al ser Lorcan el mayor, se sobreentendía que, los demás, le debían respeto y apoyo. Así como él debe responder por ellos en caso de que lo necesiten.

Le contó también que Miklos era amante de las antigüedades y que tenía una gran casa de subastas en Venecia con conexiones en otros países que rendían grandes frutos.

Entonces ella accionó su curiosidad de nuevo.

—¿Venecia?

Él asintió y recordó haber asistido a la fiesta de la sociedad con Felicity. Quizá la chica se lo dijo.

—Entonces, Felicity lo conoce, porque estuvieron en Venecia juntos, ¿no?

—Así es; sin embargo, no lo conoce.

Ella frunció el ceño.

—Es una antigua, muy antigua, tradición en la familia la de hacer una fiesta anual que nos reúna a todos; junto a amigos y otras personas de gran peso en el mundo, en un solo lugar, para divertirnos como lo hacían en el pasado sin delatar la identidad de nadie —Lorcan sonrió con pesar porque se dio cuenta de que hablando más de la cuenta—. Verás, Heather, en Europa, en siglos antiguos, se celebraban grandes fiestas de máscaras y disfraces para que nadie pudiera ser reconocido porque aquellas fiestas solían terminar en orgías y otras cosas más —Suspiró, intentando medir sus próximas palabras; o mentiras, según como se quisiera ver—. Nuestra familia es muy grande y proviene de una rama aristocrática importante de Hungría, es por ello que algunas tradiciones se siguen manteniendo.

Ella sonrió divertida.

—¿Con orgías incluidas?

—No puedo decirte con exactitud lo que ocurre hoy en día a puerta cerrada de las habitaciones después de la celebración porque no he participado nunca en una —la vio con seriedad absoluta, sintió como ella se tensó por su mirada—. Ni antes ni ahora he participado.

—¿Por qué llevar a Felicity entonces?

—Por lo mismo que ya conversamos el otro día, Heather —había sido completamente sincero con ella en cuanto a su relación con Felicity—. Felicity es mi amiga, no mi amante; y me pareció buena idea compartir esa gran fiesta con ella. Mi hermano es el dios de la fiesta. Si quieres hacer una celebración por todo lo alto, contrátalo que todo te saldrá genial. Vas a comer, beber y bailar hasta casi morir. Además, me hacía ilusión llevarla de viaje, enseñarle el mundo. Y no me arrepiento de haberlo hecho.

—Regresó feliz de ese viaje.

—Lo sé. Me lo dijo muchas veces. Pensaba en volver a viajar con ella; no tuve tiempo de hacerlo.

—Estoy segura de que lo tendrás, ella va a aparecer.

—Estoy tan convencido como tú de lo último; sin embargo, de lo primero no me siento tan optimista —la vio con seriedad de nuevo—. Una vez que ella aparezca, yo saldré de su camino. Incluso como amigo.

—No tienes por qué hacerlo, Lorcan. La deuda con Alex J. ya está saldada y Felicity podrá estudiar, trabajar, llevar una vida normal —Heather entonces hizo una pausa en la que Lorcan apreció el cambio de aroma reconociendo que ella había entendido por qué él se retiraba de la vida de Felicity y le pareció que era honorable su decisión aunque un poco medievalista—. ¿Cómo está tu hermano?

—No lo sé. Desde que presenciaste la pelea entre ambos, hemos estado evitándonos.

—Creo que es una actitud bastante infantil por parte de ambos —«No tan infantil si supieras lo de Diana y todo lo que le hice», pensó Lorcan recordando aquellos momentos y lo mal que se sentía aun por eso—. A mi parecer, es un poco exagerado que tú desaparezcas de la vida de mi amiga porque tu hermano tiene sentimientos por ella. Entiendo el código entre hombres; pero te digo que me parece muy exagerado. ¿Quieres más bizcocho y café?

Él asintió observándola moverse en la cocina.

Heather era una mujer hermosa, no había duda de ello.

—¿Lorcan? —Él reaccionó y la vio a los ojos—. ¿Escuchaste mi consejo?

—No, lo siento. Estaba... —«cuidado con lo que dices amigo», se aconsejó en su interior porque seguía pensando en la época pasada y los problemas que afectaron su relación con Garret.

Ella negó con la cabeza y sonrió con diversión.

—Bueno, presta atención, que mi consejo es bueno —él hizo lo que se le ordenaba y la vio a los ojos con atención; con intensidad, haciendo que ella dudara por un segundo de lo que iba a decir. Lo sintió, tan vivo como pudo sentirlo ella. La mujer recuperó pronto la compostura sin esquivar la mirada de Lorcan que seguía atento en ella. En toda ella, sin darse cuenta—: Habla con tu hermano y arregla las cosas con él. Yo no tuve esa oportunidad y no se lo deseo a nadie. Hazlo.

Y él asintió con seriedad acatando la orden como si fuese un valioso tesoro.

—Te prometo que lo haré.

Capítulo 12

Garret se bajó del coche al llegar al lugar que Lorcan le indicó.
Revisó las coordenadas del GPS una vez más. Sí, ese era el lugar indicado.

Vio a su alrededor. Recién había caído la tarde y la noche se abrió paso muy oscura.

Las noches sin luna no eran las favoritas de Garret. Perdió a Diana una noche así.

Pensó de inmediato en Felicity, en la que no había podido dejar de pensar ni un minuto desde que la viera por primera vez.

Pasaban unas semanas de su desaparición y la verdad era que la angustia que llevaba en el pecho no había menguado ni siquiera un poco.

Parecía que Felicity había sido absorbida por un maldito hoyo negro y nadie más supo nada de ella.

Vio al cielo.

Suplicaba a esos dioses a los que las brujas y los humanos suplicaban, para que Felicity —su Felicity—, apareciera sana y salva pronto.

La puerta de la cabaña que tenía frente a él se abrió dejando ver la silueta imponente y fuerte de su hermano mayor a contra luz.

La cabaña, por fuera, solo era una silueta negra oculta entre los árboles.

La madera de los escalones crujía bajo sus pies.

Hacía frío y a medida que se acercaba a Lorcan podía sentir los nervios de su hermano azotando su propio estómago.

Lo vio con curiosidad.

Desde que Lorcan aprendiera a bloquear su empatía, ninguno de ellos podía sentir con tanta fuerza sus emociones. Y ahora eran tan intensas, que estaban provocándole náuseas a Garret.

¿Qué estaba ocurriendo?

—¿Qué es este lugar? —Garret lo vio con total curiosidad intentado sentir más de las emociones de su hermano.

Ansiedad.

Lorcan lo vio a los ojos con vergüenza, que también se reflejó en el interior de Garret.

—Es mi refugio.

Se hizo a un lado para dejar pasar al interior a Garret que no dejaba de observarlo todo.

Era un lugar sencillo y confortable. Un viejo sofá frente a una chimenea que mantenía la estancia cálida; al fondo, una cocina que parecía que tenía años sin ser usada. Una mesa con cuatro sillas entre la cocina y el sofá. Y luego, estaban dos puertas más que Garret supuso una llevaría a una habitación; y la otra, a un cuarto de baño

—¿En dónde está tu coche?

—Atrás. Ese acceso que tú tomaste es el que tomaría cualquier persona si se extravía. Yo tengo otro.

Lorcan cerró la puerta mientras le explicaba eso y fue a la cocina, abrió un estante del cual sacó una botella de *whisky* y los únicos dos vasos que estaban allí.

Garret se fijó en que el estante guardaba varias botellas más iguales a la que su hermano ahora llevaba en la mano.

—¿Para qué necesitas tanto alcohol?

Lorcan bufó.

—Para ahogarme en él cuando no quiero pensar, Garret.

Este frunció el ceño.

No le gustó la respuesta de su hermano. Muy a pesar de las diferencias que ambos pudieron tener en el pasado y que ahora parecían repetirse, Lorcan era parte importante de la vida de Garret.

Para Garret, su hermano representaba la fuerza, la entereza, la valentía.

Lo odió por lo que le hizo a Diana aunque sabía que no lo hizo por placer propio. Lo obligaron. Y él cumplía con sus obligaciones para proteger a su familia.

A Pál.

Garret y él nunca habían hablado de esa época de su vida. Lorcan se encerraba en sí mismo cada vez que se mencionaba esa parte de la historia y Garret no insistía; aquello sería despertar sus propios malos recuerdos. Esos que nunca se desvanecían pero que, al menos, a veces conseguía ignorar.

Sirvió los dos vasos y le dio uno a su hermano.

—Gracias.

Lorcan asintió y se quedó observando la noche a través de la única ventana que tenía el lugar.

Garret se sentó en el sofá.

—¿Para qué querías que viniera?

—Porque necesito hablar contigo.

—¿De qué?

Lorcan se dio la vuelta y lo vio a los ojos.

Nervios y ansiedad volvió a percibir Garret y el aire se llenó de un olor ácido y penetrante.

Miedo.

Tristeza.

A Garret le pareció que la vida se detenía al pensar que aquello podía tratarse de Felicity.

«Por favor», suplicó de nuevo, «que no le haya pasado nada».

—¿La encontraron?

Lorcan parpadeó dos veces atónito. Entendiendo que su hermano estaba sintiendo sus propias emociones.

¿Cómo era posible?

Pero las estaba confundiendo, el terror en su cara lo delataba.

—No, hermano, no —se sentó junto a él y le palmeó la espalda—. Lamento confundirte, pero no. No sabemos aún nada de ella.

Lorcan intentó calmar su ansiedad, su angustia, su miedo al rechazo después de que le contara la verdad a Garret.

Por su parte, Garret de inmediato se relajó intentando buscarle una lógica a todo lo percibía de Lorcan.

—Nada me gustaría más que encontrarla y saber que está bien —comentó Lorcan viendo el vaso, ahora vacío.

Garret no pudo decir nada porque, sí, él también quería encontrarla y saberla sana, pero no quería que Lorcan se la arrebatara.

Estaba dispuesto a luchar por ella.

Lorcan bufó viéndolo.

—¿Crees que siento amor por ella?

—¿Ahora eres un maldito vidente o es que también puedes leer mis pensamientos? ¿Qué coño pasa contigo?

—No lo sé, Garret. Desde que Felicity apareció en mi vida todo cambió —Garret se tensó de nuevo—. Cambió para bien, no estoy enamorado de ella. Es solo mi amiga.

—Con la que te acostabas.

—No me acostaba. Nunca lo hice.

—Entonces, ¿para qué pagabas exclusividad por ella?

—Porque no quería que nadie más la tocara. Quería protegerla.

—¿Del hombre que la sobornaba?

Lorcan asintió.

—Sé lo que hiciste por ella porque me presenté en la oficina del miserable ese y… —Lorcan lo vio con espanto, Garret no era un hombre peligroso. Era centrado, medido. Pero su mirada en ese momento, sumada a la rabia desmedida que se respiraba en el ambiente, nada bien hablaban de su lado centrado y medido—. Ya no molestará más.

—¿Qué hiciste, Garret?

—¡Lo que debiste hacer tú para cuidar de ella como era debido!

Lorcan negó con la cabeza. Aquello podría traer problemas.

—Pierde cuidado que no hay pruebas de mí. Le quité la psique por completo y no me arrepiento —Lorcan se frotó los ojos. No podía creer lo que escuchaba—. Nadie me vio. Y Pál no sabe nada.

—Garret, puedes ponernos en peligro a todos, ¿lo entiendes?

Este asintió con seriedad.

—No vinimos aquí a hablar de mí y de lo que le hice a una escoria humana que lo que hacía era crear problemas y desgracias en buenas familias. Eso es lo que deberíamos hacer con todos los camellos del mundo.

—No eres un superhéroe.

—No, y tú tampoco, por lo visto.

—Garret, cálmate.

Hizo lo que se le ordenó. Se mantuvieron en silencio por unos minutos.

—¿Qué hago aquí, Lorcan? —se atrevió a preguntar.

—No soporto que sigamos en tensión. Ya lo hicimos hace años. No sirvió de nada —volvió la cabeza para verlo directo a los ojos—. Somos hermanos y ya perdí a uno como para darme el lujo de perder a otro.

Ambos se sumergieron en un profundo y lamentable silencio que acompañaba siempre a los recuerdos de Luk.

—¿Recuerdas cuando papá nos reprendía por jugar en el castillo y asustar a la servidumbre?

Lorcan empezó a reír con ganas, recordando cómo gritaban hombres y mujeres cuando ellos les gastaban las peores bromas del mundo sobrenatural a los sirvientes. Algunos huían y no regresaban nunca más.

Esos, despertaban leyendas y habladurías en el pueblo diciendo que los niños Farkas eran enviados del demonio. En cierto modo, lo eran, pero nadie conocía la verdadera fuerza oscura que los dominaba en el interior.

Las carcajadas de Lorcan contagiaron a su hermano y acabaron soltando lágrimas de risas. Lágrimas que Lorcan tenía cientos de años sin sentir y que lo llenaban de felicidad.

—Luk era un experto en esas bromas —Garret asintió; recordó también que no supieron nunca cuándo las cosas empezaron a torcerse con el más pequeño de los Farkas—. Regresó extraño de aquel viaje. Jamás me habría imaginado que sería la última vez que estaríamos juntos y que yo…

Lorcan se interrumpió al sentir el quiebre en su propia voz.

Respiró profundo y esta vez, fue Garret quien le palmeó un hombro dándole una clara señal de apoyo.

—No fue tu culpa, Lorcan. Nada de lo que has tenido que hacer ha sido tu culpa. Te ha tocado muy duro, hermano.

Lorcan sintió el nudo maldito en la garganta. Pero se lo tragó.

Era momento de que empezara a hablar con su hermano tal como lo había planeado.

Se levantó y caminó hacia una de las puertas que estaban cerradas y que Garret supuso era una habitación.

Encendió la luz del lugar y continuó dando pasos hacia el interior.

Garret esperaba a que Lorcan regresara con él; sin embargo, lo que escuchó atrajo su curiosidad, levantándose en el acto y caminando al encuentro de su hermano mayor que se había perdido en el interior de un túnel al que se accedía por una trampilla en el suelo.

Garret, sumergido en un silencio que le pesaba horrores, bajó las escaleras. Sus ojos no tardaron en acoplarse a la poca luz que reinaba en el sitio.

Se respiraba humedad; el frío calaba en los huesos.

Lorcan caminaba con lentitud bajo las débiles bombillas que se balanceaban en el precario techo del subterráneo.

Los vellos de la nuca se le erizaron a Garret en un intento de advertirle que algo no iba bien con ese sitio.

Se escuchó un ruido metálico, pesado; y entonces, vio a Lorcan al final del pasillo abriendo una puerta. Lo alcanzó y se dio cuenta de la envergadura de aquella puerta.

Parecía de prisiones.

De las prisiones más malvadas que llenaron la historia; una pieza que ahora estaba en posesión de Lorcan.

Garret la tocó instintivamente y sintió los nervios que afloraban de nuevo de su hermano.

El interior de aquella habitación, era tétrica; podía imaginar a qué se debía.

—¿Por qué has recreado un lugar así? ¿Por qué quieres torturarte con esos recuerdos?

Lorcan bufó. Era algo que Pál siempre le preguntaba y él solo podía evadir la respuesta.

Se la daría a Garret, aunque se avergonzara.

—Porque no puedo olvidar que soy un maldito monstruo y que, a veces, parece que disfruto serlo —Garret lo vio con compasión—. Estuve encerrado en una celda parecida a esta durante mucho tiempo. No sé cuánto. Para no perder la cordura, tuve que dejar de pensar en el tiempo que llevaba encerrado —vio a su alrededor y bufó de nuevo—. Claro, me habría encantado que mi celda hubiese sido la mitad de esta. Aquella era nauseabunda y las cosas que vi…

Dejó escapar el aire.

—¿Por qué hiciste ese sacrificio, Lorcan?

—Porque Pál es casi como un padre para nosotros. Además, a la Santa Sede se le hizo agua la boca con mi propuesta. Querían saber cómo éramos, cómo sobrevivíamos, cómo nos alimentábamos.

Garret sacudió la cabeza con el ceño fruncido y los puños apretados.

—Habría que matarlos a todos.

—Deja de hablar de muertes, Garret, que tú no eres así.

Hubo un incómodo silencio entre ambos.

—¿Qué te ocurrió después? —Lorcan lo vio con preocupación y sintió pánico de contar la historia—. ¿Tan malo fue?

—Garret empezaba a preocuparse al ver la cara de pánico con la que su hermano, el que creía valiente, lo observaba.

Lorcan asintió con la cabeza y sus ojos enrojecieron.

Atravesó una abertura en una de las paredes que solo dejaba ver oscuridad al otro lado.

Encendió una luz débil, tan débil como las del pasillo por el que acababan de caminar.

Aquel sitio le ponía los pelos de punta a Garret.

Esa estancia era diferente e incluso más aterradora.

En la pared colgaban toda clase de artilugios que Garret identificó de inmediato y asoció a las mesas de acero inoxidable que estaban allí.

El suelo, estaba recubierto de concreto y un gran desagüe servía para la limpieza del lugar.

Pudo identificar en el ambiente restos de sudor, fluidos sexuales, sangre. Eran muy suaves apenas detectables y lo entendía, porque de seguro Lorcan limpiaba muy bien todo para que no quedaran rastros ante los ojos humanos.

Siempre había escuchado las historias que giraban en torno a los gustos sexuales de su hermano y los tormentos con los que lidiaba que lo inclinaban a esas prácticas sadomasoquistas; pero una cosa era imaginarlo y otra tenerlo en vivo.

—Aquí traes a las chicas.

Lorcan asintió.

—Después de estar preso tanto tiempo y de que me usaran como un conejillo de india, la Santa Sede me ofreció mejores condiciones de vida a cambio de hacer el trabajo sucio —tocó una de las mesas de acero con la punta de los dedos. Garret pudo percibir el cambio en el ambiente. Había una mezcla entre vergüenza y morbo que lo seducía. Era una lucha—. Me negué, Garret. Al principio me negué y después de luchar en contra de ellos, de pasar un tiempo en sequía —Garret abrió los ojos sorprendido, pero con la mirada llena de lástima. Pensar en sequía era como pensar en un suicidio—. Amenazaron con buscarlos a ustedes y darles el mismo destino que el mío.

¿Te imaginas? Yo no quería nada de eso para ustedes; si te soy sincero, habría preferido la muerte para todos, y ellos lo sabían muy bien. Es por eso que me doblegaron y consiguieron lo que buscaban.

—Te convertiste en verdugo.

—Me convertí en el peor verdugo de la historia, Garret —la voz de su hermano tembló y finalmente las lágrimas empezaron a salir—. Mientras más cruel y más sufrimiento daba, ellos más lo disfrutaban. No hay libro que sea capaz de documentar el rostro del Inquisidor en esos momentos —lo vio con los ojos abiertos—. No lo hay.

Garret quiso pedirle que no le contara nada más porque le parecía injusto que hubiese tenido que padecer algo así en nombre de toda la familia.

Sin embargo, entendía que escucharlo y apoyarlo era lo menos que podía hacer por él después de todo lo que tuvo que aguantar.

—Al principio, lastimaba porque necesitaba liberar mi rabia con algo, con alguien; y yo sabía que eran inocentes. Lo sabía, hermano. Me lo decían sus emociones. El terror con el que me veían cuando me acercaba a ellos y en la mayoría de las ocasiones, acababa con la vida de los inocentes pronto porque el sufrimiento de ellos y la agonía en la que algunos vivían, llegaba a ahogarme a tal punto —Lorcan hablaba entre dientes—, que los fantasmas pronto empezaron a acosarme en las noches. No podía cerrar los ojos, Garret. No lo conseguía. En cuanto lo hacía, las imágenes me absorbían en un pozo de miseria y culpa del cual no me sentía capaz de salir.

Lorcan se secó las lágrimas con el dorso de la mano.

—Los gritos de los infelices me perseguían —continuó—: no podía callarlos. Un día, la rabia me dominó por completo. Caí presa de la furia, de la bestia que hoy todavía me domina y mi humanidad se apagó. Por fin conseguí silencio —Lorcan ahora hablaba con paz—. Las imágenes las dejaba en la sala de torturas y finalmente pude descansar de tanto dolor y de tanta culpa. Y fue cuando les di la máxima diversión a ellos y me convertí en un maldito asesino.

—Lorcan...

—No quieras disfrazarlo, Garret. Es lo que soy. Y lo peor es que hubo momentos en que lo disfrutaba —Garret lo vio con horror—. Sí, te lo dije, soy un monstruo. Me entregaban a la víctima, la sometía a las peores torturas; y luego, mi mente quedaba en blanco. Nada. No era capaz, ni lo soy todavía, de recordar al completo cada una de esas sesiones. Las cosas que comentaban que hacía en esas sesiones me aterraban. Era un ciclo, porque en cuanto volvía a la sala de tortura, todo parecía apagarse; menos la necesidad de sangre. Y no de la sangre por alimento, como nos ha enseñado Pál. No. Sed de matar, lo disfrutaba.

—¿No crees que es mejor que no lo recuerdes?

—Tal vez es lo mejor. Tal vez no. No sé si recordar todo me daría la tranquilidad que busco; o por el contrario, me convertiría en un ser abominable que merece la muerte. La que sé que merezco, la que Pál no me dio cuando correspondía.

Garret lo vio con confusión.

—Fue después de librarme de los malditos inquisidores, no encontraba paz. Es tanto lo que viví sin humanidad y lo parecido que me volví a ellos que, una vez libre, necesitaba de eso que hice por largo tiempo para poder sentirme bien. Me negaba a entregarme de nuevo a esas atrocidades y entonces, un día, desperté bañado en sangre; con una escena ante mí que hablaba muy bien de la maldita bestia que me acompañaría de por vida.

Garret no podía creerse lo que escuchaba, jamás se habría imaginado que su hermano hubiese hecho algo tan atroz como lo que contaba, no después de estar en libertad.

—Pensaba que tu ira la controlabas con el sexo —señaló las herramientas que colgaban de la pared—. Las historias en la familia sobre tu ira solo hablan de tu control en el sexo y de cazar a la presa para alimentarte.

Lorcan sonrió con ironía y tristeza.

—La familia ha sido muy buena y considerada al creer lo que Pál ha querido que crean —suspiró—. En cierto modo, es como lo mencionas; sobre todo después de esa vez en la que Pál me ayudó a desaparecer los cuerpos; y me ayudó, hermano, a ser un poco lo que era antes. Antes de la Santa Sede. Antes de todo. No fue fácil para ninguno de los dos. Pál tenía que cumplir con las leyes que él mismo impuso; pero sus sentimientos hacia nosotros, que son los que un padre tendría por sus hijos, le hizo volver la cabeza y ver hacia otro lado. Fue una segunda oportunidad. Y la tomé, a pesar de que lo que quería era morir.

—Hiciste bien.

—No opinabas lo mismo después de Diana.

—Es mejor que no hablemos de eso.

—Es necesario, Garret. Te traje hasta aquí para jurarte que nunca le hubiese puesto una mano encima a esa mujer si hubiese sabido que era la dueña de tu corazón. No me hubiese atrevido aunque fuese la bestia la que estuviese al mando —lo vio con mortal sinceridad. Una sinceridad que Garret no había visto nunca antes en su hermano—: habría matado a todos por ella para dejarla en libertad y hacerla volver a ti.

Garret lo vio con dolor. Sabía que le decía la absoluta verdad y pensó en su querida Diana. Se la imaginó en una mesa como la que ahora tenía frente a él, sufriendo bajo las manos del peor Verdugo de la historia.

Lorcan sintió el profundo dolor de su hermano y no le extrañó que su mirada vagara entre el presente y lo que pudo haber vivido Diana en sus manos. El pobre no tenía ni idea de lo que ella sufrió.

—Te creí antes, hace años, cuando me juraste lo mismo. Lo hago de nuevo.

—Y agradezco que creas en mí.

—Hace unos días no lo hice y luego me arrepentí.

—No te culpo —le sonrió a medias—. Entiendo tu posición con mis antecedentes. ¿Por qué nunca me mencionaste tu interés por ella? Sabes que me hubiese apartado dejándote el camino libre.

—No lo sabía, Lorcan. Las pocas veces que conversamos de ella me veías como ve un animal al que quieren robarle el alimento. Pensé que tenías sentimientos por ella.

Lorcan sonrió con sinceridad.

—Los tengo, te lo dije antes, pero como amigos. Desde que ella apareció en mi vida todo mejoró. Mi ansiedad se calmó, mi sed de sangre bajó y pronto ella se convirtió en lo que necesitaba a diario para domar a mi oscuridad —Lorcan bajó la mirada—. En cierto modo, fue mi culpa lo ocurrido. Ella, esa noche, me confesó que sentía cosas por mí por las que yo no puedo corresponderle. Y por eso se fue sola a casa. Me dijo que necesitaba pensar y yo confié en que estaría bien.

—No te culpes más.

—Lo haré hasta que aparezca. Es una buena chica. Merece tener una buena vida. Y sé que tu podrías hacerla feliz.

—¿Por qué no conseguiste enamorarte de ella?

Lorcan sonrió con ironía.

—Mi empatía y mis emociones estaban en bloqueo, Garret. Además, es imposible que decida poner los ojos en ella o en cualquier otra mujer —lo vio con pánico de nuevo—. Soy peligroso cuando mezclo el sexo y mis ansias de sangre. Y la verdad es que poco consigo excitarme si mi compañera no me hace sentir como un maldito depredador. Felicity jamás encajaría con mi estilo de vida. Y las demás mujeres, las que podrían encajar, las que disfrutan de esto —señaló las paredes llenas de objetos—, ninguna ha despertado sentimientos de amor en mí. Ni siquiera Mary Sue, que fue tan especial en mi vida y que sí disfrutaba de esto —señaló de nuevo las paredes—, haciéndome sentir más cómodo. Aprendió a controlar mis gustos; con ella descubrí que la compañía de un ser humano me sentaba bien. Después de su muerte, no conseguí a nadie como ella. Hasta que encontré a Felicity.

Lorcan, de repente, pensó en Heather y sonrió de nuevo soltando el aire. Garret sintió el cambio de sorpresa y emoción que se produjo en él.

—Pero hay alguien más.

—La amiga de Felicity tiene un efecto extraño en mí. Pál quiere que descubra qué es. Ella es la que derribó mi bloqueo, el mismo día que entró en la oficina, me tomó por sorpresa. Pensé que era una bruja y me había hecho algo.

Le contó lo ocurrido en el callejón, cuando estuvo en su casa, cómo tuvo que salir corriendo porque temía que podía hacerle daño al ver su sangre. Lo que ocurrió luego cuando Klaudia le llevó la chica a casa para alimentarse.

—No debes estar largos periodos sin alimentarte, Lorcan, ¿por qué lo haces?

—Cada vez que veo sangre pienso en muerte y eso me lleva a un estado en el que a veces no consigo controlarme. La vez antes de esa en la que consumí un poco de sangre, tenía aquí a dos chicas de la calle; casi las mato.

—Lamento tanto que tengas que vivir así.

—Yo más. Ahora estoy bien. Me alimenté y la bestia está

saciada por un tiempo. Sin embargo, debo controlar mi ira —exhaló, intentando soltar el peso del que nunca iba a deshacerse—. En presencia de Heather mi ira aflora y sin darme cuenta, absorbo su psique deliberadamente. Ya lo controlo un poco más.

—Como el primer día que la vimos —Lorcan asintió con la cabeza—. Pál me dijo que la policía está involucrada.

—Sí. Yo mismo acompañé a Heather.

—Klaudia comentó que el detective es un imbécil —ambos rieron.

—Es Klaudia, Garret.

Volvieron a reír.

—¿Qué podemos hacer para encontrarla?

Lorcan subió los hombros.

—No lo sé. He intentado todo y nada da resultado. Las brujas no dan respuestas, yo no soy capaz de sentir nada que me lleve a ella —Hubo un incómodo silencio entre ellos en el que Lorcan sintió la tristeza llenar a Garret—. Pero te prometo que la traeré de vuelta a ti, sana y salva. Te lo debo.

Le tendió la mano a su hermano y este, que tenía las suyas metidas en los bolsillos de su vaquero lo vio con complicidad y sacó sus manos; no para darle un apretón de manos, no.

Lo abrazó, tomando por sorpresa a Lorcan y llenándolo de sentimientos que tenía años sin experimentar. El amor por la familia. Por los suyos.

Respondió al abrazo con fuerza.

Garret sonrió satisfecho. Así era como debían estar ellos, unidos.

—La traeremos de vuelta —Se separaron—. Vamos a salir de aquí, por favor. Vamos a otro lugar. Pensemos en algo que nos lleve a ella.

Lorcan asintió complacido. Que bien se sentía.

Tenía que agradecerle a Heather haber hecho las paces con su hermano.

Heather.

Sacudió la cabeza, pensaba en esa mujer más de lo que era aconsejable para él y sus demonios.

—Lorcan —lo llamó Garret antes de salir de la habitación que parecía un calabozo—, no vuelvas a esconderme nada de tu pasado o de lo que hagas en el presente por culpa de la oscuridad que te domina. Nunca más. Quiero ayudarte.

Lorcan asintió sonriendo a medias y siguió su camino con su hermano cuidando su espalda.

Todo mejoraría. Estaba seguro.

Una condena segura

Hungría, siglo XVI

Cuatro inviernos pasaron antes de que Ibolya pudiera ir a rescatar a su señora. Cuatro años llevaba escondida en la casa de la mujer que la salvó de una muerte segura; aquella noche en la que tuvo que huir del castillo para no ser enjuiciada por complicidad con la señora.

Szilvia y su manada de lobos la despertaron para salvarla de los ataques que tenían a toda la población aterrorizada.

Ibolya procuró contar una historia que fuera creíble y que la alejara de la relación cercana que mantuvo con la condesa; pero Szilvia sabía quién era ella e Ibolya supo pronto que era una mujer que no le iban ni las mentiras ni los rodeos.

Era una gran bruja. De las que se movían por el llamado de la naturaleza.

De las reales.

Las bendecidas por la madre tierra y el dios sol.

Ibolya encontró otra figura a quien adorar en suplencia de la condesa; y, en silencio, fue aprendiendo el arte de la magia.

Poco a poco alcanzó una experiencia que, para no haber

nacido con el don, era bastante buena en los hechizos y manejo de las plantas para la sanción.

Sin embargo, Szilvia nunca le mostró absoluta.

En todo ese tiempo, no había sentido temor alguno estando allí. Y siempre se preguntó en qué lugar estarían que no se veía a nadie cerca de la casa. Ni carroza, caballos, personas, ni siquiera animales.

Todo lo que reinaba allí era la paz y el silencio.

Cosas que en un principio incomodaron a Ibolya, pero que aprendió a vivir con ello con el paso del tiempo. Después de todo, era mejor eso que vivir en un calabozo como prisionera de gente malvada; o ejecutada, como si hubiera sido ella la que hizo tratos con el demonio.

Pero, como en todo, siempre había una primera vez; y, ese día, Ibolya cascos de caballos pasar cerca de la casa.

La manada de lobos de la bruja, que la acompañaban a cualquier lado, entró en alerta por un par de segundos.

Quizá la casa no estaba tan escondida como ella creía y seguían buscándola para llevarla a juicio.

—La casa no es visible a los que no son creyentes —la bruja se refería a otras brujas como ella.

—¿Un creyente no sería capaz de entregarte a las autoridades? —Ibolya formuló la pregunta sin pensar. Quedó como una verdadera tonta después de eso porque era más que evidente que entre brujas, jamás se acusarían.

—Tu no lo has hecho —le espetó Szilvia—. Aunque entiendo que te mueves por el interés, no por creencias. Los creyentes son mis aliados. Aun no sé si tú lo eres.

—He aprendido cosas buenas de ti.

Szilvia resopló irónica.

—Que vas a usar para mal; porque, en tu interior, no hay nada bueno.

—Eres más simpática cuando no hablas.
Szilvia soltó una carcajada.
—Tranquilízate. Tampoco soy tu enemiga. Creo que te lo he dejado claro en este tiempo. No te he sacado de mi propiedad porque sé que corres peligro afuera. Aunque considero que deberías pagar por todas las cosas que le tapaste a esa mujer. A veces, me gustaría creer que una parte de ti se arrepiente y te ayudará a cambiar. ¿Qué es exactamente lo que quieres de mí y no te atreves a pedirme?

Ibolya no se atrevió a pronunciar las palabras.

—Escuché que tu señora no se encuentra bien —continuó la bruja con mirada inquisidora—. Dicen que mandó a hacer unos cambios en el testamento.

Szilvia observó la reacción de angustia de Ibolya y supo que era el momento de aprovecharse de ella.

—Tú sabes que yo sé que tu señora fue la que desató la maldad en la comarca. Los demonios ahora están sueltos. A ti, casi te ataca uno. Y fue ella. Aunque en todo este tiempo no lo hayas reconocido ante mí, yo sé que fue ella. Lo soñé, la vi alimentándose de las criaturas.

Ibolya tragó grueso ¿por qué esa mujer le decía todas esas cosas ahora?

—Tengo que rescatarla.

Szilvia asintió con la cabeza viendo directo a los ojos a Ibolya.

No estaba de acuerdo en salvar a semejante monstruo; pero si los sueños que había tenido últimamente eran ciertos, lo mejor sería engañar a la sirvienta para hacerle creer que era una aliada y luego matarla, para poder poner en un lugar seguro el cuerpo de la condesa y asegurarse de que no pudiera despertar nunca más.

***

Unas semanas después, la noticia de la muerte de la condesa ya se había esparcido por toda la comarca.

En un principio, pensaron en darle sepultura en la tierra en la que nació; pero los habitantes de Ecsed se negaron a que un ser diabólico como ella tuviera descanso eterno allí. Lo veían como mal augurio para la población y la tierra de la que dependían.

Así que la llevarían a la cripta que le correspondía a su familia Bárány.

El traslado ya se estaba llevando a cabo.

El castillo de Csejthe quedaría a disposición de Aletta que era la única descendiente de Etelka. Así como el resto de sus propiedades.

La sirvienta lloró cuando la bruja con la que convivía desde hacía años, despertó de un extraño trance tras el que le aseguró que podrían rescatar el cuerpo de la condesa y llevarlo a algún lugar seguro en el que harían un hechizo que la traería a la vida de nuevo porque Szilvia vio en el trance que no estaba completamente muerta.

Así que ahí estaban, con todo el plan listo para ser ejecutado. Los lobos las cuidaban agazapados entre la maleza; aquellos animales obedecían a la bruja de una manera que parecían entenderla a la perfección.

Ibolya, una vez, intentó darles una orden y tres de ellos le dejaron ver la mortal dentadura que poseían.

Nunca más lo intentó.

Ambas mujeres llevaban capas negras con grandes capuchas que tapaban sus cabezas y parte de sus rostros.

Los caballos estaban escondidos y el día empezaba a darle paso a la noche.

Hacía frío a pesar de que era la época en la que la tierra se calentaba un poco más.

El bosque siempre se mantenía húmedo, tenebroso y frío.

Escucharon a lo lejos un carruaje que se acercaba y el galope de varios caballos más que le seguía.

Szilvia levantó la mirada al cielo; vio un cuervo en la rama de un árbol.

El pájaro graznó con fuerza como si le estuviera dando una señal.

—Son ellos. Hay que prepararse. Tú ve con los caballos y yo me encargo del resto.

Ibolya había aprendido a no llevarle la contraria a la mujer; además, en cierto modo, confiaba en ella.

A paso rápido, seguida de uno de los lobos, aguardó con verdadera impaciencia junto a los caballos que empezaron a relinchar por lo bajo y a inquietarse; como si intuyeran que algo malo pasaría.

Otro lobo se acercó a los animales y lamió algunas de sus patas haciendo que los caballos se quedaran tranquilos.

Ibolya nunca presenció nada semejante.

En eso, la compañía se acercaba más hacía donde estaba Szilvia que se levantó y sin temor alguno, se enfrentó al carruaje haciendo que el caballo se alzara en dos patas tomando por sorpresa al conductor.

Los guardias que custodiaban el carruaje sacaron sus espadas y apuntaron a la mujer.

—¿Quién eres?

Ella, con total tranquilidad, se sacó la capucha de la cabeza y movió sus manos en el aire haciendo un barrido imaginario con el cual hizo volar a los caballos y los guardias que estaban sobre estos.

Los tres caballos se reincorporaron de prisa y aparecieron

los lobos; que con un chasquido de dedos de la bruja, echaron a correr hacia los caballos que ya habían empezado un galope de escape.

Ibolya sintió miedo.

Szilvia era realmente poderosa.

Los caballos se inquietaron de nuevo y entonces vio a Szilvia alzar sus brazos con las palmas de las manos en dirección al cielo.

—¡Guardianes de los cuatro puntos, vengan a mí!

Los guardias gritaron aterrorizados antes de que el cuello de cada uno de ellos se rompiera y quedaran sin vida en el suelo.

El conductor del carruaje corrió en dirección contraria, por donde huyeron los caballos; Szilvia sabía que era peligroso dejarlo escapar. Ella tenía una misión en la que no podía fallar.

Chasqueó los dedos de nuevo y el lobo más grande, el que tenía el pelaje más oscuro, salió disparado para alcanzar al conductor aterrorizado y acabar con él.

En tanto, Szilvia caminó con cautela hacia la parte trasera del carruaje; abrió la compuerta para cerciorar que un sarcófago de madera estaba siendo trasladado.

Estaba sellado, como hacían con el de las brujas. En caso de que quisieran regresar de la muerte no pudieran hacerlo.

Sonrió pensando en las tonterías de los mundanos.

Regresar de la muerte.

Nadie podía hacer eso.

Existían muchas cosas en los diferentes mundos que ella conocía; pero cualquier criatura, una vez muerta, muerta estaría para siempre.

Le tomó algo de tiempo abrir el ataúd.

Cuando por fin lo logró, no se sorprendió en ver a Etelka

porque ya la había visto en un trance reciente que tuvo.

La condesa sangrienta, en su codicia por permanecer bella y joven, elevó su maldad haciendo un pacto con Sejmet, la guerrera que solo saciaba su sed con sangre.

Y si bien era cierto que toda criatura que moría no podía levantarse de la muerte de nuevo, también era cierto que todas las criaturas, en todos los mundos, evolucionaban.

Sejmet lo hizo.

Lo percibía con Etelka.

La sangre la alimentaba, pero necesitaba de otra cosa más para poder vivir a plenitud y no quedar seca como lo estaba ahora.

La psique humana.

Energía pura.

Szilvia comprendió, con ayuda de sus ancestros y de la magia más antigua y elemental, que Etelka necesitaba de sangre y psique para poder revivir.

Por eso no quería a la sirvienta cerca.

Ella había cerrado su centro de energía para que la condesa no pudiera chupar de ella aunque, por el estado en el que se encontraba, tan deteriorado, y tan débil debido a que la sangre de los animales no le servía como la humana, se daba cuenta de que sería incapaz de absorber psique sin antes consumir sangre.

Sin embargo, era mejor no arriesgarse.

Colocó el talismán en la bolsa que ella misma confeccionó para meter el cuerpo y subirlo al caballo.

El talismán le otorgaría invisibilidad y, a la vez, bloquearía la energía que pudiera ser enviada a la condesa.

Una vez dejó el talismán dentro, entonó el cántico que le ayudaba a ganar fuerza extra para levantar cosas pesadas.

Metió a la condesa dentro y pudo ver cómo esta movió,

con gran lentitud, los ojos hacia ella. Estaba en lo cierto. Seguía viva.

Cerró la bolsa con la cuerda que brilló una vez estuvo atada y la arrastró hacia donde se encontraba Ibolya.

Esta se sacó la capucha y corrió a su encuentro.

—Quiero verla.

Szilvia negó con la cabeza.

—Cuando estemos lejos.

—¿Está viva?

—En muy mal estado, pero sí, lo está.

—¿Qué es? —Ibolya finalmente hizo la pregunta que tanto la atormentaba.

Szilvia sonrió con malicia.

—Algo que tú también quisieras ser; pero que yo no voy a permitir.

Ibolya la vio con sincera duda. ¿Había confiado en esa maldita bruja como una estúpida?

La bruja subió el cuerpo al lomo del caballo sin ningún inconveniente e Ibolya corrió para abrir el saco y salvar a su señora.

El cordón negro que cerraba el paquete le quemó las manos.

La bruja resopló con ironía.

—Los humanos no dejan de sorprenderme.

—¡Me engañaste, maldita bruja! —gruñía como lo hacían los lobos a ella en cuanto sintieron el cambio en su actitud.

La bruja se acercó a Ibolya.

—Te engañé —afirmó con tranquilidad viéndole a los ojos—. Por el bien de la humanidad, te engañé. Y por ese mismo bien, tu tampoco puedes sobrevivir —levantó su mano derecha, en la que tenía una daga que, sin pensarlo, hundió en un costado de Ibolya. La afectada abrió los ojos al sentir la daga atravesar su piel. Sintió también la sangre salir cuando Szilvia retiró la daga.

La sirvienta cayó moribunda en la maleza, con los ojos clavados en la bruja.

Quería hablar, pero se le hacía difícil. El aire, de pronto, no le llegaba bien a los pulmones.

—Lo lamento. Tu espíritu es más negro que el de ella —dijo la bruja antes de darle la orden de huir al caballo que quedó libre.

Desde lo alto del animal negro azabache que montaba, vio como la vida de Ibolya se apagaba.

La sirvienta tosió, intentaba decirle algo.

«No lo intentes, te va a doler más», anunció Szilvia en sus pensamientos entrando en los de Ibolya.

Esta la vio con furia desmedida en la mirada.

La muerte abrazó a Ibolya y Szilvia galopó con su carga valiosa junto a sus guardianes del bosque hasta llegar a tierras lejanas; sin sospechar que el destino le tenía deparado algo que jamás habría podido imaginar.

Capítulo 13

Nueva York, en la actualidad.

En el corazón de las Adirondack, se alzaba una mansión estilo gótico con sus bóvedas de crucería, esbeltos pilares, arcos apuntados, vidrieras y rosetones que dejaban pasar la luz natural.

Aquel macizo montañoso al noroeste del estado de Nueva York, con sus 25.000 kilómetros cuadrados de montañas, tierras boscosas, colinas redondas y lagos, era el lugar perfecto para tener una mansión alejada de la humanidad.

Una suerte poder mantener aquella propiedad en esa zona, sobre todo después de que en 1882 la legislatura del estado lo declarara parque nacional y prohibieran nuevas construcciones con el fin de preservar la vida silvestre que era maravillosa.

La mansión, aunque quedaba oculta a la vista de muchos, gracias a su ubicación; contaba con un hechizo muy antiguo, uno usado por las brujas para que sus casas no fueran descubiertas en los tiempos en los que estas eran perseguidas.

Felicity salió del baño y se deleitó con la vista aquella mañana. El sol brillaba en lo alto de un cielo azul; despejado, libre.

Pensó en su propia libertad y en lo poco que podía hacer

para alcanzarla.

No sabía cuántos días llevaba encerrada, no quería pensar ello. Después del segundo o tercer día… tal vez fue el cuarto, decidió no contar más.

Menos aún, cuando la mujer elegante le indicó que llegó muy sedada al lugar y que había dormido más de la cuenta.

Felicity prefería no entrar en los detalles de su captura porque nada más de recordar a esos hombres enormes que la metieron obligada dentro del coche, ya temblaba.

Al menos la mujer no le producía miedo. A simple vista, claro estaba; porque sí le inspiraba un profundo respeto. A veces, sentía que era una mujer en la que podía confiar y que, a la vez, era de temer.

Y no era que estuviera muy equivocada, teniendo en cuenta de que la mantenía cautiva en medio de una montaña; rodeada de comodidades y muy bien atendida para estar secuestrada. Sin embargo, se negaba a indicarle quién le había mandado a secuestrar; y, sobre todo, por qué.

Al principio temió que se tratara de Alex J.

Pero, en cuanto detalló el lugar en el que se encontraba y la forma de hablar de la mujer, sumada a la clase que destilaba su presencia; era imposible que ella estuviese mezclada con un camello como Alex J.

Imposible.

Tenía el desayuno servido en una bandeja, como cada día; se lo hacían llegar a través de un pequeño elevador, por el que también recibía libros, ropa limpia y cualquier artículo de uso personal o alimentos que quisiera en algún momento específico. Solo tenía que notificarlo por un intercomunicador que estaba junto al ascensor y, en cuestión de minutos, le llegaba el pedido.

Se sentó a la mesa que estaba frente a la ventana para comer. Como lo hizo desde que llegó a ese lugar.

Le gustaba sentarse allí.

A pesar de estar en aquella extraña situación, se sentía tranquila. La vista, a diario, la relajaba.

Unos días antes estuvo nevando mucho y aún estaba todo cubierto del manto blanco.

Observó a los lobos rondando en el bosque. Los escuchaba en las noches antes de caer en un sueño profundo que estaba segura era producto de la infusión deliciosa que formaba parte de su cena.

Poco veía del exterior de la mansión en la que se encontraba; pero ese poco le daba a entender que aquella edificación era inmensa y parecía tenebrosa en medio de la nada en la que estaba ubicada.

Como esas mansiones de las películas de terror en medio de una noche, en la que la luna es la única capaz de alumbrar con sutileza los pinos que se levantaban cerca de la misteriosa propiedad.

Entendía también que, su habitación, estaba orientada hacia la parte trasera de la misma; el laberinto del jardín trasero así se lo indicaba.

¿De quién era aquella propiedad? Era la pregunta que se hacía a diario desde que estaba allí.

Los primeros días intentó escapar y nada le funcionó. La puerta, de hierro, era maciza; parecía de las blindadas. Al igual que las ventanas.

En su segundo intento de arrojarle objetos cuando estaba desesperada por huir de ahí, fue cuando conoció a la mujer elegante que le pidió no gastara más sus energías en eso porque las ventanas eran de seguridad y no podría abrirlas o romperlas.

El día que despertó en esa habitación, el sol se ponía entre las montañas cuando se detuvo frente a la ventana para tratar de ubicarse.

Nunca había visto un atardecer tan hermoso como ese y a pesar de la mala situación en la que se encontraba, dio gracias por ese momento ante sus ojos.

Hizo todos los esfuerzos posibles para aclarar su mente y recordar cómo llegó a ese lugar, pero fue inútil.

El día que fue llevada por los hombres, había decidido caminar sola de regreso a casa por lo ocurrido entre ella y Lorcan.

Lorcan.

¿La echaría de menos?

Quería creer que sí. Sonrió a medias, pensando en la ilusión que le hacía creer que él notaría su ausencia.

Se recostó de la cama después de la comida y tomó un libro que llevaba leído a más de la mitad. Una historia de esas en las que la damisela se encuentra en apuros y el hermoso protagonista llega a tiempo para salvarla.

Sonrió con pesar de nuevo.

Se parecía mucho a su situación, con la diferencia de que Lorcan no la buscaría.

Los engranajes de la puerta la sobresaltaron.

Apareció la mujer elegante.

—Buenos días.

—Buenos días —respondió Felicity con nerviosismo. No podía evitar sentirse intimidada por la presencia de esa mujer.

Llevaba un traje blanco inmaculado, de mangas largas y con la falda en tubo por debajo de sus rodillas. Las piernas las llevaba envueltas en *panty* medias color piel y sus zapatos parecían unos *stilletos* clásicos de color negro, no había que saber de moda para darse cuenta que solo los zapatos de ella podían valer mucho dinero.

Llevaba una manicura impecable; manos que nunca habían tenido la necesidad de hacer nada en casa o de obrar algún trabajo para sobrevivir.

¿Por qué alguien así querría secuestrarla a ella?

La mujer observaba la naturaleza a través de la ventana.

—Este lugar en primavera es un auténtico sueño —dijo con un tono de voz suave—. Sé que te gustaría —Felicity no se atrevía a decir nada. La mujer la vio con duda—. ¿Me temes?

Felicity ladeó la cabeza y levantó un hombro. Dándole a entender a la mujer que quizá sí, le temía un poco.

—No debes hacerlo —se sentó frente a ella en la cama—, creo que te he demostrado que no vamos a lastimarte.

—Entonces, ¿por qué no puedo marcharme? —Felicity casi no reconocía su propia voz. Un hilo débil y ronco producto de pasar días sin hablar con nadie.

—Podrás hacerlo pronto, muchacha. Te dejaremos ir cuando consigamos lo que queremos y ya estamos a punto de lograrlo. No te preocupes.

—¿Qué es lo que quieren?

La mujer sonrió con ironía.

—No lo entenderías porque no sabes nada de nosotros, menos de nuestra historia.

—¿Los envía Alex J.? —La mujer la vio con claro desconocimiento—. Si no le envía él ¿quién me hace esto? ¿Mi hermana está a salvo?

La mujer seguía viéndola sin entender lo que le preguntaba.

¿No le habían investigado antes de secuestrarla?

¿No era eso lo que hacían los secuestradores profesionales?

Se preocupó por Heather.

La mujer la vio con compasión.

Parecía leer sus expresiones.

—Estará todo bien, niña, deja de mortificarte. Solo sabemos lo que queremos saber de ti. Nos importas tú, como persona. Eso es lo que nos vale para lo que vamos a solicitar.

Felicity no quiso indagar más; su confusión empeoraba cuando empezaba a preguntar.

—Saldré de viaje unos días, estarás a cargo de mi personal y de mi sobrino. Todo seguirá igual hasta mi regreso y será entonces cuando te deje en libertad. ¿Está bien?

—No tengo más alternativas.

La mujer la vio con compasión de nuevo.

Asintió una vez con la cabeza y salió dejando a Felicity en compañía de las montañas, sus pensamientos y los engranajes de la puerta que se aseguraban de mantenerla presa en esa habitación.

«Lorcan», pensó de nuevo y una lágrima se le escapó de los ojos.

Cerró los ojos y deseó con todas sus fuerzas que, al abrirlos, estuviese en su casa junto a la mujer que consideraba su hermana; tomando chocolate caliente y contándole sobre Lorcan y lo bien que se siente estar a su lado.

***

—Lamento presentarme así —Lorcan vio a Heather con vergüenza. La verdad era que la habría llamado para saber si podía pasar a visitarla, pero en ese momento solo estaba respondiendo a un maldito impulso.

Uno de esos que dominaba su vida últimamente.

Ella lo vio con una mezcla entre miedo y expectación.

Lorcan sintió que el corazón se le arrugaba. ¿Por qué siempre conseguía que ella asociara sus visitas con noticias de Felicity?

«Porque tú fuiste el último que la vio; porque tú, y toda tu familia, la están buscando», pensó con ironía.

—No vengo con noticias de ella.

—¡Oh! —ahora fue Heather quien lo vio con vergüenza. Se sintió incomoda ante él por conocerle tan bien en tan poco tiempo—. No quería… Es decir… —cerró los ojos, respiró profundo; luego los abrió y con una sonrisa que pareció iluminar todo el pasillo, le dijo—: ¿Qué te trae por aquí?

Lorcan respondió a aquella sonrisa, era ridículo no hacerlo porque en su vida había visto una sonrisa tan cálida como esa.

—Saber cómo estás.

Ella lo vio con diversión.

—Has podido llamar.

Lorcan volvió los ojos al cielo.

—Soy un hombre a la antigua, Heather. No suelo usar el teléfono a menos de que sea necesario.

No era del todo cierto, aunque en ese caso, funcionaba su mentira.

Sintió el cambio en las emociones de ella. No culpaba que las dudas crecieran en su interior.

Completamente normal, porque él se sentía de la misma manera.

Estaba tan confundido desde que ella apareció en su vida que era incapaz de descansar bien y pensar en otra cosa que no fuese: Heather.

—¿Puedo pasar?

—En realidad iba de salida, pero me puedes acompañar si gustas.

—No tengo más planes para hoy.

—Genial, voy por mi abrigo —mencionó ella, abriendo el

armario que estaba cerca de la puerta; él, de inmediato, entró en la propiedad y le ayudó a colocarse el abrigo—. Gracias, a veces parece que saliste de un cuento antiguo. De esos de hombres medievales que tratan a las mujeres con delicadeza.

Él bufó con diversión.

—En esa época, los hombres se valían de espadas y de guerras no de actos caballerosos con las damas.

—Ay, por favor; no me digas que eres de los que amas la historia.

Él volvió a verla divertido mientras salían de la casa.

—Me gusta tanto, que es casi como si hubiese vivido en ella.

Heather soltó una carcajada real y Lorcan se contagió con ella sonriendo por segunda vez en su vida con verdadera alegría en su interior.

¿Cuál era la magia de ella?

Por su parte, Heather se deleitó con su sonrisa; pensó en que debería hacerlo más seguido porque tenía una sonrisa hermosa.

—Hace buen día, ¿te gustaría dar un paseo por Central Park?

—Con gusto.

Ella resopló, la verdad era que sí, él parecía salido de alguna parte de la historia. Esos modales tan impecables no eran propios de los hombres que ella había conocido.

Lorcan sintió la clara batalla de ella en su interior, tenía dudas sobre él.

¿Por qué dudaba tanto?

Y le hizo honor de nuevo a su impulsividad.

—¿Por qué dudas tanto de mí? ¿No está bien que sea un hombre gentil y educado?

—Lorcan, por dios, me parece que eres demasiado correcto.

Él pensó en las cosas del pasado. No había nada correcto en él.

Ella percibió cómo su mirada se alejó del sitio en el que estaban para vagar por sus pensamientos.

Estaba segura de que algo escondía.

Seguía preguntándose: ¿Qué podía ser?

Hacía unos días que no nevaba y el sol calentaba más de lo que era habitual para la época. Central Park lucía triste, bañado con sus tonos marrones y grises; característica del invierno en el que se encontraban aun.

Los árboles sin hojas, la hierba seca.

Y Lorcan, con la mirada perdida.

—¿A dónde vas cuando hablo de tus buenos modales y la forma correcta en la que actúas?

Él parpadeó un par de veces.

Esa mujer lo conocía tan bien que le daba miedo y después de todo lo que él había vivido, aquello era mucho decir.

—Voy a mi pasado. No siempre he sido…

—Correcto —finalizó ella sintiendo alivio ante esa confesión que ya sospechaba. Lorcan asintió y la mirada se le llenó de pesar—. ¿Por qué no has sido correcto?

—Muchas cosas que me han pasado en la vida, Heather. Y no siempre he sido este hombre razonable y centrado que ves ahora.

«Hace unos días era un maldito animal que casi mata a una mujer en su propia casa», pensó Lorcan manteniendo la mirada intensa y analítica de Heather.

Frunció el ceño.

Ella le hacía sentir tantas cosas que solo conseguía confundirse más. En vez de aclarar su situación como había querido hacerlo desde la primera vez que la visitó en su casa.

Heather bajó la mirada al sentirse capturada por la de él. A veces, Lorcan conseguía intimidarla.

Empezaba a darse cuenta de que Lorcan —y su compañía— le gustaba más de lo que debía.

—Anoche soñé con ella —comentó Heather mientras caminaban en dirección norte—. Soñé que entraba en casa y que me decía que todo estaba bien —Heather sintió su propia voz quebrarse. Lorcan se abrumó entre sus sentimientos de angustia y tristeza por no saber nada de Felicity y los sentimientos de Heather en ese momento—. ¿Lo estará?

Lo vio a los ojos con súplica. Necesitaba que le dijera algo que mantuviera su esperanza viva y Lorcan no se sintió capaz de engañarla con eso.

—No lo sé, es lo que espero —a él le faltaba e aire; inspiró con fuerza, atrayendo así los aromas de la tierra húmeda y aspirando los de ella. La dulce y delicada fragancia que emanaba su piel lo embriagaba.

Le gustaba.

Y era la primera vez que lo sentía al abierto, mezclado con las emociones que brotaban de los demás que estaban alrededor de ellos; mezclado con los aromas de la naturaleza.

En ese momento, aprendió a identificar el olor que era característico en ella y tal como era característico de su especie, a partir de ese momento, sería capaz de reconocer esa fragancia en cualquier lugar.

Recordó que algo parecido le ocurrió con Mary Sue; con Heather era mucho más intenso.

Mucho más.

Ella tenía los ojos enrojecidos.

Aguantaba el llanto.

Era tan dulce cuando intentaba, en vano, disimular su tristeza.

Caminaron un rato más en silencio.

Un silencio que era pesado para él porque estando junto a ella se sentía en la necesidad de hablar de su pasado.

Pero no podía hacerlo, ni siquiera podía decirle sobre su verdadera naturaleza.

Sería una imprudencia por su parte.

Sobre todo, estando Felicity desparecida aun.

Vio al cielo y se metió las manos en los bolsillos del pantalón.

Sintió la mirada de ella una vez más, intentando analizarle.

¿Y si le contaba algo? Algo no tan pasado.

—Me recuerdas mucho a alguien con quien salí una vez

—«¿Eso no es tan pasado, Lorcan?» se reprendió.

La tomó por sorpresa, lo sintió en su cambio de ánimo y además, en la mirada nerviosa que le dedicó.

¿Se interesaba por él?

Heather, finalmente, encontró a la confusión hacerse un hueco en el medio de su pecho.

¿Por qué? ¿Acaso, Lorcan le gustaba?

Él sonrió a medias con la mirada llena de duda.

—Físicamente no, pero en tu forma de ser eres muy parecida a ella.

Heather se mantuvo en silencio porque no sabía qué preguntar. Ni siquiera sabía por qué estaban teniendo esa clase de conversaciones.

—La conocí en Europa, un viaje que hice —Lorcan miraba al frente de vez en cuando. Heather que lo observaba con completo interés—. Mary Sue fue una buena compañera.

—¿Era tu esposa?

—Mmmmm casi, podría decirse.

—¿Y te recuerdo a ella?

Lorcan soltó una carcajada divertido porque no esperaba

la reacción de Heather.

—En lo que respecta a tu curiosidad y precisión para leer mis expresiones, sí. Me recuerda a ella. Era una chica inteligente.

—¿Era?

La mirada de Lorcan se llenó de tristeza al recordar la muerte de Mary Sue cuando ella ya alcanzaba casi los 70 años.

—Sí, murió.

Heather se llevó una mano al pecho. Ahora sentía lástima por él. Parecía que Lorcan también había tenido que pasar varios tragos amargos en la vida. Su hermano Luk, la mujer de la que le hablaba ahora y Felicity.

—¿A qué se dedicaba?

Lorcan apretó los labios con fuerza. No había debido mencionar a Mary Sue.

Ella lo vio con el ceño fruncido.

—¿También era prostituta?

Él asintió avergonzado.

—¿Qué pasa contigo? ¿No has podido encontrar a una mujer que se dedique a otra cosa?

La ironía en su voz era clara, no hacía falta tener el poder de la empatía para poder sentir lo que salía de ella.

—He tenido algunos inconvenientes para eso.

—¿Por qué? No es tan difícil, la ciudad está llena de mujeres que tienen una vida normal y digna.

—No me había encontrado con ninguna.

—Hasta que te topaste con Felicity —Él negó con la cabeza y, en ese momento, ambos se vieron a los ojos disminuyendo su paso.

—Hasta que me topé contigo —hasta él se sorprendió cuando escuchó esas palabras salir de su boca; pero es que con ella todo era tan diferente, que apenas era capaz de controlar lo que debía contarle sobre su pasado.

Su presente parecía fluir de manera espontánea estando con ella.

Dejaba de pensar.

Solo se limitaba a sentir; y era agradable sentir.

Aunque a veces los sentimientos no fuesen positivos.

Esa mujer era un completo experimento para él y no pararía de frecuentarla hasta saber cuál era su magia y cómo conseguía desestabilizarlo tanto.

Capítulo 14

Heather recibió un nuevo mensaje de Lorcan. Lo ignoró, como los demás. Después de dar el paseo por Central Park y que fuera sorprendida por la respuesta de Lorcan, tan franca y directa con respecto a encontrarse a una mujer como ella, muchas cosas en su interior cambiaron la forma en la que veía a ese hombre; y aquello, le producía inestabilidad.

Confiaba mucho más en él que la primera vez que lo vio cuando le reclamó la desaparición de su amiga; sin embargo, los misterios que lo envolvían aun no le permitían hacerlo persona de absoluta confianza en su vida.

Y no, no se le olvidaba que él mismo le salvó la vida.

Le salvó la integridad como mujer.

Hacía unas semanas le hizo una confesión que le impedía sentir cosas hacia él.

Felicity puso sus ojos de manera especial sobre Lorcan y ella no iba a ponerle una mano encima al hombre que le gustaba a su amiga; menos, cuando esta seguía sin dar señales.

Necesitaba volver a su trabajo, dejar de pensar en él y toda la situación que lo involucraba a él; pero aquello no pasaría hasta que le quitaran el yeso. Todavía quedaban algunos días más para luego iniciar la rehabilitación adecuada.

Quizá le dejarían estar en hospital para atender en la parte administrativa; pero nada de urgencias que le retrasen la recuperación de la fractura que se hizo dándole el golpe a Alex J.

Alex J.

Frunció el ceño.

Le debía algo a ese hombre, se lo haría llegar en cuanto Felicity apareciera, tal como le prometió.

Así como él estaba dando su palabra en no cobrarles nada más de la deuda que su difunta hermana contrajo con él.

«¿Cómo Ellen se pudo involucrar con él?», pensó y luego resopló porque no era de extrañar si ambos se desenvolvían en el mismo medio.

Drogas.

Malditas y estúpidas drogas.

Sintió rabia por dentro.

Empezaba a sentirse mal con la vida por arrebatarle todo lo que más amaba.

Ellen, antes; ahora, Felicity.

¿Qué seguiría luego?

Negó con la cabeza porque no quería ni pensarlo.

Se obligó a levantarse de la cama, fue a la cocina para prepararse una taza de café. No recordaba la última vez que había comido bien.

¡Ah! Sí, en la cena con Lorcan.

Sonrió con pesar.

Era una gran compañía para ella. Nunca se había sentido tan a gusto con un hombre.

Negó con la cabeza de nuevo porque ni quería, ni debía, sentir nada por él.

¿Sería tarde para eso?

Tendría que hacer una evaluación interior para saber en qué estatus se encontraba porque tenía muy claro que no lo apreciaba como un amigo.

No desde el paseo en el parque.

No desde la cena en la que hablaron divertidos de los buenos tiempos de ambos.

Lorcan le habló de su familia, de sus hermanos, de cómo se divertían en la mansión familiar que tenían en Europa. Le dijo que aún la mantenían y en buenas condiciones, a pesar de que la casa es muy antigua.

Lorcan hablaba con añoranza, con melancolía. Extrañaba esa época en su vida.

¿Podría reprocharle extrañar una vida en la que no existían las angustias, la madurez, la responsabilidad, el dolor, el sufrimiento?

No.

Heather extrañaba también la época en la que Ellen y ella jugaban a ser astronauta y enfermera.

Ellen soñaba con llegar a la luna, con explorar; con ver la tierra desde lo alto.

Sintió ardor en los ojos y un bloqueo de aire en la garganta pensando en lo irónica de la analogía entre los deseos de Ellen y la forma en la que se le cumplieron.

Veía la tierra, claro que lo hacía, pero desde el cielo porque estaba muerta.

No era astronauta.

No.

Heather sintió más rabia en su interior e intentó calmarse, pero no podía concentrarse en hacerlo de la manera correcta.

Quizá lo mejor era que dejara fluir todo lo que sentía. Es que se negaba a dejarse vencer por la tristeza y la angustia.

Si lo hacía, perdería la batalla y quizá la esperanza de encontrar a Felicity; y aquello, le hacía sentir mil veces peor.

Vio el calendario. Fue cuando rompió a llorar sin consuelo. Ese día, eran los estipulados cada mes para entregarle los pagos de la deuda a Alex J.

Ya no había deuda, tampoco estaba Ellen ni Felicity.

Estaba ella sola, con su tristeza y con sus lágrimas en el suelo de la cocina.

Lorcan volvía a ella, a su mente; y en esos instantes en los que se centraba en la conversación durante la cena, encontraba tanta paz que se sentía incapaz de romper ese encantamiento en el que se sumergía.

Otro sonido de su móvil.

Otro mensaje. Podía deducir que era Lorcan.

Se levantó del suelo sin dejar de llorar porque no sabía cómo parar. Mejor dicho, ese día no quería parar de hacerlo, quería secarse y no sentir más.

Fue hasta donde tenía el móvil en su habitación. Se sorprendió al ver que el mensaje no era de Lorcan, era del detective que llevaba el caso de Felicity.

Las manos empezaron a temblarle y decidió llamar al detective sin escuchar el mensaje que le dejó previamente.

—Buenos días, Heather.

—Buenos días, detective.

—Espero que haya escuchado las buenas noticias.

—¿Apareció?

Hubo un silencio.

—¿No escuchó mis mensajes?

—No, lo siento; me temía lo peor y no quería oírlo de una grabación. ¿Apareció?

—No. Pero tenemos un vídeo del momento en el que la raptan. Un coche negro. Bentley. No se ve la matrícula ni los rostros de los agresores aunque son hombres fuertes y van bien vestidos. Parecen seguridad privada.

—Los hombres de Alex J.

—No lo creo, Heather; por cierto, nada más de qué preocuparse con el camello y sus negocios porque lo encontraron muerto en su propiedad hace unos días —Heather se llevó una mano a la boca y sintió que el estómago se le retorcía con la noticia—. ¿Sigue ahí?

—Sí, lo siento. ¿De qué murió Alex J?

Otro silencio.

—«Causas naturales» decretó el forense. El caso lo llevaron en otra comisaria.

«¿Se estaría reuniendo con Ellen?», pensó Heather e hizo un intento por no seguir llorando.

—¿Se encuentra usted bien? —el detective se escuchaba realmente preocupado, como si pudiera sentir sus emociones a través del teléfono.

Ella respiró profundo.

—Sí, sí —su voz nasal la delataba.

—Me dijo usted que sus padres viven fuera del estado. Por qué no va a casa unos días con ellos. Creo que le vendrá mejor que estar sola.

—No puedo hacerlo, detective. Mis padres adoran a Felicity y aún no he sido capaz de hablar de su desaparición.

—Ha tenido suerte de que lo hemos mantenido controlado de la prensa.

—Y se lo agradezco. Cuando lo considere necesario, hablaré con ellos. Aun mantengo las esperanzas.

—Entonces no se quede sola, por favor. Usted no está bien. La investigación avanza aunque seguimos sin conseguir nada concreto.

—Entiendo, detective —Heather le interrumpió porque no le apetecía seguir hablando con él si no iba a darle información valiosa—. Gracias por sus consejos, hoy no es un buen día para mí. Muchos recuerdos.

—Está bien, le mantendré informada si surge alguna novedad.

—Se lo agradezco, hasta luego.

—Adiós.

Colgaron y Heather continuó llorando un poco más; con un llanto cerrado, de esos que cortan la respiración.

El timbre sonó y maldijo por lo bajo. No era el momento para recibir visitas. No quería hablar con nadie.

Se levantó y vio por la mirilla de la puerta.

Lorcan.

El corazón le bombeó con tanta fuerza que no pensó en lo que hacía.

Abrió la puerta y lo vio a los ojos suplicándole, en el más profundo silencio, que le diera consuelo.

Necesitaba un abrazo; de él, de nadie más.

***

Cuando Heather abrió la puerta y le vio los ojos enrojecidos, llenos de lágrimas y los párpados hinchados por el llanto, Lorcan sintió que el mundo empezaba a girar con lentitud, podía sentir en cada fibra de su cuerpo lo que ella sentía.

Todo iba más lento porque la tristeza que la dominaba a ella en ese momento se apoderó de su pecho dándole un golpe tan bajo, causándole tanto dolor, que sintió pena por ella y por todo lo que debía soportar en su interior.

Lo más extraño fue la forma en la que ella lo vio. No necesitó palabras para pedirle lo que requería en ese momento para aliviar su tristeza.

Las palabras parecían sobrar entre ellos.

Y él, que en esos últimos días se sentía desesperado por no verla, fue incapaz de negarle el refugio en sus brazos que Heather le solicitaba con urgencia.

Así que la tomó del cuello y la atrajo hacia sí mismo, apretándola con fuerza contra su pecho; sintiendo cómo las lágrimas de ella traspasaban la delicada camisa que llevaba puesta.

Se ahogaba por las lágrimas. Por la angustia.

Felicity.

Masajeó la nuca de la mujer mientras con el otro brazo, la aferraba con fuerza.

Le pasó por la mente no dejarla ir jamás, se sentía tan bien eso que hacía en ese momento.

Aunque ella estuviera tan triste que la situación fuese casi insoportable para él.

Respiró su aroma, se embriagó de este como la última vez. Esa mañana estaba apagado, bañado de su tristeza.

Apoyó el mentón sobre la cabeza de ella y después, casi sin darse cuenta, le dio un beso delicado en la coronilla; momento en el que su corazón saltó y le hizo sentir miedo y alegría a partes iguales.

Esa mujer le alegraba la vida.

También lo llenaba de miedos porque no confiaba en él mismo. Por ello, cuando la chica se negó en responderle durante esos días, pensó que era lo mejor. Alejarse de ella parecía la mejor opción.

Sobre todo, después de que él dijera cosas que no debía en el parque y después de que la pasaran tan bien cenando juntos, conociéndose, rememorando momentos felices de la vida de ambos; y pensara en besar su boca porque, en algún momento, se preguntó si la dulce fragancia que emanaba de ella, sería el mismo sabor que tendría su boca, sus besos.

Era increíblemente tentadora.

Y como era de esperarse, ella logró leer tan bien sus intenciones que cortó la cena en seco diciendo que estaba muy cansada y que necesitaba dormir. Lorcan consiguió sentir todas sus emociones que se desplegaron en el ambiente: descontroladas, revoltosas, ansiosas; y, sobretodo, expectantes.

Ella también lo deseaba, pero existían otros factores que le hacían mantener la distancia y no podía juzgarla.

Más bien, se lo agradeció.

Los primeros días de rechazo pensó en que eso era lo mejor, lo más acertado porque qué pasaría si llegaba a besarla y el ser despiadado sin emociones que habitaba en él, su bestia maldita, despertaba y le hacía daño.

Temblaba ante esa idea, no concebía la posibilidad de lastimarla.

No.

Dejó de buscarla un par de días creyendo que poco a poco la alejaría de su mente; sin embargo, era como enterrar más el clavo en la madera haciendo que su vida se trastocara por completo.

Se levantaba pensando en ella. No dormía pensando en ella, la necesitaba.

Requería de su compañía.

Ese día, cuando despertó, algo le dijo que debía ir a su casa porque no se encontraba bien.

Como era el caso, que ella lloraba en ese momento entre sus brazos.

«Felicity», pensó de nuevo sin atreverse a formular la pregunta.

Un vecino hizo girar el engranaje de su puerta desde el interior y Lorcan, en un rápido movimiento, sin soltar a Heather, accedió con ella al apartamento; cerrando la puerta justo en el momento en el que el vecino salía de su casa.

No quería que la vieran así.

—Shhhhh —le dio otro beso espontáneo y ella se aferró más a él.

La fue guiando hasta el sofá en el que se sentaron uno junto al otro.

Ella con la cabeza en su pecho y él satisfecho de continuar en esa posición a pesar de que ella estuviese llorando.

Lorcan respiró profundo.

—¿Sabes algo de ella? —se atrevió finalmente a preguntar con una voz tan débil que delataba el miedo a escuchar una respuesta indeseada.

Heather asintió con la cabeza y lloró más.

Lorcan empezó a sentir que se ahogaba.

¿Le había ocurrido algo a Felicity?

Levantó el mentón de la chica con delicadeza y la vio a los ojos con temor.

—¿Está… —no pudo seguir porque sintió ese asqueroso nudo que le oprimía en la garganta de vez en cuando. Heather se limpió las lágrimas con las manos y le sonrió con pesar, negaba con la cabeza—. Ay Dios, Heather, ¿la encontraron? ¿Está muerta?

Ella intentaba calmarse, pero no lo conseguía y Lorcan quería respuestas.

Le colocó las manos a ambos lados de la cabeza y luego clavó su vista en la de la mujer.

Respiró profundo.

Heather le colocó las manos encima de las de él y cerró sus ojos.

Lorcan le estaba aliviando la pena. Aunque ella no lograba sentir nada de lo que él hacía.

Absorbió de su psique un poco.

El rostro de ella se relajó y sus labios se elevaron en las comisuras regalándole una sonrisa tierna.

¡Qué hermosa era! No aguantó la tentación de acercarse y darle un beso delicado, fugaz, en la frente.

El contacto de sus labios con la piel de ella, cálida y suave, fue un regalo del cielo.

Heather abrió los ojos.

—Tienes un poder relajante en mí —él sonrió con vergüenza y sospechó que cuando se enterara de la verdad, de cómo la relajaba y lo peligroso que podía llegar a ser, no le iba a gustar nada. Quedaría para otro momento porque no hablaría de su naturaleza ni ese día ni… nunca.

Lorcan sacó las manos de donde ella se las tenía prisioneras y las tomó entre las suyas acariciándolas sin restricción.

Ella se lo permitió, le gustaba el contacto entre ellos.

—Ahora dime, por favor, ¿qué ocurrió con Felicity?

—Nada. El detective me llamó y me dijo que encontraron un video de las cámaras de seguridad en el que se ve cuando un par de hombres se la llevan.

Lorcan sintió que la furia empezaba a crecer en él.

—¿Qué hombres? —Heather lo observó con confusión y sorpresa. El semblante de él había cambiado de sereno y feliz a defensa y furia—. ¿Qué hombres, Heather?

—No lo sé, Lorcan. ¿Qué te pasa? —las manos de ella buscaban zafarse de las de él porque la estaba apretando con fuerza.

De inmediato, él se levantó y buscó la manera de controlarse.

El miedo de ella lo estaba abrazando y aquello no era bueno mientras sentía tanta furia en su interior.

La vitalidad de la psique de ella lo aceleraba aún más.

—Lorcan...

Se dio la vuelta tras escuchar su nombre en un susurro y la vio recostándose del sofá. Tenía que calmarse, le estaba afectando a ella.

Recordó su risa, la del otro día, la que lo dejó perplejo y le hizo percibir el mundo de una manera diferente.

Se acercó a ella y la tomó de nuevo de la mano para luego recostarla con delicadeza de su pecho una vez más; la imagen de la sonrisa de ella estaba ayudándole a calmar su furia, su deseo de venganza, su ansia de dolor ajeno, su sed de sangre.

Cuando por fin lo consiguió, después de unos minutos, ella parecía somnolienta y la dejó descansar un poco.

Así él también conseguía calmar toda esa revolución que se despertó en su interior.

Dos hombres se llevaron a Felicity.

Heather tosió y él escuchó el estómago de ella protestar del hambre.

Su sentido de la audición era más sensible que el del humano común, pero ahí no hacían falta poderes sobrenaturales para poder escuchar las protestas de un estómago que llevaba días sin comer bien.

Negó con la cabeza.

A qué jugaba esa mujer. ¿Quería morir?

Un frío lo dominó por completo cuando pensó en eso.

A Heather no podía pasarle nada.

Nunca.

Frunció el ceño.

Ella se removió en sus brazos.

—¿Estás más calmada? —Asintió—. Ahora quiero que, por favor, me digas exactamente lo que te dijo el detective.

Heather se mantuvo en su posición, aun con los ojos cerrados y una respiración pausada y la calma necesaria para no empeorar las cosas en el interior de Lorcan. Sin embargo, él seguía aferrándose a la imagen de su sonrisa porque eso le daba paz.

No sabía cómo funcionaba y no iba a averiguarlo en ese momento.

—Dijo que, en los videos de seguridad que consiguieron de esa noche, vieron a dos hombres meterla dentro del auto y largarse con ella. Dijo que parecían de seguridad privada. También me dijo que Alex J. está muerto. ¿Puedes creerlo?

Lorcan sintió la tensión en los músculos del rostro, por supuesto que podía creerlo, sabía cómo y en manos de quién había muerto el maldito camello.

—No lo dudo. Alguien habrá ajustado cuentas con él.

—No —ella negó con la cabeza—, me dijo que fueron causas naturales. Pienso que es Karma.

—Bueno, una escoria menos para el mundo.

Hubo un silencio en el que Lorcan se preguntó más sobre el hallazgo de ese video.

—Hoy es un día que no sé cómo interpretar —continuó ella removiéndose entre los brazos de él para acomodarse mejor—. En estos días debíamos pagarle la cuota del mes a Alex J. y ahora él está muerto; y nosotras, en vez de estar celebrándolo, no. Felicity está en algún lado quien sabe con quién y en qué condiciones; y yo, estoy aquí llorado contigo.

—Nadie dijo que la vida es justa, Heather. ¿Te dijo el modelo o matrícula del coche? ¿Qué más te dijo? Necesito decirle a mi tío sobre esto.

—Sí, de hecho, dijo que el modelo del coche era un Bentley negro, iba sin matrícula —ella se despegó de él con un poco de esfuerzo porque ninguno de los dos quería romper ese momento—. ¿Crees que pueda ayudar?

—¿Un Bentley, dijiste?

Ella asintió.

—¿Te dijo el modelo?

Ella negó con la cabeza.

—Podemos llamarle para preguntarle.

—No —Lorcan respondió tajante y con rapidez. No era conveniente aquello. Tenía un mal presentimiento con esa nueva noticia sobre el caso de Felicity.

Los Bentley no eran coches baratos y los hombres de seguridad privada tampoco. Conocía a gente que tenía dinero suficiente para tener ambas cosas.

De hecho, y fue lo que más miedo le dio pensar, sabía de varias personas dentro de su familia que tenían personas de seguridad además de una buena colección de Bentley.

Su abuela, era una de ellas.

***

Unas horas después, Lorcan estaba en su casa, preparando comida para Heather. Y sí, un poco para él también aunque su hambre empezaba a reclamar alimento de otro tipo.

La sonrisa de Heather no se le salía de la cabeza. No podía dejarla ir porque eso era lo único que en esos momentos lo mantenía alejado del refugio y de las mujeres de la calle.

Se le hizo agua la boca al pensar en sangre. Y la sonrisa de Heather se hizo más luminosa en su cabeza.

Parecía un anuncio de neón opacando toda la oscuridad que se le presentaba en forma de ideas macabras para llevar a cabo con gente real.

Esperaba una nueva llamada de Pál.

Le avisó los datos que Heather obtuvo del detective y ambos coincidieron en que su abuela, hermana de Pál, era la persona indicada que podía coincidir con ambas cosas; sin embargo, Pál estaba negado a creer que su propia hermana estuviese implicada en ese asunto.

Sí, Pál admitía que Etelka siempre había sido un poco resentida con el mundo, pero no era mala persona. Y además, ¿qué interés podría tener en la chica para secuestrarla? Lorcan coincidió con él en eso y dejó todo en manos de Pál. Todo quedaría entre ellos hasta saber qué demonios ocurría entre los Farkas.

Suspiró.

—¿Estás preocupado? —Ella bebió un sorbo de su vino. Estaba calmada, sonriente; aunque no llena de alegría como le gustaba a Lorcan sentirla.

Pero, sin duda, estaba mucho mejor que cuando la encontró en su apartamento horas antes.

Le costó trabajo sacarla de ahí.

Se negaba a estar más de lo debido con él y Lorcan sentía la lucha en su interior entre lo que quería hacer y lo que era correcto hacer.

A esas alturas, él también debía guiar sus acciones por lo que era correcto hacer. Por ejemplo, correr lo más lejos de la mujer que le tenía la vida hecha un caos desde hacía semanas.

No por el hecho del caos en sí, sino más bien, por el inminente peligro que ella corría junto a él.

Volvió a resoplar.

—Lorcan, tienes que calmarte. Ven, déjame ayudarte —le quitó el cuchillo de las manos y se puso a cortar los vegetales que Lorcan necesitaría—. ¿Podrías servirme un poco más de vino, por favor?

Él asintió con el ceño fruncido. Viendo el teléfono a cada minuto.

—¿Por qué no me hablas de lo que sospechas? —Lorcan le tendió la copa y ella bebió un sorbo para luego dejarla junto a la tabla en la que siguió cortando vegetales—. ¿Conoces a la gente que la tiene?

La vio con profundidad a los ojos; no dijo ni una palabra. Heather tampoco las necesitó.

—¿Son peligrosos?

Otro silencio con una mirada aún más profunda.

Heather bajó la propia, sintiendo que se ahogaba de la rabia; él no pudo dominar aquel cambio brusco que lo invadió. Lo que salía de ella era tan fuerte que necesitaba calmarlo de alguna manera porque, de lo contrario, todo se saldría de control

Estaba en una lucha sin precedentes con su maldad interior.

No podía dejarla salir ante ella.

No.

En dos zancadas la alcanzó y la tomó por el cuello como lo hizo más temprano ese mismo día; pero había una gran diferencia y era que, en ese momento, no habrían sutilezas, delicadezas o consuelos sentimentales.

No.

La acercó tanto a él que ambos sentían sus respiraciones cálidas y entrecortadas cayendo en la piel de cada uno.

Ella paseaba su mirada de los ojos a la boca de Lorcan.

Y él, él solo rezaba para que todo pasara porque lo que deseaba no podía hacerlo con ella.

Fue cuando sintió algo que no le había pasado desde hacía ciento de años de manera espontánea.

Su sexo reclamaba espacio.

Estaba excitado.

Sin mesas, artilugios de control, dolor para dar placer, nada.

Solo ella.

¡Dios, qué diablos era esa mujer!

La tomó con más fuerza, sintiendo el bombeo de la sangre en la vena del cuello, haciéndole salivar y sentirse más excitado que nunca antes en su vida.

Tenía el miembro duro, le dolía de deseo.

Deseo por ella.

Su respiración se descontroló y la pegó por completo a él levantándola sin previo aviso y sentándola en la encimera de la cocina.

La atrajo de nuevo por el cuello y entonces, la besó.

Fue invasivo, dominante. Lo necesitaba.

Quería poseerla, ahí, en ese instante.

Ella pasó los brazos alrededor de su cuello y dejó escapar sonidos en su garganta que eran absorbidos por la lengua de Lorcan; que exploraba con desespero la tibiez de su boca, la humedad que había allí y la pasión desmedida con la que lo besaba.

Entonces, sus sentidos se afilaron; como el animal cuando persigue y caza.

El corazón de ella martilleaba la cabeza de él. Era un sonido tan agobiante que empezó a perturbarlo.

No podía pensar, no podía evocar la sonrisa de ella para calmarse; solo quería dejarse llevar por sus instintos.

Escuchó el río de sangre que corría en las delgadas venas de ella.

Dios.

Gruñó como un salvaje, frotándose contra ella, sintiendo los olores que cambiaban en el ambiente; olores que la delataban.

Estaba excitada y lista para él.

Otra palpitación y se imaginó sacándose el pene, colocándola de rodillas para que le diera placer con la boca y luego, sometiéndola a sus propios placeres.

Gruñó de nuevo; los testículos le ardían.

Se frotó una vez más y el contoneo de caderas de ella no ayudó en nada.

La sangre fluía y sus encías empezaron a doler.

Un dolor que se hacía insoportable.

Cuando sintió la vena del cuello palpitar, al tiempo que su miembro hacía lo mismo; respondiendo a los estímulos a los que estaba siendo sometido y la mandíbula parecía que se le rompía a pedazos de las ganas de clavarle los dientes a ella y succionar de su fuente de vida; paró.

En seco.

Y la vio con ojos desorbitados.

—Vete.

Ella no entendía nada, se había quedado desorientada.

Le dio las llaves de su coche.

—Vete de aquí, Heather. No soy buena compañía en este momento.

Ella intentó recomponerse del impulso arrebatado de su anfitrión.

—Lorcan, entiendo que…

—¡No entiendes nada! —ella se sobresaltó tras el grito de él. Lorcan sabía que estaba en sus límites, debía apartarla antes de que fuera demasiado tarde. Su excitación rayaba en lo absurdo y la boca seca y áspera lo único que hacía era intensificar el dolor severo de las encías—. No quiero lastimarte, Heather.

La vio con vergüenza y decidió salir él de ahí.

Se iría lejos, a las montañas; y sería entonces cuando podría liberar su furia y entender qué diablos fue lo que ocurrió mientras tuvo a Heather en sus brazos.

***

Cuando Felicity abrió los ojos, la oscuridad había invadido la habitación.

¿En qué momento se quedó dormida?

Se frotó los ojos.

El estómago le rugió con fuerza, tenía mucha hambre.

La cabeza parecía que le daba vueltas.

¿Qué ocurría con ella?

Se sentía débil; con gran esfuerzo, logró ponerse de pie para poder llegar al elevador por el que le enviaban alimento. De seguro estaba ahí su bandeja con un suculento manjar esperando por ella.

Al darse la vuelta, vio la figura masculina en el sillón que estaba en una esquina de la habitación junto a la ventana más amplia. Se detuvo en seco y un miedo creciente se instaló en su pecho.

—¿Quién eres?

—¿No me reconoces? —dudó por un segundo porque pensó que su cerebro le jugaba una broma, pero en cuanto el hombre habló de nuevo lo reconoció de inmediato.

Lorcan.

Se acercó a él con prisa y con cuidado de no caer tropezándose con sus propios pies.

Se echó en sus brazos, se refugió en su pecho como una niña que necesita protección.

Él la abrazó mientras ella sollozaba.

Se sentía segura a su lado.

—¿Cómo llegaste aquí? ¿Cómo me encontraste? ¿Cómo…

Se interrumpió cuando sintió la mano de Lorcan cerrarse con fuerza entre su cabellera y tirar de su cabeza hacia atrás con una lentitud aterradora.

Felicity abrió los ojos por miedo y dolor. Las lágrimas bañaban sus mejillas.

Intentó zafarse del agarre pero Lorcan volvió a tirar de su cabellera hacia atrás; ahora, con fuerza y gran brusquedad. No era el hombre que ella conocía. ¿Qué pasaba con él? Entonces, se movió, dejando permitiendo que la luz de la luna iluminara un poco sus facciones.

Felicity sintió pavor de la expresión fiera que tenía. La veía con morbo, con una maldad que le helaba la sangre.

—Me estás lastimando, Lorcan, suéltame —suplicó entre llantos.

Este se rio con sarcasmo y después se acercó a su oreja para sisearle como una serpiente.

—Ahora sí me vas a conocer. Vas a saber quién soy yo en realidad.

Felicity sintió una pesadez absoluta envolverla, entregándose a un sueño profundo.

Estaba soñando.

Eso era, ese era el sentido de todo lo que acaba de ver en su habitación.

Una simple pesadilla, porque era imposible que Lorcan estuviese adentro de la habitación con ella.

No podía ser.

Se dejó llevar no sabe por cuánto tiempo; pero cuando despertó más tarde, entendió que Lorcan no había sido una alucinación y que la peor de sus pesadillas, estaba solo a punto de comenzar.

Capítulo 15

Hacía unos días que Heather se había reincorporado al trabajo, no como le gustaría, pero al menos salía de casa, hablaba con otras personas y no pensaba tanto en Felicity.

Ni en Lorcan.

No lo veía desde la última vez que estuvo en su casa.

Y aunque se daba cuenta de que tenía sentimientos serios por ese hombre, lo mejor era no volver a verlo.

El comportamiento de él le causaba deseo y temor a partes iguales.

El momento en el que Lorcan la tomó por el cuello y la aferró a él, ella se sintió tan excitada que lo único que deseaba era que Lorcan la llenara de besos, caricias y la hiciera gemir hasta quedar extasiada.

Lo que ocurrió luego, rayaba en lo desequilibrado; y para cosas desequilibradas, no estaba ella en ese momento de su vida.

El pensamiento del deseo se sobreponía a las dudas y temores de ella cada vez que revivía en su mente esa escena tan arrebatadora que vivieron.

Dejó ver en su boca una sonrisa traviesa y agradeció que nadie la estuviese observando en ese momento.

Nada más de pensar en ese impulso de él aquel día, ella ya se sentía excitada y pocas veces se había sentido así de atraída por un hombre.

Bufó.

«¿Pocas veces?», se reprochó y exigió ser más sincera consigo misma. «Nunca antes, Heather, nunca antes».

Solo con recordar la firmeza de la excitación de Lorcan frotándose contra ella, le hacía humedecerse y la verdad era que le costaba trabajo sacarse esos recuerdos de la cabeza.

Tampoco olvidaba lo cariñoso y amable que fue con ella ese mismo día.

Cómo la cuidó y la consoló. La sensación de paz que le transmitía en esos momentos de tristeza era directamente proporcional a la pasión que le transmitió cuando la tuvo sentada sobre la encimera de la cocina.

Se preguntaba si estaría bien.

No solo no lo había vuelto a ver, tampoco sabía nada de él y la verdad era que cuando la dejó a ella consternada en la cocina, su cara era una mezcla de emociones que a Heather le gustaría aclarar.

Directamente con él.

Porqué el miedo que le dejaban ver sus ojos; porqué la ira que marcaba su entrecejo; o la lucha en su interior que marcaba su respiración entre la excitación y la furia.

¿Qué era lo que pasaba con él?

Volvía a preguntarse quién era Lorcan y qué escondía porque esa actitud no era normal en un hombre. Tanto misterio entre su familia, tanto misterio a su alrededor.

Negó con la cabeza de nuevo.

—¿Cómo va ese brazo?

—Muy bien, Sheila —le sonrió a su compañera de trabajo—. ¿Cómo está el pequeño Jamie?

La mujer le dejó ver una sonrisa soñadora; la clásica de una madre pensando en su retoño.

—Delicioso. Provoca comerle los muslos. Ya gatea, pero sigue comiendo mucho y va acumulando la comida en los muslos, como su madre.

Ambas rieron.

—Dicen que cuando son bebés provoca comérselos y que luego, en la adolescencia, te arrepientes de no haberlo hecho.

—Ni que lo digas; mi hermana se arrepiente todos los días. Tiene tres y todos ya en la adolescencia.

Rieron otra vez.

—Dejé todo en orden para mañana, ¿te falta mucho?, quedan cinco minutos para la salida —la mujer vio el reloj.

Heather revisó la carpeta que tenía en la mano y se sorprendió al darse cuenta de que todo estaba hecho. No sabía cómo fue que lo logró entre la marea de pensamientos que mantuvo en su cabeza a lo largo de la jornada.

—Ya estoy lista —Heather dejó todo en orden y recogió su bolso—. Está todo tranquilo y sé que debes pasar por la guardería, ve que yo te cubro estos minutos.

—Gracias, cariño —le hizo un guiño y la mujer se fue casi a la carrera.

Cuando llegó el momento, salió ella también a paso lento.

Pausado.

Con calma.

No quería llegar a casa y recordar otra vez a Felicity o a Lorcan.

No.

El detective no le había llamado en los últimos días. Lo más probable era que no tuviese nuevas noticias, pero ya que estaba de paso por la comisaria, entraría a preguntar.

Lo hizo; el detective no estaba.

Y nadie supo darle respuestas del caso. Nadie podía hacerlo, como era de esperar en un caso abierto.

Suspiró con pesar y siguió su camino.

Estaba cansada. El brazo le dolía un poco.

Al día siguiente, tendría rehabilitación y lo mejor era descansar porque cada uno de los ejercicios que debía hacer le dolía un infierno y luego pasaba mal el resto del día.

Así que lo mejor era descansar.

Al salir del ascensor y dar unos pasos por el corredor, notó la figura que le era tan familiar sentada al lado de la puerta de su casa, con las piernas recogidas en el pecho, los brazos cruzados sobre estas y la cabeza metida en el hueco que hacían los brazos.

Suspiró. Lorcan de inmediato levantó la cabeza para verla directo a los ojos.

Una mirada que una vez más le decía tanto, que se sintió abrumada.

Él se puso de pie.

Ella se acercó un poco más.

Lorcan le sonrió con clara vergüenza. Se sentía arrepentido de lo que ocurrió entre ellos.

—¿Qué haces aquí? —debía admitir que la sorprendió y que le gustaba verlo ante ella. Le daba paz una vez más. Sin embargo, no podía olvidar su extraño comportamiento y era algo que tenía que quedar bien aclarado antes de dar un nuevo paso con él.

—Necesitamos hablar.

Ella lo vio a los ojos. Obviamente, lo necesitaban.

Abrió la puerta y antes de dejarlo pasar, lo detuvo en la puerta.

—¿Por qué debería confiar en ti hoy más que en la última vez que me exigiste que me alejara de ti?

Lorcan dejó salir el aire abatido. Ella notó su pesar en la mirada.

—Es difícil de explicar, Heather.

—Pues es mejor que empieces a intentarlo porque quiero entenderlo.

Hubo un silencio en el que ambos se mantuvieron las miradas. Lorcan le decía tanto a través de esta.

¿Cómo era posible que fuese capaz de entenderlo tan bien si apenas lo conocía?

Por su parte, Lorcan la sentía las emociones que salían de su interior llenas de alivio y de sentimientos por él.

Tenía que hacer algo si no quería perderla. En esos días que estuvo alejado de ella, creyendo, de nuevo, que sería capaz de soportarlo, se dio cuenta de que no era capaz de hacerlo.

La necesitaba. La deseaba.

Desde que la dejó en su casa saliendo directo al refugio no fue capaz de hallar paz.

Y no podía aliviar su excitación por cuenta propia porque parecía que ella era la única capaz de accionarla de nuevo.

Intentó con alguna chica que recogió en la calle, uso sus herramientas con ella; y paró, en cuanto se dio cuenta de que nada estaba funcionando.

Su sexo parecía responder solo a ella.

—¿Vas a explicármelo? —Él no respondió—. Quiero que entiendas que sí, me gustas —la observó con un brillo especial en la mirada y ella sintió ese calor abrasador que la dominaba desde hace días—. Y que no está bien que me involucre contigo porque está Felicity en medio, pero no se puede luchar contra lo que uno siente. Sin embargo, sé que escondes algo y si me voy a arriesgar a tener una conversación seria con mi hermana de vida cuando aparezca, sobre ti y lo que me haces sentir, te exijo la verdad de todo.

Lorcan se derrumbó. No podía darle la verdad, no podía decirle quienes eran, su naturaleza.

En cuanto se enterara del monstruo que era lo iba a abandonar.

Respiró profundo y sintió la excitación de ella. Su miembro palpitó.

Se repetía el ciclo con las ganas locas de saltarle encima.

Ella también percibió su deseo y se acercó a él, tan cerca que Lorcan sintió que los nervios lo estaban destrozando.

Necesitaba controlarse, encontrar algo que le distrajera.

—No me estás ayudando, Heather —le susurró cuando ella se acercó a su boca.

—Y quiero hacerlo, Lorcan —el aliento cálido de ella despertó al salvaje en su interior y otra vez, las imágenes de dominio llegaban arrastrándolo a lo más profundo de sus deseos.

Salivó.

Sangre.

No.

No.

La separó; ella se apartó y lo vio con decepción.

—No puede haber un nosotros si no me hablas con la verdad —Intentó cerrar la puerta y Lorcan la detuvo.

Se negaba y aquello empeoraba la ansiedad de Lorcan.

—No puedo contarte todo. Intentaré decirte lo más importante.

Ella asintió y abrió la puerta.

Él entró con cautela, evocando la sonrisa de ella almacenada en sus recuerdos.

Ayudaba, no tanto como la primera vez; pero le ayudaba.

Se sentaron uno junto al otro en el sofá del salón.

Ella lo veía con atención, esperando que empezara a hablar.

Lorcan se moría de los nervios y no conseguía coordinar bien sus pensamientos.

¿Qué diablos iba a decirle?

Además, sus aromas no ayudaban en nada y empezaba a percibir la sangre de ella corriendo en el interior de su cuerpo. Maldición.

No podía tener hambre tan pronto, había pasado periodos más largos solo consumiendo psique.

«¿Y recuerdas lo que le pasó a ella la primera vez que la viste?», se preguntó con sarcasmo.

Tendría que controlarse muy bien en ese momento porque si huía de ella de nuevo, estaba seguro de que no tendría otras oportunidades.

Tendría que abordar a Heather como abordó en su momento a Mary Sue cuando ella también lo interrogó con tanto empeño que acabó por contarle todo acerca de ellos. Fue la única mujer en su vida con la que compartió tan importante secreto.

Hizo una inspiración profunda y luego se centró en Heather.

—Heather, no tengo costumbres sexuales normales.

Ella lo observó incrédula.

«¿Qué le estaba diciendo?», se preguntó; «todo este *show* para decirle que le va ¿qué?», levantó una ceja con sorna, «¿el sado, los juegos de rol o cualquier otra cosa de esas?»

Lo vio y recordó la forma en la que la tomó; el asunto iba por el dominio y quizá le gustaba jugar rudo.

—¿Te estás burlando de mí? —Lorcan estaba sorprendido con la reacción de ella y podía hasta jurar que le pareció ver curiosidad en su rostro.

—¿Por qué lo haría? —Preguntó la mujer, intentando no dejar salir las palabras de golpe—. Déjame que me aclare. El otro día, después de lo que ocurrió entre nosotros y la forma en la que me tomaste, desapareciste sin más; con cara de espanto... porque... ¿no tienes costumbres sexuales normales?

Lorcan asintió con ojos abiertos haciéndole ver lo obvio de sus palabras.

Heather soltó una carcajada y se llevó la mano a la frente como una muestra de alivio.

Lorcan presentía que aquello iba a ser más fácil de lo que parecía en principio.

—Eres dominante —le sonrió ella—. Lo noté el otro día, cuéntame más.

—Heather, no —Lorcan cerró los ojos y se interrumpió porque la presión en el pene lo iba a matar si seguía hablando de eso con ella; y ella seguía dejando escapar su excitación que le abría a él el apetito como la sangre puede abrírsela a un depredador.

Sangre.

«No compliques las cosas, Lorcan», se reprendió.

—Soy una mujer adulta, Lorcan. Puedes hablar conmigo de estas cosas sin problemas, sin huir de mí en medio de un beso que me hizo volar hacia las estrellas y sin colocar cara de espanto como si fueses un ser malvado por jugar al dominio.

—Es más serio que eso, Heather —Lorcan no salía de su asombro y seguía luchando por control interior.

—Hay látigos.

—Y fustas y más cosas —agregó él con severo énfasis.

Ella soltó una carcajada.

Lorcan dejó salir todo el aire que estuvo reteniendo sin darse cuenta.

Se liberaron las dudas que ella sentía.

¿Sería, de verdad, tan fácil?

Su miembro palpitó y se dijo que nada estaba siendo tan fácil como parecía.

Su móvil sonó, no respondió.

Sonó de nuevo y este siguió sin moverse de donde se encontraba recostado del sofá.

Sentía la mirada de ella clavada sobre su cuerpo.

—No piensas responder.

—No.

—¿Por qué? Podría ser importante.

—Nada es más importante en este momento que lo que está ocurriendo entre nosotros, Heather —abrió los ojos y atrapó su mirada en el acto—. Nada. ¿Lo entiendes?

Ella solo asintió con la cabeza.

El móvil sonó de nuevo. Lorcan lo sacó del bolsillo de su pantalón y lo apagó.

Si se movía de ahí activaría a la bestia y Heather correría peligro.

No podía moverse.

—¿Por qué simplemente no me dijiste lo que te gustaba en vez de huir de mí?

Su voz fue tan dulce y melosa que Lorcan no pudo controlar el gruñido que se le escapó de la garganta.

¡Maldición!

Los latidos del corazón de ella retumbaban de nuevo en la cabeza de Lorcan y sintió como se aceleraban.

—Porque no es normal decirle a la mujer a la que estás besando: «oye, tengo unos gustos particulares y tú irás atada a una mesa fría de acero inoxidable en un lugar secreto mientras yo me aprovecho de ti y te genero dolor y excitación para poder excitarme».

Ella lo vio con duda y él la vio de nuevo a los ojos.

—No creo que te hiciera falta atarme a ningún lado, estabas bien excitado. Tanto o más que ahora.

Él la vio con sorpresa.

—¿Cómo diablos lo sabes?

—No soy una niña, Lorcan, y me doy cuenta. Además, tu comportamiento te delata. O es que yo sé leerte muy bien —ella lo vio con suspicacia—. ¿Eso es todo?

—No.

—Entonces sigue hablando porque quiero saberlo todo. ¿Por qué no consigues excitarte, o mejor dicho, no conseguías hacerlo de otra manera? ¿No crees que sea un problema psicológico? —Lorcan rio con sarcasmo en su interior. Claro que lo era. Pero nada podía hacer al respecto porque no habría psicólogo en el mundo que pudiera entender a un ser antiguo como él; que no es humano y que, además, disfruta con el sufrimiento ajeno por culpa de sus traumas.

—No me obligues a decirte la raíz de todo, por favor —La mirada de Lorcan embargó a Heather de manera profunda, le llegó al alma su súplica. Era algo inmensamente privado que no le contaría en ese momento y ella debía respetarlo.

Una verdad que le hacía daño, podía verlo y sentirlo.

Era sincero.

—¿A qué le temes de tus prácticas, Lorcan?

Finalmente, la vio con sinceridad mortal.

¿A qué otra cosa podía temerle? Que la bestia saliera y la devorara de manera brutal dejándole marcas en todo el cuerpo; drenándole hasta la última gota de sangre después de obligarla quién sabe por cuánto tiempo a torturas de todo tipo.

Lorcan se estremeció de solo pensar que eso podía ocurrirle a esa mujer frente a él.

Y sintió el miedo aparecer en ella.

—Temes hacerme daño —luego, el miedo se disipó y una mirada traviesa se hizo presente en ella—. ¿No hay una palabra clave o algo así? En *Cincuenta Sombras de Grey*, él le da una palabra clave a Anastasia y...

Lorcan soltó una sincera carcajada; esa mujer estaba loca. Se entregaba a las fauces del lobo sin consciencia.

—¡Oh! Es mentira —dijo ella mientras él dejaba de reír.

—No, no lo es. Pero a mí no me sirven las palabras claves, Heather. Me gusta tener el control total. ¿Lo entiendes?

Ella tragó grueso, aunque le divertía. Y el experimentó sus emociones contradictorias.

—Estoy segura de que no me harías daño —Lorcan bufó. Ni él mismo estaba seguro de qué diablos ocurría con ellos dos, así que nadie debía dar nada por sentado—. ¿Y sabes qué?, no me niego a probar alguna vez —él abrió los ojos con sorpresa, rezando que ella se callara pronto y preguntándose cómo aún no había aparecido su maldita bestia arrogante para acabar con todo—. No me veas con esa cara que me haces sentir vergüenza —la sonrisa de ella fue exquisita a la vista de él. Las mejillas ganaron color y Lorcan quiso devorarla en ese instante—. Sin embargo, me niego a que nuestros primeros encuentros sean de esa manera. Está claro de que sí puedes excitarte sin necesidad de atarme a ningún lado. Quizá, conmigo es diferente.

Y esas palabras dieron la certeza a ambos de que todo entre ellos era diferente a lo que ambos habían vivido antes.

Especial.

—Si se trata de dominio, me parece que no lo estás aplicando muy bien en este caso porque yo no paro de hablar y tú no me haces pasar a la acció...

Las palabras de Heather quedaron ahogadas por el beso que Lorcan le estampó sin aviso; sin delicadeza, sin prudencia.

Tal como el primer beso entre ellos.

Impulsivo, abrumador, seductor, invasivo y a Heather le gustaba esa manera de abordarla que tenía Lorcan.

Ella entendía que él cedía ante el dominio de su pasión y por ello, necesitaba tomar el control. Lo dejaría. Le daría ese gusto porque sentía que quería complacerlo.

Por su parte, Lorcan luchaba por no ceder más de lo que debía por sabía que la bestia saldría y lo arruinaría todo.

Gruñó.

¡Qué complicado era aquello sintiendo todo lo que provenía del cuerpo de la mujer que tenía para sí!

Esa que desde el primer día lo dejó descolocado.

La que le cambió todo en su día a día.

Palpitación del miembro y escuchaba la sangre de ella recorriendo sus rutas con rapidez.

Los oídos le zumbaron al tiempo que ella gimió.

Aquello encendió la chispa de Lorcan pegándose más a ella, tumbándola en el sofá; deseando inmovilizarla.

El instinto lo tenía alerta. Los impulsos también y ganaron estos; cuando, en otro movimiento, se hundió en el cuello de ella lamiendo, succionando, mordisqueando la zona.

Quería parar y parecía tarde para hacerlo.

Entonces, pensó en el siguiente paso.

Todo pasó tan rápido que cuando reaccionó, Heather le estaba llamando con ansias, intentaba hacerle reaccionar.

Respiró con profundidad. Sentía el miedo de ella impregnando toda la habitación.

Enfocó la vista y la chica temblaba bajo él; no de placer precisamente.

Un nudo le trancaba la garganta y una presión en el pecho amenazaba con estallar su corazón.

No había sangre.

Fue lo primero que notó y luego, la inspeccionó a ella que permanecía inmóvil bajo su cuerpo.

La respiración agitada, el pánico en la mirada.

No podía hacerle eso a ella.

No.

Dejó escapar el aire de su pecho pensando que esa acción podría liberarlo de la culpa, pero no.

Los ojos le ardieron.

Tenía que salir de ahí.

Ella se quedó un poco más en el suelo.

Escuchaba su respiración y la forma en la que ella misma intentaba calmarse.

Heather pensó en que había ido demasiado lejos provocándolo.

Entonces entendió los miedos de él sintiendo muchísima curiosidad por saber qué le había pasado para que necesitara comportarse como un salvaje con las mujeres.

Era mejor no preguntar nada.

Lo vio.

Estaba observándola con la mirada triste y apagada.

Su corazón se sintió tan mal que le obligó a levantarse y sentarse junto a él.

Debía consolarlo. Sufría.

Con cautela, lo hizo.

Con movimientos lentos; tranquila, se sentó junto al hombre que parecía estar vagando en algún punto de su vida; quizá en ese que tanto le afectaba y que ella quiso hacerle olvidar solo que no sabía cómo podía lograrlo.

Amor.

Fue lo único en lo que pensó.

Los traumas se superaban con amor.

Todo su ser vibró de emoción al pensar en eso.

¿Estaba enamorada?

Entonces, él la vio con duda. Y ella le sonrió con dulzura.

—No voy a ir a ningún lado y tampoco voy a permitir que me dejes de nuevo.

Él asintió abatido, con la duda marcada en la mirada.

Ahora no solo dudaba de lo que podía hacerle, si no que dudaba de ese cambio en el ambiente que lo embriagaba: dulce, picante, maravilloso. ¿Qué era ese sentimiento y esa emoción que lo estaba llenando en su interior?

Heather entendía que él tenía miedo y le ayudaría a superarlo.

Lo harían a su modo, ese día.

No lo provocaría nunca más porque entendía que más allá de ser una práctica sexual inusual la que Lorcan tenía por costumbre, había algo que lo hacía descontrolarse.

Cuando le tomó las manos con fuerza por encima de la cabeza y le siseó en la oreja como una serpiente, Heather empezó a entender la situación; fue cuando empezó a pedirle que parara.

Hubiese llegado más lejos de no haber reaccionado; pero lo hizo.

Lo que le decía a ella que, juntos, podrían encontrar la forma de controlar ese impulso generado por sus traumas.

Le tomó la mano y le besó el dorso.

Después, le acarició el rostro.

Se subió a horcajadas encima de él y cuando este hizo el intento de bajarla, le susurró en el oído:

—No me apartes, por favor.

Lorcan no entendió qué ocurrió en su interior y lo único que deseó fue abrazarla con toda la fuerza que tenía encima.

Lo hizo y la sintió sonreír. Sentía la tranquilidad de ella mientras estaba tan cerca de él; incluso después de lo ocurrido.

—Lo sient...

—Shhhh —ella le puso la mano entera sobre la boca y él la obedeció—. No digas nada, por favor.

Dios, esa mujer lo volvía loco de todas las maneras posibles.

Ella sonrió de nuevo. Y percibió nervios en el ambiente.

Heather se movía con lentitud, pero con pasos seguros. No dudaba de lo que hacía cuando empezó a besarle el cuello, el rostro; sin dejar ni un espacio por besar.

Lorcan empezó a relajarse.

Ella continuó en su laboriosa tarea de besos dulces alrededor de ese hombre perturbado y disfrutaba viendo cómo su técnica empezaba a surtir el efecto que ella deseaba.

Lorcan estaba relajado. Su rostro esbozaba una linda sonrisa.

Cuando llegó a la boca, le dio repetidos besos; pequeños, sutiles, amables.

Se estaban conociendo. Lorcan no sabía cómo explorar a una mujer fuera de sus acostumbrados juegos de dominio, y ella le iba a enseñar cómo hacerlo.

Le pasó los brazos al rededor del cuello mientras seguía besándolo con timidez.

Él movió sus manos y las colocó alrededor de la cadera de ella. Se estaba dejando guiar por esa diosa que la vida le había puesto en el camino.

Estaba tan relajado, que se preguntó cómo saldría de aquel éxtasis porque no tenía experiencia previa en momentos así.

Por primera vez en su vida, su cerebro dejó de funcionar.

Aunque se mantenía en alerta, a la espera de que algo saliera mal con ella.

Abrió los ojos y la vio con duda de nuevo.

Ella percibió el ceño fruncido y paró los besos delicados que le estaba dando.

—No va a ocurrir nada.

—Eso no lo sabemos, Heather. Es impredecible.

—Confía en mí —Lo besó con dulzura. Sus lenguas danzaron con tranquilidad, con dedicación. Ella suspiró y a él se le escapó un satisfactorio gruñido de la garganta.

Lorcan estaba en el cielo. Aquel beso estaba mandándolo a un viaje del que no quería regresar.

Sus manos empezaron a moverse con suavidad sobre el cuerpo de ella.

Heather hacía lo propio. Recorría los brazos fuertes y definidos de Lorcan sin apartarse de su boca. Hasta que le pareció adecuado pasar al siguiente nivel.

El sexo de él, endurecido y palpitante; exigía atención rápida. Lo sabía por la forma en la que se hacía notar debajo de su vagina que se humedecía en cada movimiento de caderas de ambos.

Lorcan hizo una fuerte inspiración cuando ella se separó y percibió aquel aroma seductor de su excitación.

La vio con deseo, con pasión. Ella, se sacó la camisa del uniforme dejándole ver un sujetador de algodón, negro, normal, pero irresistible por las siluetas de los pezones de ella resaltados bajo la tela.

Lorcan salivó.

Los quería en su boca.

Entre sus manos.

Ella tomó las manos de él, las besó ambas y luego las posó sobre sus senos. Lorcan levantó las caderas haciendo más que notable el endurecimiento de su hombría y ella gimió de deseo por lo que vendría en los siguientes minutos.

Masajeó sus senos, apretando los pezones con urgencia

mientras ella contoneaba las caderas de manera tan seductora que Lorcan estaba a punto de alcanzar el clímax nada más que con el roce de la entrepierna de ella.

¿Qué le hacía ella? ¿Cómo lo conseguía?

La vio a los ojos mientras se acercaba a su pecho y lo liberaba del sujetador dejándolos expuestos para él.

Se deleitó con la blancura de la piel en esa zona y por los rosados y erectos pezones que le reclamaban dedicación.

Se acercó y los devoró. Con premura, con desespero.

Ella hundió sus dedos en el cabello del hombre que la elevaba al placer y masajeó toda la zona con movimientos tranquilos, pausados, relajantes; para calmar las ansiedades de él.

Esas que lo dominaban y lo convertían en un hombre brusco.

Él se detuvo por un momento y la abrazó con fuerza.

Ella sonrió satisfecha.

Sí, Amor.

Lorcan la observó confundido de nuevo.

Sentía otra vez esa emoción extraña salir de ella.

¿Qué era?

—¿Y si no puedo controlarme, Heather?

—Lo harás, porque yo estaré aquí contigo para que lo hagas. Aprenderemos juntos.

Volvió a colocar una mano de él sobre su pecho mientras se mecía con sensualidad sobre la virilidad de él y se acercó a su boca para darle un beso cariñoso, pero seductor.

Después, Lorcan bajó de nuevo a los senos de ella y los lamió con suavidad, fue gentil, succionó y apretó sospechando cuál debía ser el límite.

Sus senos era una delicia y notó que mientras más lento disfrutaba de ellos mejor era la experiencia para ambos.

Estaba descubriendo tantas cosas ese día que se sentía

abrumado.

Se separó y la vio a los ojos.

—Eres maravillosa.

Se sorprendió después de escuchar esas palabras salir de su boca.

Ella sonrió con vergüenza, dejando sus mejillas ganar color.

Le acarició el rostro a él y se abrazaron.

—Llévame a la habitación —le rogó y él, como el más manso de los corderos, se sintió en la obligación de obedecer.

Se levantó mientras ella seguía a horcajadas sobre él, colocándole las manos debajo de los glúteos enganchándose ella a su cuello y cintura con brazos y piernas respectivamente.

Lorcan respiró profundo otra vez.

Cuántas fragancias en el ambiente; la mayoría, nuevas para él.

Nuevas dentro de las circunstancias en las que estaba.

Entró en la habitación y se sentó en el borde de la cama, dejándola a ella en la misma posición privilegiada que tenía en el sofá.

Heather le sonrió con ternura, llenándole el rostro de besos sutiles.

Le gustaba el efecto de esa acción. Lo liberaba. Lo enternecía.

Jugó con el pecho de ella un poco más y después, ella lo incitó a acostarse en la cama mientras lo llenaba de caricias deliciosas, excitantes y a su vez, lo despojaba de la ropa.

Heather habría pasado a la acción dura de una vez porque estaba tan excitada que ya sufría, pero no podía hacerlo porque quería que Lorcan disfrutara de la experiencia sexual tranquila; sin dominios, sin dolor.

Después de desvestirlo a él, hizo lo mismo y se despojó

de todo haciendo que la mirada de él deslumbrara de pasión y deseo.

Estaba tranquilo, podía sentirlo y eso le hacía sentirse a ella segura de que todo saldría bien.

«Amor», pensó y sonrió una vez más mientras se subía sobre él a horcajadas y dejaba que sus zonas de placer se encontraran y se rozaran casualmente.

El hombre gruñó y ella jadeó.

Lorcan la vio con la mirada más apasionada que alguien pudiera dedicarle jamás.

Lo besó en la boca con menos delicadeza que antes, pero sin forzar las cosas.

Al cabo de un rato, bajó por el torso de él dejando besos a su paso que lo hacían vibrar en su interior. Aquella experiencia estaba siendo única para Lorcan.

No recordaba nunca haberse sentido así.

Y cuando ella se concentró en su zona más sensible, en ese momento, pensó que llegaría a perder el conocimiento de lo placentera que estaban siendo sus caricias.

La mujer le producía un cosquilleo delicioso en toda la zona y lo excitaba aún más.

Se sintió enloquecer cuando ella envolvió su pene con manos y labios.

¡Qué momento!

No pudo controlarse, se dejó llevar por todo lo que sentía; alcanzó el clímax, atendido por ella de la forma más sensual y delicada que jamás lo había atendido una mujer.

Su cuerpo convulsionó como correspondía y sintió dolor en los testículos; también sintió liberación.

Ella limpió la zona y prosiguió.

Lorcan no se lo impidió. Necesitaba más de ella y su excitación lo dejaba en claro.

Heather se sorprendió con la rapidez que Lorcan recuperó su excitación para ser un hombre que no conseguía excitarse sin dominio. Se aprovechó de eso para seguir en su laboriosa y dedicada actividad de darle placer a él; sin embargo, necesitaba ser atendida también y él parecía haberlo notado porque, en un rápido movimiento, la dejó debajo de él y le separó las piernas decidido a penetrarla. Ella temió la rapidez de todo y hundió las manos en su cabellera con lentitud, mientras él jugaba con sus pezones.

Levantó la vista para apreciarla. Percibía preocupación en ella.

—No hay prisa —le dijo ella con una voz tan dulce que conmovió a Lorcan—. Tenemos toda la noche, todos los días para disfrutarnos. Sin prisa.

Lorcan recibió el mensaje que traían esas palabras y siguió el consejo.

Pensaba en lo deliciosa que era, su piel sabía mil veces mejor de lo que había imaginado.

El momento estaba siendo perfecto. Controlaba a la bestia aunque sospechaba que ella, Heather, era la que tenía ese control sobre su lado asesino y morboso.

Se lo agradecería luego.

En ese momento solo quería hacerla gemir de verdad.

Deslizó una mano entre las piernas de ella y tocó la humedad que rodeaba la zona sintiendo que sus sentidos enloquecían de deseo.

Ardía de deseo en su interior y solo pensaba en poseerla, en hacerla suya.

«Debes ir despacio, Lorcan. Aprende de ella».

La tocó en el clítoris, masajeó y aplicó algunas de las cosas que solía hacerles a las otras chicas, pero lo hizo centrado y tranquilo. Reconociendo, una vez más, los límites; y descubriendo hasta dónde ella era capaz de aguantar.

Era maravillosa, más que maravillosa.

La forma en como arqueaba la espalda dejándole ver ese pecho exquisito, la forma en la que se tocaba a sí misma haciéndole entender que se sentía plena y segura de su sexualidad.

Era una diosa. Sin duda.

Y la tenía para él, sin obligaciones, sin ataduras.

Sin dolor.

Notó cómo sus dedos empezaban a causar las contracciones anheladas en esa zona.

No aguantaba más, quería estar en su interior; luego, la haría vibrar mil veces si ella se lo pedía, pero en ese momento necesitaba hacerla suya.

Retiró los dedos en medio de las protestas de ella y se posicionó para abrirse paso a su interior.

La mirada de Heather advertía una confusión total.

Tenía miedo de las enfermedades de transmisión sexual, era lógico; siempre olvidaba esa parte de los humanos que a él no le afectaban y que, gracias a su condición y olfato especial, sabía si el humano tenía algo de cuidado.

Ella era una mujer sana y perfecta.

No estaba ovulando y no corría peligro de nada.

La vio con seguridad mientras absorbía un poco de su psique, despojándola de sus barreras para que pudiera confiar en él en ese momento.

Se acercó a su oreja para susurrarle que no había riesgos de nada.

Ella pareció entenderle con naturalidad y confió en él. Una vez más lo hacía.

Lorcan dejó que su miembro entrara poco a poco en ella

mientras aprovechaba para besarla con delicadeza en los labios.

¡Ah! Era tan cálida, húmeda.

Sí, maravillosa.

Ella jadeó una vez que se sintió penetrada. Lorcan la tenía extasiada y entendió que, a partir de ese momento, sería difícil sacarle de su vida.

Estaba desarmada ante él, siendo amada por él.

Amor. ¿De verdad estaba enamorada? ¿Tan pronto?

Lorcan la vio con duda mientras la embestía con sutileza.

Ella sintió la amenaza deliciosa del clímax. Esas contracciones previas que anuncian el orgasmo más esperado de la noche.

Lorcan volvió a sentir esas emociones que lo llenaban, que lo saciaban, ¿qué demonios era?

Sintió las contracciones de ella en la explosión del orgasmo y los gemidos de satisfacción que se convirtieron en la más delicada música para su alma.

Pronto, alcanzó él también ese estado, notando que, en medio de la experiencia, absorbía psique de ella y aquella acción, lo saciaba casi al completo.

Clavó su mirada en la de ella sintiéndola relajada, absorbiendo su energía y notando cómo esbozaba una sonrisa que era solo para él.

Cuando todo acabó, seguía viéndola con duda.

Hizo una fuerte inspiración y exploró los aromas una vez más.

¿Cómo pudo lograr todo lo que había logrado esa noche?

¿Cómo era que su bestia seguía dormida a pesar de haber intentado atacar a Heather?

Ella le sonrió con ternura.

—Deja de pensar, cariño. Ven —lo abrazó invitándole a

acostarse sobre ella—. Te dije que mi método funcionaría. Eres estupendo, Lorcan, y... —suspiró profundo—... me alegro de que nos hayamos encontrado.

Lorcan sintió una fuerte presión en el pecho que identificó como alegría. Pero una alegría que le conmovía.

¿Cómo eran tan perfectos el uno para el otro?

—Creo que nos une un sentimiento —continuó diciendo ella.

Y fue cuando todo encajó para él.

Caprichos del destino

Diferentes lugares de Europa, siglo XVI

Szilvia cabalgó sobre su caballo negro azabache durante varios días.
Solo paraba por las noches para reponer fuerzas durante algunas horas y darle un poco de tregua al animal.
Los lobos le acompañaban en todo momento.
Gracias a ellos, estuvo alimentada todo esos días; los enviaba a cazar apenas paraban en algún sitio.
No podía separarse del cuerpo de la mujer maldita.
Era su responsabilidad.
Su misión, era dejar esa mujer en tierras nuevas, muy alejada de cualquier civilización y escondida de los ojos que quisieran desatar el mal una vez más.
Sabía que no podía darle la muerte definitiva a la mujer porque para eso era necesario devolverle la vida plena. Que su piel volviera a ser la que había sido; y no esa capa dura, difícil de penetrar que era ahora.
Era como si se le hubiese hecho una coraza para protegerla en su estado de debilidad.
Estos seres morían con un corte limpio de cabeza. Tal

como se lo enseñaron los ancestros en las visiones y como lo llevó a cabo con esas bestias que la condesa dejó abandonadas en el bosque después de convertirlas en lo mismo que ella.

Szilvia tuvo la suerte de poder acabar con todas.

Una sola escapó y estuvo atacando a los animales de algunos habitantes de la comarca, pero ella la encontró antes de que hiciera algo peor.

Esas pobres infelices habrían vivido cosas espantosas en manos de esa mujer porque en cada encuentro con alguna de ellas, Szilvia podía percibir la desesperación y el miedo que les producía ser capturadas otra vez. Parecía como si toda su vida, antes de que cayeran en manos de la condesa, hubiese desaparecido al ser convertidas en demonios.

La noche antes de que llegara a orillas del Mar del Norte, tuvo una visión en la que un hombre se presentaba en su camino y le ayudaba a cruzar el mar.

Uno de los lobos se acercó a ella tras la visión y se echó a sus pies.

Era el más joven. Con su pelaje gris claro y brillante.

Tenía una mirada vivaz y alegre.

Sonrió acariciándole el lomo.

Los demás imitaron al joven y fueron echándose cerca de la bruja. El Alpha se sentó a su lado y ella le acarició en el pecho.

—Nos volveremos a ver, se los prometo. Recuerden que el viaje les producirá algunas cosquillas. Y estarán viajando hasta que yo encuentre un lugar seguro para todos. ¿Entendido?

Dos de ellos soltaron un par de ladridos y el Alpha la vio a los ojos bajando su cabeza en señal de entendimiento.

Aullaron, no querían separarse de ella y Szilvia tampoco lo quería así, pero era necesario.

Ya se vería bastante sospechoso que ella llegase al puerto

sola, a caballo, con una carga.

Tenía una historia preparada para eso; no sabía si todo saldría bien sin ella tener que hacer uso de sus poderes. No quería acabar huyendo de la justicia inquisidora de la que tanto se cuidaba.

***

Despertó con un sobresalto por los gruñidos de los animales.

Cuando abrió los ojos, se dio cuenta de que la noche empezaba a aclarar y dar paso al día.

Fijó la vista buscando a sus chicos, pero no logró ubicarlos.

Entonces, temió por su valiosa carga y giró la cabeza de inmediato para cerciorarse de que todo estuviese en su sitio.

Lo estaba.

Pudo respirar un poco mejor.

Se levantó y sacó su daga del cinturón. Algo ocurría y hasta que no supiera qué diablos era la amenaza no podría quedarse tranquila.

—¿Qué ocurre, chicos?

Los lobos empezaron a aullar y gruñir más fuerte.

Ella siguió los sonidos sin dejar de vigilar el cuerpo de la condesa.

—¡Ayuda, por favor!

Se dio la vuelta con rapidez tras escuchar la voz masculina en las cercanías.

Podía tratarse de una emboscada.

Su caballo parecía tranquilo y uno de los lobos fue a hacerle compañía tal como se lo indicó Szilvia mentalmente.

Llegó a donde estaban sus lobos.

Ellos se sentaron y guardaron silencio.

Vio a su al rededor; no observó nada fuera de lo normal.

—Estoy aquí, arriba.

Levantó la vista y se topó con un hombre que parecía haberse subido a toda prisa al árbol cuando se disponía a vaciar su vejiga.

Sonrió divertida.

—Buen trabajo, chicos.

Acarició a los animales en la cabeza y luego les dio la orden de que se quedaran quietos, pero alertas.

—¿Quién eres? —le preguntó al hombre.

—Un forastero que necesitaba orinar.

—¿No tienes casa, forastero?

—Dejé de tenerla cando mi madre murió y tuve que salir a ganarme la vida. Tú no eres de aquí tampoco.

—¿Cómo lo sabes?

El hombre bufó por lo bajo.

—Viajas sola, con un caballo y una manada de lobos que pareciera que los tienes entrenados para matar. Yo diría que tampoco eres de este mundo.

Ella le sonrió con sorna.

—Y si no soy de este mundo, ¿sería un problema para ti?

—Mientras me dejes bajar, colocarme de nuevo los pantalones y seguir mi camino, tú puedes ser y hacer lo que se te venga en gana. Nunca ha ocurrido este encuentro para mí.

Ella asintió.

—Puedes bajar.

Él rio divertido.

—Ni lo sueñes. Una cosa eres tú —luego señaló a los lobos—; otra lo son ellos.

—Te doy mi palabra de que no moverán ni un pelo de su lugar hasta que yo dé la orden.

El hombre levantó las cejas con sorpresa.

El sol ya empezaba a despuntar y la claridad era mayor en la zona.

Szilvia pudo notar la buena musculatura del hombre mientras se subía los pantalones.

También reparó en otros atributos que le hicieron sentir la magia de la vida en sus entrañas. Un extraño cosquilleo que desconocía y del cual siempre escuchó hablar a su abuela cuando hacía mención a las relaciones entre un hombre y una mujer.

—Veo que eres diferente a las demás mujeres. No te riges por las falsas reglas de la sociedad.

—Soy de otro mundo —Ambos sonrieron y él, finalmente, se acercó a ella.

Szilvia intentó recordar cuándo fue la última vez que vio algo tan hermoso como lo eran aquellos ojos que ahora la observaban con total diversión.

Eran como la miel pura. Cristalinos.

Había tanto en ellos. Una mezcla de emociones que iban desde el resentimiento hasta la más pura bondad.

Lo sintió de inmediato.

Era un buen hombre a pesar de todas las injusticias que le tocó vivir a lo largo de la vida.

—Mujer de otro mundo, ¿tienes un nombre?

—Szilvia —comentó ella.

—Kristof es el mío.

—¿Qué hacías por aquí, Kristof?

—Busco otras tierras para vivir.

Szilvia tuvo la visión de que escapaba de alguien.

—O quizá buscas la oportunidad de huir.

El hombre la vio con duda.

—Ahora no podré huir más, porque tus animales me obligaron a enviar a mi caballo lejos.

—Quizá era lo que más nos convenía a ambos.

Él la vio con duda de nuevo y ella tuvo la visión de que podrían llegar a tierras lejanas si trabajaban como un equipo. Ahí estaba el hombre que le ayudaría a cruzar el mar. Necesitaban el uno del otro para poder huir sin levantar sospechas.

***

Kristof Sas era un buen hombre aunque sus actividades fueran totalmente ilícitas y le gustara estar siempre metido en problemas.

Era un espíritu libre.

Su madre murió cuando el apenas era un adolescente y vivían en una casa en algún lugar en medio de la naturaleza en la frontera entre Francia y Bruselas.

Tenía allí una vida tranquila. Hasta que Kristof se hartó de esa vida que tenían y decidió buscar un lugar para vivir en la ciudad más cercana. De la que muy pronto tuvo que huir porque sus acciones de hurto empezaron a levantar sospechas.

Así conoció a otros como él y consiguió mantenerse de la misma manera durante muchos años más.

Vivió en medio de la naturaleza; y saber cómo sobrevivir sin ningún problema, era la mayor ventaja que tenía en caso de que las cosas en la ciudad se pusieran muy feas y empezaran a ofrecer recompensa por su captura; se internaba en el bosque y ahí permanecía un buen tiempo meditando qué hacer cuando decidiera salir de su escondite.

Como era el caso cuando se encontró con Szilvia.

Quería acercarse al puerto de Ostende porque sabía que pagando una buena suma o sirviendo de mano de obra en una embarcación, podría partir hacia Kingston Upon Hull y podría empezar una nueva vida.

A pesar de que quería seguir manteniendo su espíritu libre y aventurero, la edad ya no le hacía favores; y escapar con ventaja, le costaba cada vez más.

Así que era hora de pensar en un trabajo honesto en un lugar en el que nadie le pudiera reconocer.

Y entonces se cruzó con esa mujer que parecía absorberlo con sus misterios y sus encantos.

No se sintió tan atraído hacia una mujer en su vida.

Era una bruja, no le quedaba la menor duda de eso.

Los lobos, el saco que llevaba en el lomo del caballo y por el cual casi le arranca la mano cuando él intentó tocarlo, las miradas analíticas que le dedicaba; todo le indicaba que era una bruja.

Caminaron en silencio durante gran parte del día aun cuando él quería interrogarla.

Algo que le decía que era mejor no presionarla para que pudieran ayudarse entre ambos.

Le costaría un poco más de trabajo conseguir puesto para todos en el barco; pero también levantaría menos sospechas. Tendría que decir que estaban casados.

—Cuando lleguemos al puerto, debemos fingir que somos un matrimonio.

Un lobo gruñó y ella bufó asintiendo.

El más grande de los lobos, el más oscuro y quien lo veía con más recelo se plantó junto a la mujer, entre ellos.

—¿Son humanos estas bestias?

El lobo hizo un rápido movimiento de cabeza sujetándolo con fuerza por uno de los tobillos dándole una advertencia.

Kristof se quedó inmóvil mientras veía que ella se divertía con la escena.

—No es gracioso, dile que me suelte.

—Le llamaste bestia. ¿Qué podías esperar? Tendrás que disculparte.

Kristof la vio confundido y ella enarcó una ceja cruzando los brazos.

—Está bien. Lo siento.

El lobo lo soltó.

Ella sonrió y Kristof sintió como si la luz del día se hiciera más intensa sobre ella.

«Es una bruja», se dijo a sí mismo para advertirse de tener cuidado.

—No podemos llegar con ellos al puerto.

—Lo sé. Y ellos también, ya saben lo que sucederá cuando estemos cerca de la población.

—No falta mucho.

—También lo sé —ella lo vio con reprobación. No le gustaba que la hiciera sentirse inútil.

—Escucha, Szilvia, yo...

—Tú eres quien debe escuchar, Kristof —se detuvieron frente a frente—. Llegaremos al puerto, hablarás con quien sea que tengas que hablar, nos subiremos al barco y partiremos. Llegaremos a destino y luego, cada quien seguirá su camino.

Él asintió como si ella acabara de darle una explicación detallada de cómo ocurrirían las cosas.

Era como si supiera más información, pero no la tenía clara.

—Estás jugando con mi mente.

—Solo te preparo para cuando lleguemos y no seas capaz de entender algunas cosas.

Él asintió.

—¿Por qué necesitas ir a nuevas tierras?

—Es una misión de la que no puedo hablar.

Kristof entendió que era mejor no seguir preguntando.

Volvieron a caminar un poco más, en silencio, cuando Szilvia se detuvo y los lobos se alinearon frente a ella.

El caballo relinchó.

—Nos veremos pronto —dijo la bruja y luego hizo chocar sus manos.

Pequeñas partículas brillantes salieron del choque cayendo sobre los animales; convirtiéndolos, allí donde los iba tocando, en partículas que se mezclaron con el aire y desaparecieron tan pronto como se desintegraron todos los animales.

Kristof la miraba impresionado.

—Ya tenemos un problema resuelto. Ahora resolveremos ese —dijo señalando hacia el caballo y el bulto negro que llevaba en el lomo.

***

Szilvia sintió alivio y experimentó cierta emoción cuando vio a Kristof ir hacia ella con la carroza y el baúl que le pidió que consiguiera. Meterían a la condesa en el baúl y llegarían al poblado como un matrimonio que necesitaba zarpar con urgencia.

No haría falta dar tantas explicaciones, pensaba Szilvia; los ancestros le ayudarían a que todo saliera como hasta ahora.

Era su destino y nada podía fallar.

Levantaron miradas por ser caras nuevas, pero nadie se atrevió a detenerles.

La suerte estaba de su lado.

Lograron llegar al puerto sin problema alguno; sin embargo, no encontraron barco en el cual zarpar ese día, ni en los siguientes.

Tuvieron que registrarse en una pequeña posada que estaba sobre un bar que, por las noches, parecía ser el lugar de encuentro de los marineros y mujeres de vida fácil.

Las habitaciones eran pequeñas y, como era de esperarse, les dieron una cama para un matrimonio.

El baúl lo trasladaron con facilidad gracias al cántico de Szilvia y una vez estuvieron dentro de la habitación que les asignaron, fue cuando la bruja se permitió descansar un poco.

—Voy a dormir. Mañana le preguntaré a la mujer que nos atendió abajo a ver si es capaz de conseguirnos ropa limpia y agua para asearnos.

Kristof asintió.

—Yo intentaré ponerme en contacto con el capitán del barco. Ocupa tú la cama, yo puedo arreglármelas con la silla.

Ella lo vio con compasión y su actitud le pareció lo adecuado; aun así, sacó la cobija de la cama y se la cedió a él.

—Hace un poco de frío.

Él asintió.

—Gracias.

Así pasaron la primera noche; y la segunda.

La tercera, cuando Kristof se cayó de la silla y Szilvia no pudo evitar reír a carcajadas después de haberse llevado un gran sobresalto, acabaron metidos en la cama, cada quien en su lado; al menos él pudo descansar mejor a partir de esa noche.

Una semana después, seguían en las mismas condiciones y, finalmente, consiguieron al capitán del próximo barco que zarparía en dos días.

El hombre no hizo tantas preguntas como Szilvia y Kristof pensaron que haría. Parecía de estos que iban un poco en contra de las normas establecidas. No era supersticioso, pero sí era un gran negociante y además de cobrarles una suma alta por el viaje y cederles su camarote porque no había espacio en su barco para que un matrimonio pudiera sentirse cómodo y pudieran gozar de privacidad, le pidió ayuda durante el viaje a Kristof porque no tenía marineros suficientes.

Este, aceptó conforme.

Partieron en un viaje que se presentó sin grandes contratiempos.

El baúl pasó desapercibido en todo momento y cuando estuvieron en Kingston, Szilvia pudo sentir con mayor fuerza la energía de sus ancestros que la guiaban directo al lugar en el cual debía dejar el cuerpo de la condesa.

—¿Hacia dónde debes ir?

En esos días, ella y Kristof lograron convertirse en amigos. Incluso, ella empezaba a notar que él la observaba diferente.

Ella también se sentía diferente con respecto a él y la idea de separarse le estaba atormentado un poco.

No hacía falta que los ancestros le dijeran qué le estaba pasando.

Podía sentir que Kristof era importante para ella.

Quizá podía ser amor.

—No lo sé —respondió ella sonriendo a medias y él detectó la tristeza en su mirada—. Me guiarán, como lo hicieron antes.

Él asintió.

¿Sería un atrevimiento acompañarla?

Ella sonrió con vergüenza.

Esa sonrisa se le hizo tan dulce a él que, sin importarle si ella estaba leyéndole o no los pensamientos, se dejó llevar por el arrebato y por las ganas que tenía desde hace días de besarla.

Se acercó a ella, la tomó del cuello con delicadeza y firmeza, le dio un beso suave en los labios.

¡Cuánta calidez sintió ella en su interior!

—No tengo a donde ir —dijo él después, apoyando su frente en la de ella; mientras ella le acariciaba las manos que aún le rodeaban el rostro—. Quiero acompañarte.

Szilvia, en ese instante, tuvo una visión en la que estaban juntos; recorriendo el camino, tomados de la mano y ella llevaba en el vientre el fruto del amor que apenas empezaba a nacer entre ellos.

Supo de inmediato que ese hombre no solo la acompañaría ese día.

La acompañaría el resto de su vida.

***

Szilvia y Kristof pasaron varios días, con sus noches, viajando guiados por los ancestros de la bruja.

Cada día que pasaba, el sentimiento que los unía se hacía más fuerte.

Hablaron de sus vidas, de sus familiares ya fallecidos, de lo mucho que extrañaba Kristof a su madre y el por qué decidió convertirse en un ladronzuelo al quedarse solo.

Le contó sus aventuras de hurto y cómo logró escapar siempre de las manos de los que ordenaban su captura inmediata.

Se sintió tranquilo contándole todo a la mujer que ahora le robaba el aliento.

Sabía que nada podría separarlos. En otras tierras, todo sería diferente y conociendo el origen mágico de ella y lo mucho que le gustaba permanecer escondida en el bosque, vivirían libres de problemas.

Nunca antes había sentido nada igual por una mujer.

Claro, no podía comparar a Szilvia con las mujeres con las que estuvo hasta ese momento.

A pesar de que aún no intimaban. La deseaba, seguro que sí. Quería ser un caballero con ella porque la chica era especial.

Por su parte, Szilvia, en su interior, orbitaba en una nube de felicidad que también le producía temor.

El hecho de que viviera toda su vida en el bosque, conjurando su casa con el poder de la invisibilidad, no solo era para protegerse de los que podrían acusarle de herejía. Lo usaba también para protegerse del amor porque, irónicamente, las brujas, cuando se enamoraban, caían en desgracia. Algunas enloquecían y otras morían de tristeza.

Su abuela decía que la obligación de una bruja era procrear entendiendo que el amor hacia un hombre las hacía débiles y las apartaba de su verdadera misión en el mundo.

Solo las que eran capaz de reconocer aquella verdad, podían dejar a un lado los sentimientos para procrear como mandaba la ley de la naturaleza y a la vez, seguir cumpliendo con las órdenes que los ancestros dictaban.

Szilvia se negaba a dejar a la deriva a su descendencia como le pasó a su madre con ella; quien no heredó la fortaleza sentimental de su abuela y murió de tristeza al tener que separarse del hombre que amaba porque el deber de bruja era lo primero.

El amor de una madre era insustituible; y, a pesar de que ella tuvo el de su abuela, que podía ser considerado lo mismo, no lo era.

Ahora se encontraba en ese punto entre el deber y las emociones.

¿El amor?

La misión que le encomendaron los ancestros aquella noche de relámpagos y ruidos extraños en el bosque la obligaron a salir de su lugar de protección y la llevaron directo a conocer a Kristof; un hombre que despertaba muchas cosas en ella.

Cosas que desconocía que existían. Se sentía cómoda y libre a su lado.

Y a la vez, protegida y segura.

Estaban muy cerca del punto al que los ancestros le guiaban.

Szilvia estaba un poco confundida.

Durante el viaje en barco pensó que, una vez que pisara tierra, la llevarían directo al lugar en el que ocultaría el cuerpo de la condesa para siempre.

No fue así.

El llamado cambió y aunque seguía siendo fuerte, no entendía por qué no podía dejar a la mujer maldita allí y largarse a vivir su vida.

Le preocupaba que aquello se extendiese más.

Desde que bajaron del barco no habían podido ver el sol.

En esa tierra llovía casi de manera continua.

Por fortuna, ninguno de los dos había caído enfermo y esperaba que siguiera siendo así; al menos, hasta cumplir la misión.

Estaban muy cerca de su destino, Szilvia podía sentir cada vez más cerca la fuerza de sus iguales que le atraían como un imán.

Había mucho poder en esas tierras.

—Veo humo. —le anunció Kristof enderezándose en la carroza.

Ella le imitó y también pudo ver un humo ligero y blanquecino que desparecía al alcanzar las copas de los árboles.

Entonces sintió el llamado en su pecho y aguzó el oído para darse cuenta de que sus amigos, compañeros de vida, los lobos, se materializaban de nuevo mientras corrían junto a la carroza.

Kristof, sorprendido, giró la cabeza a ambos lados.

—Son los tuyos, ¿no?

Ella asintió sonriendo y alzando la cara al viento.

—Son nuestros. Mientras estés conmigo, todo será nuestro —Kristof la vio complacido, esa mujer lo enloquecía; aun cuando solo había conseguido probar sus labios—. Sigue el humo. Nos llevará a nuestro destino.

***

Unas horas después, seguían observando el humo más no conseguían acercarse a él. Parecía que mientras estos intentaban acercarse, el humo se alejaba en la misma medida y seguían permaneciendo separados siempre con la misma distancia.

Los lobos pararon en seco por unos segundos para olfatear el aire.

Tomaron un camino apenas perceptible por el ojo humano que estaba a la derecha.

—Síguelos.

Kristof hizo lo que le ordenaba la mujer y tras recorrer un poco más el sendero, entraron en lo que parecía ser otra dimensión.

Un claro en el bosque que era acariciado y bendecido por los rayos del sol.

La lluvia estaba a espalda de ellos, con el clima húmedo y sombrío; mientras que al frente, todo resplandecía de luz y color.

Kristof jamás había visto un verde tan intenso en la hierba ni sentido unos rayos de sol tan cálidos como esos.

Los lobos se perdieron en el interior de una cueva y Szilvia los siguió con la mirada.

—Debemos entrar allí y esperar —anunció.

A Szilvia le picaban las manos. La concentración de energía de ese lugar superaba lo que ella conocía.

Entendió que los ancestros le llevaron allí para encontrarse con una igual a ella. Aun no sabía por qué.

Entonó el cántico que le ayudaba a ganar fuerzas para cargar con el cuerpo de la condesa.

—No —la detuvo Kristof—. Lo haré yo.

—Aunque estemos juntos, no es un asunto tuyo. Esta, es mi responsabilidad.

—No quiero compartir contigo solo lo bueno.

Se acercó a ella, la besó como lo hizo desde la primera vez que sus labios y los de ella entraron en contacto.

Ella se dejó guiar en el beso, como solía hacerlo; y también, soltó esa exhalación de satisfacción que encendía la hombría de Kristof.

Los lobos se arremolinaron cerca de la carroza en la que aún estaba el cuerpo de la condesa, mientras Kristof y Szilvia se tumbaron en la hierba sin separar sus cuerpos.

Szilvia era capaz de sentir la energía que se concentraba en su entrepierna.

Una maravillosa sensación que le producía cosquillas incontrolables que le hacían gemir. Más aun, cuando Kristof la exploró al completo con sus manos.

No hubo un centímetro de su cuerpo que ese hombre se saltara mientras ella arqueaba la espalda y jadeaba como si estuviese sedienta. Sintió cómo los pezones se le endurecieron y respondían con mayor firmeza al contacto de la voraz boca de su amante.

Kristof marcó su cuerpo entero con besos y caricias que parecían bloquear sus pensamientos y solo permitirle ser capaz de sentir sin pensar; entregarse sin estar alerta, sentirse amada sin miedo. La erección de Kristof rozó su centro húmedo e inocente y Szilvia no pudo controlar los espasmos que la invadieron mientras Kristof seguía frotando su sexo con el de ella.

Cuando Szilvia dejó de temblar y su cuerpo se relajó otra vez, Kristof la besó con pasión y urgencia.

Quería poseerla de inmediato, pero sabía que debía ir con calma. Ella nunca había estado con un hombre antes. Lo intuía.

¿Cómo era que la vida lo premiaba con una mujer tan buena y pura como Szilvia? ¿Cómo después de comportarse tan mal con los bienes de otros?

Se sentía bendecido. Aquello parecía un sueño.

Su miembro palpitó y necesitó hundirlo en ella.

Sin dejar de besarle el pecho, blanco, suave y firme con aquellos pezones que estaban erguidos solo para su deleite; dejó que su miembro se abriera paso por su cuenta.

El cuerpo de un hombre y una mujer encajaba a la perfección cuando se encontraban.

Como ocurrió con el de ellos.

Kristof la penetró con sutileza, pero sin poder controlar a plenitud el deseo que lo consumía por dentro.

Ella gimió, se quejó de dolor y él se detuvo.

Szilvia lo motivó a continuar en su faena con besos que lo enloquecían aún más.

Quiso ser más cortés con ella; mas el instinto salvaje lo dominó y, de pronto, empezó a entrar y salir del cuerpo de la mujer con urgencia, sintiendo que en el interior de Szilvia todo estaba bien y listo para él.

Las contracciones de Szilvia no se hicieron esperar; fueron el detonante para dejarle a él alcanzar el clímax total.

Vibró, liberando toda la pasión contenida. Sintió los gruñidos de éxtasis salir de su garganta; y finalmente, marcó a Szilvia con un destino que no pudieron anticipar porque no había registros de nada parecido.

Los lobos aullaron con dolor.

Los ancestros no estaban preparados para esa unión.

Una unión que jamás tuvo que ocurrir.

***

Los lobos se movían inquietos alrededor de ellos.

—¿Qué me ocurrió? —Szilvia estaba atontada.

—Te quedaste dormida —Kristof la acarició en el abdomen con la yema de los dedos.

Szilvia negaba con la cabeza.

—Tengo mucho frío —vio a su alrededor, la noche estaba cayendo—. Vayamos a la cueva. Pronto vendrán por nosotros.

Desnudos, sin reparos, caminaron hacia la entrada de la cueva adornada con hiedra.

Szilvia se detuvo una vez su pie derecho cruzó la entrada.

La energía era muy intensa ahí, pero no la detuvo eso; recordó que la condesa seguía en la carroza y los lobos, ahora, estaban alrededor de ellos.

Seguían inquietos. Szilvia intentaba entender qué demonios ocurría.

Le dio un mal presentimiento todo aquello.

—¿Qué ocurre?

—Voy por el saco.

—Lo hago yo, déjame ayudarte.

Ella negó con la cabeza. Empezó a entonar el cántico que le otorgaba fuerza.

Cuando estuvo frente a la carroza, frente a la carga, siguió cantando al tiempo que tiró de la bolsa y, para su sorpresa, se cayó al suelo con el saco encima.

—¡Szilvia! —Kristof corrió a ayudarle y ella intentó recomponerse pronto, no quería que el hechizo que cubría al cierre del saco alcanzara a Kristof y lo lastimara.

Lo que ocurrió la dejó sin palabras y le otorgó las visiones que más dolor le causaron en su vida.

Kristof tomó el saco por el amarre sin mayor problema; no hubo quemaduras, ni siquiera una leve incomodidad.

Se puso el saco al hombro y lo acercó a la cueva.

—¿Szilvia? —la llamó al ver que ella no se movía de su lugar.

Ella escuchaba que él le llamaba y quería responderle, pero estaba a punto de sumergirse en una visión; la más importante de su vida.

Las imágenes empezaron a aparecer y Szilvia se llevó la mano a la boca por la sorpresa.

—¡Por los ancestros! ¿Qué hice? —fue todo lo que pudo murmurar antes de abstraerse por completo de la realidad.

***

Los lobos aullaban sin parar y Kristof estaba a punto de entrar en pánico absoluto.

Pedía a gritos ayuda y nadie acudía a él.

Szilvia estaba inconsciente en su regazo desde hacía mucho rato.

Se llevó un susto tremendo al verla caer de nuevo al suelo después de que él le ayudara con el maldito saco que estaba a nada de meter en una hoguera y acabar con el problema de la misión que estaba poniendo en peligro a la mujer que se le había clavado en el corazón.

—¿Pueden callarse? —Espetó a los lobos. El Alpha se acercó a él y le gruñó antes de lamer a Szilvia en el rostro—. ¡Yo no quiero lastimarla! ¡No le hice nada! —Kristof empezaba a sonar desesperado con la voz entrecortada.

Le dio golpecitos suaves en la mejilla, le dio besos; nada conseguía despertar a Szilvia.

La noche seguía cayendo y los ruidos del bosque parecían hacerse más intensos.

No podía dejar a Szilvia allí, sola, e ir por ayuda; y tampoco podía meterla en la carroza porque le era imposible cargarla, parecía que estaba intentado cargar a una roca.

Seguiría intentándolo hasta conseguirlo porque debía haber alguna manera de sacarla de ahí y buscar ayuda.

Se puso de pie y la tomó por la espalda para arrastrarla; solo consiguió que los pies se le resbalaran y cayera sentado con ella entre sus piernas.

Un nudo se empezó a apoderar de su garganta.

—No vas a poder moverla.

La voz femenina lo asustó y le hizo envolver a Szilvia de manera instintiva en un abrazo.

Los lobos los rodearon como formando un cerco de protección que permaneció, a pesar de que la mujer que recién había aparecido, le hizo una reverencia al lobo Alpha y este, en respuesta, asintió.

—Está en trance —señaló a Szilvia—. Ve cosas que le asustan y por eso no quiere moverse de donde está. ¿Cuánto tiempo tienen aquí?

—Llegamos hoy. Íbamos hacia la casa —Kristof señaló el humo.

—Ella no puede pasar de aquí —señaló el saco.

Kristof la vio con duda.

La mujer le sonrió con malicia.

—Mi abuela la cuidará en la cueva —Kristof vio a su alrededor, buscaba a la abuela de esta mujer—. Ya te contaré su historia —le aclaró esta sin importancia. Se agachó junto a Szilvia y le tocó la frente.

De inmediato, sacó la mano aterrada. Su respiración se volvió irregular y veía a Kristof con temor.

—¿Qué ocurre?

La bruja temblaba y negaba con la cabeza.

—¡Eres su hijo! ¡Condenaste a tu descendencia y la de Szilvia!

—¡Con un demonio! ¿De qué estás hablando?

La bruja empezó a entonar una melodía en un idioma que Kristof no supo entender.

Y las imágenes empezaron a llegar en su cabeza.

No podía creerse el horror que veía.

Tenía que haber algún error, no podía ser hijo de una mujer tan cruel.

***

A Kristof le tomó varios meses entender toda la verdad acerca de su vida en el pasado y lo que le deparaba el futuro a él, a la mujer que amaba y las niñas que esta llevaba en el vientre.

Cuando veía el vientre abultado de Szilvia, sonreía con una mezcla intensa entre felicidad y rabia.

El día que hizo suya a Szilvia pasaron tantas cosas, que cuando le anunciaron el embarazo, ya nada podía asombrarle. En otro momento, lo habría creído imposible o un acto milagroso de fertilidad inmediata; porque había que tener mucha suerte —o mala, según se viera— para dejar en estado a una mujer en el primer contacto.

Ese mismo día, se enteró de que lo que iba en el saco era el cuerpo momificado de su verdadera madre, la cual, pudo apreciar que era un demonio que él mismo estuvo dispuesto a matar una vez se enteró de todas las cosas horrendas que hizo.

Después de que Szilvia despertara del largo trance en el que estuvo sumergida, le dio todas las características con las que contaba su madre.

No podían matarla en el estado en el que se encontraba y tampoco podían revivirla para luego arrancarle la cabeza con un corte limpio.

Sería todo un peligro y las brujas no estaban dispuestas a asumirlo.

Así que la dejaron dentro de la cueva.

Edith, la abuela de Marian, una gran vidente y bruja, nacida en esa cueva en la que ahora estaba el cuerpo de la condesa custodiaba —de forma espiritual porque había fallecido hacía mucho— la cueva y el cuerpo de la mujer maldita.

La historia de Marian y Edith estaba tocada por la desgracia también.

Así como la de Szilvia con su madre y abuela.

La tragedia las tocó cuando la madre de Marian salió del claro del bosque que permanecía oculto a los ajenos a la magia y nunca más volvió.

Marian la sintió sufrir durante mucho tiempo y su abuela tuvo visiones de ella en estado de cautiverio, se negaba a ver algo más sobre el sufrimiento de su hija.

Todo terminó cuando su vida se apagó y ambas lo sintieron.

Fue un dolor inmenso para ellas saber que no tendrían la posibilidad de volver a verla en vida.

Sin embargo, encontraron consuelo pronto con el alivio

que les produjo saber que, al menos, su espíritu estaba a salvo junto a los ancestros y ya no podría sufrir más.

La cueva era una especie de lugar sagrado para Edith según les explicó Marian a Szilvia y a Kristof una vez estuvieron instalados en la casa de Marian.

La condesa Sangrienta se quedaría allí para siempre. El lugar permanecía oculto a los otros y la condesa no podría ser revivida.

Kristof no podía creerse que la mujer de la que escuchó historias la temporada que estuvo en Hungría fuese su madre y fuese real.

Siempre pensó que solo eran historias de los campesinos.

Y no solo eran ciertas si no que, además, la verdadera historia escondía mucho más de lo que la gente corriente sabía.

Un hijo bastardo, por ejemplo; y futuras generaciones de demonios como esa mujer.

Las brujas le aseguraron que no serían seres tan crueles porque ellas, y otras como ellas al rededor del mundo, estaban en la misión de educar a estas criaturas para que pudieran convivir en armonía con los humanos y las brujas.

Szilvia lo vio a los ojos, le sonrió con la dulzura que lo derretía.

Se sentó junto a él mientras se acariciaba la barriga redonda y de gran tamaño en la que sus hijas se movían inquietas.

—Hoy se mueven más que nunca.

Kristof sonrió y se acercó a la barriga para besarla.

Después siguió haciéndole caricias a su mujer en esa parte del cuerpo.

Allí tenían una vida que parecía perfecta. Kristof quería sentir que así lo era.

Pero le enloquecía el saber que cada vez estaban más cerca de la décima luna llena y que cuando eso ocurriera, ganaría el amor puro y absoluto de sus hijas y perdería el de la mujer que más amaba en el mundo.

Era algo que lo consumía de dolor.

No quería perderla.

Se negaba a que tuviera que intercambiar vidas de esa manera y todo por culpa de la maldita mujer que lo había procreado.

Así como con Szilvia conoció lo que era el amor verdadero; con Etelka conoció lo que era el odio profundo.

La odiaba con todas sus fuerzas.

—Ya hemos hablado de esto, Kristof. No puedes sentirte así.

—A veces no me gusta para nada que seas una bruja —Ella sonrió divertida—. ¿Cómo puedes estar tan tranquila sabiendo que en poco tiempo no estarás más aquí?

Szilvia sintió compasión por su amor.

Le acarició el cabello mientras él le abrazaba en lo que ahora era su enorme cintura.

—No me siento tranquila, amor mío. Me encantaría poder disfrutar de ti y de mis hijas físicamente, pero en nuestra especie sabemos que la naturaleza es sabia y que si las cosas han de ser así, es por una razón de mucho poder —Kristof suspiró con nerviosismo, Szilvia podía sentir todas sus emociones desde que creo un lazo con él. Era algo mágico y maravilloso—. Tú no sabías de dónde provenías, amor, y los ancestros tampoco se dieron cuenta hasta que fue demasiado tarde.

—Cuando te conocí, pensé que en tu mundo mágico todo era perfecto.

Ella bufó.

—Nada lo es, en ningún lugar del mundo. Para ninguna especie.

—¿Cómo voy a criar a las niñas solo? Van a heredar tus

genes mágicos.

—Y los de tu madre también —confirmó ella con seriedad. Le preocupaba por todo lo que vio aquel día cuando estuvo en trance. Dos niñas, hermosas y muy diferentes tanto por fuera como por dentro. Una estaría siempre tentada por el mal. La otra sería pura luz—. Es por ello que debes quedarte aquí, dentro del claro, hasta que Marian esté segura de que ni tú ni ellas —se tocó la barriga una vez más—, estarán en peligro.

—No voy a poder vivir sin ti.

La tomó del rostro y la besó con la misma pasión que la primera vez que lo hizo.

Szilvia se sentía afortunada a pesar de saber que pronto partiría.

La desdicha de las brujas que no dejaba de ser cierta.

Tuvo la dicha de conocer el amor de la mano de un hombre maravilloso y además, los ancestros le concedieron la bendición de crear vidas pero no tendría la dicha de estar con ellos en el mismo plano.

Sonrió con pesar porque tendría que conformarse con acompañarles en su forma etérea para siempre.

***

La décima luna llena llegó con una tormenta que Marian tenía años sin presenciar.

Se desataba el nacimiento del bien y el mal.

Y tendrían que dejar ir a Szilvia a quien le había tomado mucho cariño.

Desde muy temprano estuvo en trabajo de parto. A ratos se dejaba vencer por el dolor y caía en desvanecimiento para recobrar energías y así poder alumbrar a sus dos niñas que, una vez las tuvo en brazos, las besó, las arrulló y dejó que Marian le hiciera un corte en la vena de la muñeca para alimentar a la pequeña Klaudia. Y después de dedicarle una sonrisa de amor y satisfacción al que se convirtió en su compañero de vida, partió.

Kristof no pudo reaccionar ante la despedida como le habría gustado porque su hija, la que llevaba el gen del demonio y se alimentaba de la sangre de su madre, le estaba haciendo algo que no acababa de entender qué era pero que se sentía como si, de pronto, alguien le robara toda la energía que llevaba consigo.

Estaba seguro que, durante el proceso, que duró apenas minutos, llegó a bostezar ciento de veces y acabó tan agotado que durmió como un tronco hasta el siguiente día.

Las niñas lloraron la partida de Szilvia, sin importar que tan pequeñas fueran, estaban unidas a la magia de su madre y la sentían como una. Pronto encontraron en Marian a una madre y guía que les ayudó en sus primeros años de vida.

Kristof se mantuvo junto a ellas aprendiendo de su mundo y enseñándole a las niñas cómo sobrevivir en el bosque, cómo ser mujeres independientes; sabía, por todo lo que le contó su querida Szilvia a quien extrañaba con cada fibra de su cuerpo, que era el destino de las brujas estar solas.

Veronika poseía la belleza salvaje y desaliñada de su padre; mientras que Klaudia, llevaba una mezcla dulce y enigmática en su rostro. Se parecía mucho a su madre. A Kristof no le hizo falta ser del mundo mágico para darse cuenta de que esa niña, en su interior, llevaba algo más que simple magia.

Veronika era bondadosa y anteponía el cuidado de los demás al propio; en cambio, a su hermana, pensaba en ella antes que nadie.

La primera era modesta, la cautela era su mejor amiga y

respetaba a todos en casa.

La segunda era todo lo contrario. Un alma rebelde, difícil de controlar que, en más de una ocasión, se fue a la cama sin cenar por mal comportamiento.

Marian nunca le hablaba a Kristof de las diferencias entre sus hijas, no le hacía falta. Un padre tenía que estar en la capacidad de reconocer los defectos de sus hijos.

Y le pedía a su difunta mujer que le ayudara en la crianza de esa niña porque gracias a Marian podía controlarla, sin embargo, temía que algún día tuviera que hacerlo solo, sin su ayuda.

La mujer se valía de cánticos y hechizos para contrarrestar el descontrol en el carácter de Klaudia, que en ocasiones acababa causando alguna explosión que hasta el momento no había lastimado a nadie pero que a medida que crecía, aquel poder ganaba intensidad y estaban seguros, todos, de que acabaría ocasionando algún problema en el futuro si no aprendía a controlarlo.

Marian sentía que estaban en el camino correcto. Sabía que Klaudia manejaba un poco de oscuridad en su interior; pero con más práctica le ensenaría a controlar bien su carácter para que aquel único poder que poseía fuera usado siempre para el bien.

Szilvia le habló de eso unos meses antes de que las pequeñas nacieran. Solo una de ellas portaría el gen del demonio y debían dejarla vivir porque fue la petición de los ancestros. Era una bruja también y los ancestros suponían que el bien dominaría su corazón.

Marian lo dudaba un poco, aunque mantenía la fe activa.

Veronika también le servía de soporte. Desde bebé, entendió cómo era su hermana y aprendió a lidiar con ella. Se querían mucho la una a la otra, a pesar de ser tan diferentes.

La alimentación de Klaudia fue difícil de mantener. Szilvia les dejó indicaciones específicas de cómo sobreviviría la portadora del gen del demonio.

Al momento del nacimiento, debía alimentarse de la psique del heredero del gen del demonio y de la sangre del progenitor humano. Una visión le había enseñado a Szilvia que esa era la única manera de que los recién nacidos sobrevivieran; y una vez mayores, que no atacaran a nadie porque sentirían siempre saciedad.

La sangre de Szilvia sirvió mientras se mantuvo caliente en el cuerpo, luego, intentaron alimentarle de animales porque Marian se negaba a dejarle chupar sangre de alguno de ellos. Le daba pánico que no pudiera controlarse y acabara drenándolos a todos.

La sangre de los animales no funcionaba con estas criaturas.

Parecía sumergirles en un estado de atontamiento y les servía como alucinógeno. Marian se vio obligada a descartar aquella opción porque le hacía mal a la niña.

Entonces, su padre se ofreció a darle los dos alimentos que necesitaba sin importarle que pudiera perder el control.

Por fortuna, la niña entendió pronto que debía controlar la forma en la succionaba la sangre para no drenar a su padre que quedaba en estado casi vegetal por más de un día porque la niña le quitaba sangre y psique.

No era perjudicial para él y ella tampoco necesitaba de ese alimento cada día.

A Marian le costó entender el funcionamiento de los nuevos seres.

Aprendió que Klaudia era una niña de actividad nocturna y que durante el día, presentaba una fatiga que nada tenía que ver con su alimentación.

Salía y jugaba con su hermana o se iba de cacería con el padre pero parecía siempre estar cansada mientras los rayos del sol la tocaban, cuando estos iban escondiéndose, la niña parecía revivir. Hasta la piel parecía ser más lozana y ganar color.

La observaba mucho. A modo de estudio y de comprender qué le esperaba a la humanidad con esta nueva raza entre ellos.

Eran de cuidado y debían existir, fue la petición de los ancestros.

Suponía que tendrían algún plan.

Mucho pensaron en los otros niños que nacerían de los hijos que tuvo la condesa con el Conde.

Nada sabían de ellos; aunque Szilvia les comentó que tres de esos hijos legítimos, murieron por una epidemia.

Solo le quedaba una hija que no quiso saber nada más de su madre una vez empezaron los rumores de las cosas horrendas que ocurrían en los castillos que esta frecuentaba; y Szilvia también tuvo la visión de que esa mujer tuvo una hija que debía ser portadora del gen del demonio, pero que murió por razones inexplicables.

Ahora que Marian sabía y entendía el funcionamiento de estas criaturas, creía que la muerte de esa nieta de la condesa se debió a la falta de conocimiento en su primera alimentación por sangre y psique.

La mujer estaba registrando todo en un diario. Veronika lo necesitaría para cuando nacieran nuevos niños como Klaudia. La descendencia de ambas estaba destinada a llevar el gen tal como lo pactaron la condesa y Sejmet.

Y mientras apuntaba en sus registros, ese día en que la tierra empezaba a cubrirse de blanco, se dejó dominar por el trance que le dejó ver a un joven aristócrata alimentándose de la vena de una mujer que se parecía mucho a Kristof.

En su visión, ella era un espectro que estaba en un rincón de la elegante habitación.

No estaban solos, una anciana vigilaba todo de cerca.

La mujer entonó un cántico que Marian reconoció. Le estaba dejando saber que estaba al tanto de que ella se encontraba allí y que no era ese el futuro.

Estaba sumergida en una visión del presente, algo que era casi imposible.

El joven, aun pegado a la vena de la mujer de refinado vestido, levantó los ojos para clavarlos directo en los de Marian, que por la impresión de ser vista por alguien más que no fuese de su mundo, regresó al claro del bosque en el que vivía.

Las manos le temblaban a causa del susto.

¿Quién era ese joven y cómo le descubrió si ella no estaba allí físicamente?

Se alimentaba como Klaudia.

Marian sintió un escalofrío recorrerle el cuerpo.

Algo muy malo estaba a punto de ocurrir y se equivocó al pensar que el joven sería el causante de la desgracia que levantaba ese mal presentimiento en su pecho.

El mal estaba mucho más cerca de lo que ella creía.

Veronika entró corriendo a la casa.

—¡Tía Marian! ¡Papá! —La niña llevaba las mejillas húmedas por las lágrimas y rosadas a causa del frío que estaba azotando la zona—. Klaudia está en la cueva.

***

Los lobos aullaban en el exterior.

Klaudia, dentro de la cueva, observaba a la muerta tendida en el suelo de piedra.

La mujer no se movía ante sus ojos, pero en su cabeza, no

dejaba de sisear como una serpiente.

Un siseo que, desde hacía mucho tiempo, le atraía cuando jugaba con su hermana en el bosque; solo que no alcanzaba a entender de dónde provenía.

Nunca habían jugado tan cerca de la cueva.

Hasta ese día.

Sintió, en su cabeza, que la mujer le pedía que se acercara.

Lo hizo y los lobos aullaron aún más.

¿En dónde estaba la miedosa de su hermana?

Sonrió con malicia al pensar que ella, por fin, podría experimentar con su poder dentro de la cueva. La tía Marian casi nunca le permitía hacer uso del único poder que tenía.

Claro, porque todas las bendiciones le tocaron a su hermana; y a ella, las maldiciones.

Cuando estuvo a escasos centímetros de la mujer, le movió uno de los brazos con la punta del pie.

Solo para asegurarse de que estuviera muerta.

Suponía que el siseo venía del espíritu de la pobre infeliz.

El cuerpo permaneció inmóvil, pero el siseo se intensificó.

—¡Ya para! —ordenó Klaudia con ímpetu.

Entonces escuchó una carcajada que le erizó los vellos de la nuca.

Se giró en todas las direcciones, no había nadie.

Por primera vez sintió temor.

Pero, claro, la curiosidad era más fuerte.

Clavó los ojos de nuevo en la mujer. La poca luz que se filtraba desde la gran boca de la cueva le permitió darse cuenta de que la piel de la muerta parecía menos seca que cuando había entrado hacía un rato.

Otra vez la risa se hizo presente en su cabeza; los lobos aullaron y gruñeron en la puerta de la cámara secreta.

Klaudia les enseñó la palma de la mano para que hicieran

silencio. El Alpha ladró un par de veces antes de indicarle con la mirada que estaba en total desacuerdo con lo que hacía.

Un ruido cerca de ella llamó su atención y los lobos gruñeron otra vez.

El cuerpo seguía en su sitio.

Se agachó junto a este y lo observó de cerca. La piel de la mujer parecía un papel fino a punto de rasgarse en pedazos. El cabello era una maraña de delgadas fibras resecas, resquebrajadas y enredadas.

Los dientes sobresalían de los labios. Aquello debía ser por la retracción de la piel.

Klaudia disfrutaba analizar a la mujer de cerca.

¿Cómo habría llegado allí?

¿Cómo habría muerto?

El siseo la atacó de nuevo. Los lobos gruñeron y Klaudia empezaba a enfadarse.

La energía se concentró a su alrededor como solía hacerlo cuando se enfadaba y sintió un hormigueo intenso que le recorría todo el cuerpo. Nunca lo había sentido tan fuerte.

Se sorprendió al escuchar que de su boca, salía un cántico que no reconocía. No sabía para qué servía tampoco; pero, junto a este, se vio en la necesidad de colocar sus manos sobre la piedra fría y húmeda que servía de suelo.

Lo hizo y lo que ocurrió a continuación, fue lo mejor que le pasó en sus cortos años de vida.

Una extraña emoción la dominó al darse cuenta de que el suelo ganaba un brillo dorado rojizo y era absorbido por la mujer que yacía sobre este.

Klaudia veía como su energía se movía en ondas, como si fuese agua, y empezó a preguntarse qué vendría a continuación.

«Eres de los míos», escuchó en su cabeza al tiempo que

la muerta mejoraba su aspecto y Klaudia percibió un rápido movimiento en uno de los dedos de la mano que le quedaba a la vista.

Klaudia no supo cómo interpretar aquello.

¿Uno de los de ella?

¿Qué era ella?

«¿Quién eres?», le preguntó mientras dejaba fluir su energía.

En ese momento, el lobo Alpha corrió al interior de la cámara y se le echó encima a Klaudia mordiéndole en una de las muñecas.

El animal no quería lastimarla, pero debía emplear un poco de fuerza en su mordida para poder inmovilizar a la niña.

Le doblaba en tamaño así que se valió de que la hubiera tomado por sorpresa para arrastrala por el brazo fuera de la cámara mientras esta se removía como una culebra para tratar de zafarse del animal.

La llevó al punto más oscuro de la cueva y la dejó allí.

Cuando la niña se dio la vuelta, se encontró con una anciana que la observaba con profunda lástima.

Klaudia se llevó un buen susto porque nunca antes había visto a un fantasma.

La mujer rio irónica ante ella.

—Te da miedo mi espíritu y no te da miedo el demonio —La niña la vio con odio—. Eres uno de ellos y los ancestros se van a arrepentir de haberte dejado con vida.

La niña empezó a entonar el cántico de antes e hizo chocar sus manos de nuevo en el suelo. Esta vez, la cueva empezó a sacudirse como si estuviese bajo el dominio de un fuerte temblor. Empezaron a desprenderse trozos de varios tamaños de las rocas.

La anciana la vio con repulsión y levantó sus manos lentamente al tiempo que el cuerpo de la niña iba quedando suspendido en el aire.

—No le hagas daño, por favor —Klaudia pudo ver a una mujer delgada junto a la anciana, con la que sintió contaba un gran parecido—. No vuelvas nunca más por aquí, Klaudia —la mujer le hablaba con dulzura y sería la única vez que Klaudia sentiría el amor de su madre en su interior.

Aquella emoción la sorprendió de tal manera que la vibración en la cueva se hizo mucho más intensa.

Un ligero carraspeo se escuchaba dentro de la cámara.

Rocas más grandes empezaron a caer de lo que era el techo.

—¡Klaudia! —Kristof vio a su hija flotando en el aire, llorando desconsolada y con los puños apretados. También la vio a ella. Su amor—. ¡Szilvia!

Ella le sonrió y le pidió que se llevara a la niña en ese instante.

La anciana seguía con las manos suspendidas en el aire.

—¡Abuela! ¡Tienes que parar con esto! —Marian gritaba desesperada.

La anciana cayó al suelo al igual que la pequeña Klaudia que empezó a llamar a gritos a su madre estirando los brazos hacia ella. Observando cómo se alejaba cada vez más de esta gracias a que su padre la llevaba fuera de la cueva en donde estaban su hermana y los lobos esperándoles.

Un estruendo de rocas seguía cayendo dentro de la cueva.

—¡Tía Marian! —Veronika corrió al interior a ayudar a su tía quien salía a toda prisa del lugar que parecía que se iba a desmoronar en segundos.

—Kristof, vamos a casa. Necesitamos salir de este sitio cuanto antes. Ha llegado el momento de partir a nuevas tierras.

***

Marian se despidió con dolor y pesar de las niñas y de Kristof. El pobre hombre no lograba procesar todo lo ocurrido y debía estar en alerta para cuidar de sus hijas. Veronika estaba centrada y decidida a actuar según le indicaran los ancestros. Tenía la conexión y sabía usar la magia muy bien. Marian confiaba en ella.

En cuanto a Klaudia, no sabía qué pensar; pero esperaba que lo que hizo sirviera para que la niña pudiera vivir una vida tranquila y sin tentaciones. Borró de su memoria cualquier contacto con la cueva, cualquier cosa que le llamara la atención de ese lugar. Cualquier llamado de su abuela y cualquier recuerdo del contacto con su madre.

Cuando regresaron a casa, la niña estaba en un estado de crisis total porque no quería perder de vista a su madre. La entendía.

Marian le preparó una infusión que le ayudó a conciliar el sueño mientras esta aprovechaba de explicarles a Kristof y Veronika lo que ocurriría a continuación.

El estado de sueño profundo, le permitió a Marian hurgar en profundidad en la memoria de la pequeña para analizar cada recuerdo desde su nacimiento.

Se sorprendió al darse cuenta de que había mucho más de lo que ella creía porque el siseo maldito de la condesa empezó a sentirlo a temprana edad, solo que la niña no alcanzó a identificarlo como un llamado hasta que se acercó mucho a la cueva y tuvo la necesidad de entrar.

Klaudia no podía recordar eso nunca más. Por su estado, nadie sabía con exactitud cuántos años viviría, pero todo apuntaba a que tendría una vida eterna. No podía mantener el recuerdo de su madre y la cueva porque se vería tentada a volver. A entrar en contacto con Szilvia en ese lugar.

Veronika sería su aliada, sospechaba que ella no viviría tanto como su hermana, pero sería la encargada de transmitir la información de generación en generación para que Klaudia no pudiera despertar al mal.

Antes de que la parte más profunda de la cueva quedara llena de rocas de gran tamaño, Marian pudo darse cuenta de que la condesa ganó movilidad.

Estaba claro que Klaudia hizo uso de su poder con ella.

Ese extraño poder de la niña llegaría a ser letal algún día, pero también podría otorgar la vida. Era energía pura que fluía desde su interior y era inagotable.

Veronika poseía más dones, ninguno tan poderoso como ese.

Por fortuna, la condesa quedaría sepultada para la eternidad y el espíritu de su abuela se encargaría de que no se le acercara ningún animal del cual pudiera alimentarse en los próximos meses, para que regresara a su estado de momia tal como estaba en un principio.

También, antes de salir de la cueva, se sumergió en una corta visión que le dio los pasos a seguir en los próximos días.

Un barco estaba próximo a zarpar a las nuevas tierras y Kristof debía subir a este con las niñas.

Ella debía viajar a Viena para tener un contacto personal con el joven que recién había visto en otra de sus visiones.

Los ancestros le permitieron ver que este joven tenía más bondad en su corazón que otra cosa. No se sentía a gusto con su especie. Odiaba alimentarse de sangre. Y tenía una hermana que también poseía el mismo gen y que era un problema para él.

Marian lo percibió como un alma atormentada que necesitaba ayuda y que, por alguna razón, la anciana que vio junto a él mientras se alimentaba, no le estaba ayudando en nada.

Lo más probable era que aquella bruja tuviese sombras en su corazón.

Una vez llegara a Viena y cumpliera con su cometido, debía regresar a su casa y cuidar del claro del bosque y de la cueva.

Tuvo un viaje difícil debido al clima. El polvo blanco cubría todo el terreno y el frío le calaba hasta los huesos. Los ancestros le guiaron siempre para hacerle las cosas un poco más sencillas.

Alimento no le faltó nunca y la manada de lobos iba al pendiente de ella.

En su llegada, consiguió pronto el camino a la residencia del joven que debía visitar.

Todavía no tenía claro cómo se presentaría y suponía que por haberle visto antes, el joven no tendría problema en hablar con ella.

En su mente todo parecía más fácil.

La llegada de una mujer sola, a caballo, acercándose a la residencia de la aristocrática familia Farkas de Balaton, levantó gran sospecha y, al llegar a la propiedad, fue recibida por una mujer que albergaba tristeza y rabia en su corazón; que la vio con desconfianza y asco.

—Me ha dicho la criada que quiere ver a mi hijo —le soltó la mujer con rabia.

—Así es —Marian intentó ser educada y no lo logró. El recibimiento de la señora la obligó a ser un reflejo de su actitud.

—¿Y qué quiere una mujer como usted con él?

La bruja sonrió con ironía.

—¿Una mujer como yo? —Vio con duda a la mujer—. ¿Y qué cree que soy yo, señora?

—¡No intente burlarse de mí! —Alzó esta la voz y se acercó a Marian—. ¡No pienso dar un maldito centavo más para que traten con respeto a mis hijos que son buenos. Diferentes, pero buenos. Me fui de mi tierra tal como me exigieron. Dejen que vivamos en paz.

Marian sintió compasión con la mujer.

—No vengo ni por su dinero ni para lastimar a su familia —le habló con calma y dulzura. La vida de esa podre mujer no era fácil a pesar de contar con tanta riqueza.

Esta la vio con ojos enrojecidos.

—¿A qué viene entonces? —preguntó con voz entrecortada.

—A hablar conmigo, madre —el joven de las visiones de Marian apareció en la puerta del salón—. Parece que la señorita y yo tenemos cosas importantes que hablar.

***

—¿Cómo es que sabes nuestro idioma si vienes de otra tierra?

—Magia.

El joven le sonrió con diversión.

Su madre les permitió hablar a solas en el estudio de la casa. Un lugar que deslumbraba a Marian por donde veía.

—¿Cuál es tu nombre? —preguntó la bruja.

—Pál, como el de mi abuelo.

—¿Eres nieto de ella, verdad?

Pál asintió.

—Mi madre no habla nunca de eso. Le avergüenza decir que estamos emparentados con un ser diabólico.

—¿Y qué opina de ustedes?

Pál levantó los hombros.

—Nos cuida, supongo que como debe hacerlo una madre. Marian sintió compasión del chico ante ella. Una madre debía cuidar y amar. Estaba claro que Pál echaba en falta el amor de su madre.

—¿Me dijo tu madre que se mudaron?

—Hace unos años. En nuestro antiguo poblado nos llamaban «los niños malditos». Heredamos la misma enfermedad de la abuela. ¿Tú puedes curarnos? Katalin no ha podido lograrlo y me gustaría llevar una vida normal. Sentirme bien.

—No te sientes bien.

El joven negó con la cabeza.

—A veces me duele mucho la cabeza y el hambre nunca se va.

—¿No te ha enseñado Katalin cómo debes alimentarte?

—De mi madre.

—Y tu madre te suministra la sangre y la psique.

El joven la vio con duda y ella supo que sus sospechas iniciales eran ciertas, Katalin no era de las que tenía luz profunda en su corazón. Debía mantenerse alerta y no decir nada que pudiera comprometer al lugar en el que ocultaban a la condesa.

Marian se acercó a él y tomó sus manos sintiendo que los ancestros aprobaban lo que haría, colocó las manos del joven a ambos lados de su cabeza.

Cerró los ojos.

—Pál, imagina que tus manos pueden absorber mis pensamientos.

Pál lo intentaba sin éxito.

—Debes concentrarte.

El joven cerró los ojos e hizo lo que le ordenaban.

A los segundos, Marian sentía que Pál absorbía su energía.

Abrió los ojos para contemplar lo que había visto tantas

otras veces con Klaudia.

El joven ganaba color, los surcos oscuros alrededor de los ojos desaparecían y su postura se corregía.

Pensó de nuevo en Klaudia. Los extrañaba.

En ese momento, Pál apretó más el contacto en su cabeza.

—Pál, debes parar —el chico parecía no escucharle. Y ella sentía cómo se iba quedando sin energía al tiempo que muchas imágenes aparecían en su cabeza.

Las visiones del futuro la desorientaron y le dieron la libertad a Pál de continuar en la labor de absorberle la psique a la bruja.

Debilitada, Marian veía cómo ocurriría el futuro para Pál, su descendencia; Klaudia, Veronika; luchas, sangre, intereses malvados.

Vio a sus ancestros; sintió cuando estos se aglomeraban alrededor de ellos para recibirla.

Moriría. Lo supo de inmediato y le preocupó no estar en el claro.

Morir fuera de este implicaba dejar desprotegido, a la vista de cualquiera, el lugar en el que se encontraba la condesa.

Con la poca energía que le quedaba, tocó las manos de Pál y le transmitió todas las imágenes que tenía de sus vivencias y de sus visiones sobre el futuro desde que Szilvia y Kristof llegaran a su tierra.

Pál se sintió abrumado con tanta información. El torrente de energía que fluía de la bruja hacia él era tan vigorizante que no prestó atención a nada más que saciarse de energía pura.

Se le resecó la boca. El instinto animal lo llevó a torcer el cuello de la bruja y enterrar sus dientes en la piel de la mujer.

La sangre caliente le llenó la boca, tragó con desespero y sus papilas gustativas le obligaron a rechazar la sangre de esa mujer produciéndole arcadas.

Fue cuando se despegó de ella por completo.

Escupió lo que le quedaba de sangre en la boca. Era asquerosa. Amarga, líquida, muy diferente a la de su madre. Quizá se debía a que era sangre de bruja.

Abrió los ojos y deseó no haberlo hecho nunca.

La imagen ante él era abominable.

La mujer tenía marcas oscuras en su cabeza, justo donde él dejó sus manos. La piel se había tornado grisácea y del cuello le brotaba la sangre sin parar.

A Pál, las manos empezaron a temblarle.

¿Qué había hecho?

Se agachó en una esquina y allí se quedó, con las manos en la cabeza, llorando desconsolado, pidiendo perdón por haberle quitado la vida a una mujer que lo único que quería era ayudar.

Y las imágenes cobraron vida en su cabeza.

Recordó las imágenes que vio mientras estuvo en contacto con ella.

Debía proteger el diario de la bruja y salir de ahí cuanto antes.

«No confíes en nadie», escuchó a la bruja en su interior.

¿Cómo no escuchó sus peticiones de que parara?

Ella sabía que él acabaría matándola. ¿Por qué no hizo nada para defenderse?

«Protege la cueva» «No permitas que ella despierte de nuevo».

Vio a dos niñas que viajaban por mar al Nuevo Mundo.

«Veronika será tu aliada. Klaudia duerme, si despierta, tendrás problemas. Protege la cueva»

«Protege la cueva» era un eco que se repetía una y otra vez en su cabeza.

Vio a su alrededor. No tenía tiempo qué perder.

Tomó el diario de la bruja, dinero que sabía que su madre tenía guardado en el estudio y salió dispuesto a dar su vida con tal de que dejaran de existir los seres malditos como él.

***

Después de varios años de viajes y angustias, Pál llegó al nuevo mundo listo para cumplir con la misión de cuidar a aquellas niñas que se le presentaron en la visión.

Le tomó tiempo hallarlas. Lo único que sabía era que habían partido al Nuevo Mundo desde otras tierras.

Él era un joven inexperto en todos los aspectos de la vida.

Corrió con suerte de tener una buena suma de dinero en su haber para pagar alojamiento y comida; e incluso, supervivencia en un par de ocasiones.

Sabía que la comida tradicional no era lo suyo y no le mantendría en buen estado, pero debía conservar las apariencias.

Inventó una historia de su procedencia; algo creíble —según él— que, a veces, no conseguía los resultados que esperaba y que muchos dejaban pasar cuando veían que el joven no tenía problemas en pagar lo que se le pedía.

Sin embargo, todo lo bueno en la vida se acababa y llegó el momento en el que el dinero se le acabó.

No sabía qué hacer y fue entonces cuando consiguió empleo en un bar de la población en la que vivía en ese momento.

Le sirvió para aprender el nuevo idioma y relacionarse con bandidos con capitanes de barcos comerciales.

La debilidad se hacía cada vez más presente en él y su aspecto desmejoraba con el paso el tiempo.

Necesitaba sangre humana; también de aquello que le robó a Marian hasta quitarle la vida.

Ahora entendía que necesitaba de ambas cosas para poder

vivir, pero tenía tanto miedo de matar de nuevo que no se sentía capaz a siquiera intentarlo.

Se alimentaba de animales cuando el dolor de las encías y de cabeza, alcanzaba niveles que nadie podía soportar.

Lo primero que conseguía aliviar era la asquerosa sensación de que la dentadura entera amenazaba con salirse de su lugar.

Empezaba con sensibilidad en las encías, de ahí al picor y luego al dolor que iba agudizándose con el paso de las semanas si no se consumía sangre.

Pronto entendió que la sangre animal no era buena para su organismo.

La primera vez que la consumió estuvo desaparecido tres días de la comunidad en la que estaba instalado.

Muchos se alegraron al verle de nuevo; sobre todo aquella chica pelirroja de pechos grandes que veía cada noche en el bar y con la que se convirtió en hombre una noche de mucho licor entre ellos.

Esas citas se hicieron cada vez más frecuentes hasta que, una noche en la que la mujer jadeaba de placer bajo su cuerpo, el mundo se detuvo por unos segundos y su atención se centró en la vena palpitante del cuello de la chica.

Los escalofríos le recorrieron el cuerpo y la boca le salivó de tal manera, que de haberse quedado un segundo más con ella, la habría drenado.

Estaba sediento.

No podía pensar con claridad.

Sin decir nada, se salió del interior de ella, se vistió, montó el caballo y se marchó.

Tan lejos, que llegó a acercarse mucho a la misión que Marian le encomendó.

Las chicas estaban bien escondidas en el bosque. De no

haber sido por un lobo que le causó mucha curiosidad por la manera en cómo lo observaba, invitándole a seguirle en vez de atacarle, no las habría encontrado.

El primer encuentro no fue bueno.

El padre de las chicas enfureció cuando Veronika percibió lo ocurrido entre él y Marian en Viena.

Lo amenazó con quitarle la cabeza; pero Klaudia, la que de inmediato identificó de su especie, se interpuso y calmó a su padre pidiéndole que recapacitara.

Pál estaba tan débil que agradeció que Klaudia intercediera.

No habría podido defenderse en esas condiciones.

El hombre lo veía con odio y tristeza. Pál entendió que esa mezcla de sentimientos que reflejaba su mirada era una acumulación de acontecimientos en su vida.

Pobre hombre, sintió gran pena por él.

Lo habría ayudado con su sufrimiento, pero no sabía ni siquiera cómo aligerar el suyo.

Veronika le dejó ver la pureza en su corazón cuando se cortó la piel de la muñeca y le extendió el brazo para que bebiera de ella.

Pál tuvo la visión de la bruja muerta en Viena por su culpa, en las mismas condiciones en las que se encontraba esta noble chica ahora y retrocedió con pavor.

—No me vas a hacer nada. Ella no te lo va a permitir —señaló a la chica de pelo negro azabache y ojos oscuros como la noche. Era enigmática. Ya no eran tan niñas como las había visto en aquella visión hacía tantos años.

—Prefiero no arriesgarme. Gracias por tu bondad.

Veronika cambió su percepción y se lo dejó saber con la mirada compasiva que le dedicó.

—Vas a caer en sequía si no te doy sangre y psique.

—Preferiría morir que volver a perder el control como lo hice con ella —hizo referencia a Marian.
—Siéntate —le ordenó Veronika.
La chica era rubia.
Una belleza que comparó con el bosque. Silvestre.
Los ojos parecían el cielo despejado mezclado con el verde intenso de los pinos. Tenía una voz melodiosa con un efecto calmante en él.
Entonaba un cántico en una lengua que no alcanzaba a entender en su cabeza, aunque en su corazón parecía estar captando el significado de cada palabra.
Respiró profundo y ella se agachó frente a él.
Las manos empezaron a temblarle cuando Veronika las tomó y las acercó a cada costado de su cabeza.
—No. No. No —repetía sin parar, con el terror asomándose en la mirada.
—No va a ocurrirme lo mismo, Pál. Lo necesitas.
Klaudia inmovilizó al hombre para que su hermana pudiera completar la acción y una vez lo hizo, pudo conectar sus pensamientos a los de él que era lo que más necesitaba en ese momento.
Quería saber qué ocurrió con exactitud entre Marian y Pál; y además, qué instrucciones le dejó a Pál.
Era la única oportunidad que tenía de entrar en su mente para comunicarse y advertirle sobre la parte que Klaudia tenía dormida en sus recuerdos.
Por su parte, Pál sentía la energía fuerte y sublime que lo recorría desde la yema de los dedos hasta la planta de los pies.
Quiso salir y correr a campo abierto para drenar un poco aquel torrente de electricidad que le llenaba el cuerpo de vitalidad.

Percibió las angustias de ella.

Veronika se comunicaba con él en una conversación con imágenes que le dejaban claro lo que debía hacer de ahí en adelante.

Le pidió que no las dejara solas.

Vendrían tiempos oscuros para esa comunidad y necesitaban salir de ahí los tres, como la familia que eran.

De pronto sintió cómo la energía disminuía en sus manos.

La bruja lo tocó, y él abrió los ojos con pesadez.

Los de ella le atraparon la mirada sellando un pacto que solo ellos conocían.

Ellos dos serían los primeros de los Guardianes que velarían por la seguridad de la humanidad y la de su descendencia.

Capítulo 16

Nueva York, en la actualidad.

Pál encontró a su hermana en el salón de su casa. Se sorprendió al verla ahí, junto a la bruja que siempre le acompañaba.

No era que no le agradaban sus visitas, pero no era costumbre entre ellos aparecer en las propiedades de los demás sin previo aviso.

Etelka se levantó del sillón que estaba frente a la chimenea y se acercó a él para saludarle como de costumbre.

Se dieron dos besos, uno en cada mejilla. La bruja desapareció en la cocina junto con el resto del personal de servicio.

—Me sorprendí al ver tu coche afuera —«Un Bentley negro», pensó Pál—. ¿Qué te trae por aquí?

—Siempre tan directo, Pál.

—Vamos, Etelka, no eres de las que hace visitas sociales; y menos, de sorpresa.

Ella sonrió con ironía. Se sentó de nuevo en el sofá.

—¿Cómo están mis nietos?

Pál la vio con sarcasmo.

—Manejando sus vidas, como los hombres que son desde

hace algunos cientos de años. ¿A qué viene tan extraña pregunta?

Pál percibió el cambio en el ambiente. Su hermana, en ese momento, estaba representando una amenaza y no dudó en ponerse a la defensiva; sobre todo, no dudó en tomar su daga, la que descansaba sobre la chimenea y ponerla frente a Etelka. La mujer sabía que en cuestiones de batalla, su hermano le llevaba una gran ventaja. Ella contaba con Dana, su bruja de confianza, que la ayudaría a vencer a Pál si hacía alguna estupidez.

—¿Vas a responderme, Etelka?

Se sentó junto a ella, con la daga en la mesa de apoyo apuntando directamente hacia su hermana.

Etelka vio la escena con hastío.

—Una abuela siempre está en derecho de preocuparse por sus nietos.

—Dejémonos de tonterías y dejemos el protocolo familiar para cuando tengamos las reuniones de la Sociedad; a las cuales, por cierto, has faltado y me gustaría saber los motivos exactos de tu ausencia.

—Tiene que ver con mi visita de hoy.

—Explícate —Pál se notó hablando entre dientes, apretando con fuerza la mandíbula.

Pál acomodó su posición para tomar con prisas la daga. No se fiaba en nada de su hermana en ese momento. Etelka lo veía desafiante—. ¿Vas a explicarme o no?

—¿Quiero que me digas en dónde está la abuela?

Pál sintió angustia.

¿Para qué su hermana quería saber, después de todos esos siglos, en dónde estaba enterrada la condesa sangrienta?

—No lo sé.

Ella rio con sorna manteniendo el desafío en los ojos.

—Más vale que lo sepas y que me lo digas, porque si no, la chica que le gusta a Lorcan acabará con paradero desconocido para el resto de la eternidad.

Pál sintió un golpe bajo.

—¿Tienes a Felicity? —el dolor en la mandíbula era insoportable. Tenía semanas sin alimentarse y la impotencia de ese momento podía desatar una pelea entre ellos.

—Es correcto. La tengo, no sabes ni sabrás en dónde está hasta que yo decida que es hora de que vuelva con los suyos. Eso va a ocurrir solo si me das las coordenadas del lugar en donde está la abuela.

—¡No lo sé! ¿Para qué quieres algo así, además? ¿Qué vas a conseguir de un cadáver?

Ella sonrió a medias.

—No es un cadáver; es medio cadáver y después de revivirla, puedo conseguir matarla a ver si de una maldita vez yo encuentro la paz que tanto he buscado desde que soy una niña. Odio ser esta maldita abominación de la naturaleza.

—Entonces colócate en sequía. Pídemelo y seré yo mismo quien acabe con tu sufrimiento.

Etelka rio con diversión.

—Cuando quieres, puedes llegar a ser gracioso, hermano. Y te agradezco la oferta, pero no tienes los pantalones suficientes para llevarlo a cabo. Además, la sequía no es una opción para mí. Quiero sacarme de encima la maldición.

—Y después, ¿qué?

—Morir con dignidad.

—¿Después de todo lo que hiciste en estos siglos?

Etelka mantuvo un silencio tenso.

—Esa es mi oferta, Pál, y te la presento a ti porque no quiero derramamiento de sangre en la familia; pero créeme que estoy dispuesta a llevar a cabo mi amenaza si, en tres días, no me envías los datos que solicito. Una vez que me envíes los datos, te dejaré ver una fe de vida de ella y cuando tenga el cuerpo de la abuela, entonces te entregaré personalmente a Felicity.

—Estás loca. No voy a ceder a tal petición.

—Entonces prepárate, porque estaré dispuesta a cumplir con mi amenaza dejándole saber a Lorcan que tú firmaste la sentencia de muerte de esa niña.

Pál se frotó la frente con la palma de la mano.

—Etelka, por favor, se razonable, no le hagas daño. Vamos a conversar esto un poco más.

—No, esta vez las cosas se hacen como lo digo yo —se puso de pie—. Tienes tres días. Hasta entonces.

La bruja salió de la cocina siguiendo a Etelka que caminaba decidida hacia la puerta de la propiedad.

Pál se quedó inmóvil en su asiento.

¿Qué demonios acababa de ocurrir?

¿Cómo diablos le iba a explicar a Lorcan que su propia abuela tenía a Felicity?

No podía hacerlo, tenía que encontrar la solución a ese enredo pronto dejando descansar el cadáver en donde estaba oculto y salvando a Felicity del egoísmo de su hermana.

Necesitaba pelea.

Apretó los dientes con fuerza tomando la daga por la punta, lanzándola con rapidez hacia una de las paredes de la estancia; clavándose un cuarto de la hoja afilada sobre un cuadro de gran valor.

Sí, necesitaba pelea y sangre.

Tomó el teléfono y llamó a la compañía para que le enviaran a alguien para alimentarse. Ahora más que nunca, tenía que tener los pensamientos claros y actuar con mucha cautela.

No se podía permitir ningún error.

Capítulo 17

He estado buscándote algunos días —comentó Lorcan con preocupación a su tío cuando se sentó frente a él en su oficina—. Nadie sabía nada de ti. ¿Estás bien?

—Sí —respondió el interrogado con el ceño fruncido. Lorcan sabía que la forma en la que hablaba, dejaba en claro que no quería tocar el tema. Era más que obvio que algo le preocupaba—. He estado ocupándome de lo de Felicity. Hice un viaje corto para hablar con un contacto importante por la pista que me enviaste el otro día a cerca de los Bentley.

—¿Y?

Pál sintió una culpa asquerosa cuando observó la mirada de preocupación de su sobrino.

—Nada. Todavía. Estoy a la espera de más noticias. De todas maneras, no descarto que tengamos a alguien de la familia involucrado en el caso.

—Somos los mayores compradores de esos vehículos en el estado, Pál. Entre tu colección y la de mi abuela, podríamos colocar un museo.

Pál sonrió divertido.

Era cierto. Etelka y él contaban con una gran colección de vehículos de esa marca desde los primeros tiempos de su fabricación.

Sin embargo, Etelka era la única involucrada en el caso de Felicity y no iba a delatarla en ese momento crítico en el que ya había dado el paso de facilitarle las coordenadas del lugar exacto de la cueva.

En ese momento, lo más importante, era recuperar a Felicity; luego, se ocuparía de su hermana y su «difunta» abuela.

Esperaba llegar a tiempo para controlar toda la situación antes de que la condesa tomara mucha fuerza y acabara con la tonta de Etelka.

—Hay algo más que te preocupa —Lorcan lo veía con intriga total.

—No. Está todo bien. ¿Qué hay de ti? Te llamé hace unos días para conversar de esto y no respondiste. ¿Tienes problemas de nuevo?

Lorcan negó con la cabeza y su mirada anunciaba que no estaba tan lejos de los problemas como le gustaría a Pál.

—¿Qué te ocurre?

—Es Heather, Pál. Algo pasa cuando estoy con ella que me… —Lorcan se interrumpió y se frotó la cara con ambas manos.

Pál percibió sus nervios en el ambiente. Lo vio con suspicacia.

Era la primera vez que sentía esa clase de nervios en su sobrino; no era de miedo, era… ¿alegría?

—¿Te gusta?

—Es más que eso, Pál. Es mucho más.

—Explícate, muchacho.

Lorcan le contó cada uno de los momentos en los que

estuvo junto a ella.

No entró en detalles en los momentos de mayor intimidad, no era propio entre caballeros; pero sí se tomó el atrevimiento de hablar sobre el bien que le hacía ella.

Esos extraños sentimiento que despertaba, esas ganas de tenerla siempre junto a él.

No se había despegado de ella desde que estuvieron juntos, aunque estaba claro que ella tenía un trabajo y que debían separarse, Lorcan contaba con desespero los minutos para volver junto a ella.

Para poder darle resguardo entre sus brazos y que ella le diera la paz que tanto anhelaba en la vida.

Pál sonría con un brillo especial en la mirada mientras notaba cómo su sobrino, finalmente, era bendecido con la redención de sus tormentos. Encontraba en Heather a esa compañera que cada uno de ellos necesita para poder reconocer al amor verdadero.

Él la había encontrado en su difunta esposa y entendía cada una de las palabras y de los sentimientos de Lorcan porque él también los experimentó.

Lorcan caía preso del amor genuino. La chica le ayudaba con consciencia y eso quería decir que el sentimiento de ella era puro.

Estaba destinada a ser su compañera.

Suspiró con profundidad relajándose por unos minutos. Dejando a un lado las angustias de lo que vendría a continuación con la condesa.

—Tengo miedo de que, en algún momento, todo se salga de control y la lastime —lo vio a los ojos con terror—. No me lo perdonaría jamás.

—Te entiendo —respondió este con tranquilidad—. Lo primero, es que dejes de pensar en el control de la bestia y

empieces a tomar medidas serias. ¿Te has alimentado?
Lorcan negó avergonzado.
—Pues no lo dejes pasar más tiempo. Hoy mismo llamas a la compañía y te alimentas.
—No quiero pedirle a Klaudia un nuevo favor.
—Déjate de estupideces, Lorcan. Klaudia hará lo que sea necesario por la familia.
Pál tomó su móvil y mandó un mensaje a Klaudia indicándole que Lorcan necesitaba alimento.
Esta le respondió que llevaría una chica a su casa esa misma noche.
—Asunto arreglado, esta noche tienes la cena servida en casa.
—Gracias.
—Cada vez que estés con ella, relájate y disfruta del momento tanto como puedas. Olvida tus temores, tu bestia, tu ansiedad. Que no exista nada más que ustedes dos. El poder que ella tiene en ti es sanador y es por eso que puedes mantener sexo sin necesidad de dominio. Solo no dejes de alimentarte cada día, hasta que puedas hacerlo de ella.
Lorcan levantó la vista con absoluto pánico.
—¿Estás loco? Jamás me alimentaré de ella. De hecho, no puede enterarse de lo que soy en realidad. Huiría de mí, Pál; yo no lo soportaría.
Estaba enamorado el muy tonto y no se daba cuenta.
—Estás enamorado, Lorcan —alguien tenía que decírselo. Lorcan sintió un vuelco en el pecho. Lo sospechaba, pero que alguien más se lo dijera en voz alta era como la declaración final de que era un hecho—. Todo lo que me describes no es más que la unión junto a la mujer que el destino eligió para ti, para tu condición, para amarte y adorarte el resto de sus días. Así que, querido sobrino, no pasará mucho tiempo antes

de que debas hablar con ella de nuestra naturaleza y contarle todo tu pasado. No le ocultes nada. Los secretos marchitan las relaciones.

Lorcan seguía viéndolo con espanto y Pál lo entendía, esa conversación no sería fácil, pero era necesaria.

—¿Y si no le hablo de esto nunca?

—Lorcan, no podrás hacerlo. Hay muchos factores en la vida que pueden activar tu lado oscuro o simplemente tu necesidad de alimento. De sangre. ¿Qué pasará cuando ella sin quererlo, se corte en la cocina; cuando tengas que acompañarla al hospital para que dé a luz a tu hijo?

—¡Wow! Vamos con calma.

Pál sonrió divertido.

—Es tu compañera, Lorcan. Tendrás que alimentarte de ella porque, llegados a un punto cumbre de la relación, entenderás que la verdadera unión y lo que te permitirá mantenerte completamente saciado será lo que ella pueda proveerte. Sangre y psique en comunión con tu debilidad, que es el sexo.

Lorcan estaba pasmado.

—Pál, esto es serio.

Pál soltó una carcajada.

—Claro que lo es —le hacía gracia ver a su sobrino en ese estado de perplejidad por el amor.

El gran guerrero Lorcan Farkas, el que solo quería dominio; el verdugo más abominable de la historia de la humanidad; domado y sorprendido por el amor.

Redimido.

Sonrió satisfecho.

Pidió a las fuerzas sobrenaturales de luz que le ayudarán a que todo saliera bien con Felicity.

Unas horas antes le envió las coordenadas de la cueva a su hermana y aun no recibía la dichosa fe de vida que esta le dijo que le daría.

Esperaba no haber cometido una idiotez mayor a lo que ya era revivir a la condesa.

—¿Y cómo se supone que debo hablar con ella?

—Lo sabrás en su momento, muchacho. Cuando yo lo hice con mi amada Katharina no fue fácil y estuve a punto de perderla porque, como es lógico, la noticia de nuestra naturaleza y lo que serían nuestros hijos y nietos, le causó gran temor. Pero sobrevivimos y todo fue gracias al amor que sentíamos el uno por el otro. Lo que te está ocurriendo es maravilloso, Lorcan. Y me alegra de que te ocurra. Es algo que sé que te cambiará en muchos aspectos de tu vida. Tener una mujer a quien amar de verdad, con las entrañas, es una experiencia única. Ser amado de la misma manera es algo tan sublime que nos hace ser mejores seres humanos.

—No somos humanos.

—No lo somos en totalidad. Aunque sentimos como lo hacen ellos y ese amor que nos doblega, que nos llena, que nos da la felicidad, nos hace mejores personas, seres humanos; menos monstruos o como te dé la gana de llamarlo.

Lorcan frunció el ceño.

—¿Y si me alejo de ella?

—¿Por qué? ¿No eres tan valiente como creo que eres para contarle la verdad? Vas a huir como los cobardes infelices; porque eso es lo que te tocará luego, ser inmensamente infeliz y al final, querido Lorcan, estarías haciéndole más daño del que quieres evitar hacerle. Apartándola de ti, comportándote como un patán, diciéndole que no sientes nada por ella lo único que hará será hacerla infeliz y va a sufrir mucho, creeme. Algunos humanos no se recuperan jamás de un desamor.

Lorcan se levantó, estaba inquieto. El aroma picante que salía de él le indicaba a Pál que sus nervios lo tenían muy dominado.

—Tienes que calmarte, muchacho —Lorcan centró su vista en la ciudad. Era maravillosa.

—Me cuesta trabajo lograrlo, desde que estoy con ella algunas cosas son muy sencillas. Algunas, esas que creí que serían imposibles, son posibles; y otras, son difíciles de conseguir. Como calmar el temor de perderla.

—Es algo que va intrínseco en el amor, Lorcan —Pal se levantó de su asiento y se paró frente a la ventana junto a su sobrino. Le palmeó la espalda con cariño y sonrió mientras el otro seguía con la vista fija en la ciudad—. El amor trae felicidad, alegrías, maravillas. Pero también dudas, miedos y, a veces, sufrimiento.

—Nunca me había sentido así.

—Disfrútalo, Lorcan. Es una sensación única en la vida cuando encuentras a la compañera correcta.

—Estoy aterrado.

Pál soltó otra carcajada y por fin, su sobrino perdió el semblante de duda y de mortificación para dejarle ver una sonrisa divertida. De esas que Pál extrañaba de los chicos que corrían por la gran casa de Europa haciendo travesuras.

—Todo saldrá bien, muchacho. Ya lo verás. Un paso a la vez y serás muy feliz con esa chica.

***

Al caer la tarde, cuando Pál llegaba de nuevo a su casa, recibió un mensaje de Etelka. El que tanto ansiaba.

Con rapidez, lo abrió y vio que se trataba de un enlace.

Lo pinchó.

Entonces vio las imágenes, en tiempo real, de una habitación vacía.

No reconocía el lugar y no entendía por qué su hermana le enviaría eso.

Tuvo un mal presentimiento.

Marcó el número de la mujer.

—Ya tienes tu prueba.

—No, Etelka, no la tengo.

—¿Qué me quieres decir?

—Las imágenes solo muestran una habitación. Te advierto que si estás jugando conmi...

—¿Qué dices?

—Lo que acabas de escuchar. ¡Con un demonio! ¡Deja de fingir conmigo! —Pál perdía los estribos y aquello no era bueno teniendo en cuenta de que era el paciente y metódico de la familia Farkas.

—¡No estoy fingiendo, Pál! —Pál escuchó cuando le daba órdenes a su bruja de que contactara con alguien. No entendió con quién. Unos segundo después, maldijo por lo bajo. Y entonces, Pál escuchó que dio la orden de regresar a las montañas—. Tenemos un problema que resolveré en las próximas horas. Te mantendré al tanto. Hasta pronto.

Colgó, dejando a Pál hecho un saco de nervios y de ira.

Si le ocurría algo a Felicity y su hermana conseguía sacar a la condesa de la cueva, toda su vida se iba a volver un maldito infierno.

Gritó. Un grito de desespero, de rabia profunda.

Sabía que no era buena idea negociar con Etelka.

Quería pelea. De la buena.

Era una lástima que en esta época ya no tuviese enemigos en guerra para ir a matar a unos cuantos.

Pero siempre le quedaban buenos sirvientes de la especie que les gustaban las batallas; y en ese mismo momento, decidió que debía drenar su ira con ellos si les apetecía internarse en el bosque y asumir roles de guerra.

Eso le ayudaría a despejarse y pensar con claridad sus próximos movimientos.

Debía encontrar la forma de mover a la condesa de lugar antes de que fuera demasiado tarde.

Y salvar a Felicity.

Esa, era su prioridad.

Capítulo 18

Lorcan sintió a Heather atravesar el pasillo. Desde que consiguiera identificar su esencia en el parque, podía olerla a varios metros de distancia. Sentirla en cada cambio emocional aun en la distancia.

Vio el reloj y entendió que tenía un problema.

Klaudia estaba por llegar con la chica que le prometió para su alimento; pero estando Heather allí, aquel encuentro tendría que postergarse.

Heather venía mal.

Lorcan frunció el ceño y abrió la puerta incluso antes de que ella llegara a esta para anunciar su llegada.

La sorprendió, como era de esperarse.

Ella le sonrió con pesar y sorpresa.

Lorcan sintió aquel aroma al que tanto le temía.

Sangre.

Le buscaba alguna herida, no encontró ninguna. Pero al bajar la mirada, notó que aun llevaba puestos los zapatos del hospital y supuso que la sangre estaría allí. «Un paciente», pensó.

Respiró profundo de nuevo mientras ella se refugiaba en sus brazos.

—Vengo molida emocionalmente.

—Lo noto.

El vampiro tenía el corazón acelerado y entró en un estado de ansiedad que le costaría controlar con toda certeza.

La respiración, también se le agitó y ella lo notó de inmediato.

—¿Estás bien?

Él asintió, sin pronunciar palabra.

Malditos zapatos, quería deshacerse pronto de ellos.

—¿Cómo sabías que estaba llegando aquí?

—Lo presentía —recordó su conversación con Pál y la conversación que tendría que mantener con ella en algún momento.

Más nervios.

Cerró la puerta.

—¿Qué te parece si vas a darte una ducha y luego comemos algo? Podríamos ver una película y acostarnos a dormir pronto para que recuperes energía.

Estaba agotada.

Lorcan lo sentía con claridad.

—Fue un día terrible. Perdimos a tres pacientes de la misma familia, Lorcan.

La chica se quebró ante él. Llevaba días con buen ánimo aunque la situación con Felicity no había mejorado.

Esto la devolvía al estado depresivo.

La abrazó con toda la fuerza que pudo y le dio besos suaves en la coronilla.

Ella le rodeó el torso con los brazos aferrándose a él para sentirse tranquila.

Lorcan absorbió un poco de su psique para que ella se relajara y consiguiera calmarse.

El que no conseguía paz, era él.

—Creo que la idea del baño me vendría genial. Es una lástima que no tengas tina. Podrías acompañarme y...

Esa noche no podían tener sexo. No hasta que esos malditos zapatos estuvieran fuera de su alcance y de su instinto salvaje.

Entendió la importancia de las palabras de Pál de mantenerse alimentado a diario.

Lo haría.

—Esta noche, nada de sexo, cariño; no estás en condiciones —le tomó el rosto entre sus varoniles manos y la besó con dulzura en los labios. Su miembro palpitó, olió la excitación de ella temiendo que todo estaba a punto de convertirse en un caos. Cerró los ojos, respiró profundo intentando concentrar su atención en ella. En nada más—. Hoy descansamos. Por la mañana, ya veremos.

Ella le sonrió con dulzura. Aquella sonrisa era lo más hermoso que Lorcan recibía como regalo diario por la vida. Un regalo tan puro que consideraba que no merecía después de todas las atrocidades que había cometido a lo largo de todos esos siglos.

Pero lo valoraba y lo agradecía.

La besó de nuevo; y ella se fue al baño.

Cerró la puerta, y Lorcan percibía sus movimientos al desnudarse y abrir la ducha.

Momento en el que llamó a Klaudia.

—Estoy cerca.

—No vengas. Tengo visita. Te aviso mañana. Y gracias.

Colgó con la misma rapidez con la que pronunció las palabras.

Klaudia entendería y esperaría su llamada tal como le indicó.

Unos minutos después, Lorcan se acercó a su habitación observando a Heather en silencio; mientras ella, ajena a su presencia, se vestía con ropa de algodón de él que ya había usado estando allí.

Era perfecta.

Con su piel blanca y aterciopelada, un pecho redondo y erguido, un trasero magnífico.

La contemplaba como si de una obra de arte se tratase mientras recordaba las palabras de Pál.

Sí, sentía algo profundo por esa mujer y empezaba a sentirse incapaz de imaginarse la vida sin ella.

Ella se dio la vuelta y le sonrió traviesa.

—Con que espiándome.

—Me aprovecho de la ocasión porque te dije que hoy descansarías. Tenemos varias noches sin dormir bien.

—Lo sé y te lo agradezco.

Se abrazaron de nuevo.

—El brazo me duele un poco porque con el accidente que recibimos, tuve que echarles una mano.

—Entiendo.

El olor de la sangre seguía allí, con ellos. Lorcan no sabía cómo deshacerse de él.

La única opción que le quedaba era practicar el autocontrol como nunca antes en su vida.

Bajaron a la cocina, comieron y luego se refugiaron al calor de la chimenea, frente al televisor, debatiendo si ver una película de amor o una de acción.

Finalmente, ganó una comedia romántica. Lorcan quería complacerla. Quería hacerla sentir a gusto.

Él se acostó, manteniéndola a ella sobre su pecho; y entre

risas y cansancio, en algún punto de la noche, ambos sucumbieron al sueño, buenos para ella y demoníacos para él.

***

Estaba en la oscuridad de la sala de torturas que tanto había frecuentado en su vida.

En la época en la que tenía uso libre de la misma para cualquier cosa que se le ocurriera; siempre y cuando, documentara en un diario todo lo que hacía.

Algunas veces seguía las reglas; otras, como esa noche, no lo hacía.

No tenía tiempo para escrituras cuando lo que necesitaba era desahogar la presión en su pene mientras jugaba con alguien.

La mujer de esa noche era extraña, representaba una fuerza en él que desconocía, pero que lo tentaba a interrogarla de diversas maneras hasta conseguir lo que quería y más.

La mujer estaba en el pabellón de las brujas. Junto a otras que también fueron consideradas como tal y que él bien sabía que eran civiles inocentes.

Mujeres a las que se les acusaba de adoración al demonio y que no tenían nada de brujas en ellas. Las brujas tenían un sabor diferente y Lorcan sabía reconocerlo aunque no era algo que había mencionado jamás.

No era necesario.

Al igual que la sangre de las vírgenes.

La odiaba, pero al principio jamás mencionó al Inquisidor y sus secuaces, la diferencia en los sabores de la sangre y después de un tiempo le pareció absurdo hacerlo.

Fue en el mismo tiempo en el que él bloqueó su humanidad, convirtiéndose en ese ser cruel que exigía sangre y dolor.

Tomó a la mujer, que se negaba a ser llevada a la sala; sabía lo que le esperaba, aunque era la primera vez que la veía allí. No había guardias por ningún lado.

A Lorcan aquella situación le pareció extraña, pero estaba concentrado en su misión. Tenía una necesidad urgente por resolver.

Cuando llegó a la sala de torturas, colocó a la chica sobre la tabla gruesa de madera que hedía, debido a todas las atrocidades que se hacían sobre ella. Lorcan estaba acostumbrado a los olores nauseabundos de su entorno.

Ella, se retorcía; él, la tomaba con violencia y sin reparos.

La colocó sobre la tabla e hizo uso de la absorción de psique para aflojar el instinto de defensa; lo suficiente para que se mostrara dócil unos minutos.

No la quería así todo el tiempo.

No le excitaba la docilidad.

La ató formando una X con brazos y piernas y luego empezó a deslizar sus manos entre los muslos de ella.

La chica jadeaba, entendiendo que aún estaba dominada por el efecto de absorción de la psique haciendo placentera las caricias que él le daba.

Lorcan sonrió con la maldad en la mirada.

Respiró profundo y absorbió los olores de ella.

Dulces.

Excitantes.

Se apretó el miembro con fuerza, causando dolor en la zona. Un dolor que lo excitó aún más.

Era momento de empezar la función; rasgó la ropa de ella, dejándola al desnudo y salivó con exceso al sentir cómo corría la sangre por sus venas.

Se sentó a horcajadas sobre la chica y se acercó a su oído para sisear morbosidades como un animal despiadado.

La chica empezó a despertar de su letargo observándole con horror, mientras se removía con fuerza para librarse de sus cadenas; del peso de él sobre su cuerpo, de la amenaza que representaba en ese momento.

Entonces, la vena del cuello de ella palpitó y Lorcan sintió su mandíbula crujir, necesitaba sangre y hacerla suya en el acto.

Se acercó a su cuello; la olió y abrió la boca.

La mujer no paraba de retorcerse bajo él haciéndole más divertido el momento, más excitante, se ocuparía de sus placeres luego; lo primero, era alimentarse de ella.

Dejó que sus dientes entraran en contacto con el dulzor de esa magnífica piel y en ese momento, sus sentidos empezaron a ponerse en alerta.

Algo ocurría a su alrededor.

Hincó un poco más la mordida, aún sin romper la carne; poniendo atención en que alguien lo llamaba con completo desespero.

¿Qué diablos ocurría?

Levantó la cabeza y fue cuando, de golpe, entendió con horror que no estaba en la cueva y que la bruja, era Heather. Heather.

Se alejó de ella con pánico mientras ella lo imitaba hacia el otro extremo de la habitación.

Lorcan tenía la respiración agitada. La presión en el pecho de la impresión recibida no lo dejaba en paz.

Ella lo veía aterrada desde una esquina del salón, como un animal pequeño e inocente que corría para salvar su vida de un gran depredador.

Eso era él.

Un maldito monstruo.

Se agarró la cabeza con ambas manos y la vio por última

vez, debía salir de ahí cuanto antes.

Los ojos le ardieron al pensar en que la abandonaría, pero era por su bien. Se levantó con prisa, tomó las llaves del auto y se marchó sin ver atrás; sabiendo que, a partir de ese momento, Heather quedaría fuera de su vida para siempre, por su propio bien y aun cuando él no podría volver a ser el mismo nunca más.

***

Felicity corría sin parar. Sin importar que el frío le estaba helando la piel; que iba descalza y que la nieve le imposibilitaba dar los pasos correctos en dirección opuesta a aquello que la acechaba.

¿Cómo había salido de la casa?

Muchas preguntas y mucha oscuridad para sentarse a aclarar lo ocurrido.

Lo dientes le castañeteaban del frío, pero no podía parar. Algo la perseguía y no sabía exactamente qué era.

¿O sí?

Una ráfaga de imágenes le llegó de repente y sintió más miedo todavía.

Lorcan la sujetaba de un puñado de cabellos mientras reía de forma malvada. El rostro lo tenía deformado en una expresión tan severa que lo hacía parecer otra persona.

Alguien completamente desconocido para ella. Pero eso no era lo peor, no.

Lo peor, era que aquello se repetía en su cabeza en diferentes lugares de la habitación; incluso, en diferentes lugares del día y de la casa.

Las manos le temblaban más del miedo que del frío.

¿Qué pasaba con ella y con todas las imágenes que le llegaban?

¿Por qué veía a Lorcan sobre ella agrediéndola una y otra...?

Sintió entonces algo caliente correr por la piel de su garganta y al llevar la mano allí, un líquido espeso y, en efecto, caliente, quedó entre sus dedos.

Sintiendo una herida que la hizo quejarse mientras continuaba huyendo.

Otra ráfaga de recuerdos la invadió; esta vez, haciendo que disminuyera su carrera y que entendiera la gravedad de todo.

Recordó a Lorcan haciéndole un corte en la garganta y luego, pegándose a la herida para succionar de ella.

Sangre.

Tembló.

¿Por qué...

La pregunta quedó inconclusa en su cabeza al ver la sombra de Lorcan acercarse a ella.

—Lorcan, por favor, no me... —El vampiro saltó encima de ella como un animal salvaje y la tumbó en el suelo presionándola contra este y su cuerpo, que poseía gran fuerza. La inmovilizó de tal manera que su cuello quedó expuesto a los deseos del vampiro de nuevo haciendo que este siseara—.
¡NO! ¡Auxilio!

Lo siguiente que se escuchó fue el crujir de la piel entre los dientes del depredador.

Y después de eso, Felicity solo sentía que la vida la abandonaba.

Cerró los ojos y rezó para que todo acabara pronto.

***

—¡Qué estás haciendo, imbécil! —Etelka gritó enfurecida

a su sobrino nieto que estaba encima de su víctima, a punto de quitarle el último aliento.

Gabor vio con divertida sorpresa a Etelka.

—Comiendo.

—¡La estás matando! —Etelka consiguió sacarlo de encima de la chica, enfureciéndolo.

Gabor se limpió la boca con el dorso de la mano.

Felicity balbuceaba moribunda en el suelo.

La bruja de Etelka era de cuidado y Gabor lo sabía; por ello, se tragó las ganas de arrancarle la cabeza de un tajo a su tía abuela.

—Estaba volando a Inglaterra para traer el cuerpo de la condesa y ahora tú, ¿me sales con esto? ¿Cómo crees que va a tomar Pál está reacción por tu parte?

Él rio con malicia.

—Deberá tomarla de la misma manera en la que tomó la actitud del animal en el que se convirtió tu maldito nieto ejemplar. ¡El gran Lorcan Farkas! Es un asesino como ningún otro y tu hermano lo perdonó siempre.

Etelka sospechaba algo de eso que Gabor ahora le confirmaba, pero no sabía de dónde sacaba la certeza de lo que decía.

—Llévala contigo —Etelka le ordenó a la bruja que, de inmediato, inició el cántico que les hacía ganar fuerza superior para poder cargar con el cuerpo de Felicity hasta la casa, sanarla y luego dejarla en la ciudad tal como lo habían planeado ella y su bruja en caso de que algo no saliera bien. Etelka tenía sus reservas con respecto a Gabor, pero jamás se imaginó que llegara a ser tan idiota.

—No va a sobrevivir —dijo con ironía Gabor y Etelka lo ignoró.

Para Gabor, era perfecto que su tía abuela quedara a solas.

Quería batalla. Y sabía que con ella podría hacerlo, aunque no duraría mucho porque su experiencia no era nada en comparación a la de él.

La bruja desapareció con Felicity.

—Lo que haya hecho Lorcan no te da derecho a tomar venganza por tus propias manos, ¿qué pasa contigo? ¿Acaso te lastimó?

Gabor sintió una punzada en el pecho; claro que lo había lastimado toda su vida.

—Por culpa de Lorcan mi abuelo no le hace caso a más nadie —pronunció entre dientes con odio profundo—. Por culpa de Lorcan, todos hemos tenido que quedar siempre en segundo lugar, en «algún día veremos si eres suficientemente bueno para poder estar a la altura de Lorcan».

—¡Exageras! Tu abuelo jamás ha hecho algo así y creo que tu egocentrismo no te permite ver la realidad que te rodea. Pál no ha hecho más que ocuparse de toda la familia por igual. No es persona de mi absoluto agrado aunque es un hombre honorable, padre como pocos y un abuelo mil veces mejor que yo.

—De eso no me queda duda. Tú has sido un fiasco como mujer, como madre, hasta como vampiro porque no representas con dignidad a nuestra raza.

Etelka, furibunda, se le fue encima y le dio un puñetazo certero en la mandíbula.

De inmediato, se puso en posición de ataque porque sabía que Gabor no se quedaría con ese golpe.

—A mí me respetas, malagradecido insolente —Gabor escupió su propia sangre y se quedó viéndole con retorcido odio.

Etelka sabía que aquello acabaría mal para todos. No se lo pondría tan fácil.

Gabor se le fue encima y ella pudo parar el primer golpe, pero no fue tan rápida para evitar que el cretino la hiciera volar por los aires y terminara estrellándose de lleno en el suelo.

Se levantó con agilidad, practicaba combate muy de vez en cuando y su hermano algo se dedicó a enseñarle a pesar de que ella se negara a aceptar sus consejos.

Sabía que Gabor la superaba en destreza y práctica.

Era letal.

Se hizo a un lado cuando vio que Gabor se le iba encima de nuevo, este rio con diversión observándola a los ojos con desafío.

—¿Ya pediste un deseo antes de morir, Etelka?

Etelka bufó. Nadie iba a matarla.

No respondió, solo esperó a que Gabor volviera a acercarse para estampar su puño en la boca del estómago de él. A la vez que él, le alcanzó la nariz tumbándola al suelo del dolor.

Gabor se recompuso de inmediato sentándose a horcajadas encima de ella.

Ella intentó defenderse, fue inútil, él acababa de consumir psique, sangre y ella estaba en clara desventaja.

—Acepté tu propuesta para vengarme de Lorcan —le dio otro puñetazo con tanta fuerza que los oídos de Etelka pitaban silenciando todo a su alrededor.

Apenas alcanzaba a escuchar lo que decía su agresor.

—Y ahora que te mate a ti, voy a desaparecer con la satisfacción de que el gran Lorcan va a pagar cada uno de sus malditos crímenes y no va a poder acercarse más a ella, sabes ¿por qué? —Otro puñetazo, el rostro de Etelka empezaba a hincharse y desfigurarse—, porque le dejé ver a ella el animal que lleva él en su interior. No la ataqué yo —soltó una perversa carcajada dándole dos golpes más a Etelka—. La atacó él.

Suspiró, relajado y sin moverse de su lugar.

—Yo sé en dónde está la condesa, querida tía, pero todavía no me conviene moverla de ahí. Tengo algunos cabos más que atar. Mi poder me permite hurgar en la vida de todos ustedes y así es como me sé todos los secretos de la familia.

Sonrió con ironía.

Etelka luchaba por mantenerse consciente para escuchar todo lo que su sobrino confesaba.

Gabor abrió su cazadora de cuero y desenfundó una daga larga y antigua que llevaba en un arnés.

Etelka cerró los ojos porque sabría lo que vendría a continuación.

No era su plan morir de esa manera, le habría gustado poder llevar a cabo lo que soñaba; pero parecía que, desde su nacimiento, los astros se alineaban para llevarle la contraria y alejarla de la vida que tanto anhelaba.

Gabor siseó como serpiente viéndola con repulsión y luego, en un movimiento que fue muy rápido para ser percibido por el ojo humano, separó la cabeza de Etelka del cuerpo de la misma; en un corte limpio y perfecto que le llevó a sentir satisfacción absoluta.

Sus planes estaban saliendo mejor de lo que lo había pensado.

La muerte de Etelka era una advertencia de lo que vendría a continuación.

Su venganza, apenas empezaba.

Se enfundó la daga de nuevo y desapareció en la oscuridad de la montaña.

Capítulo 19

Heather salió del hospital en modo automático. Necesitaba llegar a casa cuanto antes y dejarse vencer por la tristeza que parecía no querer apartarse de ella.

La situación empezaba a cansarle, pero era demasiado pronto para superar cosas.

Después de lo ocurrido con Lorcan hacía unos días, Heather intentó entender muchas cosas de él y de su extraño comportamiento desde que lo conoció; con su historia de la afición al dominio, sadomasoquismo o cualquiera que fuera la práctica que usaba en sus encuentros sexuales con prostitutas.

Intentaba entender por qué la ira, la rabia que lo sorprendía en ciertos momentos y que lo hacían persona de cuidado.

«De mucho cuidado», acotó en su cabeza tocándose el cuello. Recordando, una vez más, la forma en la que Lorcan la mantuvo presa bajo él, mordiéndole con fuerza en ese lugar que ahora ella se masajeaba.

La sensación no se iba.

Pasaban los días y ella seguía sintiendo el cuerpo fuerte y

fibroso de él, inmovilizándola, susurrándole cosas que eran impropias de un hombre como él.

Sus palabras estaban cargadas de morbo. Heather incluso llegó a sentir maldad en ellas.

Lo peor fue sentir los dientes de él arrastrase por su piel, intentando hacerle daño verdadero.

Esa noche, ella dormía placenteramente a su lado cuando, de pronto, él empezó a mover el cabeza, agitado, mientras murmuraba cosas.

Pensó que se trataba de una pesadilla, era incapaz de entender qué dijo en ese momento, aunque las vibraciones de su voz le pusieron los vellos de punta.

Lorcan mantuvo los ojos cerrados todo el rato. Era como si, en su cabeza, interpretaba otro papel, con otra persona, en otro lugar.

Heather no supo en qué instante él la tomó a la fuerza y se puso a horcajadas sobre ella inmovilizándola.

Era como una bestia.

Sintió un escalofrío mientras los recuerdos llegaban a ella otra vez.

Mientras Lorcan mantenía los ojos cerrados y la sujetaba con mucha fuerza, Heather empezó a hablarle con cariño, a intentar despertarle para que dejara de ser una amenaza para ella; sin embargo, sus palabras ese día no parecían surtir efecto; o sí, porque mientras más se removía él cerraba más su posición para que ella dejara el forcejeo. Y mientras ella más hablaba con dulzura, él más le susurraba todas las asquerosidades que le salían de la boca, tan cerca del oído y con una voz tan horrenda, que Heather empezó a temer que nada podría hacer para salvarse de él en ese momento.

Pero no podía darse por vencida tan pronto.

Entonces, empezó a gritarle. A llamarlo por su nombre y

siguió luchando cuanto pudo.

No se iba a dejar vencer por nada en el mundo.

Cuando Lorcan arrastró los dientes en su cuello haciéndole gemir de dolor y gritó su nombre con miedo; llamando desesperada al Lorcan que ella conocía para que la rescatara de ese animal que la tenía presa, fue el momento en el que él reaccionó y saltó, apartándose de ella, espantado por lo que le hizo pasar.

Él sabía qué ocurrió a pesar de que estuviera dormido.

Lo vio en su mirada, así como vio arrepentimiento y dolor por hacerle ver una parte de él que no quería enseñarle.

Negó con la cabeza mientras entraba al edificio.

Sabía que no le habló con la verdad absoluta el día que conversaron, después del primer comportamiento salvaje de él; y ella lo respetó aunque este último había sido mucho más serio y necesitaba entender qué pasaba con él.

Pero, al parecer, él se negaba a verla.

Lo estuvo llamando para poder sentarse a conversar.

No le temía al Lorcan que ella estaba aprendiendo a amar.

Le temía al otro, al que él prefería mantener entre las sombras. Cosa que era ridícula porque ese Lorcan se dejaba ver con más frecuencia de la que a ambos les gustaría y ella consideraba que lo mejor era saber todo para poder reaccionar como corresponde ante aquellas manifestaciones de ira y rabia que lo dominaban.

Suponía que esa conversación no llegaría a ocurrir y por ello se sentía mal desde hacía unos días porque aunque Lorcan hubiese representado una amenaza para ella en dos ocasiones, sabía que esa no era su verdadera esencia.

Con la que ella decidió dejarse cautivar, seducir, enamorar; y quería ayudarlo, quería esta con él e intentar superar esos traumas que lo convertían en un salvaje en cuestión de instantes.

Quería saberlo todo de él. Algo le decía que no pasaría lo que ella tanto quería.

Quizá era lo mejor, quizá la vida lo alejaba de ella para que entendiera que era un hombre con problemas graves que tal vez no aprendería a resolver jamás.

Abatida, dejó escapar el aire de su boca y metió la llave en la puerta.

Pensó en buscarlo, ir a la oficina; pero eso sería acorralarlo y no lo creía buena idea.

Lo dejaría en sus manos, como otras veces. Si les correspondía estar juntos y ella ayudarle a superar lo que sea que él tuviera que superar, Lorcan regresaría a ella.

Heather estaba dispuesta a recibirlo porque lo extrañaba a morir.

Cuánta falta le hacía conversar con una amiga.

Y nada se sabía de Felicity.

Nada.

Dio la vuelta a la llave dentro de la cerradura, alertándose al darse cuenta de que no estaba pasada con las dos vueltas de seguridad que ella siempre dejaba al salir.

Abrió con cautela la puerta, asomó un poco la cabeza en el interior de la propiedad.

Estuvo a punto de desmayarse al ver que Felicity estaba sentada en el sofá, leyendo y sonriéndole como si nada pasara.

Como si nunca hubiera estado desaparecida.

***

Heather se abalanzó sobre Felicity para abrazarla como nunca antes lo había hecho.

Felicity respondió al abrazo, aunque se preguntaba qué

ocurría y porqué su amiga tenía ese comportamiento tan extraño.

Heather lloraba desconsolada, apretándola con tanta fuerza que presentía que le cortaría el aire si no se la sacaba de encima pronto.

—Heather, cariño, ¿qué ocurre? ¿Por qué me abrazas y lloras de esta manera?

Heather se separó de ella viéndola con total desconcierto.

—Felicity, estuviste desaparecida un tiempo.

Esta la observó incrédula. Más que incrédula, era expresión de asombro. De no entender de qué diablos estaba hablando Heather.

—Cariño —continuó esta—, fuiste raptada. ¿No lo recuerdas?

Felicity sintió un escalofrío horrible recorrerle el cuerpo cuando su amiga pronunció esas palabras y luego, tuvo una ráfaga de recuerdos que no alcanzó a ver con claridad; pero que le perturbaron.

—¿Qué te ocurrió? —Heather necesitaba saber todo lo que había pasado su amiga aunque entendía que estaba en algún estado de shock tan profundo que les costaría hacerla recordar—. ¿Recuerdas que fuiste raptada por unos hombres?

Felicity no recordaba, pero sintió miedo de inmediato. Un miedo profundo que le aceleró el corazón.

Algunas ráfagas en sus pensamientos, de nuevo, le dejaron ver sombras.

Un bosque.

Los vellos de la nuca se le erizaron con ese recuerdo.

Y entendió que algo no estaba bien con ella.

—No sé de qué me hablas, Heather.

—Tenemos que llamar a la policía porque ellos te estaban buscando.

—¿Pero si he estado aquí desde que llegue del trabajo?

—¿Cuál trabajo, Felicity?

La interrogada se quedó en blanco. No sabía qué responder a eso.

¿Un supermercado?

¿Una tienda?

¿En una oficina?

No lo recordaba con exactitud.

—Llamaré al detective Byrne —Heather tomó el teléfono e hizo la llamada. El hombre le pidió que no se movieran de ahí; de inmediato iría a tomarle una declaración a Felicity.

Heather se acercó a su amiga y la abrazó con fuerza otra vez.

—La última persona que te vio bien fue Lorcan. ¿Lo recuerdas?

Felicity sintió terror profundo al escuchar ese nombre y en un acto reflejo, se llevó la mano al cuello dejándole ver a Heather que allí donde se tapaba, tenía una marca ovalada de un rosa claro que no se distinguía a simple vista; pero que cuando fijabas la vista en el área, notabas que esa piel era nueva. Lo sabía ella que lo veía en el hospital a diario; marcas de heridas graves.

En el cuello.

Ella también se llevó la mano a su cuello recordando lo ocurrido con Lorcan.

Felicity la veía con duda, algo ocurría con ella.

Le nombró a Lorcan una vez más.

—Felicity, ¿lo recuerdas a él? ¿A Lorcan?

Esta negó abriendo los ojos con expresión de terror profundo.

¿Lorcan los estuvo engañando a todos?

Por su parte, Felicity no entendía qué diablos pasaba con

ella y con esas extrañas imágenes que estaba recibiendo en su cabeza. No estaba segura de qué era ese lugar ni porqué estuvo allí.

Si estaba segura de algo, era que estuvo a punto de morir y aunque no recordaba nada del tal Lorcan que su amiga le mencionaba, algo en su interior le alertaba que ese hombre era un monstruo del cual debía mantenerse muy alejada.

***

Ronan Byrne entró en el apartamento de Heather y Felicity en silencio.

Esperó ver a Heather con una sonrisa radiante por la felicidad que le podría estar produciendo el haber encontrado a su amiga en casa; sin embargo, no era el caso.

Y no podía culparla del todo. Él también estaría un poco preocupado teniendo en cuenta la falta de memoria de Felicity.

Heather, en cuanto le saludó, le advirtió de lo extraña que estaba su amiga y de su falta de memoria.

Cuando él accedió a la vivienda, Felicity estaba sentada en el sofá; con una mano tomándose el cuello, como si estuviese padeciendo un gran dolor muscular en esa zona.

Se acercó a ella y la inspeccionó por encima.

Nervios, respiración agitada, mirada perdida y esa mano en el cuello.

—Hola, Felicity, soy el detective Ronan Byrne —le extendió la mano. La chica respondió con lentitud al saludo. Tiempo en el cual Ronan tuvo los ojos sobre lo que pretendía tapar con la mano que ahora le saludaba.

«No puede ser», pensó; recordando un pasado que aun hoy lo mantenía vivo.

Se estremeció con los recuerdos y los hizo a un lado. No era el momento de pensar en lo ocurrido hacía cientos de años.

La chica retiró la mano llevándosela al cuello de nuevo. Masajeaba la zona, evadiendo la mirada del detective.

¿Qué diablos estaba pasando ahí?

—¿Cómo llegaste hoy a casa? —Felicity levantó los hombros y negó con la cabeza—. Felicity, entiendo que quizá lo que viviste fue muy fuerte para recordar y una parte de tu cabeza lo tiene bloqueado. Es un método de defensa de la mente para no torturarnos una y otra vez con recuerdos traumáticos. Pero es necesario que recuerdes; necesitamos atrapar a los que te hicieron esto.

Ronan clavó la vista en el cuello y sintió la respiración de ella agitarse más.

Apretó los puños.

Necesitaba concentrarse en el caso y no adelantarse a los hechos.

—¿Quiere algo de tomar, detective?

Este vio a Heather con preocupación y negó con la cabeza.

Se sentó frente a Felicity, abrió la carpeta enseñándole unas fotografías en las que se veía cuando ella era introducida en un coche negro por dos hombres bien vestidos.

—Sabes, ¿quiénes son?

Felicity negó con la cabeza estudiando las fotos con el ceño fruncido.

Esa chica estaba recordando algo.

«Le hicieron olvidar», pensó el detective y apretó uno de sus puños otra vez.

—Esa noche —el detective Byrne tocó las fotos con su dedo índice—, saliste del trabajo y, de regreso a casa, te llevaron. ¿Recuerdas ese día en tu trabajo?

—Ni siquiera recuerdo en dónde trabajaba, detective.

—Me recuerda a mí, la casa, cosas que hemos vivido juntas —acotó Heather muy alterada.

—Felicity, estabas trabajando para una compañía que da placer a hombres importantes —Felicity lo veía con absoluta confusión—. Tenías un contrato de exclusividad con el Sr. Lorcan Farkas, ¿Lo recuerdas?

La chica negó con la cabeza de nuevo, pero esa negación Byrne la reconocía como «temor a recordar».

La mano de ella volvió a aferrarse a la marca del cuello.

Debía enfrentarla a los recuerdos que parecían estar allí. No pudieron arrancárselos por completo porque sabían que dañarían su cerebro. Ronan apretó los puños una vez más.

Tomó varias fotos más que tenía dentro de la carpeta y las fue colocando; una a una, frente a la chica.

—Necesito que te fijes bien en estos hombres, Felicity. Estoy seguro de que alguno de ellos fue el que te secuestró.

Ella lo vio con dolor y aceptación.

No quería enfrentarse a lo que estaba manifestándose en sus pensamientos, pero él lo necesitaba porque sabía que había un maldito vampiro ahí fuera y tenía que matarlo.

No le quitaba la vista de encima a la chica.

Quería registrar sus reacciones con los hombres que veía.

Tenía fotos de Alex J. y sus hombres más cercanos; fotos de otros delincuentes; y las fotos de las últimas personas que pudieron haberle visto el día que desapareció. Entre ellas, la de Lorcan Farkas.

Esa fue la foto que detonó los nervios en Felicity.

La chica, de inmediato, empezó a gritar intentando alejarse del hombre que veía retratado en la foto.

El detective le hizo señas a Heather, quien también estaba dejándose dominar por los nervios, para que le ayudara a calmar a Felicity.

Recogió todas las fotos y las introdujo en la carpeta mientras Heather abrazaba a Felicity que se aferró a ella, temblando de pavor mientras lloraba y negaba con la cabeza.

—¿Qué le ocurre, detective? —Le preguntó a él y luego se volvió a su amiga—. ¿Qué te hicieron, cariño?

—Me perseguía, Heather; me dejó en el bosque y me perseguía.

Heather la vio con confusión, luego vio al detective buscando respuestas a pesar de que él no podía dárselas.

No en ese momento. No lo entendería.

Tomó la foto de Lorcan de nuevo y se la enseñó a Felicity. Necesitaba estar seguro de su hallazgo.

—¿Este es el hombre que te perseguía en el bosque, Felicity?

La chica evadió la mirada un segundo después de que el detective le plantara la foto frente a sus ojos. Asintió y rompió a llorar aterrada.

—Necesita que le des algo para relajarse. Me quedaré con ella.

Heather corrió a la cocina y buscó en la despensa algo útil para los nervios.

Encontró unas bolsas de té que usó durante los primeros días en los que Felicity desapareció. No serían de gran utilidad, pero quería creer que ayudarían en algo. El estado de Felicity era para una medicación mucho más fuerte.

No se atrevía a llevarla al hospital, no hasta saber qué diablos pasaba.

Sintió ganas de romper a llorar por haber puesto sus ojos en un ser despiadado.

¿Quién era Lorcan Farkas en realidad? ¿Cómo es que no se había dado cuenta de lo peligroso que podía llegar a ser ese cretino?

Con esos pensamientos, su corazón se removía, reacio a creer en cada una de sus palabras.

Sin embargo, los hechos hablaban por si solos; aunque su corazón se negara a verlos.

Tenía que ser consciente de que Lorcan acabaría en la cárcel, recibiendo el castigo que se merecía.

Haría todo lo posible para que pagara cada una de las lágrimas que ahora derramaba su amiga.

Sintió rabia y quiso tenerle enfrente para darle algún merecido. O al menos decirle lo mucho que lo odiaba por meterse en su vida con ese disfraz de cordero.

Por darle besos que la obligaron a ceder a sus encantos; por metérsele tan debajo de la piel, que su corazón se negara a creer que ese mismo hombre del que estaba enamorada, era el causante del trauma de su amiga.

Sirvió el té y salió de la cocina para encontrarse con una escena que la enterneció.

Felicity dormía en el hombro del detective con el rostro relajado. Parecía que sonreía y él entonaba un cántico en una lengua que Heather no alcanzó a entender.

—¿Cómo lograste calmarla de esa manera?

Él sonrió con naturalidad.

—Cosas que aprende uno de los abuelos —dejó a Felicity recostada del sofá y le colocó una manta encima que estaba en uno de los posa brazos—. Espero que duerma por un buen rato. Si cuando despierta, no recuerda nada, déjala. Ha sido mucho para ella este momento. Intentaremos más en los próximos días. Por lo pronto, daré la orden de captura contra Lorcan Farkas.

Heather sintió que se le encogía el corazón al escuchar esas palabras.

Arresto.

¿Debía mencionar lo que había ocurrido con ella? «No», pensó. Quizá en los próximos días.

Aunque su corazón no dejaba de atormentarla, ella necesitaba estar enfocada en la realidad.

Y su realidad, parecía indicar que, mientras Lorcan estuviese libre, ellas estarían en peligro.

—Lo voy a encontrar hoy mismo. Nada les va a ocurrir a ustedes. Lo prometo.

Ella le sonrió con pesar.

—No haga promesas que no pueda cumplir, cualquier policía se sabe esa regla, detective.

—Yo no soy cualquier policía, Heather —En la mirada del detective había algo más que seguridad en su método de trabajo, percibió Heather intentando descifrar qué era—. Le llamaré en cuanto lo tenga bajo custodia.

Recogió la carpeta y la saludó con un movimiento de cabeza, cerrando la puerta tras de él.

***

Pál levantó la cabeza en cuanto escuchó el movimiento de personas en la recepción.

El ambiente estaba bañado con un picor que reconocía a miles de kilómetros de distancia y que pensaba que ya no existía en el mundo.

—¿Qué diablos…?

Salió y se encontró a un hombre caminando en su dirección con la furia plantada en su mirada.

—Policía de Nueva York —enseñó la placa—. Vengo a detener al Lorcan Farkas por el secuestro de la Srta. Felicity Smith.

—¿Usted es?

—Detective Ronan Byrne.

—Detective Byrne, mucho gusto, yo soy Pál Farkas.

El detective frunció el ceño y estrechó la mano de Pál. A este no le gustó el contacto. Había tanto rencor hacia su especie dentro del detective que tenía la ligera sospecha de que si encontraba a Lorcan, no lo pondría en custodia.

Garret salió de su oficina y Pál supo que todo se iba a complicar.

—¿Qué ocurre?

—Felicity Smith apareció y acusa a Lorcan Farkas de haberla agredido, manteniéndola en cautiverio todo este tiempo.

Garret tensó los músculos del rostro.

—Debe haber una confusión, detective.

Pál intentaba mantener la situación controlada hasta entender con exactitud qué diablos pasaba y quién era ese hombre.

Pero como las cosas siempre estaban muy lejos de arreglarse, sobre todo cuando las tensiones estaban en estado crítico, Klaudia apareció con una de sus chicas en el momento menos indicado.

El detective la vio con sorpresa primero y luego, su expresión cambió, dejando en claro de nuevo el odio que llevaba en su interior.

Ella, por el contrario, le sonrió con sorna.

—Detective, qué le trae por aquí.

—¿Me va a decir en dónde está Lorcan? —preguntó directamente a Pál, su mirada era retadora. Ese hombre quería pelea y era con ellos. Con su especie.

¿Cómo se podían complicar tanto las cosas en un solo momento?

¿Cómo era que tenía ante él un sobreviviente de aquella matanza?

Klaudia rascó con delicadeza su nariz. Gesto que delataba que el aroma del hombre le molestaba en su sensible olfato.

—Lorcan no está aquí, detective. ¿Tiene una orden de arresto?

El detective se la extendió. Analizaba a cada uno de ellos.

—Pues tenemos varios días sin saber en dónde hallarlo.

—No me crea estúpido, Sr. Farkas. Que la familia siempre se protege aunque tengan criminales en ella.

A Pál, aquellas palabras no le gustaron en lo más mínimo.

—No entiendo a qué se refiere, detective. Le invito a que hablemos en privado en mi oficina.

Byrne vio a su alrededor.

—No tengo nada que hablar en privado con ustedes. Dígale a Lorcan que lo encontraré y que, luego, le haré jugar al juego en el que mantuvo a Felicity. Solo que esta vez, será él la presa y yo el cazador.

Pál sintió el golpe bajo en su pecho.

Aquella amenaza iba a traer graves consecuencias.

Garret diseminó la ira en cada rincón del lugar, era casi imposible mantenerse sereno con tanto caos que salía del interior de su sobrino.

Y antes de que pudiera pedirle que se calmara, Garret se excusó y salió de las oficinas como alma que llevaba el diablo.

El detective lo vio salir y sonrió.

—Quizá lo encuentre antes de lo que espero —sonrió con ironía sin dejar de mostrarse desafiante y salió detrás de Garret.

Pál se quedó en blanco en el centro de la recepción.

—Lorcan está en claro peligro —declaró.

—¿Qué es lo que ocurre?

—Encárgate del detective, Klaudia. Y no te quedes a solas con él. ¿Entiendes? Yo me encargaré de Felicity.

Klaudia asintió.

—¿Y Lorcan?

—Garret y él estarán ocupados en el refugio. Intentaré aclarar qué ocurre y luego iré al refugio.

—Se habrán matado para cuando llegues.

—No. Confío en el buen juicio de Garret aunque esté dominado por la ira en este momento —vio a Klaudia con gran seriedad—. Ronan Byrne no es quien dice ser. Ve con cuidado y no te relaciones con nosotros. ¿Entendido?

—Te dije que sí, Pál.

—Te veo al anochecer en mi casa.

La dejó y salió directo a resolver un asunto a la vez.

Lo primero era hablarle con la verdad absoluta a Heather para poder aclarar lo ocurrido con Felicity.

Lorcan nada tenía que ver.

Alguien más, aparte de la tonta de su hermana de la que llevaba varios días sin saber, le hizo algo a esa pobre chica y ella lo confundía con Lorcan.

La mirada de Byrne se hizo presente de nuevo en sus pensamientos.

Negó con la cabeza.

El pasado siempre terminaba alcanzándoles de una manera o de otra.

Ese pasado que todos, especialmente Lorcan, luchaban por olvidar.

Capítulo 20

Pál se alisó el traje mientras esperaba que respondieran a su llamado al otro lado de la puerta. Se percató de las sombras detrás de la mirilla y olfateó la preocupación dominar el ambiente.

—Heather —dijo en voz calmada y observando a la puerta. Sabía que ella se encontraba al otro lado—. No sé qué ocurrió entre Lorcan y tú, pero es necesario que hablemos de lo que ocurre con Felicity.

Silencio.

Por su parte, Heather se debatía entre abrir la puerta o no.

Su sentido común la obligaba a permanecer a resguardo dentro de su casa; con ese hombre que podía ser tan peligroso como su sobrino fuera de la vivienda y alejado de Felicity.

Sin embargo, su amor hacia Lorcan la obligaba a abrir la puerta.

Tenía que dejar acceder a Pál porque necesitaba escuchar todo lo que él tenía que decir.

—Heather, escucha, no pienso irme sin que tú y yo tengamos la conversación que Lorcan ha debido mantener contigo desde que descubrió que te ama.

Heather tragó grueso, no se esperaba aquella revelación, su corazón dio un brinco tal que pensó iba a salirse de su lugar.

Pál pudo oler la curiosidad; la emoción salir de ella.

—Es imposible que Lorcan le haya hecho daño a ella. No es un santo; y pienso contarte gran parte de su vida, pero te juro que no fue él quien le hizo daño y para saber quién fue, necesito estar en contacto con ella.

Duda.

—No voy a lastimarlas —continuó—, lo juro por la memoria de mi adorada Katharina.

La puerta se abrió.

—¿Quién era Katharina?

Pál sonrió, las mujeres siempre sentían curiosidad por las historias de amor.

—Mi difunta esposa.

—Lo siento —Heather lo vio con la compasión en su mirada. Ella también había perdido a gente que amaba y sabía cuál era el sentimiento de Pál al respecto—. Pasa.

Pál accedió en la vivienda y respiró con profundidad.

El ambiente parecía estar tranquilo; notaba restos de ansiedad, terror, angustia.

Felicity.

—¿Puedo ofrecerte algo de tomar?

—¿Tienes alcohol?

Heather rio con sorna.

—Vamos a la cocina, así hablaremos con mayor tranquilidad —señaló la puerta que estaba entre abierta de la habitación que suponía era la de Felicity.

Se dejó guiar por Heather sentándose en una silla de la pequeña mesa que estaba en la cocina. Era un lugar acogedor. Se sentía como un hogar.

Pensó en cuánto extrañaba tener uno.
Heather sirvió los tragos, ella también lo necesitaba. Le alcanzó a él uno de los vasos.
La chica se sentó frente a él.
Entre ellos estaba la mesa y la ventana, que les daba una vista cualquiera de la ciudad. Un edificio más, de los muchos que había en Nueva York con una calle llena de gente y coches.
Pál seguía pensando que, aun así, aquella casa era un verdadero hogar.
—Entonces, me gustaría saber más de Katharina.
Pál bufó con una sonrisa dulce.
Heather lo detalló.
Era un hombre elegante, de buen porte, educado y además, hermoso. Su mirada parecía hablar de muchos más años vividos que los que su cuerpo exponía.
Quizá había vivido cosas muy duras.
Pál vio que ella le estudiaba y la dejó.
Le serviría para entender todo lo que estaba a punto de decirle. Lo mismo hizo con Katharina cuando le tocó conversar con ella sobre su verdadera naturaleza.
—Katharina fue la mujer de la que me enamoré. La conocí en un baile en Viena y desde que la vi, no pude separarme de ella. Era dulce, única, llena de pasión y de comprensión —vio a Heather—. Por aquel tiempo, yo estaba en Viena de paso; ya estábamos instalados en Estados Unidos desde muchos años antes. No tuvimos un inicio fácil, a ella también le costó entender un poco a nuestra familia, pero al final, el amor la convenció de que todo estaría bien y pudimos ser inmensamente felices. La extraño cada día de mi vida —Hizo una pausa mientras mantenía el recuerdo de su mujer en su cabeza—. Recuerdo que había regresado de Inglaterra porque

estaba siguiendo a Klaudia, era necesario que la encontrara y la llevara conmigo de nuevo a casa.

—¿Klaudia? ¿La jefa de Felicity? —Pál la vio con suspicacia, asintió. Ella sola iría atando cabos—. Usted me dijo que son amigos.

—Somos familia, muchacha. Klaudia es mi prima hermana. Es una historia muy larga. Mi abuela, La condesa Etelka Bárány tuvo cuatro hijos en su matrimonio con Pál Sólyom. De los cuatro, tres murieron y solo una sobrevivió: mi madre Aletta. Antes de que mi abuela contrajera nupcias, tuvo un hijo bastardo con un campesino y el niño, una vez nació, fue llevado lejos y criado por la mujer que atendió el parto de mi abuela.

Le gustaba la atención con la que Heather escuchaba.

—Kristof Sas se llamaba ese niño y es el padre de Klaudia. Es por ello que somos primos hermanos. La historia es mucho más larga y confío en que tendremos mucho tiempo para darte detalles. Ahora nos interesa que sepas la verdad de nuestra naturaleza.

Un cambio drástico ocurrió en el ambiente y Heather se llevó la mano al cuello alertando a Pál de que algo no muy bueno le había ocurrido con Lorcan.

—¿Te lastimó?

Heather lo vio con sorpresa.

Negó con la cabeza y desvió la mirada.

Le mentía.

—Heather, necesito que me digas la verdad; yo te diré todo lo que necesitas saber. Lorcan me dijo, hace varios días, lo que siente por ti y lo mucho que temía por ese sentimiento, por lo que podía ocurrir entre ustedes si se desataban sus monstruos estando contigo.

—No me lastimó; creo que estuvo a punto de hacerlo.

Entonces le contó todo lo que ocurrió las dos veces en las que Lorcan se mostró agresivo y dominante con ella.

Pál se frotó el rostro con las manos y se sirvió otro trago que lo bebió de inmediato.

Negó con la cabeza. Aquello no hacía más que empeorar. Ahora entendía por qué Lorcan había decidido desaparecer en el refugio. Y sabía que nada lo sacaría de ahí porque su bestia intentó lastimar a Heather.

Pál temía por que cometiera una estupidez.

Heather estaba nerviosa, no podía culparla. Se estaría llenando de preguntas.

—¿Qué me esconde Lorcan? —Preguntas que no se guardaría. Era directa—. ¿Tiene algún problema psicológico y por ello ataca mujeres? Porque está claro que...

—No fue él, Heather; no te atrevas a pensarlo, por favor —Heather mantuvo el silencio. Si su corazón le hubiese podido sonreír lo hubiese hecho con sobrada ironía, porque estaba harto de advertirle que Lorcan no les haría daño. Su corazón le invitaba a confiar ciegamente en él.

—Es que no tiene consciencia cuando lo hace, Pál. Pareciera como si sufriera un...

—Bloqueo —Pál asintió—. Lo sufre y no recuerda muy bien lo ocurrido cuando reacciona. Pero te aseguro que si ha sido capaz de reaccionar es porque su lado consciente le impide sucumbir a su ira y nublarse por completo.

—¿Por qué no se ha puesto en tratamiento?

—Porque no somos normales, Heather, y eso es lo que Lorcan no quería decirte. Esa es la verdad que necesito que estés lista para asumir.

Heather dejó salir su ansiedad que invadió las fosas nasales de Pál.

—Mi abuela, nació en 1560 y su ambición la llevó a hacer

un pacto con un demonio que…
	Heather empezó a reír nerviosa.
	Era normal, Katharina lo había hecho de la misma manera.
	—Pál, por Dios, deja de decirme estupideces.
	—Somos vampiros, Heather —no iba a seguir con historias.
	La chica dejó de reír en el acto y lo vio con seriedad. La misma que reflejaba el rostro del hombre.
	—Los vampiros no existen, Pál.
	—No como los pintan las leyendas. Es obvio que no podemos convertirnos en murciélagos y tampoco corremos como *Flash*; aunque sí podemos ser un poco más rápidos y ágiles que ustedes. No podemos consumir sangre de animales porque nos emborracha, no morimos con estacas en el corazón; pero créeme que sí podemos morir cuando nos arrancan la cabeza; y sí, tenemos algunos poderes adicionales como el olfato más desarrollado al igual que el oído; y algunos gozamos de habilidades superiores a las de los humanos.
	Heather lo veía con real asombro. Pál se aprovechó de su falta de reacción para seguir dándole información necesaria que le llevaría a conocerles mejor.
	—Por supuesto, debemos consumir sangre de humanos, del sexo opuesto, para que podamos sobrevivir; así como también debemos consumir psique, que es energía, para tener una saciedad completa. Podemos ser muy inestables si consumimos de una cosa y no de otra.
	Necesitaba darle una demostración, la chica no acababa de creerse nada y estaba uniendo hechos en su cabeza. Sus cambios de ánimo repentinos se lo dejaban saber.
	Pál empezó a absorber psique de Heather.
	—¿Sientes ese cansancio?
	Ella abrió los ojos con sorpresa y miedo.

—Estoy absorbiendo de tu psique.

—Lorcan lo ha hecho antes —Heather acotó con rapidez. Recordó las veces que la invadió un sueño repentino estando en presencia de él.

Pál finalmente se relajó. Ella se mostraba receptiva. En realidad amaba a Lorcan y sus sentimientos le dejarían aceptar todo lo que él fuera porque en el fondo sabía que encontraría la manera de ayudarlo.

—Lo hizo desde el primer momento en el que te vio. Tu desmayo en la oficina, no fue causado por la angustia de no encontrar a tu amiga. Eso lo hizo Lorcan porque tus emociones lo desestabilizaron. Lorcan tenía años sin sentir emociones en su interior. Él mismo se impuso esas barreras; pero tú, el primer día que estuviste frente a él, rompiste con cada una de esas barreras que lo protegían de las emociones humanas.

Pál hizo una pausa para pensar muy bien sus siguientes palabras. Le contaría cuanto pudiera aunque habría cosas que quedarían para que fuese Lorcan quien se las contara. No era asunto de él contar partes tan íntimas y profundas de lo que ese muchacho había tenido que vivir.

—Te escucho. Quiero saber todo lo que ocurre con él.

—¿Lo amas? —Pál ya sabía la respuesta a su propia pregunta, solo quería saber si ella estaba consciente de lo que de verdad se movía en su interior por Lorcan.

Ella formó una línea delgada con los labios y asintió con la cabeza.

—No sé si es bueno o malo amar a uno de ustedes. Sé que puedo correr peligro con él y no te voy a negar que después de la última experiencia me dé miedo pensar en estar a solas a su lado; sin embargo, quiero entender qué pasa con él —Observó por la ventana y luego clavó la vista en los ojos de Pál—. ¿Por qué Felicity estaba con él? ¿Cómo es que le tiene terror? ¿Por qué él la agredió? Si nos juró a todos que sería incapaz de haberle hecho algo a ella —Pál la vio con duda, lo afirmaba como si lo hubiese presenciado—. Ella no lo contó —le respondió Heather entendiendo su reacción—. Tengo años siendo enfermera, Pál, y sé reconocer una herida profunda que está sanada. La piel es diferente. Felicity tiene una marca de algo importante en el cuello —Heather observó la boca de Pál—. Lo que quiere decir que tampoco tienen esos afilados colmillos que nos cuentan en las leyendas.

Este la vio con mediana diversión y negó con la cabeza.

—Es por ello esa marca que viste en el cuello de tu amiga, es una mordida real, de depredador. Y es por ello que Klaudia ha hecho grandes avances para nosotros. Porque, antiguamente, las personas de las que nos alimentábamos acababan muriendo por la infección de la herida. Nuestros dientes rompen la carne con más facilidad que los tuyos. Ojalá pudiéramos tener una dentadura más delicada como esos delgados colmillos que enseñan en las películas —bufó divertido y ella lo veía con confusión. De seguro lo consideraba una abominación de la naturaleza, más cuando pensaba de esa manera porque tomaba vida de las personas. Estaba acostumbrado a ese pensamiento—. Nacemos así, Heather. Es una maldición que acompaña a la familia desde que la condesa pactara con el demonio que la convirtió a ella. La maldición se salta una generación. Así que tenemos humanos y no humanos en nuestra familia. La mayoría de nosotros no quiere esto, es lo que nos toca vivir y así lo aceptamos. Intentamos no hacer daño, lastimar a inocentes. Klaudia, como te dije antes, ha hecho grandes cosas para mejorar nuestra vida y que no representemos una amenaza para la humanidad —Otra pausa. Dejaba que la chica procesara poco a poco todo lo que le iba diciendo—. La compañía en la que Felicity trabaja, y que Klaudia administra, sí es de prostitutas normales; pero también, recluta a gente que está dispuesta a servirnos de alimento sin sufrir más que un pequeño corte en la muñeca, ingle o el cuello. Felicity pertenecía al grupo de prostitutas normales, que trabajan con humanos, al parecer llegó ante Lorcan porque hubo una confusión de direcciones de clientes ese día en el que se conocieron y luego...

—Lorcan se alimentaba de ella.

Pál negó con la cabeza.

—No —la vio a los ojos—. Pagó por ella la exclusividad porque no quería que nadie más le hiciera daño y porque con ella, consiguió calmar todos sus demonios aunque no obtenía alimento seguro, ni lograba sentir emociones. Lo que le hacía igualmente inestable. Me confesó que Felicity era buena y no merecía todo lo que le había pasado en la vida. Se sacrificó por ti como él lo hizo por nosotros, ahí encontró una similitud que le obligó a ayudarla y protegerla.

Ahora fue Heather quien se frotó la cara con ambas manos.

—Siento que estoy en una película.

—Que más me gustaría que decirte que lo estás, pero no, querida, y tienes que asumir todo cuanto antes porque creo que Lorcan está a punto de cometer una maldita idiotez.

Ella lo vio con temor y él sintió el cambio en el ambiente.

—No me corresponde a mí decirte lo que él ha tenido que vivir porque sus pesadillas son solo de él, solo te puedo decir que se convirtió en el verdugo más monstruoso de la Inquisición porque fue su manera de salvarnos a todos. Se entregó a cambio de que nos dejaran vivir al resto de la familia y, por ello, tuvo que pagar un precio muy alto, Heather. Lo sometieron a torturas terribles y luego, a hacerles esas cosas a otras personas —Pál sintió cuando se le quebró la voz y los ojos le ardieron. No había un día de su vida en la que no pensara en las desgracias que tuvo que vivir Lorcan para poder sobrevivir y permitirles vivir tranquila al resto de la familia—. Lorcan nació con el poder de la empatía, siente como propias las emociones ajenas.

—Dios santo.

Heather comprendió el horror que tuvo que experimentar en su tiempo de Verdugo.

—Fueron momentos muy duros para él y aprendió a bloquear ese poder empático para no sentir más. Apagando por completo su humanidad, convirtiéndose en un monstruo de verdad.

Hubo un silencio.

—Cuando pudo salir de ahí —continuó Pál—, tuvo problemas para adaptarse de nuevo a la vida cotidiana porque en su sistema solo había sed de violencia, sangre, sexo y muerte.

Heather recordó el último momento de angustia junto a él.

Se llevó una mano a la boca.

—Hizo cosas malas, muy malas. De las que solo él podría hablarte. Yo le ayudé a salir de ese hueco oscuro en el que se encontraba y le enseñé a controlar a su bestia interior. Lamentablemente ha tenido recaídas. Sobre todo cuando intenta dominar a la bestia.

—Eso me sometería a mí a un constante peligro.

Pál negó con la cabeza.

—Lorcan no podía tener sexo con nadie si no lastimaba a la otra persona, Heather. Y solo contigo lo logró. Eres su sanadora.

—Pál, estuvo a punto de atacarme el otro día. Fue un momento aterrador. Me sentí desvalida, pensé que toda mi vida terminaría ahí; y lo que más me aterraba, era cómo iba a acabar todo porque estaba segura, por cada una de las palabras horrorosas que salieron de su boca esa noche, que me haría sufrir.

—Porque algo activó en él la sed de sangre —la vio con determinación—. Un pequeño corte. Una gota de sangre seca en cualquier lado, Heather. Una herida abierta que no esté sangrante, nos produce ansiedad y urgencia. Cualquier rastro de sangre nos altera; mucho más, si llevamos tiempo sin alimentarnos bien. Hayamos vivido o no lo que Lorcan vivió. La maldición siempre tiene su lado oscuro y nos hace comportarnos como animales cuando estamos sometidos a determinadas presiones; y a eso, sumamos sangre —Se mantuvo en silencio unos segundos para después continuar—: querida, nuestra esencia nos exige entregarnos al ser amado al completo, pero a cambio, exigimos la misma entrega.

Heather entendió lo que Pál quería decirle.

De todas maneras, este le aclaró todo.

—Cuando encontramos a esa pareja que nos lleva a vivir cosas que nunca antes hemos vivido con nadie y de la cual sabemos que no podremos olvidarnos nunca, necesitamos consumir de su sangre y su psique al mismo tiempo para poder sentirnos saciados completamente —no apartaba la vista de los ojos de ella—. Es lo que nos mantiene en paz, serenos. El proceso es delicioso para ambos integrantes de la pareja porque se encuentran en una verdadera conexión. Nosotros dejamos de representar un peligro para el resto de las personas, incluyendo esa que amamos porque siempre estamos saciados. Con Lorcan, debes sumar el sexo en esa comunión para mantener a su bestia en paz.

Heather sentía que estaba recibiendo demasiada información que parecía salir de un libro de fantasía juvenil.

Vampiros.

Era de locos.

Y aun siendo de locos, quería saber más. Su curiosidad necesitaba más información sobre ellos.

Más información sobre Lorcan. Le urgía verlo.

Pál sonrió tras percibir todos los cambios de aroma en el ambiente. Ella se debatía por lo que debía creer, lo que era correcto y lo que en realidad quería hacer.

El impulso dominaba toda la estancia.

—Lo verás, porque él lo necesita, pero no hoy.

—¿Por qué?

—Porque en este momento empezará a darse de puños con su hermano quien está furibundo porque cierto detective, del cual pido que te cuides, nos visitó diciendo que Lorcan tenía una orden de arresto por atacar a Felicity. Lorcan y Garret comparten una triste historia de la época en la que Lorcan fue Verdugo. Esa tristeza y rabia saca lo peor de Garret justo ahora que decidió colocar sus ojos en Felicity. Ya te enterarás mejor de todo. Además, no sé en qué condiciones está Lorcan —Heather se removió con preocupación—. Teníamos muchos días sin saber de él, después de todo lo que me contaste que ocurrió entre ustedes, entiendo por qué; y puedo suponer sus intenciones. Así que no debe estar en condiciones de recibir tu visita y no sería positivo que lo vieras en el estado en el que debe estar. Te llevaremos al refugio una vez resuelva un par de cosas.

—¿Refugio?

Pál asintió.

—Lorcan necesita un lugar privado para darle rienda suelta a sus demonios sin ser peligroso.

Heather tragó grueso y prefirió no preguntar más, recordando la advertencia sobre el detective que Pál acababa de hacerle.

—¿Por qué debo cuidarme del detective?

—No es quien dice ser.
—¿Es un vampiro también?

Pál negó con la cabeza viéndola a los ojos.

Ella abrió los suyos, estaba sacando conclusiones.

—¿No me dirás que es un hombre lobo?

Pál sonrió, necesitaba ese tipo de comentarios para poder liberar la tensión que llevaba encima.

—No, querida, lo lobos son mágicos y son solo ciertos lobos y solo son para las brujas.

—¿Brujas?

Pál asintió.

—Te dije que podremos conversar de todo lo que quieras cuando todo esto pase. Puedo darte los detalles más interesantes de toda nuestra historia en otro momento, no ahora. El detective no es humano por completo y es de cuidado. Confía en mí.

Ella asintió y le palmeó la mano que Pál tenía sobre la mesa.

—Lo hago. No sé por qué; porque siento que estoy metida en un sueño muy gracioso y fantasioso aunque aquí —se llevó una mano al pecho—, algo me dice que debo confiar en todos ustedes.

—Eres de las nuestras, muchacha. Estás destinada a Lorcan. Si no, ya habrías corrido en busca de ayuda.

—¿Cómo hacemos para ayudar a Felicity?

Pál, avergonzado, agachó la cabeza.

—Mi hermana tiene que ver en esto, Heather. Temo que alguien más estaba actuando con ella y que ella misma corre algún peligro porque tengo varios días que no sé nada de sus movimientos. Una bruja poderosa ha debido hacerle olvidar parte de lo vivido a Felicity; y mi hermana cuenta con una de esas brujas. Lo que no entiendo es por qué no le borró la memoria al completo —la tomó de las manos—. Puedo ver en el interior de Felicity lo que vivió. ¿Me permitirás acercarme a ella?

Heather asintió con seguridad.

—Está dormida ahora.

—Lo sé y es mejor así.

Heather se levantó y guio a Pál hasta la habitación de la chica que dormía plácidamente. Pál absorbió un poco de la psique de ella, para que sucumbiera en un nivel más profundo de sueño.

Felicity dejó escapar un suspiro y fue la señal para Pál.

Se acercó, le retiró el pelo que le caía de forma deliberada sobre el cuello.

En efecto, tenía la marca de una gran herida.

Una herida que había sido abierta múltiples veces y que por la forma en la que había cicatrizado, dejaba en claro que de no ser por la bruja que le borró la memoria, esa herida habría sido mortal para Felicity así no le hubieran drenado la sangre al completo.

Colocó con delicadeza una mano en la frente de la chica que dormía y cerró los ojos.

Las imágenes tardaron en llegar porque la mente de ella estaba en estado pasivo. Efectos secundarios del poder de las brujas cuando borraban la memoria.

Vio a la bruja que acompañaba siempre a su hermana curando a Felicity en una casa que desconocía, pero estaba en la ciudad.

Las heridas de Felicity eran terribles.

Hechas por un maldito animal, las tenía en todo el cuerpo. Esa del cuello era la peor, claro estaba.

Todo lo que sufrió fue mental, alguien le plantó el pensamiento de que Lorcan la perseguía en el bosque. Ella creía que veía a Lorcan, aunque la figura entre las sombras no era su sobrino. ¿Quién carajo era?

El miedo de Felicity era agobiante y no podía culparla. El dolor de las heridas sería insoportable, la debilidad que tuvo que sentir por la succión de sangre; quién sabía cuantos días estuvo en ese bosque sometida a las bajas temperaturas. Ese alguien que se movía entre sombras, la dejaba escapar para jugar con ella al gato y al ratón.

La sensación de la caza para alguno de ellos era un éxtasis.

Y entonces, llegó a la escena en la que Felicity se sentía desvanecer.

Flotaba. Alcanzó a escuchar voces.

Su hermana, reclamándole a alguien el «casi» matar a la chica.

Abrió los ojos al escuchar la voz del acompañante de Etelka. Quién era el responsable de toda aquella desgracia en la que la familia se veía involucrada.

Gabor, su nieto, estaba dejando salir la maldad que él siempre supo que existía en su interior.

Capítulo 21

Garret llegó al refugio como un demonio. Las aletas de la nariz se le expandían con cada inspiración que hacía para intentar conseguir calma.

Tenía unas inmensas ganas de romperle la cara a golpes a Lorcan.

Desde que escuchó al detective diciendo que tenía una orden de arresto para Lorcan porque Felicity, su Felicity, lo acusó de mantenerla en cautiverio y atacarla, lo único que pensaba era en sangre y pelea.

En Diana también pensó.

Como siempre hacía cada día y cada vez que ocurría un altercado con Lorcan que involucrase a Felicity.

¡Dios! ¿Cómo estaría ella?

Se encargaría de cuidarla. Lo haría con devoción absoluta porque quería que se recuperara y que se enamorara de él.

La conquistaría; pero primero, le daría su merecido al imbécil de Lorcan.

Golpeó la puerta del refugio con tanta fuerza que esta cedió.

No le sorprendió, era una casa vieja y descuidada.

—¡Lorcan! —No obtuvo respuesta—. ¡Lorcan! ¡Con un demonio! ¡Te juro que voy a acabar contigo en cuanto te vea!

Apresuró los pasos accediendo a la habitación en la que estaba la trampilla para bajar al sótano.

Abrió y bajó las escaleras.

Sus ojos tardaron en acoplarse a la oscuridad que reinaba en el lugar. Sintió la presencia de su hermano allí, por ello continuó por el corredor que lo llevaría a él.

Aunque la sentía débil.

Frágil. Seguramente, tenía remordimientos de conciencia; como ocurrió cuando ataron cabos con lo de Diana.

—¡Prepárate! —le gritó—. Te lo juro que esta vez si te voy a moler a golpes —caminaba enfurecido en el pasillo húmedo de tierra.

La puerta del sitio en el que su hermano se refugiaba estaba abierta.

Entró con cautela porque sospechaba que Lorcan podía atacarlo por sorpresa.

No se veía nada.

Escuchaba la respiración débil y pausada de su hermano y entonces, olió.

Sus fosas nasales se expandieron al máximo con el olor del líquido vital que los alejaba de la sequía.

Sangre.

La boca se le secó de inmediato y recordó que llevaba varias semanas sin alimentarse.

Encendió la linterna de su móvil y siguió accediendo al lugar con cautela porque no sabía qué demonios se iba a encontrar.

Esperaba encontrar una escena de esas que podían encender aún más su ira; si aquello era posible. Para así encontrar la fortaleza de entregarse en una lucha a muerte con su hermano. Estaba harto de esas luchas entre ellos y Lorcan parecía ser un peligro constante.

«Cálmate», escuchó en su interior, esa voz, sabia, que a veces confundía con Diana. Ese no era el día para escucharle porque no quería paz ni calma; quería puños, pelea y sangre. Cobrarse el sufrimiento de la mujer en la que había decidido fijarse después de tantos años de sufrir por Diana.

Y no iba a permitir que la historia se repitiera.

No.

Esta vez, si tenía que acabar con su hermano, lo haría.

Alumbró el calabozo en cada rincón, no lo encontró. Inspiró con fuerza al notar que el olor a sangre se hacía cada vez más penetrante.

En dos zancadas, entró en la habitación contigua, en la que estaban las camillas de acero inoxidable y las herramientas de dominio sexual de Lorcan y fue cuando sintió la pena más grande de su vida.

Incluso mayor que la que sintió cuando se enteró de la muerte de Diana.

El corazón se le encogió de tal manera que la rabia se le esfumó en el acto y corrió a la camilla en la que yacía su hermano, lleno de heridas que en un humano podrían ser mortales. Estaba acostado sobre un gran charco de lo que era su propia sangre.

Tenía armas clavadas en todo el torso, piernas, brazos.

El cuello, lleno de laceraciones.

¡Dios!

Apenas si parpadeaba.

—Lorcan, por el amor de dios, ¿qué diablos hiciste? ¿Qué pasa contigo?

Empezó a sacar las armas clavadas en el torso de su hermano; este ni se inmutaba.

De las heridas brotaba sangre, pero ya no quedaba tanta sangre en su organismo, la debilidad hacía cada vez más lenta la capacidad de curación y aunque no moriría, entraría en sequía pronto.

Había intentado arrancarse la cabeza.

Apartó la espada, con la que su hermano peleó en el pasado; la misma que le arrebató la vida a sus enemigos en combate.

«La misma que mató a Luk», pensó Garret, en ese momento en el que no se le hacía nada agradable pensar que moriría otro de sus hermanos. Aunque hacía unos instantes estaba dispuesto a matarlo él mismo.

Entendió lo que las palabras en su cabeza significaban.

Quizá era Diana, quizá era simplemente su juicio indicándole que debía actuar con cautela en vez de dejarse dominar por la ira.

La misma ira que dominaba a Lorcan y lo llevaba a cometer las cosas de las que luego se lamentaba.

Sacó con rapidez todas las armas sin apartar la vista de los ojos del moribundo.

—No… —Lorcan intentaba hablar, le era imposible.

—Cállate, idiota; que por tu grandiosa idea de desangrarte no puedo patearte el trasero. Mírame a los ojos —Lorcan lo hizo, la mirada estaba llena de vergüenza y odio hacia sí mismo—. Júrame, Lorcan, que no le tocaste un pelo a Felicity.

La duda apareció en los ojos de Lorcan y a Garret no le hizo falta saber nada más.

Cuando fue a moverlo, Lorcan lo detuvo por un brazo.

—Te… lo… dije. No… —no era capaz de hablar bien, estaba muy débil. Garret sintió una enorme preocupación por él.

—Apareció. Alguien la lastimó —la mirada de Lorcan se llenó de furia y Garret sintió el cambio de su esencia. No le gustaba lo que le dijo, pues usaría eso para que se dejara de tonterías y se levantara de la maldita mesa espantosa en la que estaba acostado—; necesito que te levantes de ahí y te pongas bien porque me tienes que ayudar a encontrar al desgraciado que le hizo daño. Fue algo grave, Lorcan. Intentaban cazarla.

Lorcan intentaba hablar, las palabras se le aglomeraban en el pecho de tal manera que de lo único que fue capaz fue de soltar un grito de guerra y furia ensordecedor que Garret supo identificar de inmediato.

Quien quiera que hubiera lastimado a Felicity tendría que esconderse muy bien porque Lorcan lo perseguiría hasta darle muerte y él no haría nada por calmar a su hermano; al contrario, sería su aliado en esa búsqueda porque, entre los dos, le darían un merecido al mal nacido.

***

Lorcan despertó con un sobresalto que lo sentó en la cama en el acto.

Tenía la respiración agitada y los pensamientos revueltos.

¿Qué ocurrió? ¿Cómo llegó a la habitación de la cabaña?

Garret estaba frente a él, el contacto con su mirada le empezó a traer los recuerdos de los que estuvo tratando de huir.

Heather. Estuvo a punto de atacarla.

Se aferró a la sábana con fuerza y Garret estudió su movimiento.

—Quiero que me expliques por qué tenías varios días desaparecido, y qué te llevó a meterte en el estado en el que te encontré.

Lorcan se acostó de nuevo, vio al exterior de la propiedad por la rendija que formaban las cortinas. No estaban completamente pasadas y alcanzaba a ver el bosque que tanto le gustaba.

Le relajaba.

Heather.

El corazón se le encogió de pensar en ella, de saber que no podía volver a acercarse a ella.

De seguro la chica no querría ni verlo.

Le tendría miedo y no la culpaba.

—Lorcan, habla.

Lorcan suspiró profundo, no quería hablar de eso, pero sabía que Garret no lo dejaría en paz.

Además, ¿qué hacía Garret ahí?

Lo observó con confusión y se sentó con lentitud en la cama, apoyando su espalda del cabecero de la misma. El cuerpo le dolía como si lo hubieran molido a golpes y estaba lleno de cicatrices.

Entonces sí que llevó a cabo su plan y su hermano llegó en el momento menos indicado.

Un *flash* regresó a su mente enseñándole la expresión de rabia profunda que llevaba Garret en la mirada cuando lo encontró en el sótano.

Él mismo sintió agitación en su interior.

—¿Qué haces aquí?

Garret lo observó con una ceja levantada.

—Yo pregunté primero y aunque lo que me trajo hasta aquí es muy importante para mí, vamos a conversar primero de tu intento de suicidio. ¿En qué demonios pensabas?

—¿En qué más, Garret? Lo mínimo que esperaba que me llegara era la sequía y aceleré el proceso porque sabía que ustedes llegarían en cualquier momento. La sequía es lo mínimo que me merezco.

—¿Qué te ocurrió?

Lorcan respiró profundo de nuevo, cruzó las piernas para apoyar los codos en ellas mientras encontraba la forma de contarle a su hermano que, por poco, devora, literalmente, a Heather.

El corazón se le encogió otra vez.

Y sintió escozor en los ojos, picor en la garganta.

Garret olfateó y lo vio con sorpresa.

Su hermano nunca, o casi nunca, lloraba; no de la manera en la que quería hacerlo en ese momento y sus pensamientos se unieron a las acciones de Lorcan que no pudo soportar más tanto peso de sus emociones y rompió a llorar como un niño pequeño.

Garret no sabía cómo actuar al ver a su hermano, el guerrero, el que era todo un peligro, reducido a lágrimas, culpa y vergüenza.

Dolor también. Sí, mucho dolor y miedo.

Era su hermano, debía darle consuelo.

Se sentó en el borde de la cama y lo abrazó con fuerza.

Lorcan lo agradeció. Lo necesitaba.

Así estuvieron un rato en el que el silencio entre ellos era interrumpido de vez en cuando por el hipar del llanto de Lorcan.

Después, hubo completo silencio por unos minutos.

Garret se separó un poco de él y se vieron a los ojos.

—Estuve a punto de lastimar seriamente a Heather.

Garret abrió los ojos con sorpresa cuando sintió que ese miedo que salía de Lorcan estaba relacionado con esa mujer.

—Dos veces —continuó diciendo Lorcan con los ojos hinchados y enrojecidos del llanto, pero brillaban cuando hablaba de ella. ¿La amaba?

Entonces, el mayor de los Farkas se dedicó a contarle cómo ocurrieron las cosas entre él y Heather. No se guardó nada para él, ni siquiera los momentos de intimidad. Necesitaba contárselo a alguien porque creía que todo lo que vivió junto a ella fue una ilusión.

Garret no podía más que sentir lástima de su hermano. Tenía que encontrar la manera de que él y esa chica arreglaran las cosas.

—¿Por qué no seguiste los consejos de Pál? Has debido hablar con ella.

Lorcan bufó.

—¿Te estás dando cuenta de lo que estás diciendo?

—No es un imposible, Katharina aceptó a Pál; Mary Sue sabía de tu naturaleza y también te aceptó. Diana sabía de la mía y no le importó.

Garret se entristeció pensando en Felicity y en lo que le tocaría vivir con ella. No se daría por vencido sin empezar la batalla, obviamente, aunque sabía que no sería fácil por la naturaleza del ataque que sufrió.

Pál no le explicó mucho cuando le llamó para decirle en qué condiciones encontró a su hermano. De igual manera, algo le decía que no recibiría las mejores noticias.

Lorcan percibió los sentimientos encontrados de su hermano.

—¿Tú se lo dirías a Felicity?

Garret levantó la vista con sorpresa. No recordaba lo que hablaron en el sótano, estaría demasiado débil su hermano como para recordarlo.

—Lorcan, no tengo nada fácil con Felicity y eso fue lo que me trajo hasta aquí, pero…

Lorcan recordó todo cuando su hermano dejó salir más emociones de su cuerpo y él las sintió como propias.

Algo ocurría con la chica. Recordó la rabia que sintió en su interior en el momento en el que su hermano lo ayudó a levantarse de la camilla.

Se levantó de la cama en un abrir y cerrar de ojos y con el mismo impulso, tuvo que sentarse de nuevo porque el mundo entero empezó a darle vueltas. Había lastimado mucho su cuerpo, había perdido sangre y no estaba en condiciones de levantarse de esa manera.

—¿Qué crees que haces?

—¿Qué le ocurrió a Felicity? —Lorcan apenas controlaba la debilidad y su respiración era agitada; la ira que se iba a cumulando en él no le estaba haciendo las cosas fáciles.

—Cálmate, Lorcan, que no estás en condiciones.

—¡¿Qué coño le pasó?!

Un coche se escuchó afuera de la propiedad y después de que apagara el motor y la persona bajara del mismo, los hermanos Farkas reconocieron el olor de Pál.

—Está abierto —dijo Garret en un tono de voz un poco alto, Pál le escucharía sin duda.

El hombre entró, inspeccionando todo lo que veía.

Se acercó a la habitación y encontró a sus sobrinos. Lorcan sentado en el borde de la cama y Garret recostado del marco de la ventana.

Ambos le vieron. Garret con preocupación; Lorcan con vergüenza.

—Miklos viene en camino.

Ambos cambiaron su expresión a sorpresa.

—En estos casos deberíamos hacer una reunión extraordinaria de la sociedad, pero no tenemos tiempo y debido a que nosotros y Klaudia somos los mayores, nosotros nos ocuparemos.

—¿Y la abuela? —preguntó Garret con confusión.

Pál dejó ver su preocupación al respecto.

—No sé nada de ella y deben saber que ella fue la que ocasionó todo con Felicity.

Ambos dejaron ver confusión en la mirada.

Pál inspeccionó a Lorcan con detalle antes de seguir hablando del tema que les interesaba.

Luego les contó todo lo que sabía del caso de Felicity. Todo. No se saltó nada. Ni siquiera la parte en la que habló con total sinceridad con Heather.

—No te muevas de aquí hasta que todo esto acabe, ¿está claro? —Lorcan asintió.

—¿Qué ocurrió contigo y el detective? —Interrogó a Garret—. Se largó detrás de ti cuando saliste como alma que lleva el diablo para venir aquí a arreglar cuentas anticipadas con tu hermano —el tono de Pál dejaba en claro que estaba en total desacuerdo con la actitud impulsiva de Garret.

—Lo perdí, no soy estúpido. Y tú habrías hecho lo mismo que yo.

—No, no lo habría hecho porque tu hermano ya nos había jurado por la tumba de tus padres que nada le hizo a la chica. No vuelvas a dudar de su palabra.

Garret bajó la mirada arrepentido, Pál tenía razón.

—Lo siento.

Lorcan asintió con humildad.

—Y tú, la próxima vez que vuelvas a hacer la estupidez de drenarte y dejarte secar, hazme el favor de hacerlo en menos de 24 horas o de buscarte a alguien que te arranque la maldita cabeza de una vez. Asume lo que eres, lo que llevas por dentro. El pasado que jamás podrás dejar a un lado porque forma parte de ti y de lo que eres. Arregla las cosas con ella. ¿Está claro?

—No sé si podré.

Pál bufó lleno de ironía y sarcasmo.

—Fuiste capaz de llenarte de armas para morir, eres perfectamente capaz de enfrentarte a una mujer que te ama. Lo primero, es un acto de cobardía; lo segundo, se le llama «asumir la vida y enfrentar los problemas».

Negó con la cabeza.

Garret y Lorcan lo veían sorprendido. Nunca les había hablado de esa manera.

—Juro que después de esto voy a tomarme unas vacaciones largas. Estoy cansado —los vio con dolor—. Sé que no tenemos una vida fácil; y esto de ser eternos, a veces es un infierno, pero es lo que nos corresponde ser. Así que, por favor, intentemos hacerlo lo mejor posible.

Ambos asintieron en silencio.

—En un rato me encontrare con Klaudia en casa. Iremos a casa de Etelka para saber de su paradero —bajó la mirada con tristeza—. Temo que no tendremos buenas noticias de eso. Las desapariciones no son normales en ella.

Etelka no era una mujer grata tampoco para sus nietos; sin embargo, no pudieron evitar sentir una gran pena por lo que podrían encontrar.

—Crees que él le hizo algo.

—Estoy convencido de que lo hizo. Gabor es letal; Etelka, una principiante a su lado.

Todos negaron con la cabeza.

—¿Podemos hacer algo?

Pál los estudió a ambos.

—Les ordeno que no hagan nada en contra de Gabor porque yo mismo me ocuparé de él, ¿está claro?

—A menos de que nos ponga en peligro.

Pál asintió.

—Así lo haremos.

—Por lo pronto, tú —señaló a Lorcan—, te quedas aquí. Miklos llegará mañana y vendrá con Heather —Lorcan abrió los ojos con terror—. No hay más discusión, Lorcan. Ella quiere venir, quiere verte. Me llamó por teléfono hace un rato para decirme que Felicity estaba calmada y tranquila y que el detective no había dado señales todavía. Preguntó por ti y le expliqué en qué condiciones te encontró tu hermano…

—No has debido…

—No me interrumpas. Hice lo que debía hacer. Estoy harto de verte sufrir y mereces ser feliz como lo hemos sido algunos en esta familia. Así que ella quiere venir, quiere conversar contigo y la dejarás asistirte si así ella lo desea.

Lorcan no soportó el miedo.

—Miklos estará aquí. Y si ella no lo desea, entonces Klaudia ya tiene a alguien listo para enviar.

—¿No es mejor que llegue primero el envío de Klaudia?

Pál vio con sorna a Garret.

—No voy a seguir poniéndole las cosas fáciles —luego vio con seriedad a Lorcan—. No me hiciste caso en su momento cuando intenté sonar racional. Ahora, deberás encontrar un balance extremo y controlar de una maldita vez al animal que llevas dentro.

Las palabras de Pál surtieron un efecto extraño en Lorcan. Sintió pánico, claro que lo sintió; pero también entendió por qué Pál lo acercaba al borde del abismo sin seguridad alguna.

—Que Miklos venga preparado con todo lo que pueda para detenerme si algo se sale de control sea con Heather o con la chica que envíe Klaudia.

Pál asintió y luego vio a Garret.

—Tú regresarás hoy mismo a la ciudad y visitarás mañana muy temprano a Felicity y Heather. ¿Está claro? —Garret asintió—. No confío en el detective.

Ambos fruncieron el ceño.

—Hablaremos de eso en otro momento —vio el reloj que llevaba en la muñeca—. Me voy, Klaudia llegará a casa pronto y el camino de regreso es largo. Los mantendré informados —los vio a los ojos a ambos y luego salió.

—Trae el *whisky* que está en la cocina, Garret. Necesito encontrar valentía para ver a la cara a Heather.

Su hermano sonrió con pesar.

—Quien te viera en la guerra y quien te viera ahora, aterrado por la presencia de una mujer.

—No es cualquier mujer, hermano. Es la que mi corazón eligió y esto que siento por ella es completamente hermoso; pero aterrador.

Garret palmeó la espalda de Lorcan y agradeció que su hermano hiciera una pequeña broma.

El *whisky* les sentaría bien para conversar de todo lo que Pál les contó.

Vendrían tiempos duros para la familia. Y debían estar preparados para soportarlo todo.

***

Horas más tarde, Klaudia y Pál se reunían según acordaron.

Con la excepción de que la bruja de Etelka, la que no la dejaba ni a sol ni a sombra, también se unió por cuenta propia a la reunión.

Pál la veía con furia y preocupación. No entendía cómo algunas brujas se prestaban a lastimar a los humanos.

—Me temo que haya ocurrido lo peor, señor.

—¿Y qué podían esperar tú y mi hermana? ¿Nadie vio los posibles peligros de pactar con Gabor?

—Bueno, Pál, sé un poco consciente; Gabor nunca se mostró de la manera en la que se está mostrando ahora —Klaudia intervino en la conversación. Estaba alerta, nunca había visto a Pál tan alterado.

—Yo se lo advertí a Etelka, señor, pero ella estaba empeñada en encontrar a la condesa...

Klaudia negó con la cabeza.

—Todavía no puedo creer que le hayas dado el lugar en el que se encuentra la abuela. Cuando resolvamos esto, deberíamos cambiarla de sitio.

Pál, se alteró más.

—Yo soy el único que se encargará de Gabor y de la abuela, ¿está claro?

—Lo que digas, Pál —Klaudia no entendía la susceptibilidad de Pál cuando se mencionaba el cuerpo de la abuela de ambos. Ella lo único que quería era ayudar.

Por su parte, Pál tenía que ser muy cuidadoso con el tema. No se le podía escapar la ubicación de la condesa y menos, pedirle ayuda a Klaudia para moverle de sitio.

Klaudia era la última persona que debía acercarse a esa cueva. A la condesa.

Eso los ponía en riesgo a todos.

Si Klaudia recordaba que en ese mismo lugar fue capaz de ver el espíritu de su madre y que, además, tenía un poder dormido muy poderoso, podría volverse inestable; y Klaudia no era buena persona cuando estaba inestable.

—Vamos a necesitar que nos lleves a la casa en las montañas —la bruja asintió y se prepararon para partir.

En minutos, estuvieron dentro del coche conducido por Pál. Klaudia iba a su lado y la bruja en la parte trasera.

Recorrieron en silencio la mayor parte del trayecto.

La bruja, sumergida en sus pensamientos, estaba dispuesta

a hacer lo que fuera necesario con tal de encontrar a su señora y de resarcir el mal que le hicieron vivir a la chica que ella misma ayudó a sanar.

Pobre chica. Cuando la sacó del bosque estaba al borde de la muerte. La trasladó a la ciudad en estado de inconsciencia total porque la pobre quedó tan traumada; que en cuanto despertaba, lloraba y pedía auxilio.

Además, su cuerpo necesitaba sanar desde el interior y el estado de inconsciencia le ayudaba a la bruja a empezar con su tarea de borrado de memoria.

A la bruja se le erizaba la piel con solo recordar la energía de terror que salía del cuerpo de la chica. No era necesario tener poderes sobrenaturales para poder sentirlos.

Y las heridas eran terribles. Mordiscos en varios sitios del cuerpo del que se le succionó sangre. Heridas que parecían ocasionadas por un animal cuando desgarra la carne para alimentarse.

Varias de esas ya estaban infectadas cuando empezó a sanarla.

Le costó que cerraran y que quedaran con tan buen aspecto después de cicatrizar.

Negó con la cabeza mientras recorrían la zona hacía las Adirondack.

—La señora nunca quiso hacerle daño a la chica —comentó arrepentida de todo lo recordó.

—Lo sé —acotó Pál en tono cortante. Lo sabía, lo vio en la mirada de su misma hermana el día que lo visitó en su casa para decirle que ella tenía a Felicity. El problema de ella fue confiar en Gabor.

Pál siempre supo que Gabor llevaba un mal mayor al de Lorcan en su interior. Porque el de Lorcan nació de los traumas vividos. En cambio, el de su nieto, había nacido con él. Desde niño empezó a dar señales de que su corazón era oscuro, que en su pecho reinaba la envidia, el resentimiento y por supuesto, era audaz, inteligente; lo que lo convertía en una máquina de planes muy negros en los que siempre acababa lastimado alguien.

Pál nunca le negó cariño tal como él se lo reprochó alguna vez, por el contrario, con él fue con quien más contacto tuvo de sus nietos y a quien menos perdía de vista porque sabía que sus inseguridades le hacían sentirse poco querido, poco tomado en cuenta y por ello Pál se preocupó por pasar todo el tiempo que pudo con él.

—No puedes culparte por el comportamiento de Gabor. En las familias siempre hay alguien mezquino y peligroso.

La bruja se mantuvo en silencio, pero estaba de acuerdo con la acotación de Klaudia.

A ella, ese hombre nunca le había gustado. Se cuidaba de hacerle nada a ella porque sabía que, con sus poderes, podía doblegarlo; pero no se fiaba de él en lo más mínimo. Y cuando su señora le dijo que irían las dos a la cueva de la condesa, supo que todo iba a acabar mal; porque Gabor, cada vez que hablaban de Felicity, se le veía en la mirada las ganas que tenía de hacerle daño. Lo sugirió alguna vez y Etelka lo contuvo, explicándole que eso no les llevaría a su fin que era encontrar a la condesa.

Claro, Gabor participó en el plan de Etelka solo por satisfacer su propio ego y llevar a cabo sus propios planes. Él quería lastimar a la chica, porque sabía que con eso lastimaría a su primo.

«Primo al que siempre le tuvo resentimiento» se dijo Pál mientras observaba a los pinos custodiaban la carretera y la luna que les guiaba con su tenue luz.

Tenía tantas interrogantes; como por ejemplo, en dónde había visto a Felicity y cómo sabía de su relación con Lorcan o lo mucho que le importaba a esta la chica para pensar que, haciéndole daño a ella, le haría sufrir a él.

Recordó la fiesta de Miklos ese mismo año. La de las máscaras en Venecia y la aparición de Lorcan con la chica colgada en su brazo. Hacían una pareja estupenda esa noche y muchos hablaron de ella porque él parecía otro estando a su lado.

La trataba con delicadeza y se preocupaba por hacerla sentir cómoda.

La protegió de la mayoría de los hombres de la sociedad que se acercaron a ella seducidos por la curiosidad de quien era la mujer que acompañaba al solitario Lorcan Farkas.

Tuvo que haberlos visto allí porque Gabor no visitaba la oficina y menos la casa de Lorcan que eran los lugares en los que se encontraba con Felicity.

Era retorcido y, lamentablemente, tendría que acabar con él en cuanto lo encontrara que sabía no sería pronto. No era estúpido, pasaría un tiempo escondido antes de dar su siguiente paso.

¿Qué buscaba?

¿Por qué no enfrentaba a Lorcan de hombre a hombre si lo que tenía era ira contra él?

Gabor era muy bueno peleando, tan bueno como Lorcan...

Pál hizo un gesto de disgusto con la boca.

Era cierto aquello que decían en la familia de que siempre acababa comparando a Lorcan con todos. No lo hacía por mal, le parecía que Lorcan era el hombre más noble que había conocido en su vida. Fue capaz de sacrificarse por todos y estaba lleno de virtudes.

Quizá sí tenía gran culpa en el resentimiento que Gabor

se formó hacia él. Sin embargo, eso no le daba derecho de comportarse como lo hizo y existían reglas en la sociedad que no podía pasar por alto.

Más cuando los humanos se veían involucrados.

Lo hizo solo una vez, por Lorcan; juró no hacerlo de nuevo.

No lo hizo con Luk, tampoco lo haría con Gabor.

De pronto vio que una manada de lobos corría junto al coche.

—Estamos llegando —anunció la bruja; él redujo la velocidad. Los lobos se detuvieron y alcanzó a ver una entrada de tierra que se internaba en la oscuridad del bosque.

Los lobos ayudaban desesperados.

Nunca había visto una manada igual.

Eran animales grandes, de pelajes espesos y dentadura aterradora.

Siguieron el vehículo hasta que apareció ante ellos la mansión que se levantaba entre las sombras. Imponente y tenebrosa.

Aparcaron frente a la gran entrada y se bajaron del coche.

Los vampiros olfatearon el ambiente.

No percibían nada.

Los lobos se alinearon frente a ellos, se sentaron en sus patas traseras y bajaron sus cabezas.

La bruja se llevó una mano al pecho y no aguantó la nostalgia que la invadió en el acto.

Pál corrió hacia el norte, desesperado, con prisa; seguido por Klaudia que intuía con qué se encontrarían.

Unos minutos más tarde, uno de los lobos que corría junto a ellos se detuvo sentándose de nuevo; aullando con tristeza.

Fue cuando divisó, detrás del animal, el cuerpo sin vida de su hermana.

Juró que encontraría a Gabor y le haría pagar —con creces— todo el dolor que estaba causando.

Capítulo 22

Heather se removía nerviosa en el apartamento. Felicity la observaba de tanto en tanto mientras preparaba el desayuno.

—¿Te apetece acompañarme a dar un paseo luego? Así me cuentas un poco cómo te fue en el trabajo ayer.

A Heather le llevaría tiempo adaptarse a esas lagunas mentales que se producirían en su amiga cada vez que se accionaran sus alarmas con respecto a lo que vivió estando secuestrada.

Pál no le contó mucho sobre quién le causó las heridas. Después de todo lo que le había contado el día anterior sobre la verdadera naturaleza de los Farkas, y que ella aun tardaba en digerir, no quiso darle detalles de los ataques que sufrió su amiga.

Pero observó en su mirada que, al tocar a Felicity y entrar en contacto con sus pensamientos, descubrió cosas muy importantes.

—Heather, te estoy hablando.

Felicity le mostró esa sonrisa dulce que la hacía adorable.

Físicamente se veía bien, a excepción de las marcas rosa pálido que estaban en su cuello.

—No puedo, cariño, tengo guardia hoy —Heather estaba lista para ir al encuentro del hombre extraño que era el dueño de su corazón.

Ciertamente, aun había cosas que no digería, cosas que le daban temor de todas las novedades que sabía sobre él y su familia, cosas que no sabía si iba a poder entender alguna vez, pero quería intentarlo.

Más que quererlo, lo necesitaba.

Le urgía verlo.

Estar con él y ayudarle.

Pál le aseguró que no estaría sola y eso le daba tranquilidad. Se habría sentido más a gusto estando junto a Pál en ese momento que enfrentaría en las próximas horas, o junto a Garret, con quienes más confianza tenía; pero sería Miklos, hermano menor de Lorcan y Garret, quien le llevaría al dichoso refugio.

Pál no le dio detalles del refugio; con lo que le dijo fue suficiente para saber que el sitio iba a ser aterrador.

Garret se quedaría con Felicity, no podían dejarla sola.

Vio con compasión a su hermana de vida y la abrazó con fuerza.

La chica sonrió con gusto devolviéndole el abrazo.

—Estás muy extraña hoy. ¿Quieres contarme?

Heather negó con la cabeza.

—No hoy, en otro momento hablaremos.

Felicity mostró preocupación.

—¿Ocurre algo con tus padres?

—No, están muy bien. Ayer, mientras tomabas la siesta, los llamé y me contaron que viajarán a Europa unas semanas.

Era verdad. Los escuchó tan bien que se sintió agradecida

de que esa parte de su vida estuviese en orden. No soportaría saber que algo malo ocurre con ellos al mismo tiempo que atraviesa por todo ese caos en el que se había convertido su vida.

—Heather, entonces deja de preocuparte por el dinero, vamos a conseguirlo como siempre hemos hecho.

Heather la vio a los ojos y los suyos se llenaron de lágrimas al ver que ella recordaba ese mal episodio de sus vidas.

—No llores, te lo suplico; sabes que no me gusta verte triste.

Heather sonrió a medias.

Ya no le debían dinero a nadie, pero no sabía si era conveniente hablarle de todo lo que ocurrió en su ausencia porque tendría que nombrar a Lorcan de nuevo, en algún punto de la historia, y no sabía cómo reaccionaría Felicity a eso.

Le preocupaba su memoria.

Pál le comentó, antes de irse, que al no haberle podido borrar todo, como usualmente hacían, mantendría los recuerdos del pasado que ocurrieron antes de haber sido secuestrada; con la excepción de que su cerebro bloquearía todo lo que tuviese que ver con Lorcan.

Habría cosas que accionarían esos recuerdos parciales que le quedaban, pero olvidaría todo de nuevo después de una siesta.

Recordó la rapidez en dormirse que tuvo Felicity junto al detective, del cual Pál desconfiaba; y lo que le respondió cuando ella misma hizo la acotación de que su amiga había caído en las redes del sueño muy pronto. La canción que cantaba. Era extraña.

¿Quién era realmente ese hombre?

Se secó las lágrimas al escuchar el timbre.

—Yo abro.

—No, deja que voy yo. Son unos compañeros de trabajo.

Heather caminó con rapidez a la puerta.

En cuanto abrió, se encontró con la imagen de Garret y Miklos que eran muy parecidos entre sí.

Ambos le sonrieron, de diferentes maneras.

Garret estaba muy nervioso, mientras que Miklos parecía que se divertía.

Ella se apartó para que ambos entraran.

Había planeado todo.

Dirían que Garret estaba recién llegado a la ciudad y que Felicity podía hacerle de guía turística.

Mientras Miklos y Heather se trasladaban al refugio.

No sabía si regresaría ese mismo día, de cualquier manera, Garret se ocuparía de mantenerse junto a Felicity sin que ella se sintiera incómoda.

Y Heather, confiaba en él.

Mas, cuando Garret aspiró con profundidad el aire de la vivienda y dirigió hacia la cocina la mirada más tierna que Heather había visto jamás.

Sus sentimientos por ella eran reales; dejando en claro, aun sin hacer uso de las palabras, que la cuidaría con su vida si era necesario.

—¡Garret! —Felicity los tomó por sorpresa a todos cuando dijo el nombre del hombre con tanto entusiasmo, haciendo que los planes se tambalearan por un segundo. La chica se acercó a él y lo saludó con un fuerte abrazo que este aprovechó para embriagarse con el dulce aroma de ella—. Pero tú no trabajas con Heather, ¿cómo es que estás aquí?

—Es mi hermano y yo soy el que trabajo con Heather —Miklos intervino con rapidez.

—¡Ah! —Felicity dudó un segundo antes de continuar—: ¿Cuándo fue la última vez que nos vimos?

Garret intentaba hablar, pero no podía; agradeció tener las manos en los bolsillos porque todos habrían visto la forma ridícula en la que le temblaban por los nervios y la sorpresa de que ella lo recordara.

—Este no recuerda ni lo que hizo ayer —Miklos le dio un golpecito en un hombro a su hermano que seguía sin poder hablar—. Así que dudo que recuerde cuándo te vio; aunque, yo no lo he olvidado —Todos vieron a Miklos con duda. Garret se preguntó qué diablos estaba haciendo—. ¿No estabas en Venecia hace unos meses?

Ella se quedó pensativa y, de pronto, lo recordó. Se vio paseando por las calles de Venecia, alegre y divertida.

—Es cierto. Dios, debería tomar algo para la memoria porque no quiero saber cómo seré a los 50.

Todos rieron, la mayoría de nervios; mientras que Felicity lo hacía con sinceridad.

—Bueno, lo que quiera que sea que compres, que sea en un pack doble así le das uno a este idiota que nunca recuerda nada.

Felicity sonrió en grande.

—Lo haré —se llevó una mano al estómago, estaba hambrienta—. El desayuno está listo, ¿quién se suma?

—Huele delicioso —Miklos intervino de nuevo—, pero Heather y yo tenemos que llegar a tiempo al hospital si queremos mantener nuestros puestos de trabajo. Garret puede acompañarte —le dio un empujón a su hermano para que abriera la boca al menos una vez—. Eso sí, prepárate porque no es de buen comer. Mamá decía que era necio con la comida.

—Bueno, nadie puede resistirse a huevos, beicon y pan tostado.

Garret le sonrió.

Heather veía todo como si no estuviera ahí. Las cosas que le ocurrían últimamente le parecían surreales. Pero le hacía sentirse mucho más tranquila que Felicity reconociera en parte a Garret, quizá eso quería decir que él siempre fue una parte agradable de su vida y por ello lo recordaba parcialmente.

Recordaba el viaje a Venecia también. Por fortuna, bloqueaba muy bien a Lorcan.

—Podríamos ir luego de paseo, hace un día maravilloso.

—Estaré encantado —finalmente respondió Garret, viéndola a los ojos.

—¡Que se diviertan! —Heather vio a Felicity con picardía, tenía que fingir un poco.

Felicity le sonrió a su amiga con complicidad. Heather empezaba a preguntarse si entre ellos alguna vez había ocurrido algo porque parecía que ella le conocía de toda la vida aunque no se acordara ni dónde lo había visto por última vez.

A esas alturas y con todo lo que estaba ocurriendo a su alrededor, ya no sabía qué pensar.

—¡Eh! Podríamos vernos más tarde y salimos los cuatro —Heather estaba muy sorprendida con la actitud relajada y confiada de Felicity, usualmente no actuaba de esa manera.

—Turno de 48 horas, querida, lo siento.

—¿Tanto?

—Estamos escasos de personal estos días —respondió Miklos de inmediato apresurando a Heather con la mirada.

—Nos vemos —abrazó a su amiga y a Garret—. Cuídala —le susurró en el oído. Garret le respondió intensificando la fuerza del abrazo.

Heather y Miklos salieron del apartamento en silencio hasta la salida del edificio. Miklos le ayudó con su mochila cuando subían al coche que estaba aparcado frente al inmueble.

Heather se subió, se colocó el cinturón de seguridad y respiró profundo.

Miklos la imitó; pero en vez de suspirar, le dedicó una sonrisa de agradecimiento.

—Todo saldrá bien, Heather.

—Eso espero.

***

El plan que tenía Garret en mente no estaba muy claro. Por un lado, habría querido subir a Felicity al coche y llevarla de una vez a las afueras de la ciudad en donde sabía que encontraría a una de las pocas brujas descendientes de Veronika que podrían ser capaces de liberar a Felicity de la laguna en la que estaba sumergida.

La bruja de Etelka le confesó a Pál que su idea era arrancarle cada recuerdo de la mente, pensó en hacerle un borrado completo, tal como el que Pál le hizo a la sirvienta que les descubrió a él y a Lorcan peleando como animales después de que Garret se enterase de lo ocurrido con Diana.

Sin embargo, la bruja se encontró con recuerdos en la mente de Felicity que eran difíciles de arrancar. Quizá era que Felicity se negaba a que le arrancaran sus recuerdos, por muy malos que estos fueran y era por eso que recordaba algunas cosas de lo ocurrido con Gabor mientras este le hacía creer que era Lorcan.

Maldito.

Cada vez que pensaba en ese bastardo lo que quería era quitarle la cabeza y arrojarla a los tiburones.

Pero no podía hacerlo.

Pál era la persona encargada de esa labor porque era él el mayor en la línea de sus descendientes.

Cuantas cosas podían cambiar en tan solo una noche.

Ahora estaba allí, junto a Felicity, disfrutando de su sonrisa y de su calidez.

Era maravillosa.

Pensó en Diana, sentía que la traicionaba.

Sentía que traicionaba su voto de castidad que rendía homenaje a su amada.

Porque Felicity despertaba en él muchos sentimientos.

—Me parece que estoy hablando sola.

Él le sonrió. Era una chica intuitiva, ya le había dado demostraciones antes, en el pasado, cuando se cruzaban en los pasillos de las oficinas en las horas que ella visitaba a Lorcan. Momentos en los cuales él la retenía por unos segundos para deleitarse con su belleza y con su carisma.

—No, estoy escuchándote. Me decías que te encanta el mar. Y que tienes tiempo pensando en...

Aquella idea que le cruzó por la mente era perfecta.

—Tomar unas vacaciones —completó ella mientras él daba gracias al universo por la sincronicidad de las ganas de vacacionar de ella con la necesidad de sacarla de ahí de él y así poder ayudarle a recordar.

Pero no podía ir con prisas porque la ahuyentaría.

—Yo también he pensado en tomar vacaciones, tengo años solo tomando vacaciones para ir a las fiestas de Venecia.

Felicity lo vio con duda.

—De ahí es que nos conocemos, ¿recuerdas?

Ella dudó.

—No recuerdo muchas cosas últimamente —comentó sin importancia. Aquella falta de importancia por su parte venía adherido al barrido de memoria de las brujas—. Bueno, da igual, tampoco te estás perdiendo de grandes recuerdos-

Garret le sonrió divertido; aunque, por dentro, moría de la

preocupación y estaba lleno de interrogantes en cuanto a sus lagunas.

—Podríamos organizar un viaje a los Hampton —propuso él en un arrebato.

—Estaría genial —Garret notaba que los ojos de ella, a veces, se perdían entre sus recuerdos. Quizá estaría intentando recordar en dónde trabajaba, si debía ir allí, o si podía simplemente tomarse unos días y ya.

Ella sabía en ciertos momentos que algo no iba del todo bien y en cuanto se esforzaba por deducir algo, su mente bloqueaba y enviaba un vacío. Así funcionaba ese poder de las brujas, por ello algunas personas se sumergían en un estado de completa locura.

—¿Qué te parece si vamos a dar un paseo? Me apetece caminar.

La chica se animó y salieron del edificio caminando a paso lento uno junto al otro.

El corazón de Garret alucinaba con todo lo que vivía ese día y estaba intentando prepararse para todo lo que vendría; sabía que existirían momentos difíciles. Pero esos instantes buenos junto a ella, admirando su sonrisa, sabiéndola tan cerca y solo para él, era más que suficiente para hacerle soportar cualquier próxima tempestad.

El día estaba hermoso.

El sol se alzaba en lo alto y empezaba a calentar de manera importante.

No había viento y de los árboles ya brotaba el brillo de la primavera.

Las flores empezaban a asomarse, las abejas empezaban a recolectar polen y la gente salía de sus casa para deleitarse de un día tan estupendo con actividades al aire libre que les suministraran vitamina D y los llenara de buena energía.

El parque estaba a reventar de buena energía.

Tan buena, que Garret se vio tentado a absorber un poco de las cercanías.

Felicity casi no hablaba, solo sonreía al sol mientras caminaba disfrutando del momento.

Después de un rato, se sentaron en una banqueta al cobijo de la sombra de los árboles.

En silencio, observaban a la gente ir y venir.

Deportistas, familias haciendo paseos en bicicletas, niños corriendo y jugando.

Frente a ellos, los árboles se abrían paso y un grupo de niños jugaba al escondite con algunos adultos.

Garret sonrió divertido, observando como los niños salían de sus escondites detrás de los troncos cuando alguno de los adultos estaba cerca de ellos y corrían por alcanzar la victoria.

De pronto, su olfato percibió el terror que embargaba a Felicity y cuando se volvió para verla sus ojos estaban abiertos de par en par, fijos en los niños que se escondían y corrían.

Garret entendió que ella no veía la diversión del ahora si no el pánico que vivió en el pasado.

Estaba relacionando ese momento con sus vivencias.

Empezó a temblar y vio a Garret como cuando un niño asegura que un monstruo lo persigue.

—Viene por mí, Garret. No dejes que me lleve de nuevo. No lo dejes.

—Shhh —Garret la atrajo hacia sí y le dio un abrazo que la ayudara a calmarse—. Nadie va a hacerte nada mientras estés conmigo, te cuidaré con mi vida.

Ella cerró los ojos.

Garret sintió su lucha por creer en las palabras de él para poder calmarse, pero el pánico que la invadía superaba toda su lucha interior.

Su respiración empezó a ser irregular y su comportamiento cambió repentinamente. Se frotaba las manos, observando con recelo hacia ambos lados. Temiendo que alguien la estuviese siguiendo.

—Felicity, mírame —le tomó el rostro a la chica entre sus manos, ella intentaba mantener la vista centrada, pero el miedo que manejaba en ese momento la obligaba a estar alerta.

Era simple supervivencia.

Sentía que estaba siendo cazada de nuevo.

«Maldito Gabor» las palabras en la mente de Garret sonaron con tanto odio que deseó tener algo qué golpear para sacar su ira.

Pero primero estaba ella.

—Vamos a casa.

La chica empezó a llorar.

—Me va a atrapar si me muevo de aquí.

—No, porque estás conmigo y nadie va a lastimarte mientras esté a tu lado. Te lo repetiré todo lo que sea necesario.

La besó en la frente y ella, finalmente, pudo centrar su mirada en la de Garret.

—No me dejes sola.

—Ni ahora, ni nunca.

Garret no le daría más vueltas al asunto. Ese mismo día, saldrían de la ciudad.

Ella lo necesitaba y, a partir de ese momento, ella siempre sería su prioridad.

***

Heather y Miklos se mantuvieron en silencio al inicio del camino al refugio. No porque Heather no tuviese preguntas; al contrario, estaba llena de estas, pero no sabía si era buena idea atacar al hombre con preguntas que quizá no quería responder.

—Heather, no hace falta que te reprimas conmigo —la vio de reojo mientras atravesaban una carretera llena de pinos a los costados—. Yo soy la versión masculina de Klaudia.

Ella se dejó ver interrogante porque simplemente no entendía su comparativa.

—Veo que no conoces a Klaudia —Heather negó con la cabeza—. Es una buena manera de empezar a saber en dónde te metes.

—Bueno, sé que es una proxeneta.

Miklos abrió los ojos con sorpresa y sonrió burlón.

—Nunca le digas eso en su cara, por favor, porque desatarías su ira.

—Y no le tengo miedo —Miklos hizo una mueca que dejaba en claro que estaba en desacuerdo con su afirmación—. ¿Debería temerle?

—No es una santa.

—Eso quiere decir que debería temerte a ti también.

Miklos hizo otra mueca dándole a entender que no estaba muy alejada de la realidad.

—Verás, querida Heather, Klaudia y yo nacimos con el don de la impulsividad. Actuamos antes de pensar. Lo que nos hace quedar, en muchas ocasiones, como muy malas personas.

—Entiendo. Eso no le hace menos proxeneta a ella.

Miklos rio por lo alto.

—¿Por qué tan furiosa con su actividad económica?

—Porque Felicity está como está porque trabajaba en su compañía.

—Bueno, Klaudia no obligó a tu amiga a ser prostituta —Heather lo vio ofendida—. No estoy diciendo nada que no sea cierto. Es verdad lo que dices de Klaudia, pero todo su personal está ahí porque así lo deciden y en el momento que quieren marcharse, se les deja ir sin problema, incluso quienes nos sirven. No son esclavos.

—Pero les borran la memoria.

—Hipnosis. De la de verdad. Hay brujas involucradas y la mayoría de las personas que nos sirven son indigentes rescatados de las calles que no tienen problemas en servirnos. La mayoría no tiene familia que puede reclamarlos y las brujas ayudan a Klaudia a saber si son de fiar o no.

—Parece que Klaudia es toda una caja de sorpresas.

—Es buena, ya la conocerás. Pero es empresaria. Y ha ayudado mucho a la especie con lo de la alimentación.

—¿No ha pensado en darles un banco de sangre?

Miklos rio de nuevo. Heather le caía bien.

—No nos funciona como les funciona a los vampiros de la ficción, Heather. No sé qué sabes de nosotros, pero necesitamos sangre y psique para obtener saciedad y eso solo ocurre que si lo hacemos al mismo tiempo.

Ella lo vio con duda. Miklos evaluaba el ambiente con su olfato y sentía que todo iba bien con la chica.

—Pál me dijo que eso ocurría solo cuando uno consigue a la persona...

—Amada —Miklos negó con la cabeza sonriendo—. Pál es un creyente del amor puro entre dos personas.

—¿Tu, no?

—No.

Heather no se atrevió a preguntar por qué.

Miklos la observó debatirse entre sí preguntarle o no por qué no creía en el amor y prefirió dejarla con la duda.

—Mira, lo que te dijo Pál no es falso. Esa comunión perfecta ocurre solo cuando encontramos a la persona destinada para nosotros. Sin embargo, para sobrevivir, necesitamos consumir sangre y psique. Para no representar una amenaza a los humanos en general, es mejor si ese consumo se hace al mismo tiempo. Nos mantiene centrados y conscientes de lo que hacemos. De otra manera, siempre puede haber un fallo y hacernos cometer alguna estupidez que nos exponga.

—¿Por qué no crees en el amor puro?

—Porque me lo arrebatan cada vez que lo encuentro. Así que prefiero no creer.

Heather se reprendió por entrometida. Estaba claro que Miklos no quería hablar del tema.

No presionaría más.

—¿Cuál es la historia de la condesa?

Miklos respiró profundo y empezó a narrar la historia de su bisabuela. Le dio todos los detalles que le dieron a él desde niño.

—Y está en ese estado que es de…

—Sequía.

—Muerta.

—No, cuando estamos en sequía es que no hemos consumido ni sangre ni psique y aunque no estamos muertos, podemos ser declarados cadáver porque eso es lo que parecemos cuando estamos en sequía.

—¿Hay otros en ese estado?

Miklos asintió.

—La mayoría, por las reglas de la sociedad.

Ella lo vio con duda.

—¿Cuánto tiempo pasa antes de que llegue la sequía?

—No era eso lo que me ibas a preguntar —Miklos sintió el cambio en el ambiente, el tema de la sociedad le había causado curiosidad, tal como él mismo quiso que fuera, pero parecía que ella sabía que Lorcan tuvo la intención de la sequía después de atacarla a ella.

—¿Me lo vas a decir?

Era insistente. Esa chica lograría grandes cosas en Lorcan.

—Pueden pasar meses.

Ella frunció el ceño y volvió el rostro a la ventanilla del coche para ver al exterior. Los árboles pasaban con rapidez. Mientras sus pensamientos se detenían en los porqués de la vida.

—Heather, yo no voy a decirte mentiras. Lorcan no está en sus mejores condiciones.

—¿Lo viste ya?

—No. Pero por lo que me dijo Garret y la manera en la que lo consiguió... —negó con la cabeza—, puede que no veas buenas cosas.

—¿Qué hizo?

Miklos respiró profundo.

—Quiso drenarse para entrar en sequía —Heather no pudo disimular su angustia. El pecho le oprimía. Miklos sintió un nuevo cambio y decidió parar en su relato—. No es buena idea que siga contándote más.

—Dijiste que no me ibas a engañar.

Miklos bufó.

—Las peleas entre Lorcan y tú van a ser fenomenales porque los dos con bien tercos —la observó de reojo, ella seguía a la espera y él no sabía cómo explicarle la escena que su hermano le describió para que no le sonara dantesca—. Mira, no te voy a llenar de detalles que no van a ser buenos para tu imaginación, confórmate con saber que Garret lo encontró en el momento exacto; que ahora lo verás bastante lastimado físicamente y de cuidado emocional aunque se esfuerce por disimularlo y controlarlo.

Heather asintió sin decir nada. Estuvo un rato sumergida

de nuevo en sus pensamientos.

—Eso quiere decir que necesita alimentarse —comentó luego.

Miklos asintió con el ceño fruncido. Y sintió los nervios de ella.

—Estaré contigo. No va a ocurrirte nada.

—No quiero temerle.

—Entonces, no lo hagas. Yo confío en que tú puedas ayudarlo a superar todo.

—Pál cree lo mismo.

—No podemos estar todos equivocados.

—¿Y qué hago con estos nervios que me atacan?

—Nada, Heather. Es lo normal. Déjalos fluir y a medida de que avances con Lorcan, sabrás si perderlos o no.

—Necesito perderlos porque amo sinceramente a tu hermano y no me imagino poder ser feliz si no está junto a mí. Aunque me sienta en una película de ficción rodeada de seres sobrenaturales.

Miklos sonrió con sinceridad absoluta. No se esperaba una confesión como esa, pero agradeció en su interior a todos los dioses el haber puesto en el camino de su hermano a esa chica valiente y hermosa.

—¿Qué ocurrió con Luk?

Miklos no se esperaba aquella pregunta, su mirada se ensombreció de repente.

Heather entendió su reacción.

—Mi hermana murió en un accidente de tránsito. Era drogadicta y vivía en la calle —Miklos sintió compasión de ella, sabía lo que era perder gente amada—. Supongo que ustedes, por todo lo que viven, tienen más experiencia en esto de perder a la gente que se ama. ¿Se supera alguna vez?

Miklos negó con la cabeza.

—Debe ser terrible vivir eternamente con tanto pesar a cuestas.

—Lo es —hubo un silencio que Miklos rompió de nuevo—: Luk murió porque cometió muchos errores y nos estaba dejando en evidencia. Masacró a mucha gente, los rumores en nuestra contra crecían con rapidez. Las reglas de la sociedad deben llevarse a cabo y cuando uno de nosotros crea un caos como el que Luk creó, debe morir.

—¿En sequía?

Miklos negó con la cabeza.

—Lorcan tuvo la responsabilidad de arrancarle la cabeza. Muerte real.

—Dios santo —Heather casi si podía respirar de la sorpresa y el horror que sintió, sumado a la lástima que la embargó por Lorcan.

—La sequía es para los que atacan a la misma especie o un hecho menor con humanos, cosas que no sean hechas con intención. Hay varios enterrados así al rededor del mundo. La muerte real se les da a los que, como Luk, atacan comunidades enteras de humanos o cualquier otra especie.

—Eso es lo que ocurrirá con el que atacó a Felicity.

Miklos asintió.

—Es lo menos que se merece después de lo que le hizo —acotó la chica, lo vio con duda—. Hay que acabar con todo lo que represente una amenaza, Heather.

—¿Lorcan no representa una amenaza para los humanos?

Miklos dudó en su respuesta y optó por la más sincera:

—Espero que no.

Hicieron silencio mientras Miklos seguía las indicaciones del GPS.

—¿No habías venido antes aquí?

Miklos negó con la cabeza.

—Solo Pál conocía este lugar.

Después de recorrer un trecho de camino de tierra en un desvío que tomaron en la carretera principal, vieron una cabaña vieja y desvencijada oculta entre la vegetación del bosque.

—Hemos llegado.

Heather respiró profundo para luego dejar escapar el aire con fuerza.

Miklos aparcó frente a la propiedad y apagó el motor del coche.

La vio y le dio un ligero apretón de mano.

—Voy a estar contigo, todo estará bien y confía en él —sonrió con dulzura a la chica—. Ustedes tendrán un final feliz. Estoy convencido de eso.

Capítulo 23

Lorcan respiró profundo cuando sintió los pasos aproximarse a la casa. Estaba nervioso, con el corazón bombeando a su máxima potencia y sus sentidos en completo alerta.

Intentar controlarse, se le estaba convirtiendo en un suplicio.

Cuando recibió el mensaje de Garret que le indicaba que Heather y Miklos ya habían salido del apartamento camino al refugio, pensó en huir, lejos, a un lugar en el que nadie pudiera encontrarlo; aunque la verdad era que aquello no iba a solucionar sus problemas.

Al contrario.

Los empeoraría porque podía convertir a Heather en la obsesión de la bestia maldita en su interior y aquello sería fatal para todos.

Así que seguiría los consejos de Pál.

Por lo menos esa había sido su intención inicial.

¡Pero cómo le costaba llegar a ese estado zen al que llegaba la gente cuando intentaba calmarse!

Se preguntaba si realmente existiría, empezaba a dudarlo.

Las fosas nasales se le expandieron apenas sintió a Heather subir los escalones del porche de la propiedad. La puerta estaba abierta. Miklos fue el primero en cruzarla.

Lorcan se encontraba sentado en el sofá que estaba en el salón de la vivienda.

Se alegró de ver a su hermano y se puso de pie para abrazarlo.

Miklos abrió los brazos rodeando a Lorcan en un reconfortante abrazo, uno que tenían años sin darse.

El menor de los Farkas sintió la debilidad de Lorcan; y también, la ansiedad, excitación e inseguridad que llevaba encima.

Le dio unas palmadas en la espalda.

—Todo estará bien.

Lorcan la vio a ella y su corazón se aceleró aún más; si es que aquello era posible.

Heather se llevó una mano al pecho al ver la palidez en el rostro y cuerpo del hombre que le había robado el corazón.

También vio marcas en los antebrazos y no eran cualquier marca.

Se veía que habían sido profundas. Aun no cerraban por completo.

Miklos lo soltó. Él se quedó a su lado estudiándola.

Ella cruzó el umbral de la puerta, aproximándose a él.

Lorcan podía escuchar el corazón de ella; agitado, en una carrera de galope junto al suyo.

Miklos olió los cambios en su hermano y le colocó una mano encima del hombro observando a Heather a los ojos para indicarle que se calmara.

Esta asintió levemente y respiró profundo.

Se calmó un poco, pero no lo suficiente para calmar las ansiedades que se escondían en el lado oscuro de su hermano.

Ella dudó de un acercamiento completo, no se atrevió a juzgarla.

La entendía y la cuidaría de su propio hermano. Unos segundos después, ni ella misma soportó tanta cautela dando el paso definitivo para echarse en los brazos de Lorcan que la rodeó y estrujó contra sí con tanta devoción que Miklos empezó a sentirse incómodo, aunque complacido, de que el primer acercamiento fuera así de exitoso.

Ambos lloraban.

Miklos se dejó invadir por la emoción. Nunca antes había visto a Lorcan así de entregado por una mujer y le gustaba lo que veía.

El amor sanaba. Él lo sabía, así le hiciera creer al mundo entero que no creía en el amor.

Por su parte, Lorcan estaba invadido de miles de emociones, propias y de ella.

¡Dios! ¡Qué bien se sentía tenerla entre sus brazos!

Le dio miles de besos en la coronilla mientras ella se aferraba a su cintura y él también se aferraba a ella por completo. Como si ella fuera la clave en su vida para conseguir la paz.

Esa que no pudo encontrar mientras esperaba a que la chica llegara a la propiedad.

Ahora lo dominaba una tranquilidad asombrosa aunque su oscuridad le incitaba a ceder.

Tenía hambre. Era un hecho que no podía dejar pasar. Necesitaba sangre y era tentador tenerla a ella allí.

No le haría nada.

Nada.

—¿Qué te ocurrió? —Heather le pasaba las manos por el rostro, el cuello, los ante brazos; e intentó subirle las mangas, pero él se lo impidió. Lo observaba con reprobación; con reclamo— ¿Cómo pensaste en hacer algo así?

—¿Qué más podía hacer, Heather? Pensaba que después de la otra noche no querrías saber más nada de mí.

Ella lo abrazó de nuevo y luego lo vio a los ojos.

—No puede haber más secretos entre nosotros, Lorcan. Me siento en un cuento absurdo lleno de seres que pensaba eran pura ficción y, sin embargo, no he salido corriendo porque quiero seguir dentro de este cuento; a tu lado.

Lorcan dejó escapar algunas lágrimas de nuevo. Esa mujer era una bondad absoluta en su vida.

No se la merecía después de todas las cosa terribles que hizo.

Le acunó el rostro entre sus manos y la vio a los ojos.

—No hay nada que pueda desear más que tenerte junto a mí, pero temo que pueda lastimarte.

—No va a pasar —lo invitó a sentarse en el sofá para conversar—. Pál me dijo que tanto el olfato como el oído lo tienen más desarrollado —comentó viendo a Miklos y ambos asintieron—; si nos quedamos aquí, y esperas afuera, ¿podrías escucharme?

Miklos entendía muy bien a lo que se refería Heather.

—Heather, no…

—Necesitamos privacidad, Lorcan; y, tanto tu hermano como yo, confiamos en tu buen juicio.

—No me he alimentado y perdí mucha sangre, no tengo buen juicio.

Heather lo vio, le acarició el rostro y lo besó en los labios con dulzura.

Luego vio a Miklos asintiendo. Este le concedió la privacidad que requerían.

Lorcan empezó a sentirse aterrado. Cualquier cosa podía activar su lado maldito y le haría daño a ella.

Empezó a sentir la sangre de ella recorrerle el cuerpo. Podía escuchar el palpitar de la vena en el cuello; su respiración se agitó considerablemente y sintió el endurecimiento de su miembro en el acto.

—¡Miklos!

—Estoy a un paso de ti, cálmate. No vas a hacer nada que ella no quiera —Protestó este desde afuera.

Por su parte, Heather entendió el cambio en el comportamiento de Lorcan.

—¿Cómo es el proceso?

Miklos se puso alerta. Una cosa era que su hermano dominara a la bestia y otra muy diferente era que ella lo incitara, porque ahí tendría que intervenir de inmediato.

—Ni lo sueñes —respondió su hermano y él se levantó de su asiento en el exterior, asomándose en la puerta. Percibió la excitación de él; el deseo hacia ella sumado al hambre que lo dominaba.

—Tienes hambre, Lorcan. Sería mejor empezar a arreglar todo desde ahí.

—¡¿Estás loco?! Puedo nublarme y…

—Te daré un buen sacudón —Miklos le sonrió con malicia enseñándole el aparato de descarga eléctrica que Klaudia le envió para que hiciera uso de eso sobre Lorcan en caso de necesitarlo.

—¿Qué es eso?

—Da descargas eléctricas. La última vez que Klaudia lo uso conmigo me dejó inconsciente varias horas.

Heather desaprobó el uso de ese aparato.

—No me has dicho cómo es el proceso. El simple, no me hables de la comunión de psique y sexo y todo lo demás; ahora necesitas sangre. ¿Cómo la obtienes?

Lorcan le enseñó un anillo que llevaba en su anular derecho. Miklos también llevaba uno.

Era un aro de metal sencillo, podía pasar fácilmente por un aro de matrimonio. No lo había visto antes con esa prenda. Cuando Lorcan le acercó la mano, se fijó en que la parte del anillo que estaba en el interior de la mano, estaba dividido. En un ágil movimiento con su pulgar, Lorcan accionó un sistema y saltó un pequeño punzón.

—Tú escoges el lugar —le dijo Miklos—. Mi recomendación, para hoy, es la muñeca.

Ella lo vio con atención y luego estudió el arma. Lorcan empezó a temblar.

—No es buena idea.

—Pues yo no le veo otra alternativa y siempre vas a representar un peligro así que empezaremos a superar las cosas. Vamos a practicar.

Miklos se sentó frente a ellos, con la distancia justa para darles espacio y al mismo tiempo dejando el espacio perfecto para alcanzar a Lorcan con rapidez en caso de que no pudiera parar por cuenta propia.

—¿Me va a doler? —Miklos hizo una mueca moviendo su cabeza a ambos lados—. Eso no ayuda Miklos.

—Vale, entonces, no, señorita valiente. No te dolerá.

Ella volvió los ojos al cielo y luego vio a Lorcan que no dejaba de negar con la cabeza.

Le rodeó con sus manos obligándole a verle a los ojos.

—Tú puedes con esto. Vamos. Es hora de comer, cariño.

La broma les hizo reír a todos, menos a Lorcan.

—No es gracioso.

—Pues empezaremos a hacerlo gracioso; y hazme el favor de acabar de una vez porque me muero de los nervios.

—Puedo sentirlos, Heather. Eso no ayuda.

Ella respiró profundo de nuevo.

Y extendió el brazo.

Lorcan le suplicó a Miklos que detuviera aquella locura, este lo único que hizo fue enseñarle la pistola de electricidad. Las encías empezaron a dolerle más. La boca se le resecó al pensar en sangre; y Heather, al ver que él no tomaba acción, pero que sus facciones empezaban a tornarse severas como las de la noche en que intentó atacarla, le dijo:

—Lo haré yo misma si no lo haces tú. Hazlo, ahora.

Lorcan fijó su vista en la de ella e intentó encontrar paz, algún rastro. El miembro lo tenía tieso y los testículos empezaban a dolerle como el infierno. No más que las encías que sentía que se le partían en dos.

Miklos respiró los aromas y se puso en posición; un paso en falso y lo iba a electrocutar de seguro.

—Hazlo, por favor —le suplicó Heather. Lorcan no se hizo de rogar más. Tomó la muñeca de ella e introdujo el punzón.

Heather no podía entender lo que sentía porque eran tantos los nervios que tenía en ese momento que si le estaba causando algún tipo de dolor, ella no se estaba enterando nada; solo observaba con detalle todos los movimientos de Lorcan que vio con lujuria la sangre cuando empezó a brotar.

Ambos vampiros expandieron sus fosas nasales y cuando Lorcan se percató de que su hermano podía representar un peligro, lo vio con reto a los ojos y gruñó.

Miklos intuyó que era su oscuridad hablando.

—Chupa antes de que te electrocute, idiota.

Observó dentro de la mirada de advertencia un vestigio de miedo por lo que estaba a punto de hacer.

—Vamos, hazlo —ella le acarició el rostro y fue como un bálsamo que lo devolvió al momento. Al Lorcan centrado que solía ser aun en presencia de la sangre que tenía ante él.

Ella acercó más la muñeca a su boca y él no se pudo resistir más. El hambre lo alentó a alimentarse.

Su excitación desapareció en ese momento y se sintió más tranquilo.

Ella siguió acariciándole con dulzura el rostro mientras él abría los labios para mojarlos en el líquido tibio que brotaba de su vena.

Se relamió los labios y sintió una corriente intensa recorrerle en el interior. Fue fascinante y estimulante.

Se pegó entonces a la herida y empezó a succionar sin dejar de verla a los ojos. Ella cerró un momento los suyos, se adaptaba a la sensación de succión que él le producía sobre la pequeña herida.

Siguió concentrada en sus caricias y le sonreía con amor mientras él absorbía su sangre empezando también a absorber su psique.

¡Era delicioso! Sentía que la sangre de ella entraba en su organismo para unirse a la suya, su psique le daba fuerza; y sus tristezas, miedos y otras oscuridades, empezaron a esfumarse.

¿Qué diablos le hacía esa mujer?

¿Cómo lo lograba?

«Amor», escuchó ella en su interior. Era amor lo que sentía por él y estaba dispuesta a hacer eso y más, por Lorcan. Todo lo que necesitara, lo haría.

Lorcan suspiró y la vio con amor. No quería despegarse de la herida porque la sensación que tenía en su interior era un éxtasis y temía que todo pasara una vez dejara de succionar; sin embargo, se sintió saciado por primera vez en su vida.

Las encías dejaron de doler. La boca dejó de sentirse reseca, su hambre terminó y no necesitaba nada más.

¿Eso era lo que Pál le había explicado?

Era maravilloso sentirse tan pleno.

No recordaba haberse sentido tan seguro de sí mismo

nunca antes.

No de esa manera.

Se separó de la herida, dándole pequeños besos y dándole las gracias a ella con la mirada.

Ella le sonreía satisfecha a pesar de que se sentía cansada. Miklos se relajó, lleno de emoción en su interior por Lorcan.

—Estaré afuera —dijo y ninguno de los dos respondió.

Miklos sonrió divertido, así era la vida de los enamorados, absortos siempre el uno en el otro. Los recuerdos quisieron alcanzarle, pero los sacudió de inmediato porque no quería sentirse mal ese día. No. Ese día era de alegrías por su hermano.

Lorcan vio a Heather y ella le dedicó una sonrisa tan dulce que le fue imposible aguantarse las ganas de besarla.

El beso, que pretendía ser suave y delicado, se volvió intenso y decidido. Un beso que marcaba la necesidad de ambos por demostrarse lo que sentían aunque Lorcan tenía clara ventaja en ese sentido.

Ella se despegó de él por un momento y lo vio con duda.

—¿Qué se hace después? —le señaló el brazo con la herida de la que aun brotaba un hilo delgado de sangre.

Él sonrió con tranquilidad, se levantó de su asiento para ir a la cocina. Abrió un cajón del que sacó gasa esterilizada y adhesivo quirúrgico.

—Lo siento, no tengo nada más delicado para ponerte —le tomó la mano con delicadeza y lamió los restos de sangre. Se le escapó un sonido gutural de deleite, de esos que hacen los comensales cuando una comida está suculenta—. Es dulce, intensa, picante. Refleja un poco tu personalidad y… —guardó silencio mientras le vendaba la herida porque se dio cuenta de que hablaba con ella de una forma tan natural que temía espantarla.

—Continúa —le suplicó la chica y él no pudo resistirse.

—Nunca había probado nada igual, Heather. Sentí tu sangre unirse a la mía, la siento recorrer mi sistema y por primera vez en mi existencia puedo asegurar que no tengo hambre. Me siento bien, con energía, sin penas.

Ella sonrió en grande, alegre por aquella noticia que él le daba.

—¿Te duele? —le preguntó con interés.

—No. En realidad no sé qué sentí en ese momento, estaba tan nerviosa que creo que mis nervios bloquearon cualquier dolor. La succión sí que la sentí y fue… —lo vio con intensidad—, excitante.

—Es como debería ser —bufó él negando la cabeza. Se sentó otra vez a su lado—. Para mañana, ya estará cerrada. Ven acá.

La arrimó hacía él y la apretujó a su cuerpo. Quería demostrarse que no estaba en un sueño.

—Pensaba que no podríamos estar así nunca más.

—Yo también llegué a pensarlo.

—Lamento haberte asustado y haberte ocultado esto que soy.

Ella le plantó un beso en los labios para luego recostarse de su pecho.

—No te disculpes por lo que eres.

—No es tan fácil, Heather, sabía que ese día no acabaría bien. Cuando llegaste a casa con los zapatos con restos de sangre pensé que iba a enloquecer.

Heather se levantó de nuevo y lo vio con culpa.

—Lo siento, Lorcan. Yo no quería…

—No lo sabías, cariño; por Dios, no tienes la culpa de nada —le acarició el rostro y la invitó a colocarse en la posición previa.

Ella no se resistió.

—Cuando Pál me contó tu naturaleza, me preguntaba cómo fue que esa noche perdiste el control de esa manera. Ahora lo entiendo. La primera vez que ocurrió...

—Estabas inconsciente.

Ella se levantó de nuevo para verle a los ojos.

—El día que te salvé del hombre que quiso lastimarte en el callejón.

Le contó todo lo que sintió ese día, desde el momento en el que la vio forcejeando con el hombre.

Cuando te dejé en casa, estabas herida, yo estaba muy mal ese día y tuve que salir de inmediato de ahí porque estuve cerca de atacarte.

—¿Cómo lo solucionaste?

—Klaudia llevó una chica a mi casa. Fue la vez que me electrocutó porque yo...

—No te guardes nada, Lorcan. Nada. Quiero saberlo todo de ti.

Él asintió y fue un momento extraño porque no sentía temor a contarle la verdad absoluta de él. Estaba dispuesto, incluso, a contarle sobre las cosas que tuvo que hacer como Verdugo.

Ella estaba tranquila, escuchándole con atención.

No se detuvo.

Empezó a narrarle la noche después de dejarla en su casa, cuando atacó a la chica que llevó Klaudia. Le habló de todos los esfuerzos que tuvo que hacer para mantenerse fuerte en su presencia.

Lo impresionado que estuvo desde el primer momento en el que la vio cuando ella derribó su barrera a las emociones.

Cuando se excitó sin necesidad de hacerle daño.

Cuando empezó a extrañarla, a necesitarla.
Cuando se dio cuenta de que la amaba.
Ella se enterneció en ese momento pero quería saber más.
—¿Qué es este lugar? Y ¿por qué lo necesitas?
Lorcan suspiró.
—¿Estás segura de que quieres saberlo?
Ella asintió.
Él la tomó de la mano y la guio a la habitación que tenía la trampilla.
—Miklos. Estaremos en el sótano.
Los pasos de Miklos sonaron en el interior de la vivienda y alcanzó a ver a su hermano cuando ayudaba a Heather a bajar.
Sintió curiosidad, por lo que esperó un rato para también bajar; manteniendo la distancia.
Alcanzaba a escuchar las voces de ellos sin problema, por lo que no le costaría trabajo escuchar la historia entera desde donde se encontraba y la verdad era que no quería avanzar más, aquel lugar le ponía los pelos de punta.
Heather caminaba por el pasillo de tierra con temor, sentía que se asfixiaba.
Lorcan la comprendía, era la primera sensación que daban esos lugares. Sobre todo, para la gente de este siglo.
—No estaremos mucho tiempo aquí —le dijo él en cuanto llegaron a una puerta metálica que parecía de una prisión de esas que se ven retratadas en los libros de historia.
Heather sintió un escalofrío profundo. Se detuvo tomándolo de la mano.
—Si quieres marcharte, lo haremos.
Ella negó con la cabeza.
—Solo no me sueltes, por favor.
Él le sonrió con compasión, ¿cómo juzgarla? ¿Cuántas veces habría querido que alguien le sostuviera la mano en ese

lugar, o en el verdadero en el que vivió tan malos momentos? Entonces empezó a narrar el tiempo en el que la emperatriz Cristine de Austria mandó a investigar los casos de mortandad infantil de las comarcas vecinas. Eran altos y por ello, levantaban sospecha. Le explicó el verdadero proceder de esos niños. De los que morían sin explicación y estaban causando gran preocupación en la zona.

Cómo Pál intentaba mantener unidos a los descendientes de la condesa sangrienta; siendo a veces una tarea titánica, porque algunos se negaban a seguir las reglas. Y cómo la emperatriz aprobó una ley que obligaba a realizar autopsias a esos niños; Pál había tenido la visión de que no encontrarían lógica para esas muertes y empezarían los problemas.

Por ello, le hicieron una visita.

Entonces le explicó lo que ocurría con los recién nacidos que nacían con la maldición.

—¿Les tocará a nuestros hijos? —Él sonrió con pesar y negó con la cabeza—. A nuestros nietos, entonces.

Lorcan asintió y continuó con su relato.

—Un tiempo después de nuestra primera reunión, la emperatriz solicitó otro encuentro solo con mi tío. Estaban allí, ella; Van Laar, su médico de confianza; y mi tío. Pál nunca me ha dicho qué ocurrió en realidad, pero siempre emana gran tristeza cuando se menciona ese día en particular. Así que puedo asumir que la supuesta muerte natural de la emperatriz fue ocasionada por el robo de psique de Pál —Lorcan vio a Heather con tristeza—. Se mantuvo comunicación con el médico y así nos enteramos de que la Santa Sede investigaba la muerte de la mujer. Una de sus doncellas sabía de los instintos suicidas de la emperatriz por esos días debido a su reciente viudez y escuchó la conversación de la emperatriz, Pál y Van Laar.

Heather empezó a sentirse ansiosa por la historia porque sabía que se aproximaba a un punto crítico para Lorcan.

—Pál, un día, me indicó lo que debíamos hacer en caso de encontrarle muerto o que la Santa Sede lo llevase detenido. Y cuando me lo mencionó, no pude dejar de sentirme lleno de rabia porque no éramos monstruos, Heather —la voz se le quebró—. Mi tío acudió a la petición de una mujer que no quería vivir, no la lastimó, solo le quitó su energía. Y no iba a permitir que Pál acabara muerto o preso después de lo bueno que había sido con todos.

Miklos, desde su puesto, se frotó el rostro con las manos recordando aquellos fatídicos días.

—Desaparecí, dejando una carta a Pál; explicándole que me entregaría en su puesto y solucionaría todo con la Santa Sede —resopló—. Lo hice y pagué un precio muy alto.

Ella lo abrazó fuerte y él respondió a ese abrazo. Lo reconfortaba.

—Me usaron como experimento. Me tuvieron en una celda como esta durante mucho tiempo. Cualquier cosa que puedas leer sobre la inquisición no es ni la cuarta parte de lo que realmente ocurrió.

Heather sentía que se ahogaba y Lorcan también experimentó su angustia.

—Vamos a salir de aquí —sugirió. No quería angustiarla.

—No. Termina, cuéntame más aunque me esté ahogando.

Miklos sintió una pena enorme por su hermano y el momento triste que revivía junto a la mujer que le traía felicidad absoluta.

—Estuve mucho tiempo encerrado en una celda así porque me negaba a lastimar a la gente. Me ofrecieron mejores condiciones a cambio de hacer cosas malas, y me negué. Me dejaron en sequía y parecía que yo iba ganando en el control de la situación aun estando en sequía. Condición en la que no estuve por mucho tiempo porque, al ver que no conseguían lo que querían, amenazaron a los míos y fue cuando cedí completamente ante ellos —Heather lo apretó con más fuerza y él la imitó—. No podía permitir que los llevaran a ellos también, Heather. Tenía que cuidarles. Entonces me dije que era el momento de asumir el papel que ellos quisieran que yo desempeñara y eso hice. Fue así como empecé a convertirme en ese ser malvado que ahora me acompaña de por vida.

Le dio un beso en la coronilla a la chica, ella cerró los ojos sintiendo pena por él.

—No sientas lástima, cariño. Hice lo que tenía que hacer por los míos. Lo haría de nuevo de ser necesario —suspiró—. La sala de torturas se convirtió en mi lugar de trabajo. Día tras día. Hombres, mujeres; jóvenes y ancianos pasaban por mis manos mientras yo, intentaba conservar mi lado humano y ser piadoso con ellos aunque debía fomentar el morbo maldito de mis superiores.

—Ha debido ser horrible. No te juzgo el haberte bloqueado —lo soltó para verlo a los ojos—. Yo hubiese hecho lo mismo.

Lorcan bajó la mirada recordando algunos de sus peores momentos.

Esos en los que los gritos de las víctimas y las solicitudes de clemencia, le acompañaban cada noche cuando intentaba dormir.

—Me apagué por completo. Levanté barreras que me dieron la capacidad de ser un hombre temible y perverso —la tomó de la mano y la guio a la habitación contigua.

Heather observó la estancia y tragó grueso.

Lo vio y su pena aumentó.

No necesitó de palabras para entender lo que hacía allí.

—Nadie conocía este lugar porque me avergonzaba decir lo que hacía en él. Aquí es en donde le daba rienda suelta a mis instintos más bajos —Lorcan se apoyó de la camilla en la que horas antes estuvo a punto de dejarse drenar. Ahora todo estaba limpio gracias a que Garret se había encargado de limpiar el recinto—. Al bloquear mis poderes de empatía y convertirme en un monstruo, mi necesidad de maldad se hizo cada vez mayor y fui terrible, Heather —la vio con horror recordando algunos de esos momentos pasados—. Nada conseguía saciar mi maldad ensañándome cada vez más con los acusados que me ponían a la orden o que yo tomaba a la fuerza —el arrepentimiento lo dominó, dejó escapar unas lágrimas. Heather recordó la forma en la que la tomó la noche en que su bestia hizo acto de presencia mientras dormían y sintió un escalofrío recorrerle en cuerpo entero. Lorcan asintió viéndola, entendía sus emociones—. En aquel momento no reaccionaba con prontitud como lo hice contigo. De hecho, no reaccionaba nunca. Simplemente llevaba a cabo aquello que me hacía sentir satisfecho. Y así pasé mucho tiempo. Tanto, que mi maldad empezó a extenderse. Un buen día, uno de esos días en los que quería más pelea que cualquier otra cosa, uno de los del alto mando de la Santa Sede me vio de la manera equivocada y cuando reaccioné, ya era muy tarde. Ambos teníamos heridas y nuestra sangre se había mezclado…

—¿Así es cómo convierten? Me preguntaba si el mordisco lo haría como lo mencionan en las leyendas.

Lorcan bufó sonriendo.

Miklos hizo lo mismo desde el punto en el que se encontraba escuchando todo.

«Las leyendas», pensó.

—No. La mordida puede matarte si no obtiene el tratamiento adecuado para sanar y evitar una infección.

Heather frunció el ceño. Lorcan sintió el cambio en su pecho.

—¿Qué ocurre?

Negó con la cabeza. No quería interrumpir la historia de él para hablar de Felicity. Lo harían, pero no en ese momento.

—Continúa, hablaremos de esto que pienso luego.

Lorcan le tomó la mano y asintió sin insistir. Podía intuir lo que pensaba en cuanto a las mordidas y su preocupación no se debía a ella misma, se debía a otra persona.

Felicity, no quedaba nadie más.

—El hombre que peleaba conmigo se volvió como yo y aunque no era lo que yo quería porque un maldito de esos con la inmortalidad nuestra puede llegar a ser peligroso, a mí, en ese momento, me valió para librarme del yugo de mis captores. Ya tenían a uno como yo, no les convenía tener otro. Además, ya no podían amenazarnos más porque tendrían que atacar a su hombre primero.

—Te dejaron ir.

—Sí, bajo ciertas condiciones. Pál se reunió con ellos y acordó algunas cosas; como por ejemplo, la unión de ese hombre y su descendencia a la sociedad.

—¿La misma sociedad que te obligó a matar a tu hermano?

Lorcan sintió eso como un golpe muy bajo y no pudo controlar todo lo que se formó en su interior.

Heather no quiso hacerle sentir mal, solo tenía mucha curiosidad.

Lo abrazó con fuerza, luego se separó de él limpiándole algunas lágrimas escapistas que salían de sus dulces ojos.

—No quería preguntarlo de esa manera, estoy muy motivada por la curiosidad, lo siento.

Lorcan negó con la cabeza.

—Luk es un tema que creo que no podré superar jamás.
—Te entiendo. Háblame de la sociedad. Quiénes son, por qué existe.

Lorcan se calmó un poco y le contó todo lo que ella quería saber.

—Así que, ¿hay muchos involucrados? ¿No solo los que son como ustedes?

Lorcan asintió.

—Personas influyentes que nos conviene tener como aliados.

—Brujas.

—Y personajes públicos también. O religiosos —acotó Lorcan.

—¿Hay más seres fantásticos?

Lorcan y Miklos rieron.

Miklos estaba fascinado con Heather y la forma en la asumía las cosas. Era una chica valiente, encantadora.

—No somos fantásticos. Somos muy reales, cariño —Lorcan la atrajo hacia sí, colocando ella las manos sobre su pecho mientras le mantenía la mirada—. Hubo Hadas, en una época pasada. Según nuestros registros, ya no hay más.

—¿Hadas? —Heather lo vio con los ojos abiertos por la sorpresa de la respuesta—. ¿Cómo *Tinkerbell*?

Ambos hombres rieron.

—No. Parecían humanos, pero se convertían en seres de muy mal aspecto cuando así lo necesitaban. Tenían una gran agilidad y no eran de fiar. Ninguno. Sin embargo, no representaban un peligro para los humanos aunque era cierto que muchas veces se las jugaban de mala manera.

—¿Y cómo llegaron a extinguirse?

Lorcan la vio con tristeza de nuevo. La misma tristeza que lo dominaba cuando se mencionaba a Luk.

Heather prefirió no tocar más el tema. Lorcan quiso explicarle cómo ocurrió.

—Un buen tiempo después de que la Santa Sede me diera la libertad absoluta, yo no encontraba paz conmigo mismo porque estuve tanto tiempo acostumbrado a matar y fue tanto lo que permití que la maldad se apoderara de mí que me sentía fuera de lugar. La sed de sangre y otras cosas crecían en mí. Hacía mis mejores esfuerzos por controlarlo a pesar de que me resultara abrumador estar junto a los míos sin poder sentirme uno de ellos; desde que salí de aquel infierno, solo he podido sentirme como un monstruo.

—Lorcan... no eres...

—Shhh —Lorcan pegó su frente a la de la chica y cerró los ojos—. No me interrumpas porque estas cosas tienes que saberlas. Sería incapaz de darte detalles de las cosas abominables que hice, pero debes saber qué clase de oscuridad habita en mí —hicieron una pausa más y él continuó—. Un día, no sé cuánto tiempo después de estar reprimiendo día y noche mis ansias de hacer daño, la oscuridad me dominó. No sé qué ocurrió exactamente porque fue la oscuridad más profunda que viví en toda mi vida; solo sé que, al despertar, tal como me ocurrió contigo la otra noche cuando reaccioné, mis ojos solo veían muerte y sangre. Eran muchos, Heather, y entré en pánico porque sabía que yo era un maldito peligro para cualquiera.

Miklos cerró los ojos, lamentó no haber ayudado antes a su hermano con eso.

El simple hecho de que nadie comentara ese acto que Lorcan apenas recordaba le indicaba a Miklos de que nadie más de la familia lo sabía.

—Pál me ayudó con todo.

«O tal vez sí» pensó Miklos. Negó con la cabeza deseando

haberlo sabido antes para ayudar a Lorcan a sobrellevar esa pena.

—Es un padre para mí y me ayudó a superar todo. Incluso cargó con mis acciones aun sabiendo que debía hacer cumplir las leyes de la sociedad.

—Lorcan, pero eso quiere decir que tú deberías…

—Entrar en sequía, por lo mínimo; sí.

Miklos sintió rabia en su interior.

Heather le dejó ver mucha angustia en su mirada.

—Es un hecho muy antiguo y no hay pruebas de lo que ocurrió. Tuve la suerte de ser prudente aun cuando estaba convertido en ese ser despiadado en el que me convierto. Pál y yo nos encargamos de borrar todo rastro que pudiera delatarme. Me dio una segunda oportunidad y no podía fallarle. Aprendí a controlarme, aun dejándome llevar algunas veces por la oscuridad. Nunca más me cegué. Es por eso que tuve la suerte de reaccionar a tiempo cuando intentabas defenderte de mí y…

Ella le colocó una mano en la boca.

—No vuelvas a mencionar ese momento. No tenemos que seguir pensando en lo que pudo pasar y que en realidad no pasó, por el simple hecho de que eres un buen hombre.

Lo besó con dulzura en la boca.

—No te merezco.

—Ay, por Dios, no digas estupideces —lo vio con profundidad a los ojos—. Nos merecemos estar juntos y nos merecemos ser felices.

Miklos sonrió satisfecho. Sí, esa era la mujer para su hermano.

Su móvil vibró en el bolsillo de su pantalón. Decidió subir a la habitación para hablar con tranquilidad. Era Pál quien llamaba.

Lorcan estaba bien y no haría nada estúpido.

—Estuve a punto de enloquecer de nuevo cuando ocurrió lo de Luk y Pál me indicó que, esa vez, no podía ver hacia un lado y dejarlo pasar.

Ella lo vio con duda.

—¿Por qué no?

—Mi entrega a la Santa Sede fue para librar a Pál de ese destino o de la muerte, sabe que lo hice por la familia y él me absolvió de la monstruosidad que hice como pago al sacrificio que había asumido. Pál siempre se ha sentido en deuda conmigo por eso y estoy cansado de repetirle que lo hice porque quise y que lo repetiría, como te lo dije hace un rato. Lo de Luk, ya lo sabía mucha gente. Humanos incluso, lo que hacía más complicado buscar la forma de cubrir su rastro. Nunca supimos cómo empezó su desequilibrio, pero de ser un hombre alegre y divertido aunque muy precavido, pasó a ser algo parecido a un adolescente a quien nada le importaba y que solo quería sembrar el pánico en la sociedad en la que se encontraba. Al principio atacó humanos, arrasó con dos aldeas en poco tiempo. Los rumores se expandieron con rapidez debido a las heridas que les ocasionaba y lo secos que dejaba a los cadáveres —Lorcan suspiró—. Pál me envió a cumplir con las leyes. Como se debía hacer. Era mi responsabilidad y la asumí. Lo único que me consuela un poco es saber que Luk parecía no existir más cuando lo tuve frente a frente. Era un completo desconocido. Me veía de una manera que no era propia en él. De hecho, nunca me reconoció —bufó—. Tampoco es que le di tiempo de hacerlo. Necesitaba acabar con esa misión pronto porque era la más difícil que me había tocado llevar a cabo. Más que haberme convertido en un asqueroso verdugo.

—Te ha tocado vivir cosas terribles —lo besó de nuevo en

los labios, con suavidad.

Lorcan asintió y sonrió a medias.

—Para cuando le di muerte, no quedaba nadie vivo en la tercera aldea. Ahí nos dimos cuenta de que esa aldea era la última que quedaba de la especie de Hadas en el mundo. Luk había acabado con todos.

Heather frunció el ceño y aunque intentaba imaginarse la escena con normalidad, le era imposible dejar de agregar elementos fantásticos como «colmillos» a uno que decidió que era Luk, y «alas» a quienes se suponían debían ser Hadas.

Fue como verlo en una película.

Pequeñas personas como *Tinkerbell* que corrían porque el ser de la noche se los iba a comer.

Se reprendió por pensar de esa manera tan infantil y hacerlo ver como una burla hacia el momento delicado que realmente era.

Lorcan se tensó y ella lo sintió de inmediato.

—¿Qué ocurre?

—Vamos —la tomó de la mano y la sacó de allí. Recorrieron con prisa el pasillo de tierra y le ayudó a subir las escaleras hacia la habitación en la que se encontraron a Miklos observando por la ventana.

—La abuela murió —anunció con tristeza—: Gabor la mató.

Capítulo 24

Heather intentaba ver todo lo que la rodeaba con normalidad; no estaba acostumbrada a ver ese tipo de casas y menos, en esa zona en la que se encontraban.

Salieron de la cabaña en cuando Miklos recibió la llamada de Pál para avisarle lo ocurrido con Etelka dándole algunas instrucciones más de las que se negó a hablar frente a ella.

Lorcan le explicó que debía acostumbrarse un poco a la información parcial que daban en esos casos. Era parte de la sociedad mostrar recelo con la información que se soltaba frente a personas ajenas a la misma.

Heather lo tomó con naturalidad.

Lo entendía.

El viaje fue un poco incómodo porque ella se negaba a hacer preguntas que quizá para ellos eran tontas y más en una situación como la que se encontraban.

La abuela de ellos había muerto en manos de Gabor, el mismo miserable que le convirtió la vida en un infierno a su querida amiga.

Ese hombre tendría que pagar muy caro por todo.

Sabía que pagaría con muerte, pero a Heather le parecía injusto. La muerte parecía muy fácil para alguien que estaba haciendo tanto daño. Se merecía la cárcel.

Que suponía era lo mismo que ponerlos en sequía.

Preguntaría cuando acabara todo y tuviera más confianza con ellos. De no ser la sequía un equivalente a la cárcel, pues iba a proponerla como castigo.

Sonaba de locos querer quedarse entre ellos y pertenecer a sus vidas. Sin embargo, era algo en lo que no podía dejar de pensar porque esa decisión de quedarse junto a Lorcan era definitiva y nada en el mundo le haría cambiar de opinión.

Lo que la hacía formar parte de su familia y a él, de la suya.

¿Cómo debía explicarles su situación a sus padres?

¡Dios! ¡Qué complicado!

Se sentía como una adolescente saliendo con el joven malo de la motocicleta.

Solo que este no era malo, ni tenía motocicleta.

«Ni es joven como parece», pensó; recordando que no le había preguntado la edad real.

Negó con la cabeza mientras conseguía ordenar sus cosas en aquella espectacular mansión.

Se quedarían allí unos días.

Tenía que llamar a casa para saber cómo iban las cosas con Felicity.

Llegaron a las Adirondack muy tarde así que decidió que esperaría hasta el día siguiente. Se sentía tranquila, sabía que podía esperar porque su amiga estaba cuidada junto a Garret. No debía preocuparse.

Lorcan le dejó bien acomodada en una habitación que bien podía ser el tamaño entero de su apartamento en Nueva York.

Y con una vista que era un encanto.

Se pasó la primera hora de su estancia allí, embobada, viendo al exterior.

La montaña, nevada en la punta; el bosque rodeando la mansión; floreciendo, como correspondía.

Vio a los lobos. Le parecieron inmensos y aterradores también. Sobre todo cuando uno de ellos levantó el hocico, olfateando el ambiente y después, clavó su vista directo en sus ojos. Estaban a distancia pero sabía que el lobo la observaba a ella.

Incluso, le pareció ver que hacía una reverencia o saludo o quizá simplemente estaba bajando la cabeza porque era lo que hacían esos animales y ella ya estaba imaginando cosas que no eran parte de la realidad que conformaba ahora su vida y sí podía ser parte de la ficción y fantasía que los humanos levantaron en torno a los seres que son diferentes a ellos.

Terminó de organizar todo y salió a dar un recorrido.

Todo en aquella casa parecía contar una historia. Todo muy cuidado y reluciente; antiguo.

Alfombras, cuadros, armaduras, pinturas, vitrales; la construcción en sí de la propiedad. Lo oculta que estaba del mundo exterior.

Cuando llegaron a cierto punto del camino de asfalto, la manada de lobos apareció a un costado de la carretera y se fijó en que, Miklos, que era quien conducía, se dedicó a seguir a los animales.

Lorcan le explicó entonces lo que significaban los lobos. Pál ya le había mencionado algo antes pero Lorcan se dedicó a darle unos cuantos detalles más.

Y así fue como dieron con la enorme propiedad que estaba protegida por un conjuro, hechizo o como le llamaran. El caso era que estaba protegida a los ojos de los humanos curiosos.

Heather se preguntaba para qué Etelka, la abuela de Lorcan, querría tener una casa así si luego no la compartiría ni siquiera con su familia.

Su estómago rugió recordándole que tenía muchas horas sin comer.

Pensó en Lorcan, se revisó la herida de su muñeca envuelta en la gasa. Estaba muy bien. Un poco más y ya sería una simple costra.

¿Cuánto tiempo pasaría para que Lorcan se alimentara de nuevo de ella? Tendría que estar un poco más calmada porque quería saber qué se sentía exactamente.

Siguió su recorrido por la imponente mansión que, en ocasiones, se le antojaba misteriosa.

Juegos de luces y sombras hacían dudar de lo que veía; más, cuando estaba rodeada de esculturas o de armaduras como en ese momento que había accedido a una estancia que parecía haber salido de un cuento de siglos pasados.

Necesitaba encontrar la cocina. Ya sentía que estaba a punto de ponerse de muy mal humor debido al hambre que la atacaba de pronto.

Abrió otra puerta y se encontró con un pasillo largo que se veía muy diferente al resto de la casa. Vacío, blanco impoluto y muy iluminado.

Se fijó en las puertas de acero inoxidable que estaban dispuestas a lo largo del corredor.

Un panel de acero corredizo. Intentó abrir alguna de las primeras puertas que vio, pero no lo consiguió.

Siguió adelante, estaba segura de que le llevaría a algún otro lado y pronto se dio cuenta de que su instinto le fallaba.

Después de dar vuelta a la derecha en una esquina, se fijó en que ese nuevo pasillo no llevaba a ninguna parte. Solo a más puertas como las que había visto segundos antes.

Una de ellas, llamó su atención porque estaba entre abierta. Terminó de deslizarla y se sorprendió al ver una bonita habitación al otro lado.

Entró, observándolo todo. Un baño, un ventanal con terraza en el exterior que parecía no haber sido usada en mucho tiempo. Esas ventanas eran diferentes a las que tenía en la habitación en la que Lorcan la dejó.

¿Eran de seguridad? Estaba casi convencida de que lo eran. ¿Porque lo serían?

Entonces alzó la vista y vio las cámaras.

Los vellos de la nuca se le erizaron, más aun cuando vio que en una esquina de la habitación, estaban algunas cosas que pertenecían a Felicity.

Las reconocería a miles de kilómetros de distancia porque eran su bolso y zapatos favoritos.

Empezó a sentir la respiración entre cortada y se sitió mareada; tanto, que se vio en la obligación de sentarse sobre la cama y meter la cabeza en las rodillas para evitar una pérdida de conocimiento.

Tenía los ojos cerrados y hubiese deseado no tener que abrirlos de nuevo porque el lugar la tenía inmensamente aterrada, pero no le quedaba más alternativa que…

—¡Heather! ¡Heather! —las voz de Lorcan la llamaba con urgencia. La misma con la que ella quería responder; la falta de aire le impedía articular alguna palabra.

Los pasos en el exterior se aceleraron hasta que llegaron ante ella y entró en la habitación como un huracán revisando, que no tuviera nada fuera de lugar.

Ella intentaba respirar con profundidad pero no lo conseguía.

Otros pasos se acercaron a ellos.

Una mujer delgada, alta y con una elegancia que hizo sentir

a Heather como un espantapájaros, entró acercándose a ellos con preocupación franca en la mirada.

—¿Estás bien?

Ella le asintió a la mujer.

—¿Klaudia? —finalmente podía hablar y lo que le vino a la mente fue lo primero que dejó salir de su boca.

Esta le sonrió a medias y asintió.

Heather vio a Lorcan.

—Estoy bien —los demás llegaron ante ellos en el acto. Todos, con cara de espanto—. Estoy bien —Aseguró, viendo hacia la esquina en la que estaban las pertenencias de su amiga.

La bruja de Etelka dio un paso al frente.

—Aquí es en donde estuvo encerrada Felicity. Se lo había enseñado ya a Pál y a Klaudia.

Lorcan lo sintió en el olfato una vez que se calmó y comprobó que Heather estaba bien.

—Me diste un gran susto.

—¿Cómo es que sabías lo que me ocurría?

—Es una conexión que hay ahora entre ustedes, muchacha —Pál le tendió la mano para ayudarla a ponerse de pie. Luego le pasó el brazo por los hombros—. Me da gusto verte de nuevo, aquí, junto a él. No en esta habitación, claro.

—Lo siento, me extravié; la casa necesita un GPS para transitarla —Todos rieron—. No sabía qué era este lugar y es tan diferente al resto, que mi curiosidad me sobrepasó. Así vi que esta habitación estaba abierta y pasé. ¿Tenía a otros secuestrados?

—No. Las otras habitaciones son algunas salas de control —Le aseguró la bruja.

—Me alegra saberlo.

—Vamos, querida. Vamos a comer que tu estómago nos

alerta que está en capacidad de comerse algo enorme.
Heather sintió vergüenza, pero era muy cierto.
Caminaron en silencio algunos minutos hasta que llegaron a otro sector de la propiedad en la que había un comedor que parecía salido de una película.
Tanto lujo y brillo a su alrededor empezaba a incomodarla. La mesa, que era muy larga y de madera maciza, estaba servida con sencillez y elegancia.
Heather no esperó a que le invitaran a sentarse.
Ella sola abrió la silla que Lorcan se encargó de ajustar una vez que ella tomó asiento. Pál y Miklos trataron con galantería y educación al resto de las mujeres.
Los vampiros comieron, no tanto como la bruja y ella.
El estómago de Heather agradecía cada bocado de la comida deliciosa que le caía.

—¿Quién cocinó esto? ¿Está delicioso?

—Los cocineros —respondió la bruja—. Hay mucha gente en esta casa que se esmera por mantenerla en pie.

—¿Me repites tu nombre? —Heather intentaba recordarlo.

—Dana —le dedicó una sonrisa amistosa.

—Gracias por salvarla, a Felicity —Heather la vio con sinceridad—. Por cierto, debo llamarla mañana.

—Es mejor que lo hagas, aunque es posible que no recuerde algunas cosas —Pál comentó con cautela y Heather se asustó—. Está bien, Heather, pero tuvo un episodio en el parque en el que Garret tomó la decisión de sacarla de la ciudad. Están en un lugar seguro. Buscando la forma de ayudarle a recuperar los recuerdos.

—Su amistad por ti y el cariño que te tiene me impidió borrarle la memoria al completo.

Heather asintió con la cabeza, intentaba procesar la información.

—¿En dónde están?

—En los Hamptons. Garret está buscando ayuda de alguien con mucho poder. Nunca se ha revertido el proceso de barrido de la memoria por parte de las brujas; y de encontrar la manera de hacerlo, se necesita una bruja descendiente de las primeras de nuestra raza, son las más poderosas.

—¿Brujas vampiras?

Klaudia sonrió.

—Querida, tu yo vamos a tener muchas conversaciones en medio de varios *cappuccinos* como buenas amigas que seremos, para explicarte muchas cosas de mi pasado —la vio con sorna—; aunque me hayas llamado proxeneta.

Heather no pudo evitar sentir una vergüenza extrema y Lorcan le dio un apretón de mano para apoyarla.

—No quería…

—¡Vamos! —Protestó Miklos divertido—, claro que querías.

Heather lo fulminó con la mirada y le lanzó la servilleta de tela que tenía en su regazo. Este la atajó en el aire riéndose como un niño travieso.

—Bueno, estaré dispuesta a perdonarte si nos tomamos un café y te cuento de mi hermana. Quizá hasta podríamos hacernos una manicura.

Heather no pudo evitar reír divertida.

—No pareces de las que les va las charlas con amigas y menos haciéndose manicuras.

Klaudia le hizo un guiño.

—Ahora sí que seremos buenas amigas porque ya empiezas a conocerme. Debo irme. Los mantendré al tanto —dijo viéndolos a todos y salió batiendo las caderas con elegancia y sensualidad.

—Klaudia y Veronika son hijas de Kristof —empezó a explicar Pál—; hijo bastardo de la condesa…
—Me lo dijiste.
—Sí, pero no te dije que Kristof se enamoró de una bruja. La misma que llevó a la condesa al lugar seguro en el que se encuentra ahora.
—¡Oh! —Heather entendió la relación de inmediato—. ¿Y en dónde está Veronika?
—Falleció, porque era humana. Tuvo una vida más longeva que un humano o bruja común. No portaba la maldición, a diferencia de Klaudia. Nacieron en el mismo parto. Es por ello que una comparte la maldición con nosotros y la otra hereda los genes mágicos de su madre.
—Entiendo —Heather bebió un poco de su copa de vino y luego, dio por terminada su comida. Rápidamente le retiraron el plato y lo sustituyeron por uno pequeño para el postre. Sonrió en su interior porque quería comer grandes cantidades de dulces—. ¿Y hay descendencia de ella?
—Seguro. Es el Coven de brujas aliadas. Conseguiremos alguna con mucho poder que nos pueda ayudar; aunque nos costará, por la gravedad de lo ocurrido con Felicity. Los barridos de memoria no se han usado para ataques como ese, la víctima no suele sobrevivir.
—¿Y si no?
—Seguiremos buscando. Garret y yo haremos lo que sea necesario para traer a Felicity de vuelta tal cual era.
Dana negó con la cabeza.
—Estoy muy arrepentida de todo. Quiero que lo sepas.
—Lo sé, noto tu sinceridad y lo agradezco —vio al resto mientras miraba con disimulo el plato con tarta de chocolate que le colocaban en frente. Se le hizo agua la boca solo con verlo—. ¿Qué ocurrirá ahora?

—Por lo pronto, yo me marcharé un tiempo a buscar a Gabor. Debo encontrarlo y encargarme de él —Heather lo vio con compasión—. En tanto, Klaudia se ocupará del detective. Tendré que investigar algunas cosas sobre él también —sus sobrinos asintieron viéndole con seriedad. Era un tema que ya habían tocado en el estudio y que quedaría privado hasta saber lo que necesitaban saber de ese hombre.

—¿No me dijiste que podía ser peligroso?

Todos asintieron.

—¿Por qué enviar a Klaudia a encargarse de él?

—Yo estaría preocupado de ser él y estar cerca de Klaudia —comentó Miklos sarcástico y Lorcan lo apoyó en expresión—. Klaudia es un arma por sí sola. Y de cuidado, como te lo dije en el coche.

—Pero no te hará daño —aseguró Pál—. A menos que lo lastimes —señaló a Lorcan.

—No lo haré. Ustedes ahora son parte de mi vida. Lo he aceptado.

—Y nada me da más alegría que tus palabras —dijo Pál levantando la copa en su dirección—. Nos encargaremos de mi hermana mañana durante el día, haremos una ceremonia de despedida y le daremos partida definitiva a su espíritu. Luego me iré, como te dije y ustedes podrán quedarse aquí el tiempo que quieran. Les vendrá bien.

—Yo también me marcharé. Tengo negocios que atender —anunció Miklos.

—¿Y si Gabor decide venir aquí? Estamos muy solos en esta enorme casa.

—No puede acceder, la casa está escondida a los ojos de los que no queremos que nos encuentren y los lobos son los guardianes del hechizo. Mientras yo esté aquí y con vida, ellos harán lo que les ordene. Seré la custodia de la casa de aquí en adelante. Está demás decir que ustedes, y todos los que ustedes consideren de extrema confianza, aquí tendrán cobijo.

—Todavía no me creo todo lo que estoy viviendo aunque asumí que ya soy parte de todo —comentó Heather negando con la cabeza metiéndose luego un trozo de pastel en la boca—. Nos quedaremos solo un par de días, tengo un trabajo que cuidar porque me niego a ser mantenida, ¿Está claro? —se refirió a Lorcan.

—Haré todo lo que desees —respondió este besándole la mano.

—Yo estoy feliz también de que ahora seas parte de esta familia —comentó Miklos ofreciéndole una sonrisa sincera y hermosa. Levantó su copa y luego dijo—: En la memoria de la abuela y por la felicidad de ustedes —vio a Lorcan y Heather con alegría.

Capítulo 25

La ceremonia de despedida fue una nueva experiencia para Heather y un adiós más para los Farkas. La más afectada de todos, la que dejó salir sus emociones en ese momento tan sensible, fue Dana; quien le confesó a Heather más temprano, ese mismo día, que Etelka era como su madre.

Se crio junto a ella porque su madre fue la bruja de confianza de la vampira antes de que Dana naciera. Era un legado en su familia. Dana descendía directamente de la bruja que había visto crecer a Pál y Etelka antes de que Marian les visitara.

En medio del bosque, en un lugar en el que el sol alumbraba con delicadeza, Dana preparó un hermoso altar lleno de flores y velas manteniendo en medio de este, el cuerpo de Etelka vendado. Como si de una momia se tratase.

Por un momento, Heather pensó que quemarían su cuerpo y sus cenizas las echarían a volar en el aire; pero una vez más, la ficción superaba a la realidad y lo que ocurrió fue un entierro tradicional en un lugar retirado de la casa en donde se encontraban otras lapidas sobre las que Heather no quiso investigar.

Asumió que se trataba de un cementerio familiar.

Desde ese punto en el que se encontraban, la casa se erguía imponente y misteriosa ante ellos. Era increíble que allí, en el medio de la nada, en el corazón de una gran montaña, hubiese una propiedad de esa envergadura.

Los hombres cavaron la tumba de la difunta y la dejaron allí para luego rellenar con tierra nuevamente; mientras Dana entonaba un cántico en una lengua extraña que era melancólico y al mismo tiempo, reconfortante.

Todos los presentes, incluida ella, usaron una capa negra con capucha mientras duró el servicio funerario.

Después se despojaron de su vestimenta y en cuanto regresaron al sendero que les llevaba a la casa, Pál y Miklos se despidieron porque partirían tal como lo indicaron la noche anterior.

Dana se disculpó con Heather y Lorcan, diciéndoles que, por ese día, se retiraría a su habitación a recordar a Etelka.

Así que ahí estaban ellos dos, en el inmenso y precioso jardín de la propiedad, absorbiendo los rayos de sol que hacían resplandecer la vegetación.

—Es una gran casa —comentó Heather.

—Es muy parecida a la de Europa. En la que crecimos mis hermanos y yo.

—¿La visitaremos alguna vez?

Lorcan le sonrió a medias y asintió con la cabeza.

—Te llevaré a donde quieras.

—Ahora quiero meterme en la tina, esa gigante que tenemos en el baño de nuestra habitación. Sería una buena manera de empezar a llevarme a donde yo quiera.

Heather necesitaba un acercamiento íntimo con Lorcan.

Él la vio con espanto.

—No vamos a volver a los temores, ¿no?
—No estoy seguro.
—Bueno, pues vamos a intentarlo.

Se levantó de la banqueta de concreto en la que estaba sentada y le tendió la mano a él que la vio con inseguridad.

Se envalentonó después de que sus sentidos empezaran a entrar en revolución por la excitación repentina de ella que se percibía en el ambiente.

Tenía que intentarlo, tal como ella lo sugirió.

No tenía hambre, pero al recordar el sabor de su sangre, las encías empezaron a arderle y su sexo se endureció en el acto.

Caminaron en completo silencio hasta que llegaron a la habitación.

Ella entró y sin aviso, se desvistió.

Lorcan no sabía cómo describir lo que sentía en ese momento porque todo se aceleró en su organismo.

Su pulso, el endurecimiento de su pene; el ardor en las encías, que pasó a convertirse en dolor.

Gruñó, ella lo vio con cautela.

Le mantuvo la mirada, caminando desnuda y nerviosa hasta donde él se quedó inmóvil.

Estaba muy nerviosa.

Lorcan la veía con lujuria como si quisiera comerla de un bocado.

Y era lo que quería hacer.

Todavía no se percataba de que algo había cambiado en él.

Sí, tenía deseo y ganas de ella pero podía controlar todo.

No existía ninguna ansiedad latente que le hiciera salirse de control.

Tenía sed de su sangre y no de muerte.

Tenía necesidad de poseerla y hacerla suya; mil veces, con

pasión desmedida.

No con morbo y menos con agresividad.

Ella seguía atrapando su mirada con esos ojos maravillosos que lo cautivaron la primera vez que decidió verlos directamente.

Le sonrió con ternura.

—¿Cuánto tiempo pasará antes de que tengas que alimentarte otra vez de mí?

Él parpadeó un par de veces, haciéndosele agua la boca ante el recuerdo de ese sabor único que tenía la sangre de su mujer.

—Será una necesidad diaria porque voy a desearte a diario.

Ella se pegó a él. Lorcan la rodeó con sus brazos sintiendo la dureza de los pezones de la chica sobre su torso; acariciaba su espalda sensual y delicada.

Su camiseta le estorbaba y se la quitó en un rápido movimiento para poder pegarla a ella de nuevo contra su cuerpo; sentir al completo la tibieza de sus senos, la suavidad de su piel.

Su miembro palpitó una vez más y ella se removió, juguetona, buscando una mejor posición para acariciarle sobre el pantalón.

Lo vio a los ojos mientras Lorcan intentaba no perder la cordura bajo esas deliciosas caricias.

Se acercó a su boca incitándolo a que la besara sin medidas.

¿Por qué iba a resistirse o rechazar tan maravillosa invitación?

Lo hizo, arrebatándole el aliento. Dejando escapar, de su garganta, sonidos que le hacían saber a ella cuan excitado se encontraba.

La chica paró el beso y lo vio de una manera seductora.

Regó besos por el torso de él mientras bajaba e iba liberando la erección de Lorcan de la prisión en la que se encontraba. Una vez estuvo libre, se dedicó en profundidad y con gran esmero a envolverla con caricias, succiones y lamidas que dejaron sin razón a Lorcan, observando cómo su mujer trabajaba tan apasionadamente sobre él.

Estaba extasiado.

Le sujetó el cabello a ella en una cola, con ambas manos, mientras empleaba un poco de poder sobre la chica, dominando él las entradas y salidas de la boca de ella.

Le gustó y le excitó aún más que ella se dejara. Lo veía a los ojos en el proceso y le dio a entender que le gustaba lo que hacía.

Heather quería experimentar. Estaba dispuesta a probar con él sobre sus gustos y saber hasta dónde podía ella llegar jugando al dominio.

Si era lo que lo complacía, ¿por qué no probar?

Así se mantuvieron unos segundos más porque Lorcan acabó de manera impulsiva. No lo vio venir y fue muy tarde cuando sintió la tensión en su pene y las convulsiones empezaron a atacar su cuerpo.

Esa mujer lo enloquecía en todos los niveles

Ella se sintió feliz de que haberle hecho alcanzar la cima de esa manera. Le gustaba darle placer a su hombre.

—Sube —le levantó por el puño de cabello que tenía de ella entre sus manos. Fue delicado, pero sin perder la autoridad que le gustaba emplear.

La besó sin permisos, sin juegos previos y jugó con sus pezones de la misma manera.

Le gustaba aquel permiso silencioso que ella le estaba dando de experimentar, gemía y se removía nerviosa mientras él pellizcaba y mordisqueaba sus pezones.

Lorcan no se detuvo porque estaba embriagado con la excitación de ella que se apoderaba de todo el ambiente.

La fue acercando a la cama que era alta, con un gran dosel, perfecta para darle la vuelta y bajarle el torso a ella.

Su pene estaba listo para atacar y esta vez no buscaba caricias.

Quería un juego más rudo.

Le tomó otra vez por el cabello, asiendo su cabeza hacía atrás, acercándose a su oreja; mientras su pene se posicionaba en la cavidad de ella, que le esperaba húmeda y deliciosa.

Lamió cuello y oreja mientras los sonidos guturales salían sin control. Heather jadeaba y gemía justo como él lo quería.

¡Qué momento!

Las encías le dolieron exigiendo lo suyo.

«Pronto», pensó, mientras su pene se abría paso en el interior de ella.

El gemido de la chica lo invitó a dejar las delicadezas a un lado y empezó a marcar entradas y salidas constantes que acariciaban el interior de ella acercándola cada vez más a la cima.

Apretó el puñado de cabellos.

—Hazme gritar —pidió ella entre jadeos y con una voz tan suplicante, que Lorcan sintió cuando todos sus sentidos se nublaron.

Temió que fuese la bestia acudiendo al llamado, pero no.

Estaba nublado por la lujuria sí, por el deseo a actuar como más le gustaba; sin necesidad de agresiones.

Tenía el poder del momento, ella se lo cedía y aquello lo estaba enloqueciendo de pasión.

Sentía que tenía el control más importante de todos: sobre sí mismo y se sintió eufórico por ello.

Amaba a esa mujer con todo su ser. Ella le estaba dando un regalo maravilloso y lucharía cada día por hacerla gritar de felicidad y amor.

Sus embestidas se aceleraron. Lo hizo a su modo alcanzando ella el orgasmo más intenso y delicioso de toda su vida.

Gritó, por supuesto que lo hizo.

Gimió sin medida, estaba desinhibida por completo ante él.

Lorcan no quería alcanzar el clímax aun.

Esta vez lo controlaría porque, además, necesitaba algo más.

Le dio la vuelta a Heather cuando sintió que sus contracciones disminuyeron.

Arrimó sus caderas al borde de la cama y ella misma se abrió para él.

Aquella visión lubricada lo atrapó deseando absorber sus jugos.

Y lo hizo. Mientras ella se frotaba enloquecida sobre su boca.

La tocó y la lamió cuanto quiso. La llevó a la cima una vez más.

Ella le suplicó que la penetrara otra vez.

Sonrió con picardía.

Estaría dispuesto a cumplir sus súplicas de por vida.

Gruñó frotándose el miembro y los testículos mientras ella masajeaba sus propios senos.

Y sin previo aviso, la penetró.

Ella arqueó la espalda y volvió la cabeza a un lado dándole una visión que se le hizo irresistible de la vena que brotaba en ese momento en su cuello.

Sintió la sangre de ella corriendo dentro de la vena, al tiempo que su vagina empezó a contraer los músculos con fuerza alrededor de su pene.

Acabaría pronto.

Las encías reclamaron sangre una vez más.

—Heather —ella volvió la cabeza y lo vio a los ojos. Las embestidas pararon unos segundos en los que se mantuvo en el interior de ella. La mujer le acarició el rostro con dulzura y le tomó la mano en la que llevaba el anillo.

Besó la mano. Y luego la colocó sobre su cuello.

El instinto de Lorcan tomó el control de todo después de eso.

Se activó el sistema del anillo que penetró de inmediato la piel de ella, dejando brotar la sangre que Lorcan succionó sin permisos, sin delicadeza.

Heather sintió el pinchazo y luego un ardor que pasó en cuanto Lorcan pegó su boca de la herida.

La succión la sentía en todo el cuerpo y le producía unas cosquillas estupendas que la excitaban más.

Se removió debajo de él y Lorcan gruñó como un animal. Se asustó por un momento, pero mantuvo la calma porque lo que quería era que él embistiera con fuerza.

Quería alcanzar un orgasmo con esa sensación que tenía en todo el cuerpo.

Se removió de nuevo y sintió otro gruñido al tiempo que él le atajó ambos brazos y se los pasó por encima de la cabeza sosteniéndolos así con fuerza.

Ella gimió sin vergüenza.

Él capturó ese gemido que le hizo retomar las embestidas dominadas por su naturaleza salvaje.

Heather se sintió desvanecer antes de convulsionar, como nunca antes; y lo sintió a él convulsionar de la misma manera en su interior.

Succionó con más fuerza de la herida y ella; de repente, se sintió mareada.

Bostezó, causándole gracia aquello porque lo único que pensaba después de ese orgasmo por el cual aún vibraba, era en tomar una siesta larga que le ayudara a recuperarse.

Lorcan se despegó de la vena tan pronto como menguaron las palpitaciones y las contracciones.

Parpadeó un poco, recuperando el aliento de la intensidad del momento vivido.

Observó a la mujer que era la dueña de su corazón. Dormía profundamente, con una sonrisa ligera en los labios. Las mejillas coloradas y el cuerpo relajado; aunque se mantenía abierta para él y Lorcan se negaba a salir de ella.

La dejaría descansar. La succión de sangre, el sexo y la absorción de psique dejaban desgastado a cualquier ser humano, con la necesidad de dormir para recuperar energía.

Mientras tanto, el cuidaría sus sueños y reviviría cada momento compartido con ella desde que la conoció. Sobre todo, esos últimos minutos disfrutados junto a ella.

Era perfecta y era suya.

Sonrió, pensando en que él no podría ser de nadie más. Su corazón ya tenía dueña.

Esa mujer consiguió disipar la oscuridad de su interior.

Ya no necesitaba heridas, gritos ni muerte para alcanzar un momento de éxtasis porque ahora, junto ella, tenía la gloria absoluta.

Su maldad no regresaría nunca más.

Heather era su luz. Su esperanza. Su alegría.

Sonrió satisfecho pensando que, el dominador, ahora tenía a alguien que lo dominaba porque era evidente que esa mujer controlaba todo su sistema.

Respiró y cerró los ojos, envolviéndola a ella en un abrazo. Le dio un beso suave en una mejilla.

—Gracias por creer en mí y regalarme tu amor, el mismo que me llevó a la redención —le dijo en un susurro y la vio sonreír un poco. Lo escuchaba, aunque estuviese dormida—.

Te prometo que te haré inmensamente feliz cada día de la vida que, a partir hoy, viviremos juntos.

Epílogo

—Ronan —saludó Klaudia.
—Klaudia —saludó este en cuanto la mujer se sentó frente a él en el restaurante.
—Gracias por aceptar mi invitación.

La mujer asintió. El restaurante era uno de los más famosos de la ciudad y como era de esperar, estaba lleno.

—Para venir aquí hay que esperar meses por la reservación —lo vio con suspicacia—. ¿Cómo conseguiste una mesa esta noche?

—Siempre hay alguien que me debe favores y sé cuándo cobrármelos —el camarero les trajo una botella de vino que Ronan degustó y aprobó.

Les sirvieron el vino en las copas.

Klaudia observaba al hombre con interés. Le despertaba muchas cosas donde reinaba la curiosidad por saber quién era y de dónde provenía.

Había investigado con gente que tenía para esos fines y no encontró más que una vida como policía inmensamente aburrida.

Para sorpresa de todos, el hombre había renunciado a su

puesto de trabajo y dio por cerrado el caso de Felicity antes de salir definitivamente de la comisaría.

Lo que no pintaba muy bien para los Farkas.

No era el primer héroe cazador con el que se encontraban.

Tampoco era que existieran muchos, porque la supervivencia siempre elegía al más apto y fuerte; en ese caso, los humanos tenían una clara desventaja frente a ellos.

Su aroma ese día era diferente. No tenía tanto *AfterShave* y podía sentir la propia esencia del hombre emanar de su piel.

Dulce, picante, penetrante.

Tosió, él le sonrió con malicia.

—¿Ocurre algo?

Ella negó viéndolo con duda.

Algunos recuerdos empezaron a llegar a la mente de ella.

¿Tendría razón Pál?

—¿Cómo le va a Felicity?

—Supongo que bien.

—¿No has hablado con Garret Farkas? —le sonrió de nuevo y Klaudia recibió algunas imágenes extras de ese pasado tan antiguo que, de no ser por Luk, lo habría olvidado por completo. Frunció el ceño.

Klaudia sintió la excitación en el ambiente. El cambio de humor de él la preocupó.

Y la puso alerta.

Quería venganza, matarlos.

Respiró de nuevo con profundidad y entonces, por fin, recordó a esos seres especiales.

—Parece que esta cena va a terminar antes de que ordenemos —anunció Klaudia, dejando su servilleta de tela sobre la mesa. Ronan le colocó la mano encima de la suya.

Klaudia sintió las chispas entre ellos; llevándose él también una buena sorpresa.

No lo esperaba. Aunque no pudiera apartar a esa mujer de su cabeza desde la vez que la vio en su oficina, no esperaba esa reacción entre ellos.

Debía controlarse más. Era imposible que tuviera algún sentimiento por ella.

Tenía un plan que seguir.

—¿Eres uno de ellos, Klaudia?

Klaudia se mantuvo en silencio. Estaba intentando entender qué demonios pasaba en su interior; estaba sintiendo cosas que se le hacían muy extrañas.

—No soy miembro de los Farkas, Ronan —trató de zafar el contacto con la mano de él, pero Ronan no se lo permitió.

—Sabes a lo que me refiero —la intensidad con la que la veía, la confundía. Los aromas que salían de él, la agobiaban—. ¿Ya sabes quién soy?

Ella parpadeó un par de veces.

—Es posible que seas una maldita aparición, porque tus ancestros desaparecieron hace cientos de años.

Ronan relajó el agarre sobre la mano de ella.

Pero seguía con la mirada brillante, clavada en la de Klaudia; quien llegó a sentir nervios por primera vez en su vida.

—Por tu actitud, creo suponer que sabes quién fue el responsable de esa masacre —Klaudia tragó grueso—. Y esto es lo que haremos: voy a pasar una temporada en mi tierra; quiero reconectarme con mi pasado y recordar lo que me motiva a levantarme cada día con ganas de acabar con cada uno de ustedes. Así que si me dices en donde está el que acabó con los míos, los dejaré a ustedes con vida. Convérsalo con el anciano de tu familia —Klaudia entendió que se refería a Pál—. Y búscame en Irlanda cuando estén listos para darme al monstruo con el que tengo tanto por ajustar.

—¿Y si no lo hago?

—Va a ser una pena, Klaudia. Porque voy a tener que matarlos a todos.

Klaudia dudaba que aquello fuera posible, a menos que ese ser tuviera algunos buenos poderes, era imposible que en técnicas de pelea pudiese superarlos.

Pero si algo le había enseñado la longevidad a Klaudia era que a nadie se le debía subestimar. Nada se podía dar por sentado porque cuando uno menos lo esperaba, ocurría una desgracia.

Como la de Etelka y Gabor, por ejemplo.

Este hombre estaba movido por la venganza y aunque ella sabía quién masacró a los suyos y sabía muy bien que Luk ya estaba muerto, no le diría nada.

Jugaría a su juego porque eso le daría tiempo para saber más de él y, lo más importante, saber cómo acabar con él cuando este sepa que Luk murió y manifieste su frustración con los demás por no poder llevar a cabo su venganza.

Presentía que, cuando se enterara de que la motivación de su venganza estaba muerto, cumpliría con su palabra de acabar con ella, con los Farkas y con el resto de la especie entera.

A continuación,
te dejo los primeros capítulos de:
Castidad
Guardianes de Sangre II

Guardianes de Sangre II
CASTIDAD
STEFANIA GIL
romance paranormal

Capítulo 1

Garret llamó a la puerta con timidez. —Aun sabiendo que los Guardianes tenían un Coven de brujas aliadas para ayudarles en lo que fuera necesario, evitaba tener que pedirles ayuda.

Sobre todo a esas como Loretta Brown; que eran aliadas porque así se les exigía al nacer. Porque su sangre procedía de uno de los linajes más fuertes de brujas que había.

Ser descendiente de Veronika Sas no era cualquier cosa y todas las bendiciones que otorgaba ese linaje debía ser usado siempre para el bien del mundo, sin importar si se estaba de acuerdo o no.

La vida de Loretta siempre estuvo rodeada de elementos imposibles de entender. Mucho conocimiento para procesar; grandes cargas energéticas que debían ser controladas para su uso correcto; y así, se le pasó la vida, perdiendo esa parte fundamental que cada mujer en la tierra debe vivir: colegios, amigos, universidad, amores, desamores, éxitos, fracasos, alegrías, tristezas; la construcción de momentos con diferentes personas que le llevaran a sentirse satisfecha con su vida.

Eso no lo tuvo.

Las descendientes de Veronika tenían una vida muy limitada. Escuela en casa, nada de amigos. Una vida solitaria en completa conexión con la naturaleza y aunque eso no era una regla impuesta dentro del Coven, se tomó como una tradición; y, para las brujas, las tradiciones, eran muy importantes.

Desde la caza de brujas empezaron a esconderse, a crear estas tradiciones que les mantenía fuera de los radares humanos llevándoles a educar a los niños en casa, obligándoles a mantener un estricto círculo de personas cercanas en las que podían confiar.

La magia solía guiarles y ayudarles a seleccionar a esas personas que se convertirían en parte de sus vidas.

Garret escuchó las uñas de los lobos traquetear el suelo de madera acompañando a Loretta en su recorrido hasta la puerta.

Cuando la puerta se abrió, Garret le sonrió con educación a la chica y le dio gusto saber que se encontraba físicamente bien.

Tenía el mismo semblante delicado y sereno que contrastaba tan bien con la mirada azul intenso que dejaba en claro todo lo que pensaba.

En ese momento, con solo verlo, le dejó saber que no era persona grata en su propiedad.

—Loretta.

—Garret.

Los lobos olfatearon el ambiente sin salir de la vivienda y luego, con toda la calma del mundo, les dieron la espalda dirigiéndose a otra estancia.

Garret resopló divertido y a ella no le hizo gracia su actitud.

—No me estoy burlando de ti.

—Como me creas estúpida te cierro la puerta en la cara y tu querida chica se queda sin mi ayuda —Garret se enserió por completo. No era el momento para pensar en tonterías como la de que los lobos de Loretta estaban tan aburridos de su vida como ella—. Y tampoco me tengas lástima.

—Sabes que nunca la he tenido, solo es que no entiendo por qué si no te gusta tu vida, ¿no te propones cambiarla?

—¿Haciendo qué? ¿Un divertido *show* en medio de la playa para atraer curiosos con la magia de los elementos? O metiéndome en una página de citas y rellenando mi perfil como: bruja potente busca hombre que sea valiente y comprensivo.

Garret sonrió.

—Bueno, eso podría funcionar. Quizá atraerías a un hombre simpático que te ayude a ser más simpática.

Loretta se cruzó de brazos y lo vio con hastío.

Sabía por qué Garret estaba allí; sabía para qué le estuvo llamando las semanas previas al encuentro de ese día; y no era que no quería ayudar a la pobre chica que pasó muy mal rato en manos del cretino de Gabor, era que no quería tenerlos cerca.

A ellos.

Les temía, a pesar de que entendía que no podrían hacerle nada, que las leyes de la naturaleza se los impedirían y que ella podría neutralizarlos o matarlos en cualquier momento, la verdad era que les temía.

Cada vez que surgía la historia de que alguno de ellos enloquecía y arremetía contra la misma especie, Loretta avivaba a sus miedos hacia ellos.

Peor aun cuando iban atacando a humanos sin reparo alguno.

Sí, aunque sabía que era poderosa, les temía.

Irónicamente, siempre fue miedosa de todo lo paranormal

que la rodeaba aunque la imagen que proyectara dijera otra cosa.

Era como la chica de las series de TV. Esas que le encantaba ver a diario.

Esa chica rubia y despampanante que hace suspirar a todos los chicos del colegio y que se siente como una diosa estando frente a ellos; y que, a puerta cerrada, en la privacidad de su habitación, no es más que un ser humano susceptible lleno de complejos y con una inseguridad tan grande como el planeta.

Así era Loretta y no quería cambiarlo porque su refugio, allí en el medio de la naturaleza, entre el océano y el bosque, era en donde se sentía más segura.

Era la vida que le tocó vivir a pesar —muy a pesar— de que no le gustaba.

Solo tenía que aceptarla y cumplir con las misiones que se le designaban.

Que siempre estaban ligadas a la Sociedad de los Guardianes de Sangre.

No era la primera vez que llamaban a su puerta, si bien era cierto que buscaban a otras del Coven primero.

Sabían de la fuerza de la magia de ella y lo incómoda que se sentía en presencia de los Farkas; por eso, casi no la solicitaban, pero si Garret estaba allí pidiéndole ayuda por la chica que atacó Gabor sería porque ella tenía lo necesario para ayudarle.

—Necesito tu ayuda, Loretta, esto es serio. No habría venido de no...

Loretta percibió el interés sincero que tenía el vampiro en la chica.

¿Le importaba?

No era posible.

Garret Farkas era muy conocido por sus máscaras blancas

en las fiestas de la sociedad, con las que dejaba en claro el voto de castidad que hizo hacía tantísimos años.

Loretta estaba enterada, por las brujas de su familia, que cada uno de los Farkas tenía su propia cruz.

Sabía lo que significaba para ellos llevar encima la maldición, alimentarse de sangre, lo mal que también lo pasaron en la cacería de brujas.

Sobre todo Lorcan Farkas.

Ahora redimido a una mujer que parecía haberle dado la felicidad absoluta.

Los vio juntos en la última reunión de la sociedad cuando discutieron el porvenir de Gabor en cuanto lo hallaran.

Lorcan aprovechó la ocasión para presentar a la mujer como su compañera.

Había bebido su sangre y la comunión entre ellos era un hecho.

Se pertenecían.

Así funcionaba esa especie y su maldición.

En aquel momento, Loretta vio en los ojos de Heather el amor y la compresión por el hombre que la introdcía a un mundo que podría resultarle un *show* de circo.

Brujas, vampiros, los lobos.

Y ella, una simple humana.

También presenció en los ojos de la chica la angustia que ensombrecía esa felicidad que sentía junto a Lorcan, le tenía mucho cariño a la mujer que Gabor lastimó y se preocupaba por ella.

Gabor siempre fue el Farkas más detestable de toda la familia.

Loretta le dejó el paso libre y Garret asintió con la cabeza para entrar en la propiedad.

—Es algo en su memoria —comentó mientras Loretta cerraba la puerta.

La bruja guio a Garret hasta la cocina, se sirvió una taza de té sin ofrecerle nada a él.

No quería ser amable, solo estaba cumpliendo con su deber.

Además, algo en su interior, desde hacía unos días, empezó a removerse; inquietándose por el estado de la chica que sabía empeoraría.

—¿Cómo se llama?

—Felicity.

Loretta bebió un sorbo de su infusión de rosas, las que ella misma cultivaba.

—Dana intentó pedirme ayuda.

—Lo sé, quiere arreglar el daño que le hicieron de alguna manera.

—Hay otras descendientes de Veronika, Garret. ¿Por qué yo?

—No lo sé, tú fuiste la primera persona en la que pensé en pedirle ayuda y luego Pál sugirió lo mismo… ¿casualidad?

Ella bufó.

—Sabes muy bien que no existen —la bruja tomó otro sorbo de la infusión—. ¿Qué te une a ella?

Garret la vio con temor.

No sabía cómo decirle que estaba perdidamente enamorado de Felicity.

La bruja no era tonta y apreció el sentimiento en su mirada.

Los Farkas podían ser letales, portadores de la maldición, podía sentir temor de estar junto a ellos y, sin embargo, no podrían engañarla si la veían a los ojos porque eran hombres sinceros.

—¿La amas? —Garret asintió una vez con la cabeza manteniendo la mirada de la bruja y sintiendo un leve cambio en su aroma.

Era el aroma de ella. Aquello le tomó por sorpresa, porque ninguno de ellos consiguió identificar antes el aroma de Loretta.

No podría describirlo, era tan sutil que se perdía en el ambiente; pero sí, lo notaba.

Loretta cerró su energía de nuevo recordándose que no podía bajar nunca la guardia ante otra persona.

Nunca.

Desde que se quedara sola en el mundo, decidió encerrarse por completo en una burbuja que mantenía su esencia, aroma y energía; sellado, libre de cualquier mal que quisiera acecharla.

Libre de ellos.

Si la olían, la reconocerían y podrían encontrar sus debilidades. Eso no podía permitirlo.

Por ello, ninguno de los vampiros que conoció en su vida, reconocía su aroma. Y a pesar de haber bajado la guardia ahora con la noticia que Garret le daba, recuperó el control a tiempo.

Notó la decepción en la mirada de él tras no percibir nada más para oler en el ambiente.

Los lobos se removieron a su alrededor.

Tal como se removió su interior cuando el cambio de Garret la conmovió.

Conocía la historia de él y Diana. Su voto de castidad siempre le pareció la cosa más romántica y admirable que un hombre podía hacer para rendirle honor al amor que le tuvo a una mujer. También le parecía sacrificado y triste vivir en soledad para siempre; recordando un amor que causaba tanto dolor.

No le parecía justo.

—Si le barrieron la memoria, no hay nada que pueda hacer

por ella, Garret, y lo sabes. Es peligroso para su mente.

—Lo aceptaría así de no ser porque el trauma es muy grande y el barrido no fue completo, Loretta —sintió un quiebre en la voz del hombre que la sorprendió y él no hizo nada por detener sus emociones—. Sueña cada noche con un maldito animal que se la come viva —la rabia apareció en los ojos del vampiro dejándole saber a la bruja que si Gabor estuviese allí, ante ellos, Garret le sacaba la cabeza sin contemplaciones; y ella no haría nada para impedírselo—. Se retuerce, grita pidiendo ayuda. Cada vez que cae la noche empieza a frotarse las manos y toda la casa se impregna de su pánico. Cada día se hunde más en sus terrores y los asume como parte de la realidad, Loretta; si sigue así la voy a perder y no… —se detuvo, intentando controlarse aunque no pudo hacerlo. Sus ojos se enrojecieron, así como su nariz, instando a Loretta a decidirse, debía ayudarlo. Bebió otro sorbo de su infusión y le extendió el resto a él para que hiciera lo mismo pensando que se negaría. El vampiro tomó la taza, sorprendiéndole y le sonrió de lado con la tristeza bañando sus ojos. Se quedó viendo la taza unos segundos y luego bebió un poco del líquido rojo oscuro del interior. Le ayudó, notó como respiró profundo y luego encontró fuerzas para continuar con su explicación—… no quiero perderla a ella también.

La bruja asintió, le sacó la taza de las manos y lo vio a los ojos de nuevo.

—Nunca he ayudado a nadie a revertir algo tan fuerte y menos, a que se enfrente a hechos tan crueles vividos en el pasado; no sé cómo hacerlo. Tendrás que concederme unos días para consultar a los ancestros.

—Voy a concederte lo que me pidas con tal de que la ayudes a ser la mujer que era antes. La mujer maravillosa que estaba llena de esperanzas y que siempre tenía una sonrisa para obsequiar. Haré lo que me pidas, Loretta.

—¿En dónde está?

—En la casa de veraneo.

Loretta se tranquilizó un poco, no tendría que viajar a la ciudad. No era que no le gustaba visitar Nueva York, pero la verdad era que prefería mantenerse en poblados más pequeños. La gran manzana la agobiaba.

—¿Y está sola?

Garret asintió.

—Dana creó un escudo que la protege de Gabor, en caso de que quiera regresar por ella.

—No lo hará, si algo ha tenido Gabor toda su vida es que mide muy bien sus movimientos y sabe que regresar por tu chica sería una estupidez que lo llevaría a un desenlace fatal. Al igual que volcar su ira en la chica de tu hermano —lo vio con sorna—. Sus propósitos serán diferentes ahora. Cuéntame más sobre Felicity.

Garret le habló con total sinceridad. Le dijo todo lo que sabía de ella desde que la vio por primera vez en la oficina de la familia.

La rabia que sintió cuando se enteró de que Lorcan pagó exclusividad por ella, lo poco que deseó hacerse a un lado porque creyó que la chica era persona de interés para Lorcan.

Eso hablaba bien de Garret y lo mucho que amaba a su familia.

Siempre dispuesto a sacrificarse por ellos.

Por todos los que amaba.

Se concentró de nuevo en la historia que el hombre narraba, entendiendo que la vida de Felicity no fue buena nunca; víctima de abusos, malos tratos y tantas cosas más que le pareció muy injusto que, además, le tocara vivir una terrible experiencia en manos de un vampiro psicópata que la usó para lastimar a otros.

Como carnada.

Se cruzó de brazos sintiéndose frustrada por las injusticias que vivían los inocentes.

Frunció el ceño y, sin darse cuenta, sus barreras se esfumaron haciendo que Garret parara en seco e hiciera una inspiración profunda, abriendo los ojos sorprendido por el olor que sentía.

La rabia de la bruja era picante, al punto que sintió un cosquilleo incontratable en la garganta.

Notó la reacción de ella y no llegó a comprender por qué ahora sí podía detectar su aroma, sus cambios.

Aroma que de repente pasó a ser incierto, como una extraña mezcla entre lo picante y lo dulce.

La molestia y la inocencia. Interpretó Garret de inmediato.

Ella se frotó las manos en el pantalón y los lobos se levantaron en el acto, gruñendo en dirección a Garret.

—¡Basta! —ordenó ella a los animales que, de inmediato, retrocedieron sin perderla de vista. Garret decidió mantenerse en silencio. Ella estaba increíblemente nerviosa—. Iré en cuanto pueda, Garret. Ahora necesito que te marches.

No quería exponer sus emociones. Era eso. Lo entendió en su mirada avergonzada.

Como cuando un niño es descubierto infraganti.

Garret se preguntó por qué ella se comportaba así si estaba claro que todos estaban en el mismo equipo.

No era que no conociera a brujas extrañas en su vida, claro que las había conocido, pero nunca como Loretta.

Asintió sin protestar a su petición. No quería que la bruja se arrepintiera en su decisión de ayudarle.

Así que, sin decir nada más, se dio la vuelta y salió de la

propiedad para enfrentarse a un vendaval que azotaba la casa de manera sobrenatural.

Porque lo era.

La bruja estaba mal emocionalmente por alguna razón y los elementos reaccionaban a sus emociones.

Solo esperaba que lo que se removía en ella no le hiciera cambiar de decisión.

«Ayúdame, Diana, te lo suplico», no le pidió ayuda antes porque sentía que la estaba traicionando con Felicity; que sería injusto pedirle ayuda justo a ella, pero no sabía a quién más recurrir porque Diana siempre sería una mujer importante en su vida aunque ya no fuese la dueña de su corazón.

Y estaba convencido de que Diana, desde cualquier lugar en el que estuviera su espíritu, le escucharía y vendría en su ayuda.

***

Loretta Brown era la única hija que tuvieran Amanda y Wallace Brown.

Vivía en la casa que le perteneció a su familia materna de toda la vida. De cuando las brujas asentadas en el norte huyeron a diferentes sitios del sur por el miedo de ser capturadas y llevadas a la hoguera.

Una casa que, aunque vieja, se mantenía en pie; segura y hermosa, gracias a las bondades de la magia y de los hechizos que muchas de sus predecesoras hicieron en la propiedad.

La casa conservaba una esencia única que fue construyéndose poco a poco, generación tras generación y que le permitía fortalecer sus cimientos; abonar la tierra que la rodeaba, haciendo del lugar un sitio único para la supervivencia de las brujas que vivan en él.

Su abuela y su madre siempre le contaron la importancia de ser una descendiente de Veronika, la primera de las brujas fruto de la unión de un hijo de la condesa con una bruja blanca muy poderosa como lo fue Szilvia.

Y cada una de las brujas que pertenecían a ese linaje era especial.

Cada una tenía su magia que las hacía únicas.

Todas valientes, decididas y avocadas a luchar contra el mal que acecha el mundo mientras cuidan la tumba de la mujer que no debe ser despertada jamás.

Una historia que se transmite de generación en generación entre ellas explicando que, Veronika, junto a Pál Farkas, crearon la sociedad a la cual debían pertenecer les gustara o no.

Por ello sus barreras, que ahora parecían haberse esfumado.

Garret lo notó y eso la desestabilizó más, creando el viento que aún no cesaba en su propiedad y haciendo que los lobos se apartaran de su lado por completo porque no podían soportar la energía que estaba generando en ese momento.

Apagó la TV, disgustada con ella misma por ser tan torpe y haber cometido ese error.

Se dio la vuelta en la cama observando la noche a través de la ventana.

Recordó a su abuela, lo feliz que fue siendo bruja.

A su madre, que compartía la misma alegría de existir con sus poderes y las responsabilidades que esto traía consigo.

Su padre siempre se mantuvo alejado de las tradiciones de la familia, a pesar de que ella le pidiera mil veces ayuda para no desarrollar más su magia.

Aunque suplicara ir a la escuela y compartir con niños de su edad.

El hombre le decía que debía asumir la responsabilidad

que tenía y para la cual estaba siendo educada; se daba cuenta ahora de que, en sus ojos, le expresaba su preocupación por encontrar la manera de hacerla feliz.

Por darle una vida mejor.

Aguantó mucho, hasta un día en el que su naturaleza humana no soportó más y decidió declarar una opción que a su abuela no le gustó en lo absoluto; haciéndole insoportable su estancia en la casa de ahí en adelante.

Su padre intentó sacarlas a ella y a su madre de ahí por todos los medios, pero la anciana hacía que las cosas se torcieran y lo arrastraba solo a él hacia la salida de la casa.

Un día se fue y nunca más supo de él.

Loretta pasó mucho tiempo tratando de reconciliarse con el mundo al que pertenecía.

La muerte de la abuela no ayudó porque eso desató la desesperación de su madre quien intentó, por todos los medios, volver a atraer al hombre que amaba a su vida pero le fue imposible; la abuela creó un hechizo tan potente para que su padre no recordara el camino de regreso a esa casa cuando decidió abandonarlas, que hizo que su rastro se perdiera para siempre.

Así que su madre se dedicó a servirle a la naturaleza, hasta que sintió el llamado de la misma y supo que se uniría a ella de nuevo.

Se convertiría en tierra.

Un día triste para Loretta que quedó muy sola y entendiendo aquello que su abuela siempre le dijo de que las brujas como ellas, estaban mejor solas porque podían concentrarse al completo en su deber.

Se acostumbró a estarlo, sin embargo, no era que le hacía gracia.

No por la soledad, no por estar a solas con ella misma

que era gran parte de lo que debía hacer para reconocerse a sí misma y poder aceptarse tal como era, no era nada de eso.

Ni siquiera tenía que ver con ser una descendiente de Veronika.

No.

No le hacía gracia saberse sola en el mundo.

La verdad era que no tenía a nadie más que los lobos.

Y, a veces, quería tener al menos un amigo en quien pudiera confiar y contarle cómo se sentía.

Lo intentó, claro que lo intentó; mas nunca resultó bien el contacto que tuvo con el exterior haciéndole comprender pronto de que, aunque sola, en casa estaría mejor que en ningún otro lado.

El intento de tener una vida normal le llevó a sentir un estrés enorme y aquello desestabilizaba sus emociones haciendo que sus poderes se salieran de control y no era buena idea andar creando catástrofes naturales en cualquier momento de estrés del día.

El dinero no era una necesidad, mucho acumularon sus ancestros y siempre había abundancia material en la familia; el resto, lo proveía la tierra y el huerto que tenía en casa del cual se alimentaba a diario.

Su casa seguía estando oculta para la mayoría de las personas exceptuando para Pál y otros miembros de la sociedad.

Esa noche parecía que iba a ser larga porque no lograba encontrar un punto del cual aferrarse para calmarse y entregarse a los brazos del sueño profundo.

Bajó a la cocina para prepararse una infusión relajante.

Fue entonces cuando los lobos vinieron a ella tomando cada uno una posición.

Uno frente a la puerta de la cocina; el otro, de espaldas a esta y viendo a los ojos a Loretta para dejarle saber qué ocurriría a continuación.

Loretta alcanzó a apagar la hornilla que calentaba el agua para la infusión justo antes de sentir que su cuerpo se desvanecía escurriéndose hacia el suelo.

Capítulo 2

Felicity veía abstraída el vaivén del mar. Aquel día estaba calmo y el clima era delicioso a pesar de estar finalizando el verano.

Los rayos del sol tocaban con suavidad su rostro y la invitaban a permanecer allí por el resto del día.

Podía hacerlo, nada se lo impedía.

En las últimas semanas tenía tiempo de sobra para disfrutar de esas cosas sublimes de la vida.

A las que se aferraba con una fuerza suprema para ver si conseguía alejar a los monstruos que la perseguían.

«Al monstruo», se corrigió, sintiendo que un escalofrío la recorría desde la cabeza hasta la punta de los dedos de los pies.

Había pasado un tiempo desde que Garret la llevara esa casa en Los Hamptons.

Todavía recordaba la sensación de pánico que tuvo en el parque, la noche antes de que Garret le dijera que ese mismo día la sacaría de la ciudad.

No habría querido marcharse así de casa, sin hablar antes con Heather pero tuvo que hacerlo porque, extrañamente, después de esa sensación de acoso en el parque, lo único que le hacía sentirse segura era Garret.

Sabía que no le conocía de mucho; sin embargo, desde el momento en el que lo vio, confió en él y no se refería al momento en el que entró con su hermano al apartamento en el que ella vivía con Heather.

O a la fiesta en Venecia.

No.

Se refería a la primera vez que lo vio en la oficina en la que él trabajaba.

La fiesta en Venecia, de la que poco recordaba, no había sido el primer encuentro entre ellos.

De hecho, en la fiesta poco pudo reconocerlo. La máscara blanca que llevaba puesta no permitía distinguir quién se encontraba debajo de esta, aunque Felicity lo supo en cuanto lo vio.

Sus ojos felinos estaban llenos de vergüenza; imposible pasarlos por alto.

De ese viaje poco más recordaba.

Una fiesta muy lujosa y un hombre que la acompañaba al cual no conseguía ponerle un rostro.

Ni voz, ni nada.

Parecía un condenado fantasma que la seguía y que, en ciertas ocasiones, le producía temor.

Un hombre que la contrató a través de la agencia de damas de compañía para la cual trabajó antes de que estuviera desaparecida.

Trabajo que ya no tenía que hacer porque estaban a salvo Heather y ella del hombre que las amenazó con matarlas si no cumplían con pagarle la deuda que la difunta hermana de Heather le debía.

Heather estuvo de acuerdo con la sugerencia de Garret

de que ella renunciara a todos sus trabajos y se quedara allí durante un tiempo, aclarando su mente. Su amiga le aseguró que el contacto con la naturaleza le devolvería la seguridad en sí misma, ya que no se sentía cómoda con la idea de volver a vivir en la ciudad.

Algo de dinero tenía reunido y podía tomarse un tiempo libre. Heather también le aseguró que no le faltaría nada porque ahora era el turno de ella de devolverle toda la ayuda económica que le dio.

No tenía ni idea de cuánto había sido, tampoco era que le importaba; pero esas pequeñas cosas se sumaban a la interminable lista de detalles que poco recordaba de un pasado no tan lejano. E incluso, del presente.

No entendía de dónde le venían todas las lagunas mentales que ahora tenía, nunca antes padeció algo así.

Era desesperante tener recuerdos inconclusos o recuerdos que no entendía de nada.

Como el de las pesadillas.

¿De dónde provenían? ¿Por qué sentía tan real sus pesadillas?

¿Por qué estuvo desaparecida un tiempo, según aseguraban todos, y no recordaba nada de ese tiempo?

¿Cómo era que, físicamente, estaba perfecta según los exámenes médicos y aun así sentía que su mente estaba cada vez peor?

¿Por qué nadie le daba una explicación precisa? Aunque presentía que todos sabían algo que ella no.

Conocía tan bien Heather, que estaba segura de que le ocultaba cosas.

¿Qué eran?

Heather actuaba tan extraño desde que entró aquella tarde en casa y la encontró leyendo la revista en el sofá; la sorpresa que se llevó al verla, el llanto de alegría, la cara de consternación cuando se dio cuenta de que ella no recordaba nada de lo que decía; de que todavía a ese día, allí, frente a la playa, Felicity pensaba que aquel día que regresó del trabajo, fue un día normal y corriente en su vida, cuando en realidad todos le aseguraban que estuvo desaparecida.

Su amiga actuaba extraño desde entonces. Salía con alguien de quien hablaba maravillas, pero se negaba a presentárselo porque insistía en que no era el momento, que lo primero era que Felicity estuviera bien del todo y luego festejarían y conocería a todo el que debía conocer.

Decía muchas incoherencias, o por lo menos, eso le parecía a ella.

Y sí, podía ser que Felicity estaba perdiendo la memoria, que no tenía claros sus recuerdos del pasado y del presente, que sufriera inesperados ataques de pánico, que no se recordara algo tan importante como haber desaparecido semanas de la vida de todos; pero no era estúpida y su amiga le ocultaba cosas que tenían que ver con ella, con su pérdida de memoria y con su desaparición.

Al igual que Garret.

Parecía querer contarle tantas cosas a veces. Otras, en los momentos en los que Felicity intentaba disimular el pánico que la embargaba al caer la noche, Garret enfurecía con gran disimulo; se le notaba el esfuerzo por controlarse y ser ese hombre paciente y cariñoso que era con ella.

¿Por qué?

Garret le apoyaba en todo momento, no se apartaba de ella si no para lo necesario o si ella le pedía un poco de espacio para estar a solas, sin pensarlo o sin cuestionarlo, Garret desaparecía hasta que ella así lo decidiera.

Al principio no entendía por qué él se mostraba tan amable y comprensivo, con el pasar de los días empezó a notar que él mostraba un genuino interés hacia ella.

Preocupación, instinto de protección, quería hacerla sentir bien y cómoda en todo momento.

La forma tan dulce en la que la veía y las palabras tan maravillosas que le decía, le hacían sentir cosas que ella creía que antes no experimentó, aunque, algo en su interior le indicaba que sí lo había hecho.

Creía recordar emociones importantes sentidas hacía un tiempo, es más, le parecía haber estado muy confundida o decepcionada; por supuesto, no tenía claras cuáles eran las emociones que sintió entonces ni cuándo o hacia quién las sintió.

Ahora todo en su vida era así, tan pronto como conseguía un vago recuerdo y quería atraparlo para conservarlo, este se esfumaba.

Su mente estaba cada vez peor.

Por ello no quería construir malos recuerdos en el presente.

Tenía sentimientos encontrados porque necesitaba empezar a tener una actividad en la cual ocuparse para mantenerse distraída y para sentir que estaba siendo una persona productiva; pero no quería marcharse de allí, del paisaje, del mar, de la serenidad que le daba enterrar los pies descalzos en la arena.

Del refugio en el que se convirtió esa casa.

No quería separarse de Garret y de lo bien que le hacía sentir porque esos sentimientos eran los que le mantenían cuerda, lo que hacía que sus lagunas no se profundizaran.

Lo que la llenaba de buenos recuerdos en el presente.

Del pasado le quedaban pocos, allí en algún lado, se ocultaban muchos más pero no encontraba la forma de sacarlos a la luz.

Quizá eso acabaría con el maldito infierno que vivía cada

noche cuando la dominaba el sueño.

Quiso apartar esos pensamientos de su cabeza y trató de concentrarse en el ruido del mar que le resultaba mágico y relajante.

Tenía por costumbre dormir con las ventanas abiertas para poder escuchar las olas romper usándolas como la mejor canción de cuna que escuchara en su vida.

Hasta que aparecía el maldito monstruo de sus pesadillas desde las sombras; la observaba, esperando el momento adecuado para hacerle daño.

Mucho daño.

La pesadilla, era una fantasía infernal de esas en las que hay seres místicos que solo se conocen por leyendas que han pasado de generación en generación.

Y entonces todo se volvía miedo, ansiedad, terror.

Se le cortaba la respiración, notaba que cada vez le costaba más despertar de ese momento maldito en el que sentía que se le iba la vida.

Que la mataban.

Tragó grueso, recordando esas imágenes que se repetían noche tras noche.

Que de no ser por Garret, su consuelo, sus palabras y sus brazos que la resguardaban protegiéndola con firmeza, habría enloquecido.

Necesitaba reparar todas las fisuras de su mente para poder entender, para ser la chica que fue antes, aunque ahora no deseaba volver a la vida que ella y Heather tuvieron.

Muertes, amenazas, venderse para conseguir dinero rápido.

No quería nada de eso, necesitaba empezar de cero; recuperando su cabeza, en primer lugar.

Sus recuerdos, incluso aquellos que la aterraban.

Esa mañana despertó decidida a decirle a Garret que le

ayudara a buscar un oficio con el cual ganar dinero porque se negaba a pasar más tiempo en esa casa sin percibir dinero propio.

El hombre pareció ofenderse, la protegía de todo y todos; quería hacer lo imposible para ella se sintiera cómoda y sin problemas a su alrededor.

Ella sabía de sobra que la vida siempre estaba llena de problemas o de retos para superar y agradecía todas las atenciones de Garret hacia ella; sin embargo, necesitaba sentirse útil.

Él le prometió que le daría pronto alguna ocupación porque estaba intentando mover sus obligaciones en la empresa familiar de Nueva York a Los Hamptons para evitar tener que trasladarse con tanta frecuencia de un lado al otro.

Además, aseguraba que tenía mucho por recorrer en la zona porque podrían comprar algunos terrenos que se encontraban a la venta para levantar varias propiedades de lujo.

Felicity podría esperar por una ocupación sin problema, no tenía prisa ni lugar a dónde ir; o mejor dicho, un lugar en el que pudiera sentirse mejor que ahí, junto a él.

Esperaría.

A cambio, le propuso a Garret acceder a lo que todos proponían que hiciera: ponerse en tratamiento psicológico.

La verdad era que no había querido hacerlo porque sospechaba que esas terapias removerían cosas del pasado con su madre, su hermana muerta y esto último no iba a ser capaz de soportarlo.

A la vez, la sometería a ir levantando capas de su memoria hasta que encontrara la causa que creaba las lagunas.

Encontraría el trauma vivido el tiempo en el que estuvo desaparecida y tendría que obligarse a enfrentarse a un pasado que, aunque quería desvelar, no sabía si sería tan valiente para enfrentarlo y superarlo.

Esa mañana estaba dispuesta a intentarlo todo.

Necesitaba recuperar su confianza, su tranquilidad y entendía que eso solo sería atacando el problema de raíz.

Garret se fue a la ciudad por un par de días después de que conversaron, diciéndole que a su regreso buscarían todo lo necesario para sacarla del hoyo negro en el que vivían sus recuerdos; y prometió ayudarle a ganar dinero todos los meses reafirmando mil veces que no tenía ninguna necesidad de hacerlo porque él tenía dinero de sobra para darle a ella cubriendo con todas sus necesidades y caprichos si así lo deseaba.

Era un buen hombre, no quería aprovecharse de él de ninguna manera.

Se recostó de la camilla sintiendo el sol en la piel del rostro.

Cerró los ojos y respiró profundo.

Cuando estuvo a punto de entrar en algún momento relajante, un húmedo y frío cosquilleo entre los dedos de los pies la obligó a volver a la realidad.

Instintivamente sacó el pie al darse cuenta del inmenso y hermoso lobo que estaba frente a ella observándola con mirada juguetona.

El animal se sentó y se relamió el hocico.

Felicity se quedó inmóvil porque sí, el animal era hermoso pero intimidante y nada tenía que ver con un bonito y domesticado lobo siberiano de esos que tienen ojos de diferentes colores.

Este era salvaje.

Hasta le pareció que estaba fuera de lugar.

Se sintió nerviosa, mas algo en su interior la llevó a confiar en el animal.

Así como había confiado en Garret.

Extendió la mano y dejó que este olisqueara.

En ese momento, otro animal de igual tamaño corrió hacia

ellos haciendo que Felicity empezara a sentir algo de temor. ¿Podría haber una manada de lobos salvajes allí?

Era momento de volver a casa, «sin correr», se recordó; aunque en realidad le apetecía salir corriendo ya que no estaba segura de cuándo el amistoso encuentro podría acabar en tragedia.

Se levantó de su camilla con cautela, observando como los lobos se engarzaban en un combate divertido y fue cuando vio a una chica correr a su encuentro por la orilla del mar llamando a los animales a gritos por sus nombres.

Estos estaban muy ocupados revolcándose en la orilla del mar para prestarle atención a los llamados de su ama.

Decidió quedarse de pie, inmóvil esperando a que la chica se acercara.

Los lobos seguían en sus asuntos, sospechó entonces que no tenían algún interés en ella.

—¡Hola!

Felicity admiró la belleza natural y salvaje de la mujer. Con una piel blanca que lucía tan tersa que apetecía tocarla sin consentimiento alguno.

Ligeras sombras cumpliendo la función de pecas adornaban los pómulos de la chica con delicadeza, como si supieran que ese detalle le hacía más hermosa; y luego estaban sus ojos.

Felicity parpadeó un par de veces para cerciorarse de que sus ojos eran reales porque le parecía que en algún punto se fundían con el color del cielo de ese día.

Era un azul vibrante, puro, o eso creyó porque cuando la chica se acercó más y la tuvo a escasos centímetros, pudo detallar que en el interior de estos, el iris tenía delgadas y sutiles rayas de un azul verdoso y aquella combinación parecía que les daba luminosidad.

La chica movió las manos frente a Felicity que la observaba atontada.

Felicity la vio divertida.

—Lo siento, no quería ser mal educada es que tienes un color de ojos…

—Inusual, lo sé. Gracias por recordármelo.

Felicity se enserió de inmediato y se reprochó haber dicho algo que hizo sentir muy incómoda a la mujer.

—No quería…

La chica negó con la cabeza viendo a los lobos y volvió los ojos al cielo en señal de que estaba harta de verles jugar de esa manera. Como si los animales no tuvieran remedio alguno.

Luego le sonrió con amplitud a Felicity.

—Lo sé, no tomes mis palabras de forma textual, sé que no quisiste decir nada inapropiado, es lo que la gente suele hacer al verlos —señaló sus ojos—. Lo dije de un modo sarcástico porque a veces olvido que los tengo diferentes. No suelo salir de casa con frecuencia.

Felicity asintió; sintiéndose de pronto relajada, tranquila. Se asombró cuando la embargó aquella sensación que tenía tanto tiempo sin sentir a plenitud y sin tener cerca a Garret.

—No debe ser fácil mantenerlos dentro de casa —comentó Felicity señalando a los lobos que aun jugaban en la orilla del mar; pero esta vez, corrían tras las olas que retrocedían, en un vano intento de poder atrapar alguna.

—Vivo cerca y la casa tiene espacio suficiente para que no tenga que preocuparme por ellos.

Felicity asintió. ¡Qué tonta era!

Era lógico y tuvo que haberlo razonarlo antes de lanzarle la pregunta a la mujer.

Le dio curiosidad saber qué hacía una chica tan guapa encerrada en casa y cómo podía sobrevivir viviendo en Los Hamptons en una casa en la que sus inmensas mascotas tenían mucho espacio para correr y divertirse.

La chica la vio de reojo y sonrió de lado.

—No esperaba ver gente en casa de los Farkas en esta fecha.

Felicity parpadeó y la vio con sorpresa. ¿Conocía a Garret?

—Soy amiga de Garret, estoy aquí instalada por una temporada —respondió de la manera en la que Garret le pidió que lo hiciera a todo el que pudiese presentarse en esa casa y preguntarle que hacía ella allí.

La chica asintió y vio hacia la casa.

—Garret, ¿está? Me gustaría saludarlo.

—Oh no, fue a la ciudad por trabajo un par de días.

La chica volvió la mirada al mar y luego vio la hora en el reloj de muñeca que llevaba puesto.

—Muero de hambre, será mejor que regrese a casa que me queda una buena caminata —Vio a Felicity con una sonrisa sincera—. Mi nombre es Loretta, supongo que nos veremos en otra ocasión.

—Seguro, yo soy Felicity.

Loretta asintió una vez más y silbó a los lobos que, de inmediato, vinieron a ella.

—Nos vamos chicos, a despedirse.

Los animales hicieron una especie de reverencia a Felicity que los veía asombrada.

Quizá la chica era domadora de animales salvajes, por ello vivía en una gran casa y los animales le obedecían de esa manera que dejaba a cualquiera con la boca abierta.

La chica los observó orgullosa.

—Hasta luego, Felicity —empezó a caminar hacía la dirección en la que había llegado. Felicity levantó la mano a modo de despedida y Loretta se dio la vuelta de nuevo—: dale mis saludos a Garret, por favor.

La curiosidad de Felicity picó de inmediato haciéndola caer en el plan que la bruja tenía preparado para el encuentro con ella.

Se preguntó al instante de dónde conocería a Garret y cuántas cosas podría contarle de él. De esas que ella misma quería saber y que Garret callaba con tanto celo.

—¡Loretta! —Los lobos se detuvieron en el acto al igual que la chica que se dio la vuelta—: ¿Te gustaría comer conmigo? Tengo mucha comida y estoy sola y...

—¡Encantada! No creo que llegue a casa sin ponerme de mal humor por no tener comida pronto en la barriga. ¿Tienes vino?

—Mucho —Loretta ya estaba de nuevo frente a ella y los lobos, revolcándose una vez más en la arena mojada.

—No perdamos tiempo entonces, gracias por la invitación.

Felicity sonrió con alegría recordando a Heather y lo mucho que la extrañaba.

A pesar de que quería saber de dónde conocía a Garret le pudo más la emoción que le causó el simple hecho de pensar que, esa chica y ella, podían llegar a ser amigas.

***

Loretta observaba a Felicity moverse con total seguridad por la cocina de los Farkas.

La casa siempre le dio curiosidad en su interior. Estaba al tanto de la fortuna que manejaba esa familia y teniendo gustos tan rimbombantes en las mansiones que visitó de ellos en Europa y en el palacio en el que se celebraba la fiesta de las máscaras de la sociedad, pensaba que aquella propiedad sería como para entrar con lentes de sol bien oscuros en caso de que el brillo del color del oro te cegara con los reflejos del sol que bañaba la costa.

Se encontró todo lo contrario.

Una casa sobria, llena de blanco y azul marino, sofás cómodos de lona resistente a todo, alfombras de calidad pero no lujosa.

Muchas ventanas, luz natural y una vista estupenda desde cualquier rincón del salón o de la cocina.

Era grande, sin llegar a exagerar; espaciosa, lo ideal para veranear con la familia.

Y un desperdicio... porque nunca la usaban.

—Finalmente alguien hace uso de la casa.

Felicity, que lavaba la lechuga para preparar una ensalada fresca con trozos de pollo a la plancha y otros vegetales que encontró en el refrigerador, la vio con sorpresa.

—¿No vienen mucho?

—No vienen nunca —Loretta pensó en que debía mantener la boca cerrada en esos temas porque se daba cuenta de que la chica desconocía muchas cosas de los Farkas. Garret desconocía que ella estaría allí con Felicity ese día. El plan lo montó ella sola después de la visión que tuvo en la cocina de su casa unos días antes, así que debía ir con cuidado hasta hablar con Garret y saber qué sabía con exactitud Felicity sobre ellos como humanos y como vampiros. Tomó un cuchillo que estaba en la encimera y empezó a cortar los vegetales que Felicity iba lavando—. Son personas muy ocupadas, según parece, y de esos que compran propiedades para decir que tienen una casa en Los Hamptons. Da estatus, tú sabes.

Felicity sonrió con sinceridad y la bruja se relajó.

Era una chica delicada. A pesar de no tener una belleza áurea, su dulzura invitaba a acercarse y conocerla.

Aunque la pobre tuviera una carga emocional de mierda que le tenía el estómago revuelto a Loretta.

Carga emocional, nervios extremos, miedos incontrolables, dudas, lagunas.

Dejó escapar el aire abatida porque sintió mucha lástima por ella y su situación.

Los ancestros le enviaron a Diana como mensajera para pedirle que ayudara a Garret; pero que, principalmente, ayudara a la chica.

Debía establecer un nexo con ella porque así sería que entendería cómo podría ayudarla a mejorar.

Aseguraron que mejoraría, ella lo mantendría en secreto porque odiaba levantar expectativas que luego no se cumplían.

—Te quedaste pensativa —Loretta habló viendo a Felicity vagar en sus recuerdos.

—Es mucho de lo que me pasa ahora. Intento recordar cosas que no recuerdo.

—Eso nos pasa a todos. Podría facilitarte algunas técnicas para que no olvides nada.

Felicity la vio a los ojos con atención.

Loretta le mantuvo la mirada.

Esperaba a que ella diera el siguiente paso, no pensó que se daría tan pronto. Supuso que ese momento ocurriría en los siguientes días que la visitara; así de sorpresiva era la vida a veces.

La ansiedad de Felicity hizo que los lobos corrieran hacia ellas y se pusieran a ladrar histéricos en la puerta trasera que conectaba la cocina con parte del jardín y la playa.

Felicity volvió la cabeza a ver qué diablos ocurría y Loretta quiso darles un castigo a sus mascotas por hacer tan bien su trabajo.

Esos dos lobos de la manada se quedarían con Felicity el tiempo necesario y los demás, los seguía conservando ella en casa.

Así que, habiendo hecho conexión con Felicity, los lobos podrían sentirla y venir en su auxilio en cualquier momento
—Parece que les caíste de maravilla, ya te cuidan como si fueras parte de la manada.

Loretta se dio cuenta de lo que dijo de forma inconsciente una vez que todo salió por voluntad propia de su boca.

Felicity la vio con gran duda y esta, para poder poner todo en orden, abrió la puerta trasera viendo a los lobos a los ojos que de inmediato aullaron y corrieron de nuevo a la playa para seguir jugando.

Felicity la siguió con la mirada.

Loretta sospechaba que sus pensamientos estarían cuestionando qué diablos acababa de ocurrir. Con suerte, tras una siesta, olvidaría gran parte de todo.

—¿Cómo pueden saber ellos que me sentí ansiosa por lo que dijiste?

«Aquí vamos con las preguntas», se dijo Loretta y se recordó el por qué no salía de casa y no frecuentaba a nadie.

—Porque son animales y sienten los cambios de humor en el ambiente. ¿Por qué te produce tanta ansiedad aprender de mis técnicas?

—Lo necesito, un trauma reciente que no recuerdo del todo y...

—Es un estado de shock. Tu cerebro creó un bloqueo para que no te duelan los recuerdos —Loretta debía seguir el plan—. Eso es más serio de curar.

Felicity se desinfló.

—Lo sé. Empezaré tratamiento pronto.

Loretta no sabía de eso. ¿En serio Garret pensaba colocar en manos de un psiquiatra a una mujer que fue atacada cruelmente por un vampiro loco y luego obtuvo un barrido parcial de memoria para olvidar las atrocidades del vampiro?

¡¿En qué estaba pensando Garret?!
—¿Y ya tienes médico?
Felicity negó con la cabeza.
—Garret conseguirá uno.
Loretta frunció el ceño pensando en lo que le iba a decir a Garret por su grandiosa idea.
Resopló, atrayendo la atención de Felicity,
—¿Qué ocurre? Parece como si hubiese dicho algo que te hubiese molestado.
—No dijiste nada malo. Es solo que siempre me pasa lo mismo cuando salgo a dar un paseo para relajarme del trabajo. Acabo encontrando nuevos clientes —La mirada de Felicity revivió por completo y Loretta supo que iba por buen camino. Una pequeña mentira de su parte, le ayudaría a establecer un nexo con la chica y le devolvería la memoria. No le mentiría al completo—. Soy terapeuta, aunque no de los comunes. Hago uso de técnicas que pueden ser inusuales. Son antiguas y efectivas.
—Cuéntame más.
—No tengo por costumbre hablar de mis técnicas antes de que la gente las pruebe porque al ser un poco místicas, suelen negarse.
—Oh —Felicity tomó una botella de vino y la destapó—. Entiendo.
Se dio la vuelta para tomar dos copas de cristal de la estantería y luego sirvió el contenido de la botella en las dos copas.
Se quedó observando el líquido vino tinto de ambas como si aquello le recordara algo.
Loretta observaba con cautela sus movimientos.
Los lobos regresaron con prisa a la puerta mas no ladraron. Se quedaron allí, olfateando; entendiendo ellos también que algo estaba ocurriendo en el interior de la mujer.

Felicity parpadeó un par de veces como hizo antes; como si ese fuese el interruptor que la trae de regreso a la realidad. Le sonrió con timidez.

—Me da miedo someterme a un tratamiento que destape lo que mi mente me quiere ocultar —vio el líquido rojo de nuevo y se abrazó.

Los lobos se removieron. Loretta se levantó de su asiento para caminar hacia donde estaba Felicity.

Estaba claro que su mente le enviaba mensajes. El vino le recordaba algo; lo más probable era que se tratara de los ataques.

Con cuidado, le colocó una mano encima del brazo que le quedaba expuesto.

—Puedo ayudarte, Felicity —la vio a los ojos buscando en su mirada café algo que pudiera detectar de sus pensamientos; emociones, algo que pudiera definirla más que la dulzura y la bondad que ahora veía. Lo que encontró fue vacío, desconcierto y un miedo profundo que heló su propia sangre—. Solo tienes que intentarlo.

Felicity le mostró gratitud, comprensión y se relajó; soltando los brazos y extendiéndole una de las copas.

Todo volvía a la normalidad, los lobos empezaron a juguetear en el jardín.

Felicity la vio a los ojos sonriéndole con sinceridad.

—¿Eso es un sí? —Loretta no supo cómo interpretar su gesto.

—Es un sí. Es extraño, pero esta sensación que me produce tu compañía solo he conseguido sentirla junto a Garret.

Chocaron las copas y bebieron un sorbo.

—¿Y cuál es esa sensación de la que hablas?

—Seguridad. Tú y él son los únicos que me hacen sentir segura. Es extraño porque a ti te acabo de conocer y a él lo conozco desde hace muy poco también.

—Así es la vida, Felicity. Nos pone en el camino a las personas indicadas, en el momento que corresponde. No antes, no después. Todo debe estar alineado para cumplir un objetivo. Y sea cual sea el objetivo que nos toque alcanzar a nosotras, lo haremos. Tenemos todo a nuestro favor para eso.

Ambas mujeres sonrieron.

Felicity, con la misma cantidad de esperanza y terror; en tanto, Loretta, estaba decidida a devolverle la vida a esa chica, aprovechando la ocasión para hacer algo diferente con su propia vida.

Capítulo 3

Klaudia llegó a Londres agotada, estuvo unos días de compras junto a Miklos en Ámsterdam para renovar algunas piezas decorativas del salón de la fiesta de las máscaras en Venecia, todavía faltaba para que estuviera cerca la fecha de la próxima; pero, tal como decía Miklos, era mejor organizar todo con calma.

No era que ella se involucraba en esos asuntos todos los años, solo se dio la ocasión al no tener nada importante que hacer por esos días.

La verdad era que necesitaba una excusa para acercarse a Europa y una vez allí, se iría a tierras irlandesas en la búsqueda de cierto detective que le mencionó se iría a su tierra para reconectarse con su pasado.

Klaudia aún no creía que pudiera existir tanta coincidencia.

Pero existía y si no se ocupaba pronto de ese hombre, acabarían siendo perseguidos y amenazados o cazados mortalmente por él.

Era algo que no podía permitir.

Además, le aseguró a Pál que se ocuparía del hombre y lo

haría.

Resopló, negando con la cabeza mientras se subía al coche que alquiló en la tienda del aeropuerto.

Ronan Byrne no solo se había convertido en un problema para su familia si no para ella también porque desde que habló con él por última vez en ese elegante restaurante de la ciudad, lugar en el que recibió una profunda amenaza de su parte que le hizo saber lo que era ponerse nerviosa por primera vez en su vida, no pudo parar de pensar en él.

De todas las formas posibles.

Sí.

Como detective, sospechoso, enemigo, vengador, cazador, hada, guerrero y hombre.

Sobre todo eso, no podía parar de pensar en Ronan «el hombre de mirada verde brillante y el delicioso olor a campiña irlandesa» que brotaba de su piel, producto de la mezcla del *After Shave* y su esencia verdadera.

No podía sacárselo de la mente y empezaba sentirse obsesionada, al punto de tener ciertos episodios muy extraños que le alteraban el sueño y le hacían escuchar voces.

Aquellas cualidades mágicas no eran propias de ella porque eso lo heredó Veronika, no ella.

Ella solo heredó al demonio y la sed de sangre.

Nada más.

Entonces no entendía de dónde provenía aquella sensación de sentirse observada a cualquier hora y además, escuchar cosas que los demás como ella, con un oído mucho más desarrollado, no eran capaces de sentir.

El primero que sintió fue como un siseo delicado que salió de la nada cuando fue a despedirse de Pál diciéndole que iba a Venecia junto a Miklos una temporada y que, desde allí, ubicaría a Ronan con ayuda de las brujas aliadas.

Su intención no era viajar a Inglaterra mas no tuvo otra salida porque no encontraba dar con una condenada bruja que le ayudara en eso.

No de las que ella conocía, así que tuvo que recurrir a las aliadas que no le caían tan bien y así consiguió contactar con Fiona.

Pál no quedó contento cuando se enteró de sus planes de ir a Europa, tal como siempre ocurría.

Le sugirió quedarse en casa y arreglar los asuntos allí.

No perdía esa extraña costumbre de protegerla a pesar de que sabía que ella sola podía defenderse muy bien; y tampoco conseguía entender, a pesar de todos los años que llevaba junto a Pál, por qué se mostraba tan tenso cuando ella mencionaba Europa y ni hablar si se le ocurría decir Inglaterra.

Era tan extraño todo ese asunto con Pál que aunque no le mencionara que iba de visita a esas zonas, no sabía cómo diablos, de pronto, él aparecía y se la llevaba de allí con cualquier excusa.

Sin embargo, en ese momento nada le saldría al revés y Pál tenía la cabeza en otras cosas por las cuales ocuparse.

Además, era ridículo quedarse en casa resolviendo pendientes de casa.

¿Qué había por resolver? ¿La lista de la compra semanal para la servidumbre?

¿La limpieza del mes?

En casa ya todo estaba atendido.

Felicity y Gabor eran los únicos asuntos pendientes por resolver de los Farkas.

Y ambos tenían quien los resolviera.

Garret se encargaba de devolverle la memoria a la pobre de Felicity; y Gabor, estaba escondido, siendo tarea de Pál encontrarlo y decapitarlo.

Así que el cabo suelto que le quedaba a los Farkas, el que parecía quitarle el sueño a Klaudia en todos los sentidos era Ronan.

Ella se encargaría de él.

Miklos, como siempre, poco le importó lo que ella quisiera hacer al salir de Venecia.

Él solo se encargaba de sus asuntos y sus mujeres que le proveían diversión, alimento y psique.

Miklos era su versión en masculino.

«Un encanto, la verdad», pensó sonriendo con sarcasmo y diversión mientras sacudía la melena negra azabache al viento porque aprovechaba el día anormal en la ciudad.

En Reino Unido se debían aprovechar al máximo los días de sol porque no se veían mucho por allí.

Suspiró negando con la cabeza. Sintiendo lo que siempre la embargaba cuando pensaba en ese pedazo de tierra del mundo.

Tenía una relación de amor-odio que nunca tuvo sentido para ella.

Por un lado, el clima que era un asco, llovía casi todo el año.

Sin embargo y a pesar del clima, adoraba el verdor de sus campiñas, la humedad constante de sus bosques y la energía que se percibía en toda la extensión del territorio; concentrándose más en ciertos sitios en donde podía sentirse el poder de las brujas antiguas, las buenas y las malas haciéndole recordar a su tía Marian, a la época en la que vivió feliz allí, en algún sitio de esos junto a su padre y su hermana cuando apenas eran unas niñas.

Klaudia apreciaba esos pequeños detalles de la vida. El contacto con la naturaleza, el roce del viento en la piel; quizá era la herencia mágica de la naturaleza que le dejó su madre.

No lo sabía con certeza aunque a veces sentía que se movían cosas en su interior, sobre todo cuando intentaba mostrarse dura y cruel.

Poco entendía de cómo funcionaba su interior y tampoco era que pusiera gran intención en entender nada de lo que ocurría dentro o fuera de ella, a menos de que representara una amenaza para ella o para alguno de los suyos.

Entonces sí se convertía en un arma letal y se mantenía alerta, lista para atacar.

Claro, que parecía que todo evolucionaba en la vida y su letalidad no quería ser la excepción, porque con Ronan Byrne estaba alerta, quizá para atacar; mas no estaba segura de que pudiera ser tan letal como en otras ocasiones, porque lo que le ocurría con ese hombre era tan extraño que pensar en matarlo, se le hacía una idea abominable.

A ella.

«Estás peor de lo que crees, Klaudia, necesitas divertirte un poco y sacarte a ese hombre de la cabeza».

Quizá todo se calmaría cuando llegara a casa de Fiona y se tomara alguna infusión de esas extrañas que preparan las brujas.

Fiona era una bruja aliada. No era descendiente de Veronika; mas era de las buenas, poderosas y en las que podían confiar si lo necesitaban.

La conoció muchos años atrás en una reunión en Europa, de seguro que la mujer iba a cada una de las fiestas de la sociedad; aunque en esas noches, Klaudia solo buscaba divertirse a lo grande y no ver quién asistía detrás de cuál máscara o quién no asistía en absoluto a la fiesta.

El único que destacaba en aquellas reuniones cada año era Garret que usaba las máscaras impolutas de la castidad.

Una norma aplicada desde la antigüedad, desde que se

iniciaran las fiestas de las máscaras; que aquellos puros, virginales o que tuvieran algún impedimento para caer en las tentaciones carnales, debían llevar la máscara blanca para ser identificados porque, al principio, las fiestas iban bien y con bastante normalidad pero al cabo de unos años, a media fiesta, cuando el alcohol empezaba a hacer efectos en las cabezas de los asistentes, volaban los vestidos y las risas de festejo se convertían en gemidos.

En la actualidad, Garret era el único que asistía con la máscara y Klaudia presentía que dejaría de usarla muy pronto porque la cercanía con la chica a la que protegía y quería, le derrumbaría cualquier atadura que le quedara al recuerdo de Diana.

Cuánta desgracia a veces rondaba a su familia.

Pensó en Fiona de nuevo, haciendo una mueca de rechazo ante su pensamiento.

Fiona no era de sus brujas favoritas; aunque, si lo pensaba bien, ninguna lo era, pero esta, en particular, siempre la escudriñaba con la mirada y, en muchas ocasiones, la observaba con asco.

Bueno, en realidad, Fiona los veía a todos ellos con asco, menos a Pál a quien trataba con máximo respeto y este le correspondía de la misma manera.

Es que Pál se ganaba el respeto de todos, era un hombre bueno y justo.

Fiona era la aliada más cercana a Ronan que encontró en ese momento. Hacía un tiempo le habría pedido ayuda a Morgana, en Irlanda directamente, pero la mujer había muerto de vejez, un poco más joven de lo que murió Veronika.

Y ninguna otra estaba por instalarse allí, además, Morgana no tuvo descendencia así que no tendría más remedio que tomar el té con Fiona, conversar de la naturaleza y pedirle que le ayude a encontrar a Ronan.

La última vez que lo vio le dijo que se iría a Irlanda y ella no tenía intenciones de ponerse a buscar en todo el territorio irlandés ni aun teniendo la eternidad por delante; además, la Sociedad no guardó un registro exacto de la ubicación de la aldea que Luk masacró y aunque se sabía que las hadas habitaron las colinas huecas, Klaudia no sabía ni por dónde empezar.

Las brujas eran efectivas, en ocasiones, localizando a personas.

No siempre funcionaba tan bien, claro estaba; el caso con Felicity lo certificaba.

Esperaba Klaudia que, en ese caso, los resultados con la bruja fuesen los esperados, porque no quería pasar más tiempo del debido en casa de Fiona y necesitaba acabar cuanto antes el asunto con el detective.

El viaje en coche, que duró algunas horas, le hizo pensar en tantas cosas que ya estaba deseando llegar a destino. Sentía que iba a enloquecer.

Hizo una breve nota mental de esperar un poco la próxima vez de seguir sus impulsos y caprichos de plantarse en algún lugar en el momento en el que no había un maldito vuelo a Leeds que la dejara más cerca de la casa de Fiona.

No encontró vuelo, ni privado ni comercial.

Después, tampoco encontró tren y por ello estaba conduciendo.

Un viaje de esos en los que las cosas siempre estaba en contra. Parecía que el destino se oponía a que lo hiciera, pero ella estaba decidida a no dejarse vencer por el destino.

Pronto el sol dejó de alumbrar siendo opacado por las nubes grises que dominaban el cielo de ese lugar y, en nada, se abrió paso la noche.

Por ir distraída en sus pensamientos, no siguió las indicaciones de la mujer del GPS haciendo que el recorrido hasta la casa de Fiona se alargara unos minutos más.

Tuvo suerte de encontrar, sin quererlo y perdiéndose por segunda vez, un retorno que la puso de vuelta en el camino correcto, llevándola por Knaresborough directo a su destino.

Un destino que desconocía y que nada tenía que ver con la bruja que iría a visitar.

Las voces se hicieron más fuertes a partir de ese momento.

Lo escuchó claramente en el aire que aún arremolinaba su melena.

Alguien, en un susurro que parecía un antiguo cántico, la llamaba.

La piel se le puso de gallina y se sintió perseguida por las sombras que rodeaban el camino.

Odiaba las noches sin luna.

Fue la primera vez en su vida en la que sintió un miedo real.

Activó el botón para subir de nuevo la capota del coche; hundió el acelerador a fondo deseando salir de ahí cuanto antes y llegar a casa de la bruja en donde estaría a salvo de cualquier cosa que la estuviese persiguiendo.

Querido lector:

Siempre te estaré agradecida por tu apoyo, por tu fidelidad hacia mis historias y por compartir conmigo tu experiencia como lector.

Recuerda que tus comentarios son importantes para que otros lectores se animen a leer esta o cualquier otra historia. No tienes que escribir algo extenso, no lo tienes que adornar, solo cuéntalo con sinceridad. Los nuevos lectores lo agradecerán y yo me sentiré honrada con tu opinión, bien sea para festejar por obtener muchas estrellas o para aprender en dónde estoy fallando y mejorar.

Puedes dejar tus comentarios en Amazon, Goodreads y/o en la web.

¡Suscríbete ya a mi web y recibe relatos gratis! Además, podrás mantenerte al tanto de las novedades, lanzamientos, sorteos, eventos, y mucho más.

Me encanta tener contacto con todos mis lectores. No dejes de seguirme en las redes para que podamos estar en constante comunicación ;-)

¡Mil gracias por todo, sin ustedes, esto no sería posible!

¡Felices Lecturas!

Web Oficial: https://www.stefaniagil.com
Pinterest: stefaniagil
Facebook Fan Page: Stefania Gil – Autor
Instagram: @Stefaniagil
Email: info@stefaniagil.com

Otros títulos de la autora:

Perfecto Desastre
En el momento perfecto
Tú y yo en perfecto equilibrio
La culpa es del escocés
Antes de que el pasado nos alcance
La casa española
Redención – Guardianes de Sangre I
Castidad – Guardianes de Sangre II
Soledad – Guardianes de Sangre III
Entre el deseo y el amor
Deseos del corazón
Ecos del pasado
No pienso dejarte ir
Estamos Reconectados Reenamorados
Romance Inolvidable
Pide un deseo
Un café al pasado – Naranjales Alcalá I
El futuro junto a ti – Naranjales Alcalá II
EL Origen – División de habilidades especiales I
Contacto Maldito – División de Habilidades Especiales II

Misión Exterminio – División de Habilidades Especiales
III
Las Curvas del amor – Trilogía Hermanas Collins I
La melodía del amor – Trilogía Hermanas Collins II
La búsqueda del amor – Trilogía Hermanas Collins III
Siempre te amaré
Mi último: Sí, acepto
Presagios
Sincronía
Colección Completa Archangelos

Stefania Gil es escritora de novelas de ficción romántica: contemporánea, paranormal y suspenso. Con más de 20 novelas en español publicadas de forma exitosa y más de 30.000 ejemplares vendidos.

Sus libros han sido traducidos al inglés, italiano y portugués.

En 2017 participó como ponente en la mesa redonda organizada por Amazon KDP España para celebrar el mes de la publicación independiente en la ciudad de Málaga, lugar declarado «Capital de la literatura indie» #MesIndie

En 2012 su relato Amor resultó ganador en el Certamen literario por Lorca y forma parte del libro Veinte Pétalos. Ese mismo año, también obtuvo un reconocimiento en el I Certamen de Relatos de Escribe Romántica y Editora Digital con su relato La heredera de los ojos de serpiente.

Stefania forma parte del equipo editorial y creativo de la revista digital Amore Magazine, una publicación trimestral dedicada al género romántico. Y fue colaboradora de la revista digital Guayoyo En Letras en la sección Qué ver, leer o escuchar.

Le encanta leer y todo lo que sea místico y paranormal capta su atención de inmediato.

Siente una infinita curiosidad por saber qué hay más allá de lo que no se puede ver a simple vista, y quizá eso, es lo que la ha llevado a realizar cursos de Tarot, Wicca, Alta Magia y Reiki.

Actualmente, reside en la ciudad de Málaga con su esposo y su pequeña hija.

Y desde su estudio con vista al mar, sigue escribiendo para complacer a sus lectores. Y desde su estudio con vista al mar, sigue escribiendo para complacer a sus lectores.

Made in United States
Orlando, FL
11 March 2025